Milan Kundera

L'immortalité

*Traduit du tchèque
par Eva Bloch*

*Postface
de François Ricard*

Gallimard

Titre original :

NESMRTELNOST

Milan Kundera est né en Tchécoslovaquie. En 1975, il s'installe en France.

PREMIÈRE PARTIE

LE VISAGE

1

La dame pouvait avoir soixante, soixante-cinq ans. Je la regardais de ma chaise longue, allongé face à la piscine d'un club de gymnastique au dernier étage d'un immeuble moderne d'où, par d'immenses baies vitrées, on voit Paris tout entier. J'attendais le professeur Avenarius, avec qui j'ai rendez-vous ici de temps en temps pour discuter de choses et d'autres. Mais le professeur Avenarius n'arrivait pas et je regardais la dame; seule dans la piscine, immergée jusqu'à la taille, elle fixait le jeune maître nageur en survêtement qui, debout au-dessus d'elle, lui donnait une leçon de natation. Écoutant ses ordres, elle prit appui sur le rebord de la piscine pour inspirer et expirer à fond. Elle le fit avec sérieux, avec zèle, et c'était comme si de la profondeur des eaux montait la voix d'une vieille locomotive à vapeur (cette voix idyllique aujourd'hui oubliée dont je ne peux donner une idée à ceux qui ne l'ont pas connue que si je la compare au souffle d'une dame âgée qui inspire et expire au bord d'une piscine). Je la regardais, fasciné. Son comique poignant me captivait (ce comique, le maître nageur le percevait aussi, car les commissures de ses lèvres me semblaient frémir à tout moment), mais quelqu'un m'adressa la parole et détourna mon attention. Peu après, quand je voulus me remettre à

13

l'observer, la leçon était finie. Elle s'en allait en maillot le long de la piscine et quand elle eut dépassé le maître nageur de quatre à cinq mètres, elle tourna la tête vers lui, sourit, et fit un signe de la main. Mon cœur se serra. Ce sourire, ce geste, étaient d'une femme de vingt ans ! Sa main s'était envolée avec une ravissante légèreté. Comme si, par jeu, elle avait lancé à son amant un ballon multicolore. Ce sourire et ce geste étaient pleins de charme, tandis que le visage et le corps n'en avaient plus. C'était le charme d'un geste noyé dans le non-charme du corps. Mais la femme, même si elle devait savoir qu'elle n'était plus belle, l'oublia en cet instant. Par une certaine partie de nous-mêmes, nous vivons tous au-delà du temps. Peut-être ne prenons-nous conscience de notre âge qu'en certains moments exceptionnels, étant la plupart du temps des sans-âge. En tout cas, au moment où elle se retourna, sourit et fit un geste de la main au maître nageur (qui ne fut plus capable de se contenir et pouffa), de son âge elle ne savait rien. Grâce à ce geste, en l'espace d'une seconde, une essence de son charme, qui ne dépendait pas du temps, se dévoila et m'éblouit. J'étais étrangement ému. Et le mot Agnès surgit dans mon esprit. Agnès. Jamais je n'ai connu de femme portant ce nom.

2

Je suis au lit, plongé dans la douceur d'un demi-sommeil. À six heures, dès le premier et léger réveil, je tends la main vers le petit transistor posé près de mon oreiller et j'appuie sur le bouton. J'entends les nouvelles du matin, en distinguant à peine les mots, et m'assoupis de nouveau, si bien que les phrases que j'écoute se muent en rêves. C'est la plus belle phase du sommeil, le plus délicieux moment de la journée : grâce à la radio, je savoure mes perpétuels réveils et endormissements, ce balancement superbe entre veille et sommeil, ce mouvement qui à lui seul m'ôte le regret d'être né. Est-ce que je rêve, ou suis-je vraiment à l'opéra, devant deux acteurs vêtus en chevaliers qui chantent la météo ? Comment se fait-il qu'ils ne chantent pas l'amour ? Puis je comprends qu'il s'agit de présentateurs, ils ne chantent plus, mais s'interrompent l'un l'autre pour badiner. « La journée sera chaude, torride, il y aura de l'orage », dit le premier, auquel l'autre coupe la parole en minaudant : « Pas possible ! » Le premier répond sur le même ton : « Mais si, Bernard. Désolé, on n'a pas le choix. Un peu de courage ! » Bernard s'esclaffe et déclare : « Voilà le châtiment de nos péchés. » Et le premier : « Pourquoi, Bernard, devrais-je souffrir pour tes péchés ? » Alors Bernard rit de plus belle pour bien signifier aux auditeurs de quel péché il s'agit, et je le comprends : il n'y a qu'une seule chose que nous désirions tous, profondément : que le monde entier nous tienne pour de grands pécheurs ! Que nos vices soient comparés aux averses, aux orages, aux ouragans ! En ouvrant aujourd'hui un parapluie au-dessus de sa tête, que chaque Français pense donc au rire équivoque de Bernard et l'envie. Je tourne le bouton, espérant me rendormir en compagnie d'images plus inattendues. Sur la station voisine, une voix de femme annonce que la journée sera chaude, torride, orageuse, et je me réjouis qu'en France nous ayons tant de stations de radio et que toutes, au même moment, racontent la même chose. L'heureux mariage de l'uniformité et de la liberté, qu'est-ce que l'humanité peut souhaiter de mieux ? Je reviens donc à la station où Bernard faisait étalage de ses péchés ; mais à sa place une voix d'homme entonne un hymne au dernier modèle de chez Renault, je tourne encore le bouton, un chœur de femmes exalte les fourrures en solde, je retourne chez Bernard, le temps d'entendre les ultimes mesures de l'hymne à Renault, puis Bernard lui-même reprend la parole. En imitant la mélodie à peine achevée, il nous informe d'une voix chantante qu'une biographie d'Hemingway vient de paraître, la cent vingt-septième, mais cette fois vraiment très importante, parce qu'elle démontre que de toute sa vie Hemingway n'a pas dit un seul mot de vrai. Il a grossi le nombre de ses blessures de guerre, il a fait semblant d'être un grand séducteur alors qu'on a prouvé qu'en août 1944, puis à partir de juillet 1959,

il était complètement impuissant. « Pas possible »,
dit la voix rieuse de l'autre, et Bernard répond en
minaudant : « Mais si... », et nous revoilà tous
sur une scène d'opéra, même Hemingway
l'impuissant est avec nous, puis une voix très
grave évoque un procès qui au cours des dernières semaines a mis toute la France en émoi :
pendant une opération anodine, une anesthésie
mal conduite a entraîné la mort d'une malade. En
conséquence, l'organisation chargée de défendre
les « consommateurs », ainsi qu'elle nous appelle
tous, propose de faire filmer à l'avenir toutes les
interventions chirurgicales et de garder les films
aux archives. Tel serait le seul moyen, selon
l'organisation « pour la défense des consommateurs », de garantir à un Français mort sous le
bistouri qu'il sera dûment vengé par la justice.
Puis je me rendors.

Quand je me suis réveillé, il était déjà presque
huit heures et demie ; j'imaginai Agnès. Comme
moi, elle est allongée dans un grand lit. La moitié droite du lit est vide. Qui est le mari ? Apparemment, quelqu'un qui sort de bonne heure le
samedi. C'est pourquoi elle est seule et, délicieu-
sement, balance entre réveil et rêverie.

Puis elle se lève. En face, sur un long pied,
un téléviseur se dresse. Elle lance sa chemise, qui
vient recouvrir l'écran d'une blanche draperie.
Pour la première fois je la vois nue, Agnès, l'héroïne de mon roman. Elle se tient debout, près
du lit, elle est jolie, et je ne peux la quitter des

yeux. Enfin, comme si elle avait senti mon regard, elle s'enfuit dans la pièce voisine et s'habille.

Qui est Agnès ?

De même qu'Ève est issue d'une côte d'Adam, de même que Vénus est née de l'écume, Agnès a surgi d'un geste de la dame sexagénaire, que j'ai vue au bord de la piscine saluer de la main son maître nageur et dont les traits s'estompent déjà dans ma mémoire. Son geste a alors éveillé en moi une immense, une incompréhensible nostalgie, et cette nostalgie a accouché du personnage auquel j'ai donné le nom d'Agnès.

Mais l'homme ne se définit-il pas, et un personnage de roman plus encore, comme un être unique et inimitable ? Comment est-il donc possible que le geste observé sur une personne A, ce geste qui formait avec elle un tout, qui la caractérisait, qui créait son charme singulier, soit en même temps l'essence d'une personne B et de toute ma rêverie sur elle ? Voilà qui appelle une réflexion :

Si notre planète a vu passer près de quatre-vingts milliards d'humains, il est improbable que chacun d'eux ait eu son propre répertoire de gestes. Arithmétiquement, c'est impensable. Nul doute qu'il n'y ait eu au monde incomparablement moins de gestes que d'individus. Cela nous mène à une conclusion choquante : un geste est plus individuel qu'un individu. Pour le dire en forme de proverbe : *beaucoup de gens, peu de gestes*.

J'ai dit au chapitre premier, à propos de la dame en maillot, qu' « en l'espace d'une seconde, une essence de son charme, qui ne dépendait pas du temps, se dévoila et m'éblouit ». Oui, c'est ce que je pensais alors, mais je me suis trompé. Le geste n'a nullement dévoilé une essence de la dame, on devrait plutôt dire que la dame m'a révélé le charme d'un geste. Car on ne peut considérer un geste ni comme la propriété d'un individu, ni comme sa création (nul n'étant en mesure de créer un geste propre, entièrement original et n'appartenant qu'à soi), ni même comme son instrument ; le contraire est vrai : ce sont les gestes qui se servent de nous ; nous sommes leurs instruments, leurs marionnettes, leurs incarnations.

Agnès, ayant fini de s'habiller, s'apprêtait à sortir. Dans l'antichambre, elle s'arrêta un instant pour écouter. Un vague bruit dans la pièce voisine indiquait que sa fille venait de se lever. Comme pour éviter la rencontre, elle pressa le pas et se hâta de quitter l'appartement. Dans l'ascenseur, elle appuya sur le bouton du rez-de-chaussée. Au lieu de se mettre en marche, l'ascenseur tressauta convulsivement, comme un homme pris de la danse de Saint-Guy. Ce n'était pas la première fois que les humeurs de l'appareil la surprenaient. Tantôt il montait quand elle voulait descendre, tantôt il refusait d'ouvrir sa porte et la gardait prisonnière une demi-heure. Comme s'il voulait entamer une conversation, comme s'il voulait lui communiquer quelque chose d'urgent avec ses frustes moyens d'animal muet. À diverses reprises déjà, elle s'était plainte à la concierge ; mais celle-ci, vu que l'ascenseur se comportait correctement avec les autres locataires, ne voyait dans le contentieux entre Agnès et lui qu'une simple affaire privée et n'y prêtait nulle attention. Agnès dut sortir et descendre à pied. Dès qu'elle l'eut quitté, l'ascenseur se calma et descendit à son tour.

Le samedi était le jour le plus fatigant. Paul, son mari, sortait avant sept heures et déjeunait avec un ami, tandis qu'elle profitait de ce jour libre pour s'acquitter d'une foule d'obligations plus pénibles que son travail au bureau : aller à la poste, subir une demi-heure de queue, faire ses courses au super-marché, se quereller avec une vendeuse, perdre du temps devant la caisse, téléphoner au plombier, le supplier de passer à une heure précise pour éviter de l'attendre toute la journée. Entre deux urgences, elle s'efforçait de trouver un moment pour le sauna, où elle n'avait jamais le temps d'aller en semaine, et passait la fin de l'après-midi à manier l'aspirateur et le chiffon parce que la femme de ménage, qui venait le vendredi, négligeait son travail de plus en plus.

Mais ce samedi-là se distinguait des autres : c'était le cinquième anniversaire de la mort de son père. Une scène lui vint à l'esprit : son père se tient assis, il se penche sur un monceau de photographies lacérées, et la sœur d'Agnès crie : « Pourquoi déchires-tu les photos de maman ? » Agnès défend son père, et les deux sœurs se disputent, prises d'une haine subite.

Elle monta dans sa voiture garée devant la maison.

3

Un ascenseur la conduisit au dernier étage d'un immeuble moderne, où le club s'était installé avec salle de gymnastique, piscine, petit bassin à remous, sauna et vue sur Paris. Dans le vestiaire, des haut-parleurs déversaient de la musique rock. Dix ans plus tôt, quand Agnès s'était inscrite, les adhérents étaient peu nombreux et l'ambiance calme. Puis, d'une année à l'autre, le club s'améliorait : il y avait de plus en plus de verre, de lumières, de plantes artificielles, de haut-parleurs, de musique, de plus en plus d'habitués aussi, dont le nombre fut encore doublé le jour où ils se reflétèrent dans les immenses miroirs que la direction avait décidé d'installer sur tous les murs de la salle de gymnastique.

Agnès ouvrit son placard et commença à se déshabiller. Deux femmes bavardaient à proximité. D'une voix lente et douce de contralto, l'une se plaignait d'un mari qui laissait tout traîner par terre : ses livres, ses chaussettes, sa pipe même, et ses allumettes. L'autre, une soprano, avait un débit deux fois plus rapide ; la manière française de monter d'une octave en fin de phrase évoquait le caquet indigné d'une poule : « Alors là, tu me déçois ! Tu me fais de la peine. C'est pas possible ! Il ne peut pas faire ça ! C'est pas possible ! Tu es chez toi ! Tu as des droits ! » L'autre, comme déchirée

21

entre une amie dont elle reconnaissait l'autorité et un mari qu'elle aimait, expliquait mélancoliquement : « Que veux-tu. C'est tout lui. Il a toujours été comme ça. Il a toujours laissé traîner les choses par terre. — Eh bien, qu'il arrête ! Tu es chez toi ! Tu as des droits ! Moi, je ne pourrais jamais le supporter ! »

Agnès ne participait pas à ce genre de conversation ; elle ne médisait jamais de Paul, tout en sachant que cela lui aliénait un peu les autres femmes. Elle tourna la tête vers la voix aiguë : c'était une très jeune fille aux cheveux clairs et au visage d'ange.

« Ah mais non, pas question ! Tu es dans ton droit ! Ne te laisse pas faire ! » poursuivit l'ange, et Agnès s'aperçut que ses paroles s'accompagnaient de courts et rapides hochements de tête, de droite à gauche, de gauche à droite, tandis que les épaules et les sourcils se haussaient comme pour manifester un étonnement indigné à l'idée qu'on pût méconnaître les droits de l'homme de son amie. Agnès connaissait ce geste : sa fille Brigitte hochait la tête exactement de la même manière.

Une fois déshabillée, elle ferma le placard à clé et entra par la porte à battants dans une salle carrelée, où d'un côté se trouvaient les douches, de l'autre la porte vitrée du sauna. C'est là que se tenaient les femmes, serrées côte à côte sur des bancs de bois. Certaines portaient un voile de plastique spécial, qui formait autour du corps (ou d'une seule de ses parties, ventre et derrière notamment) une sorte d'emballage hermétique, provoquant une intense transpiration et l'espoir d'un amaigrissement.

Agnès monta sur le plus élevé des bancs encore disponibles. Elle s'appuya au mur et ferma les yeux. Le vacarme de la musique ne parvenait pas jusquelà, mais les voix mêlées des femmes qui parlaient toutes en même temps résonnaient tout aussi fort. Une jeune inconnue entra alors, qui dès le seuil se mit à régenter les autres : elle fit serrer encore plus les rangs pour dégager de la place près du chauffage, puis se pencha pour prendre le seau et le renversa sur le poêle. Avec un grésillement, la vapeur brûlante s'éleva vers le plafond, et une femme assise à côté d'Agnès se protégea le visage de ses deux mains en grimaçant de douleur. L'inconnue s'en aperçut, déclara « j'aime que la vapeur brûle ! Ça prouve qu'on est au sauna ! », se cala entre deux corps nus et se mit à parler de l'émission télévisée de la veille, où l'on avait pu voir un célèbre biologiste qui venait de publier ses Mémoires. « Il était merveilleux », dit-elle.

Une autre l'approuva : « Bien sûr ! Et tellement modeste ! »

L'inconnue reprit : « Modeste ? Vous n'avez pas compris que cet homme est terriblement orgueilleux ? Mais son orgueil me plaît ! J'adore les gens orgueilleux ! » et elle se tourna vers Agnès : « Vous l'avez peut-être trouvé modeste ? »

Agnès dit qu'elle n'avait pas vu l'émission ; comme si cette réponse impliquait un secret désaccord, l'inconnue répéta avec fermeté en regardant Agnès dans les yeux : « Je ne supporte pas la modestie ! Les modestes sont des hypocrites ! »

Agnès haussa les épaules et la jeune inconnue poursuivit : « Dans un sauna, il faut que ça chauffe. Je veux transpirer à grosses gouttes. Mais après, il faut une douche froide. Les douches froides, j'adore ça ! Je ne comprends pas les gens qui, après le sauna, prennent des douches chaudes. Chez moi, je ne prends que des douches froides. J'ai horreur des douches chaudes. »

Elle ne tarda pas à étouffer, si bien qu'après avoir répété combien elle exécrait la modestie, elle se leva et disparut.

Dans son enfance, au cours d'une des promenades qu'elle faisait avec son père, Agnès lui avait demandé s'il croyait en Dieu. Il avait répondu : « Je crois en l'ordinateur du Créateur. » La réponse était si étrange que l'enfant l'avait retenue. Ordinateur n'était pas le seul mot étrange, Créateur l'était tout autant. Car le père ne parlait jamais de Dieu, mais toujours du Créateur comme s'il voulait limiter l'importance de Dieu à sa seule performance d'ingénieur. L'ordinateur du Créateur : mais comment un homme pouvait-il communiquer avec un appareil ? Elle demanda donc à son père s'il lui arrivait de prier. Il dit : « Autant prier Edison quand une ampoule grille. »

Et Agnès songe : le Créateur a mis dans l'ordinateur une disquette avec un programme détaillé, et puis il est parti. Qu'après avoir créé le monde, Dieu

24

l'ait laissé à la merci des hommes abandonnés, qui en s'adressant à lui tombent dans un vide sans écho, cette idée n'est pas neuve. Mais se trouver abandonné par le Dieu de nos ancêtres est une chose, c'en est une autre d'être abandonné par le divin inventeur de l'ordinateur cosmique. À sa place reste un programme qui s'accomplit implacablement en son absence, sans qu'on puisse y changer quoi que ce soit. Programmer l'ordinateur : cela ne veut pas dire que l'avenir soit planifié en détail, ni que « là-haut » tout soit écrit. Par exemple, le programme ne stipulait pas qu'en 1815 la bataille de Waterloo aurait lieu, ni que les Français la perdraient, mais seulement que l'homme est par nature agressif, que la guerre lui est consubstantielle, et que le progrès technique la rendra de plus en plus atroce. Du point de vue du Créateur, tout le reste est sans importance, simple jeu de variations et de permutations dans un programme général qui n'a rien à voir avec une anticipation prophétique de l'avenir, mais détermine seulement les limites des possibilités ; entre ces limites, il laisse tout le pouvoir au hasard.

L'homme est un projet dont on peut dire la même chose. Aucune Agnès, aucun Paul n'a été planifié dans l'ordinateur, mais juste un prototype : l'*être humain*, tiré à une ribambelle d'exemplaires qui sont de simples dérivés du modèle primitif et n'ont aucune essence individuelle. Pas plus que n'en a une voiture sortie des usines Renault. L'essence ontologique de la voiture, il faut la chercher au-delà de cette voiture, dans les archives du constructeur. Seul un numéro de série distingue une voiture d'une autre. Sur un exemplaire humain, le numéro est le visage, cet assemblage de traits accidentel et unique. Ni le caractère, ni l'âme, ni ce qu'on appelle le *moi* ne se décèlent dans cet assemblage. Le visage ne fait que numéroter un exemplaire.

Agnès se souvint de l'inconnue qui venait de proclamer sa haine des douches chaudes. Elle était venue faire savoir à toutes les femmes présentes 1) qu'elle aimait transpirer, 2) qu'elle adorait les orgueilleux, 3) qu'elle méprisait les modestes, 4) qu'elle raffolait des douches froides, 5) qu'elle détestait les douches chaudes. En cinq traits elle avait dessiné son autoportrait, en cinq points elle avait défini son moi et l'avait offert à tout le monde. Et elle ne l'avait pas offert modestement (après tout, elle avait dit son mépris des modestes), mais à la manière d'une militante. Elle employait des verbes passionnés, j'adore, je méprise, je déteste, comme pour s'affirmer prête à défendre pied à pied les cinq traits de son portrait, les cinq points de sa définition.

Pourquoi cette passion, se demanda Agnès, et elle songea : une fois expédiés dans le monde tels que nous sommes, nous avons dû d'abord nous identifier à ce coup de dés, à cet accident organisé par l'ordinateur divin : cesser de nous étonner que précisément *cela* (cette chose qui nous fait face dans le miroir) soit notre moi. Faute d'être convaincus que notre visage exprime notre moi, faute de cette illusion première et fondamentale, nous n'aurions pas pu continuer à vivre, ou du moins à prendre la

26

vie au sérieux. Et ce n'était pas encore assez de nous identifier à nous-mêmes, il fallait une identification *passionnée*, à la vie et à la mort. Car c'est à cette seule condition que nous n'apparaissons pas à nos propres yeux comme une simple variante du prototype humain, mais comme des êtres dotés d'une essence propre et ininterchangeable. Voilà pourquoi la jeune inconnue avait éprouvé le besoin non seulement de dessiner son portrait, mais en même temps de faire voir à tout le monde que ce portrait recelait quelque chose d'entièrement unique et irremplaçable, pour quoi il valait la peine de se battre ou même de donner sa vie.

Quand elle eut passé un quart d'heure dans la chaleur de l'étuve, Agnès se leva et alla se plonger dans le bassin d'eau glacée. Puis elle se rendit dans la salle de repos et s'allongea parmi les autres femmes, qui là non plus n'arrêtaient pas de parler.

Une question lui trottait par la tête : après la mort, quel mode d'être l'ordinateur a-t-il programmé ?

Deux cas sont possibles. Si l'ordinateur du Créateur a pour seul champ d'action notre planète, et si c'est de lui et de lui seul que l'on dépend, on ne peut s'attendre après la mort qu'à une variation de ce qu'on a connu pendant la vie ; on ne rencontrera que des paysages semblables, de semblables créatures. Sera-t-on seul ou dans une foule ? Ah, la solitude est si peu probable, déjà dans la vie elle était rare, alors que dire après la mort ! Il y a tellement plus de morts que de vivants ! Dans la meilleure hypothèse, l'être après la mort ressemblera à ce qu'Agnès est en train de vivre dans la salle de repos : de partout, elle entendra l'incessant babillage des femmes. L'éternité comme babillage infini : pour être franc, on pourrait imaginer pire, mais l'idée même de devoir entendre ces voix de femmes, toujours, sans trêve et à jamais, est pour Agnès une raison suffisante de tenir rageusement à la vie et de retarder la mort le plus possible.

Mais une autre éventualité se présente : au-dessus de l'ordinateur terrestre, il y en a d'autres qui lui sont hiérarchiquement supérieurs. En ce cas, l'être après la mort ne devrait pas nécessairement ressembler à ce que nous avons déjà vécu, et l'homme pourrait mourir avec un espoir vague mais justifié. Et Agnès voit alors une scène qui ces derniers temps occupe son imagination : à la maison, elle reçoit avec Paul la visite d'un inconnu. Sympathique, affable, il s'assied dans un fauteuil en face d'eux et entame une conversation. Paul, sous le charme de ce visiteur étrangement aimable, se montre enjoué, disert, amical, et décide d'aller chercher l'album où sont classées les photos de famille. Le visiteur le feuillette, mais certaines photos le laissent perplexe. Par exemple, devant celle qui représente Agnès et Brigitte au pied de la tour Eiffel, il demande : « Qu'est-ce que c'est ?

— Vous ne la reconnaissez pas ? C'est Agnès ! répond Paul. Et là, c'est notre fille Brigitte !

— Je sais bien, dit le visiteur ; je voulais parler de cet édifice. »

28

Paul le regarde avec étonnement : « Mais c'est la tour Eiffel !

— Ah bon, dit le visiteur, voilà donc cette fameuse tour ! » et il a le ton d'un homme à qui vous auriez montré le portrait de votre grand-père et qui vous déclarerait : « C'est donc lui, le grand-père dont j'ai tellement entendu parler. Je suis ravi de le voir enfin. »

Paul est déconcerté, Agnès beaucoup moins. Elle sait qui est cet homme. Elle sait pourquoi il est venu et quelles questions il va leur poser. C'est pour cela précisément qu'elle se sent un peu nerveuse, elle voudrait s'arranger pour rester seule avec lui mais ne sait comment s'y prendre.

4

Il y a cinq ans que son père est mort, six ans qu'elle a perdu sa mère. À l'époque, le père était déjà malade et tout le monde s'attendait à le voir mourir. La mère, en revanche, était pleine de santé et d'entrain, apparemment destinée à une longue vie de veuve heureuse ; de sorte que le père avait éprouvé quelque gêne quand, inopinément, elle était morte à sa place. Comme s'il avait craint la réprobation des gens. Les gens, c'était la famille de la mère. La famille du père était dispersée dans le monde entier, et à part une vague cousine domiciliée en Allemagne, Agnès ne connaissait personne. Du côté maternel, en revanche, toute la parentèle habitait la même ville : sœurs, frères, cousins, cousines et une kyrielle de neveux et de nièces. Le grand-père maternel, modeste agriculteur de montagne, avait su se sacrifier pour ses enfants qui avaient tous fait des études et de bons mariages.

Nul doute que, dans les premiers temps, la mère n'ait été amoureuse du père : ce qui n'a rien d'étonnant, vu qu'il était bel homme et qu'à trente ans il exerçait déjà les fonctions, alors encore respectées, de professeur d'université. Elle ne se réjouissait pas seulement d'avoir un mari digne d'envie, elle se réjouissait plus encore de l'offrir en cadeau à sa famille, à laquelle elle était liée par l'antique tradition de solidarité campagnarde. Mais comme le père était peu sociable et généralement taciturne (sans que personne sût s'il était timide ou si ses pensées l'entraînaient ailleurs, autrement dit si son silence était une marque de modestie ou d'indifférence), l'offrande maternelle procura à la famille plus d'embarras que de bonheur.

À mesure que la vie passait et que les époux vieillissaient, la mère s'attachait toujours davantage à ses proches : entre autres raisons, parce que le père restait éternellement enfermé dans son bureau, tandis qu'elle éprouvait un besoin éperdu de parler et passait des heures au téléphone avec sa sœur, ses frères, ses cousines ou ses nièces, dont elle partageait de plus en plus les soucis. À présent que sa mère est morte, Agnès voit sa vie comme une boucle : après avoir quitté son milieu, elle s'était courageusement lancée dans un monde tout différent, puis s'était remise en marche vers son point de départ : elle habitait avec le père et les deux filles une villa avec jardin où, plusieurs fois par an (à Noël, aux anniversaires), elle conviait la famille à de grandes fêtes ; son intention était d'y demeurer avec sa sœur et sa nièce quand surviendrait la mort du père (mort pronostiquée de longue date, qui valait à l'intéressé l'attentive sollicitude dont on entoure les sursitaires).

Mais la mère mourut et le père survécut. Quinze jours après les funérailles, quand Agnès et sa sœur Laura allèrent le voir, elles le trouvèrent assis devant la table du salon, penché sur un monceau de photos lacérées. Laura s'en empara en criant : « Pourquoi déchires-tu les photos de maman. »

Agnès à son tour se pencha sur le désastre : non, ce n'étaient pas exclusivement des photos de maman, c'étaient surtout des photos du père ; mais sur certaines elle apparaissait à ses côtés et sur quelques-unes elle était seule. Surpris par ses filles, le père se taisait, sans un mot d'explication. « Cesse de crier », siffla Agnès entre ses dents, mais Laura continuait. Le père se leva, passa dans la pièce voisine et les deux sœurs se disputèrent comme jamais. Le lendemain, Laura partit pour Paris et Agnès resta à la maison. Le père lui confia alors qu'il avait trouvé un petit appartement dans le centre de la ville et s'était décidé à vendre la maison. Ce fut une nouvelle surprise : car aux yeux de tout le monde, le père était un maladroit qui avait entièrement cédé à la mère les rênes des affaires courantes. On le croyait incapable de vivre sans elle, non seulement parce qu'il n'avait aucun sens pratique, mais parce que en outre il ne savait jamais ce qu'il voulait ; car même sa volonté, il semblait depuis longtemps l'avoir cédée à la mère. Mais quand il décida de déménager, subitement, sans hésiter, au bout de quelques jours de veuvage, Agnès comprit qu'il réalisait ce à quoi il pensait depuis longtemps et savait donc très bien ce qu'il voulait. C'était d'autant plus intéressant qu'il n'avait pu prévoir, lui non plus, que la mère mourrait la première ; s'il avait eu l'idée d'acquérir un appartement dans la vieille ville, c'était donc moins un projet qu'un rêve. Il avait vécu avec la mère dans leur villa, il s'était promené avec elle dans le jardin, il avait accueilli ses sœurs et ses nièces, il avait fait semblant de les écouter, mais pendant tout ce temps-là, en imagination, il avait vécu seul dans son petit appartement de célibataire ; après la mort de la mère, il n'avait fait qu'emménager là où depuis longtemps il habitait en esprit.

Pour la première fois, il apparut à Agnès comme un mystère. Pourquoi avait-il déchiré les photos ? Pourquoi avait-il si longtemps rêvé de son petit appartement ? Et pourquoi n'était-il pas resté fidèle au vœu de la mère, qui souhaitait voir sa sœur et sa nièce s'installer dans la villa ? Cela aurait été plus pratique : elles se seraient occupées de lui, certainement mieux que l'infirmière dont il devrait un jour louer les services. Quand elle lui demanda pourquoi il voulait déménager, sa réponse fut très simple : « Dans une maison aussi vaste, que veux-tu que fasse un homme seul ? » Elle ne lui suggéra même pas d'inviter la sœur et la nièce, tant il était évident qu'il ne le voulait pas. Alors Agnès songea que son père aussi bouclait une boucle. La mère : de la famille à la famille, en passant par le mariage. Lui : en passant par le mariage, de la solitude à la solitude.

Les premiers accès de sa grave maladie s'étaient déclarés quelques années avant la mort de la mère. Agnès avait alors pris quinze jours de congé pour les passer seule avec lui. Mais son espoir fut déçu, parce que la mère ne les laissait jamais en tête à tête. Un jour, les collègues de l'université vinrent rendre visite au père. Ils lui posaient toute sorte de questions, mais c'était toujours la mère qui répondait. Agnès n'y tint plus : « Je t'en prie ! Laisse parler papa ! » La mère fut vexée : « Tu ne vois pas qu'il est malade ? » Quand vers la fin de ces quinze jours le père se sentit légèrement mieux, Agnès fit deux promenades avec lui. Mais lors de la troisième, la mère était de nouveau avec eux.

La mère était morte depuis un an quand l'état de santé du père s'aggrava subitement. Agnès alla le voir, passa trois jours avec lui, le quatrième, il mourut. Ces trois jours furent les seuls qu'elle put passer en sa compagnie dans les conditions qu'elle avait toujours souhaitées. Elle se dit qu'ils s'étaient aimés sans avoir eu le temps de se connaître, faute d'occasions de se trouver seule à seul. Ce n'est qu'entre huit et douze ans qu'elle put s'isoler assez souvent avec lui, parce que la mère devait s'occuper de la petite Laura ; ils faisaient alors de longues balades dans la nature et il répondait à ses innombrables questions. C'est alors qu'il lui parla de l'ordinateur divin, et d'une foule d'autres choses. De ces entretiens ne lui restaient que des bribes, pareilles à des morceaux d'assiettes cassées que, parvenue à l'âge adulte, elle s'était efforcée de recoller.

La mort mit un terme à leur tendre solitude à deux. Aux funérailles, toute la famille de la mère se retrouva. Mais la mère n'étant plus là, personne ne tenta de transformer le deuil en banquet funèbre, et le cortège se dispersa rapidement. D'ailleurs, les proches avaient interprété la vente de la villa et l'installation du père dans un appartement comme une fin de non-recevoir. Sachant le prix de la villa, ils ne pensaient plus qu'à l'héritage recueilli par les deux filles. Mais le notaire leur apprit que tout l'argent mis à la banque revenait à une société de mathématiciens, dont le père avait été cofondateur. Il leur devint alors plus étranger encore qu'il ne l'était de son vivant. Comme si, par ce testament, il leur avait demandé d'avoir l'obligeance de l'oublier.

Puis, un jour, Agnès constata que son compte en banque suisse avait été crédité d'une somme assez considérable. Elle comprit tout. Cet homme apparemment si dénué de sens pratique avait agi assez astucieusement. Dix ans plus tôt, quand une première alerte avait mis sa vie en danger et qu'elle était venue passer quinze jours avec lui, il l'avait obligée à ouvrir un compte en Suisse. Peu avant sa mort, il y avait versé presque tous ses avoirs bancaires, gardant le reste pour les savants. S'il avait désigné ouvertement Agnès comme son héritière, il aurait blessé inutilement son autre fille ; s'il avait transféré secrètement tout son argent sur le compte d'Agnès sans destiner une somme symbolique aux mathématiciens, il aurait suscité la curiosité indiscrète de tout le monde.

D'abord, elle se dit qu'il fallait partager avec Laura. Comme elle était de huit ans son aînée, Agnès ne pouvait se débarrasser d'un sentiment de sollicitude envers sa sœur. Mais finalement, elle ne lui dit rien. Non par avarice, mais par crainte de trahir son père. Par ce cadeau, il avait certainement voulu lui dire quelque chose, adresser un signe, donner un conseil qu'il n'avait pas eu le temps de donner de son vivant et qu'elle devait désormais garder comme un secret qui n'appartenait qu'à eux deux.

5

Elle gara la voiture, descendit et se dirigea vers le grand boulevard. Elle se sentait fatiguée, elle mourait de faim, et comme il est triste de déjeuner seul au restaurant, son intention était de prendre quelque chose sur le pouce dans le premier bistrot venu. Autrefois, le quartier était plein d'accueillantes tavernes bretonnes, où l'on pouvait manger à son aise et pour pas cher des crêpes et des galettes arrosées de cidre. Un jour, les tavernes avaient disparu pour laisser place à ces modernes gargotes auxquelles on donne le triste nom de *fast food*. Essayant pour une fois de surmonter son aversion, elle se dirigea vers l'une de ces cantines. À travers la vitre, elle voyait les clients penchés sur leur napperon de papier gras. Son regard s'arrêta sur une jeune fille au teint très pâle et aux lèvres d'un rouge vif. Le déjeuner à peine fini, la fille repoussa le gobelet de coca vide et s'introduisit l'index au fond de la bouche ; elle l'y agita longtemps, en roulant des yeux blancs. À la table voisine, un homme vautré sur sa chaise regardait fixement la rue, en ouvrant grand la bouche. Son bâillement n'avait ni commencement ni fin, c'était le bâillement infini de la mélodie wagnérienne : la bouche se fermait sans se clore tout à fait, elle s'ouvrait encore et encore, tandis que, à contretemps, les yeux aussi s'ouvraient et se fermaient.

D'autres clients bâillaient, exhibant leurs dents et leurs plombages, leurs couronnes et leurs prothèses, et aucun ne mettait jamais la main devant la bouche. Entre les tables se promenait une enfant en robe rose, tenant son nounours par une patte, et elle aussi avait la bouche ouverte; mais on voyait bien qu'au lieu de bâiller elle poussait des hurlements, en donnant de temps à autre des coups de nounours aux gens. Les tables étant bord à bord, même derrière la vitre on devinait que chacun devait avaler, avec sa portion de viande, les effluves dégagés en ce mois de juin par la transpiration des voisins. La vague de laideur frappa Agnès au visage, la vague de laideur visuelle, olfactive, gustative (Agnès imaginait le goût du hamburger inondé de coca douceâtre), si bien qu'elle détourna les yeux et se décida à aller calmer sa faim ailleurs.

Le trottoir grouillait de monde et l'on avançait difficilement. Devant elle, deux longues silhouettes de Nordiques aux joues blêmes, aux cheveux jaunes, se frayaient un chemin dans la foule : un homme et une femme, dominant de deux bonnes têtes la masse mouvante des Français et des Arabes. L'un et l'autre portaient un sac rose sur le dos, et sur le ventre, dans un harnais, un nourrisson. Bientôt ils disparurent, remplacés par une femme vêtue d'une large culotte qui s'arrêtait au genou, suivant la mode de l'année. Son derrière, dans une telle tenue, paraissait encore plus gros et plus proche du sol; ses mollets, nus et blancs, ressemblaient à une cruche rustique ornée d'un relief de varices bleu pervenche, enchevêtrées comme un nœud de petits serpents. Agnès songea : cette femme aurait pu trouver vingt autres manières de s'habiller pour rendre son derrière moins monstrueux et dissimuler ses varices. Pourquoi ne le fait-elle pas ? Non seulement les gens ne cherchent plus à être beaux quand ils se trouvent parmi les autres, mais ils ne cherchent même pas à éviter d'être laids !

Elle se dit : un jour, quand l'assaut de la laideur sera devenu tout à fait insupportable, elle achètera chez une fleuriste un brin de myosotis, un seul brin de myosotis, mince tige surmontée d'une fleur miniature, elle sortira avec lui dans la rue en le tenant devant son visage, le regard rivé sur lui afin de ne rien voir d'autre que ce beau point bleu, ultime image qu'elle veut conserver d'un monde qu'elle a cessé d'aimer. Elle ira ainsi par les rues de Paris, les gens sauront bientôt la reconnaître, les enfants courront à ses trousses, se moqueront d'elle, lui lanceront des projectiles, et tout Paris l'appellera : *la folle au myosotis...*

Elle poursuivit son chemin : l'oreille droite enregistrait le ressac de la musique, des coups rythmés de batterie, provenant des magasins, des salons de coiffure, des restaurants, tandis que l'oreille gauche captait les bruits de la chaussée : ronron uniforme des voitures, vrombissement d'un autobus qui démarrait. Puis le bruit perçant d'une moto la traversa. Elle ne put s'empêcher de chercher des yeux celui qui lui causait cette douleur physique : une jeune fille en jeans, aux longs cheveux noirs flottant au vent, se tenait droite sur sa selle comme

39

devant une machine à écrire ; dépourvu de silencieux, le moteur faisait un vacarme atroce.

Agnès se souvint de l'inconnue qui trois heures plus tôt était entrée au sauna et qui, pour présenter son moi, pour l'imposer aux autres, avait bruyamment annoncé sur le pas de la porte qu'elle détestait les douches chaudes et la modestie. Agnès pensa : c'est à une impulsion tout à fait semblable qu'avait obéi la fille aux cheveux noirs en enlevant le silencieux de sa moto. Ce n'est pas l'engin qui faisait du bruit, c'était le moi de la fille aux cheveux noirs ; cette fille, pour se faire entendre, pour occuper la pensée d'autrui, avait ajouté à son âme un bruyant pot d'échappement. En voyant voleter les longs cheveux de cette âme tapageuse, Agnès comprit qu'elle désirait intensément la mort de la motocycliste. Si l'autobus l'avait renversée, si elle était restée en sang sur le macadam, Agnès n'en aurait éprouvé ni horreur ni chagrin, mais seulement de la satisfaction.

Soudain effrayée de cette haine, elle songea : le monde a atteint une frontière ; quand il la franchira, tout pourra tourner à la folie : les gens marcheront dans les rues en tenant un myosotis, ou bien ils se tireront dessus à vue. Et il suffira de très peu de chose, une goutte d'eau fera déborder le vase : par exemple, une voiture, un homme ou un décibel en trop dans la rue. Il y a une frontière quantitative à ne pas franchir ; mais cette frontière, nul ne la surveille, et peut-être même que nul n'en connaît l'existence.

Sur le trottoir, il y avait de plus en plus de

monde et personne ne lui cédait le pas, de sorte qu'elle descendit sur la chaussée, poursuivant son chemin entre le bord du trottoir et le flot des voitures. Elle en avait depuis longtemps fait l'expérience : jamais les gens ne lui cédaient le pas. Elle éprouvait cela comme une sorte de malédiction qu'elle s'efforçait souvent de briser : rassemblant son courage, elle faisait de son mieux pour ne pas s'écarter de la ligne droite, afin d'obliger son vis-à-vis à se pousser, mais elle manquait toujours son coup. Dans cette épreuve de force quotidienne, banale, c'était toujours elle la perdante. Un jour, un enfant de sept ans était arrivé face à elle ; elle avait tenté de ne pas céder, mais finalement elle n'avait pu faire autrement afin de ne pas le heurter.

Un souvenir lui revint : âgée d'une dizaine d'années, elle était allée avec ses parents se promener dans la montagne. Sur un large chemin forestier, ils virent se dresser deux garçons du village : l'un tenait un bâton à bout de bras pour leur barrer le passage : « C'est un chemin privé ! Un chemin à péage ! » criait-il en heurtant légèrement de son bâton le ventre du père.

Sans doute n'était-ce qu'une facétie d'enfant, et il aurait suffi de repousser le gamin. Ou bien c'était une manière de mendier, et il aurait suffi de sortir un franc de la poche. Mais le père fit demi-tour et préféra prendre un autre chemin. À vrai dire, c'était sans importance, ils allaient à l'aventure ; pourtant, la mère prit mal la chose et ne put s'empêcher de dire : « Il recule même devant des enfants de douze ans ! » Sur le moment, Agnès se sentit quelque peu déçue, elle aussi, par le comportement de son père.

Une nouvelle offensive du bruit interrompit ce souvenir : des hommes casqués armés de marteaux-piqueurs s'arc-boutaient sur le macadam. D'une hauteur indéterminée, comme si elle tombait du firmament, une fugue de Bach jouée au piano retentit soudain avec force au milieu de ce tintamarre. Apparemment, un locataire du dernier étage avait ouvert la fenêtre et réglé son appareil à plein volume, pour que la sévère beauté de Bach résonnât comme un avertissement comminatoire adressé au monde égaré. Mais la fugue de Bach n'était pas en mesure de résister aux marteaux-piqueurs ni aux voitures, ce furent au contraire voitures et marteaux-piqueurs qui s'approprièrent la fugue de Bach en l'intégrant à leur propre fugue ; Agnès se plaqua les mains sur les oreilles et poursuivit ainsi son chemin.

Un passant, qui allait dans la direction opposée, lui jeta alors un regard haineux en se tapotant le front, ce qui dans le langage des gestes de tous les pays signifie à l'autre qu'il est fou, sonné ou faible d'esprit. Agnès capta ce regard, cette haine, et sentit monter en elle une colère effrénée. Elle s'arrêta. Elle voulait se jeter sur cet homme. Elle voulait le rouer de coups. Mais elle ne le pouvait pas : l'homme était entraîné par la foule et Agnès reçut une bourrade car il était impossible de s'arrêter plus de trois secondes sur le trottoir.

Elle poursuivit sa route sans parvenir à chasser cet homme de son esprit : alors qu'un même bruit les assiégeait, il avait jugé nécessaire de lui faire savoir qu'elle n'avait aucune raison, peut-être même aucun droit, de se boucher les oreilles. Cet homme l'avait rappelée à l'ordre que son geste avait enfreint. C'était l'égalité en personne qui lui avait infligé un blâme, n'admettant pas qu'un individu refusât de subir ce que tous doivent subir. C'était l'égalité en personne qui lui avait interdit d'être en désaccord avec le monde où nous vivons tous.

Son désir de tuer cet homme n'était pas une simple réaction passagère. Même après le premier moment de fureur, ce désir ne la lâchait pas ; s'y ajoutait seulement l'étonnement d'être capable d'une telle haine. L'image de l'homme se tapotant le front flottait dans ses entrailles tel un poisson qui lentement se décomposait et qu'elle ne pouvait vomir.

Son père lui revint à l'esprit. Depuis qu'il avait reculé devant deux garnements de douze ans, elle se le représentait souvent dans la situation que voici : il est à bord d'un bateau qui coule ; de toute évidence, les canots de sauvetage ne pourront accueillir tout le monde, de sorte que sur le pont la bousculade est frénétique. Le père commence par courir avec les autres, mais découvrant le corps à corps des passagers, prêts à se piétiner à mort, et recevant d'une dame un furieux coup de poing parce qu'il se tient en travers de sa route, il s'arrête soudain, puis se met à l'écart ; à la fin, il ne fait qu'observer les canots surchargés qui, au milieu des clameurs et des injures, descendent lentement sur les vagues déchaînées.

Quel nom donner à cette attitude du père? Lâcheté? Non. Les lâches ont peur de mourir et, pour survivre, savent lutter farouchement. Noblesse? Sans doute, s'il avait agi par égard pour son prochain. Mais Agnès ne croyait pas à une telle motivation. De quoi s'agissait-il donc? Elle ne le savait pas. Une seule chose lui semblait certaine : sur un bateau qui coule et où il faut se battre pour monter à bord des canots, le père aurait été condamné d'avance.

Oui, cela était certain. La question qu'elle se pose est celle-ci : son père a-t-il haï les gens du bateau, comme elle venait de haïr la motocycliste et l'homme qui s'était moqué parce qu'elle se bouchait les oreilles? Non, Agnès ne parvient pas à imaginer que son père ait pu haïr. Le piège de la haine, c'est qu'elle nous enlace trop étroitement à l'adversaire. Voilà l'obscénité de la guerre : l'intimité du sang mutuellement versé, la proximité lascive de deux soldats qui, les yeux dans les yeux, se transpercent réciproquement. Agnès en est sûre : c'est précisément cette intimité qui répugnait à son père : la bousculade sur le bateau le remplissait d'un tel dégoût qu'il préférait se noyer. Le contact physique avec des gens qui se frappent, se piétinent et s'envoient l'un l'autre à la mort lui paraissait bien pire qu'une mort solitaire dans la pureté des eaux.

Le souvenir du père commença à la délivrer de la haine qui venait de l'envahir. Peu à peu, l'image empoisonnée de l'homme se tapotant le front disparaissait de son esprit, où brusquement surgit cette phrase : je ne peux pas les haïr, parce que rien ne m'unit à eux ; nous n'avons rien en commun.

6

Si Agnès n'est pas allemande, c'est parce que Hitler a perdu la guerre. Pour la première fois dans l'histoire, on n'a laissé au vaincu aucune, aucune gloire : pas même la douloureuse gloire du naufrage. Le vainqueur ne s'est pas contenté de vaincre, il a décidé de juger le vaincu, et il a jugé toute la nation ; c'est pourquoi parler allemand et être allemand n'était guère facile en ce temps-là.

Les grands-parents maternels d'Agnès avaient été propriétaires d'une ferme à la limite des zones francophone et germanophone de la Suisse ; si bien qu'ils parlaient couramment deux langues, tout en relevant administrativement de la Suisse romande. Les grands-parents paternels étaient des Allemands établis en Hongrie. Le père, ancien étudiant à Paris, avait une bonne connaissance du français ; pourtant, lorsqu'il s'était marié, c'est l'allemand qui était devenu tout naturellement la langue du couple. Mais après la guerre, la mère se souvint de la langue officielle de ses parents : Agnès fut envoyée dans un lycée français. Le père, en tant qu'Allemand, ne pouvait alors se permettre qu'un seul plaisir : réciter à sa fille aînée des vers de Goethe dans le texte.

Voici le poème allemand le plus célèbre de tous les temps, celui que tout petit Allemand doit apprendre par cœur :

Sur tous les sommets
C'est le silence,
Sur la cime de tous les arbres
Tu sens
À peine un souffle ;
Les petits oiseaux se taisent dans la forêt.
Prends patience, bientôt
Tu te reposeras aussi.

L'idée du poème est toute simple : la forêt s'endort, toi aussi tu t'endormiras. La vocation de la poésie n'est pas de nous éblouir par une idée surprenante, mais de faire qu'un instant de l'être devienne inoubliable et digne d'une insoutenable nostalgie.

Dans la traduction tout se perd, vous ne saisirez la beauté du poème qu'en le lisant en allemand :

Über allen Gipfeln
Ist Ruh,
In allen Wipfeln
Spürest du
Kaum einen Hauch ;
Die Vögelein schweigen im Walde.
Warte nur, balde
Ruhest du auch.

Ces vers ont tous un nombre de syllabes différent, les trochées, les iambes, les dactyles alternent, le sixième vers est étrangement plus long que les autres ; et bien que le poème se compose de deux quatrains, la première phrase grammaticale se termine asymétriquement dans le cinquième vers, créant une mélodie qui n'existe nulle part ailleurs que dans ce seul et unique poème, aussi superbe que parfaitement ordinaire.

Le père l'avait appris dès son enfance en Hongrie, quand il fréquentait l'école primaire allemande, et Agnès avait le même âge quand il le lui fit entendre pour la première fois. Ils le récitaient au cours de leurs promenades, en accentuant démesurément toutes les syllabes toniques et en marchant au rythme du poème. La complexité du mètre ne rendant pas la chose facile, leur succès n'était complet que sur les deux derniers vers : war - te nur - bal - de — ru - hest du - auch. Le dernier mot, ils le criaient si fort qu'on l'entendait dans un rayon d'un kilomètre.

Quand le père lui récita le poème pour la dernière fois, c'était deux ou trois jours avant sa mort. Agnès crut d'abord qu'il retournait ainsi à son enfance, à sa langue maternelle ; puis elle pensa, comme il la regardait droit dans les yeux, intimement, éloquemment, qu'il voulait lui rappeler le bonheur de leurs promenades d'antan ; enfin seulement, elle comprit que le poème parlait de la mort : son père voulait lui dire qu'il mourait et le savait. L'idée ne lui était jamais venue auparavant que ces vers innocents, bons pour des écoliers, pouvaient avoir une telle signification. Son père était alité, le front couvert de sueur ; elle lui prit la main et, retenant ses larmes, répéta doucement avec lui : warte nur, balde ruhest du auch. Toi aussi, bientôt, tu te reposeras. Et elle se rendit compte qu'elle reconnaissait la voix de la mort du père : c'était le silence des oiseaux endormis sur la cime des arbres.

Le silence, en effet, se répandit après la mort, remplit l'âme d'Agnès, et c'était beau ; je le redirai : c'était le silence des oiseaux endormis sur la cime des arbres. Et dans ce silence, comme un cor de chasse au fond de la forêt, le dernier message du père, au fur et à mesure que le temps passait, retentit de plus en plus nettement. Qu'avait-il voulu lui dire par son cadeau ? D'être libre. De vivre comme elle voulait vivre, d'aller où elle voulait aller. Lui, il n'avait jamais osé. Et c'est pourquoi il avait donné tous les moyens à sa fille pour qu'elle osât, elle.

Dès son mariage, Agnès dut renoncer aux joies de la solitude : chaque jour, elle passait huit heures dans un bureau en compagnie de deux collègues ; puis elle rentrait chez elle, dans son quatre-pièces. Mais aucune des pièces ne lui appartenait : il y avait un grand salon, une chambre à coucher, une chambre pour Brigitte et le petit bureau de Paul. Quand elle se plaignait, Paul lui proposait de considérer le salon comme sa chambre et lui promettait (avec une sincérité insoupçonnable) que ni lui ni Brigitte ne viendraient la déranger. Mais comment aurait-elle été à son aise dans une pièce meublée d'une grande table et de huit chaises habituées aux seuls invités du soir ?

Peut-être comprend-on mieux à présent pourquoi Agnès s'était sentie si heureuse, ce matin-là, dans le lit que Paul venait de quitter, et pourquoi elle avait ensuite traversé l'antichambre sans faire de bruit, de crainte d'attirer l'attention de Brigitte. Elle éprouvait même de l'affection pour le capricieux ascenseur, parce qu'il lui procurait quelques moments de solitude. Même sa voiture lui donnait quelque bonheur, parce que là personne ne lui parlait, personne ne la regardait. Oui, c'était le principal, personne ne la regardait. La solitude : douce absence de regards. Un jour, ses deux collègues tombèrent malades et pendant deux semaines elle travailla seule au bureau. Le soir, elle constata avec étonnement qu'elle n'éprouvait presque pas de fatigue. Cela lui fit comprendre que les regards étaient des fardeaux écrasants, des baisers vampiriques ; que c'était le stylet des regards qui avait gravé les rides sur son visage.

Ce matin, en se réveillant, elle entendit à la radio qu'au cours d'une intervention chirurgicale pourtant bénigne, une négligence des anesthésistes avait entraîné la mort d'une jeune patiente. En conséquence, trois médecins étaient poursuivis en justice ; et une organisation de consommateurs proposait qu'à l'avenir toutes les opérations soient filmées, toutes les bobines archivées. Tout le monde, paraît-il, applaudit à cette initiative. Un millier de regards nous transpercent chaque jour, mais cela ne suffit pas : il faut, de surcroît, un regard institutionnel, qui ne nous quittera pas une seconde, qui nous observera chez le médecin, dans la rue, sur la table d'opération, en forêt, au fond du lit; l'image de notre vie sera intégralement conservée dans les archives pour être utilisée à tout moment en cas de litige, ou quand la curiosité publique l'exigera.

De nouveau, elle éprouva une vive nostalgie de la Suisse. Depuis la mort de son père, elle s'y rendait deux ou trois fois par an. Paul et Brigitte, avec un sourire indulgent, parlaient à ce propos de besoin hygiénico-sentimental : elle allait balayer les feuilles mortes sur la tombe de son père, elle allait respirer l'air pur par la fenêtre grande ouverte d'un hôtel alpestre. Ils se trompaient : la Suisse, où ne l'attendait pourtant aucun amant, était la seule grave et systématique infidélité dont elle se rendait coupable à leur égard. La Suisse : le chant des oiseaux sur la cime des arbres. Agnès rêvait d'y rester un jour et de n'en plus revenir. Elle allait jusqu'à visiter les appartements à vendre ou à louer; elle avait même ébauché une lettre annonçant à sa fille et à son mari que sans avoir cessé de les aimer, elle entendait désormais vivre seule. Elle ne leur demandait que de donner de temps en temps de leurs nouvelles pour l'assurer qu'il ne leur arrivait rien de fâcheux. Voilà précisément ce qu'elle avait peine à exprimer et à expliquer : son besoin de savoir comment ils allaient, alors même qu'elle ne désirait ni les voir ni vivre en leur compagnie.

Il ne s'agissait, bien entendu, que de rêves. Comment une femme sensée pourrait-elle abandonner un mariage heureux ? Pourtant, une voix très lointaine et séduisante troublait sa paix matrimoniale : c'était la voix de la solitude. Elle ferma les yeux et entendit au loin, dans la profondeur des forêts, le son d'un cor de chasse. Il y avait des chemins dans ces forêts, et sur l'un d'eux se tenait son père ; il lui souriait ; il l'appelait.

7

il y a avait... Partout il y a un photographe.

Assise au salon dans un fauteuil, Agnès attendait Paul. Devant eux il y avait la perspective d'un laborieux « dîner en ville ». N'ayant rien mangé de la journée, elle se sentait un peu faible et s'accordait un moment de détente en feuilletant un épais magazine. Trop fatiguée pour lire les articles, elle se contentait de regarder les photos, nombreuses et en couleurs. Dans les pages centrales, un grand reportage était consacré à une catastrophe survenue au cours d'un meeting d'aviation. Un appareil en flammes était tombé dans la foule des spectateurs. Les photos étaient immenses, chacune occupant une double page ; on voyait des gens terrorisés courir en tous sens, les vêtements brûlés, la peau grillée, le corps entouré de flammèches ; Agnès ne pouvait en détacher son regard et songeait à la joie frénétique du photographe qui avait vu soudain, alors qu'il s'embêtait à un spectacle soporifique, le bonheur lui tomber du ciel sous la forme d'un avion en feu.

Tournant la page, elle vit des gens nus sur une plage et un gros titre : *Les photos de vacances qu'on ne verra pas dans l'album de Buckingham*, suivi d'un court texte qui s'achevait par cette phrase : « ... et un photographe était là : les fréquentations de la princesse défrayent à nouveau la chronique. » Un photographe était là. Partout, il y a un photographe.

Un photographe caché derrière un buisson. Un photographe déguisé en mendiant boiteux. Partout il y a un œil. Partout il y a un objectif.

Agnès se souvint que jadis, dans son enfance, elle était fascinée par l'idée que Dieu la voyait et la voyait sans trêve. C'est alors, sans doute, qu'elle avait ressenti pour la première fois cette volupté, cet étrange délice que les humains éprouvent à être vus, vus à leur corps défendant, vus dans les moments d'intimité, vus et violés par la vue. Sa mère, qui était croyante, lui disait « Dieu te voit » en espérant lui faire perdre l'habitude de mentir, de se ronger les ongles et de se fourrer les doigts dans le nez, mais il se produisait tout le contraire ; c'est précisément lorsqu'elle s'adonnait à ses mauvaises habitudes, ou dans ses moments de honte, qu'Agnès imaginait Dieu et lui montrait ce qu'elle faisait.

Elle pensa à la sœur de la reine d'Angleterre et se dit qu'à présent l'œil de Dieu était remplacé par l'appareil photo. L'œil d'un seul était remplacé par les yeux de tous. La vie s'était transformée en une seule et vaste partouze à laquelle tout le monde participe. Tout le monde peut voir sur une plage tropicale la princesse d'Angleterre fêter nue son anniversaire. Apparemment, l'appareil photographique ne s'intéresse qu'aux gens célèbres, mais il suffit qu'un avion s'écrase près de vous, que des flammes s'élèvent de votre chemise, pour que vous aussi soyez célèbre et inclus dans la partouze générale qui n'a rien à voir avec la jouissance mais annonce solennellement que personne ne peut plus se cacher nulle part et que chacun est à la merci de tous.

Un jour qu'elle avait rendez-vous avec un homme, au moment où elle l'embrassait dans le hall d'un grand hôtel, un type en jeans et blouson de cuir avait inopinément surgi avec cinq sacoches en bandoulière ; accroupi, il avait mis l'œil à l'appareil. Agitant la main, elle tenta de lui faire comprendre son refus d'être photographiée, mais le type, après avoir bredouillé quelques mots d'anglais, se mit à rire et à sauter en tous sens comme une puce, en appuyant sur le déclic. Épisode insignifiant : un congrès se tenant ce jour-là à l'hôtel, on avait loué les services d'un photographe pour que les savants venus du monde entier puissent acheter ses photos souvenirs le lendemain. Mais Agnès ne supportait pas l'idée que puisse subsister quelque part un témoignage de sa rencontre avec son ami : le lendemain, elle revint à l'hôtel acheter toutes les photos (qui la montraient à côté de l'homme, une main levée devant le visage) et elle demanda aussi les négatifs, mais ceux-ci, déjà classés dans les archives de l'entreprise, furent inaccessibles. Malgré l'absence de tout danger, elle ne pouvait se défaire d'une certaine angoisse à l'idée qu'une seconde de sa vie, au lieu de se convertir en néant comme toutes les autres secondes, sera arrachée au cours du temps et, si un hasard imbécile vient à l'exiger un jour, ressuscitera comme un mort mal enterré.

Elle prit un autre hebdomadaire, beaucoup plus

porté celui-là sur la politique et la culture. Pas de catastrophes, pas de princesses nues au bord de la mer, mais des visages, des visages, partout des visages. Même dans la dernière section du magazine, consacrée aux comptes rendus de livres, les articles étaient tous accompagnés d'une photo de l'auteur concerné. Les auteurs étant souvent inconnus, on pouvait justifier la photo en tant qu'information utile, mais comment justifier cinq portraits du président de la République, dont tout le monde connaît par cœur le nez et le menton ? Les chroniqueurs, eux aussi, avaient leur photo en vignette, et semaine après semaine elle était certainement reprise au même endroit. Dans le reportage sur l'astronomie, on voyait le sourire agrandi des astronomes ; et des visages dans tous les encarts publicitaires, des visages vantant des meubles, des machines à écrire ou des carottes. Elle parcourut de nouveau le magazine de la première à la dernière page en faisant le calcul : quatre-vingt-douze photos représentant un visage seul ; quarante et une avec le visage et le corps ; quatre-vingt-dix visages sur vingt-trois photos de groupe ; et onze photos seulement où les hommes jouaient un rôle insignifiant ou nul. Au total, il y avait deux cent vingt-trois visages dans l'hebdomadaire.

Puis, Paul rentra à la maison et Agnès lui fit part de ses calculs.

« Oui, approuva-t-il. Plus l'homme reste indifférent à la politique, aux intérêts d'autrui, plus il est obsédé par son visage. C'est l'individualisme de notre temps.

— L'individualisme ? Où est l'individualisme quand la caméra te filme au moment de ton agonie ? Il est clair, au contraire, que l'individu ne s'appartient plus, qu'il est entièrement la propriété des autres. Je me souviens que dans mon enfance, quand on voulait photographier quelqu'un, on lui demandait toujours la permission. Même à moi, les adultes posaient la question : dis, petite, on peut te prendre en photo ? Et puis, un jour, personne n'a plus rien demandé. Le droit de la caméra a été élevé au-dessus de tous les droits, et de ce jour tout a changé, absolument tout. »

Elle reprit le magazine et dit : « Quand tu places côte à côte les photos de deux visages différents, tu es frappé par tout ce qui les distingue. Mais quand tu as devant toi deux cent vingt-trois visages, tu comprends d'un coup que tu ne vois que les nombreuses variantes d'un seul visage et qu'aucun individu n'a jamais existé.

— Agnès, dit Paul et sa voix fut soudain grave, ton visage ne ressemble à aucun autre. »

Agnès ne remarqua pas le ton de sa voix et sourit.

Paul dit : « Ne souris pas. Je parle sérieusement. Quand on aime quelqu'un, on aime son visage et on le rend ainsi totalement différent des autres.

— Je sais. Tu me connais par mon visage, tu me connais en tant que visage, et jamais tu ne m'as connue autrement. Aussi l'idée n'a pu te venir que mon visage ne soit pas moi. »

Paul répondit avec la patiente sollicitude d'un

vieux médecin : « Comment peux-tu prétendre n'être pas ton visage ? Qui se trouve derrière ton visage ?

— Imagine que tu aies vécu dans un monde où n'existent pas de miroirs. Tu aurais rêvé de ton visage, tu l'aurais imaginé comme une sorte de reflet extérieur de ce qui se trouvait en toi. Et puis, suppose qu'à quarante ans, on t'ait tendu une glace. Imagine ton effroi. Tu aurais vu un visage totalement étranger. Et tu aurais nettement compris ce que tu refuses d'admettre : ton visage, ce n'est pas toi.

— Agnès », dit Paul en se levant. Il se tenait tout contre elle. Dans les yeux de Paul, elle voyait l'amour, et dans les traits de Paul sa belle-mère. Il lui ressemblait comme la belle-mère ressemblait sans doute à son père, qui à son tour ressemblait à quelqu'un. La première fois qu'elle avait vu cette femme, Agnès s'était sentie très gênée par sa ressemblance physique avec son fils. Plus tard, quand elle avait fait l'amour avec Paul, une sorte de méchanceté lui avait rappelé cette ressemblance, au point de lui suggérer par moments qu'une vieille dame était couchée sur elle, le visage déformé par le plaisir. Mais Paul avait depuis longtemps oublié qu'il portait sur son visage le décalque de sa mère, persuadé que son visage n'était que lui et personne d'autre.

« Notre nom, lui aussi, nous échoit par hasard, poursuivit-elle, sans que nous sachions quand il est apparu dans le monde, ni comment un ancêtre inconnu a bien pu l'attraper. Nous ne comprenons pas du tout ce nom, nous ne connaissons rien de son histoire, et pourtant nous le portons avec une fidélité exaltée, nous nous confondons avec lui, il nous plaît bien, nous sommes ridiculement fiers de lui comme si nous l'avions inventé nous-mêmes sous le coup d'une inspiration géniale. Pour le visage, c'est pareil. Je me rappelle, cela devait se passer vers la fin de mon enfance : à force de m'observer dans la glace, j'ai fini par croire que ce que je voyais c'était moi. Je n'ai qu'un vague souvenir de cette époque, pourtant je sais que découvrir mon moi a dû être enivrant. Mais plus tard, un moment vient où l'on se tient devant la glace et l'on se dit : est-ce que cela c'est vraiment moi ? et pourquoi ? pourquoi devrais-je me solidariser avec *ça* ? que m'importe ce visage ? Et à partir de là, tout commence à s'effondrer. Tout commence à s'effondrer.

— Qu'est-ce qui commence à s'effondrer ? demanda Paul. Qu'est-ce que tu as, Agnès ! Qu'est-ce qu'il t'arrive depuis quelque temps ? »

Elle le dévisagea et, de nouveau, baissa la tête. Irrévocablement, il ressemblait à sa mère. Il lui ressemblait même de plus en plus. De plus en plus, il ressemblait à la vieille dame qu'avait été sa mère.

Paul la prit sous le bras, la forçant à se redresser. C'est seulement quand elle leva les yeux vers lui qu'il les vit mouillés de larmes.

Il la serra contre lui. Elle comprit que Paul l'aimait profondément et cela la remplit d'un sentiment de regret. Il l'aimait et elle en éprouvait de la tristesse, il l'aimait et elle avait envie de pleurer.

« Il faut partir, il est temps de s'habiller », dit-elle en échappant à son étreinte. Et elle courut vers la salle de bains.

8

Je suis en train d'écrire sur Agnès, je l'imagine, je la laisse se reposer sur un banc du sauna, déambuler dans Paris, feuilleter des magazines, discuter avec son mari, mais ce par quoi tout a commencé, ce geste de la dame saluant le maître nageur au bord de la piscine, c'est comme si je l'avais oublié. Agnès ne fait donc plus ce signe à personne ? Non. Même si cela peut paraître curieux, il me semble qu'il y a longtemps qu'elle ne le fait plus. Jadis, quand elle était très jeune, oui, elle le faisait.

C'était au temps où elle habitait encore la ville derrière laquelle se dessinaient les sommets des Alpes. Jeune fille de seize ans, elle était allée au cinéma avec un camarade de classe. Tandis que les lumières s'éteignaient, il lui prit la main. Bientôt leurs paumes se mirent à transpirer, mais le garçon n'osait pas lâcher cette main si courageusement saisie, parce qu'il aurait ainsi avoué qu'il transpirait et qu'il en avait honte. Ils gardèrent donc, pendant une heure et demie, leurs mains trempées d'une chaude moiteur et ne les desserrèrent que lorsque la lumière se ralluma.

Pour prolonger la rencontre, il la conduisit ensuite dans les ruelles de la vieille ville, jusqu'à un vieux couvent qui la dominait et dont le cloître attirait une nuée de touristes. Apparemment, il avait tout bien prémédité, puisque d'un pas relativement décidé il l'emmena dans un couloir désert, sous le prétexte assez sot de lui montrer un tableau. Ils arrivèrent au bout du couloir sans rencontrer le moindre tableau, mais seulement une porte peinte en brun où étaient inscrites les lettres W.C. Sans remarquer la porte, le garçon s'arrêta. Agnès savait bien que son camarade s'intéressait médiocrement aux tableaux et ne cherchait qu'un endroit à l'écart pour lui donner un baiser. Le pauvre, il n'avait rien trouvé de mieux que ce cul-de-sac, près des cabinets ! Elle s'esclaffa et, pour lui éviter de croire qu'elle se moquait de lui, montra du doigt l'inscription. Il rit aussi, malgré son désespoir. Avec ces deux lettres en toile de fond, il lui était impossible de se pencher vers elle pour l'embrasser (d'autant qu'il s'agissait d'un premier baiser, par définition inoubliable) et il ne lui restait plus qu'à retourner dans les rues avec un amer sentiment de capitulation.

Ils marchaient sans mot dire et Agnès était fâchée : pourquoi ne l'avait-il pas embrassée, tout simplement, en pleine rue ? Pourquoi avait-il préféré l'emmener dans un couloir suspect, vers des cabinets où des générations successives de vieux moines, vilains et puants, avaient vidé leurs entrailles ? L'embarras du garçon la flattait en tant que signe de sa confusion amoureuse, mais l'irritait plus encore en tant que preuve de son immaturité : sortir avec un garçon du même âge lui donnait l'impression de se disqualifier ; seuls les plus âgés l'attiraient. C'est peut-être parce qu'elle le trahissait mentalement, tout en reconnaissant qu'il l'aimait, qu'un vague sentiment de justice l'incita à lui venir en aide, à lui rendre espoir, à le délivrer de sa gêne puérile. S'il ne trouvait pas le courage, c'était à elle de le trouver.

Il la raccompagna chez elle et Agnès s'imaginait qu'en arrivant à la villa, devant la petite grille du jardin, elle l'enlacerait fugitivement pour lui donner un baiser, le laissant pétrifié de surprise. Mais au dernier moment, l'envie lui en passa quand elle vit que le garçon non seulement faisait grise mine, mais se montrait distant et même hostile. Ils se serrèrent donc la main et elle remonta l'allée entre deux plates-bandes vers la porte de la maison. Elle sentait peser sur elle le regard de son camarade, qui l'observait, immobile. De nouveau, elle éprouva pour lui de la pitié, une pitié de sœur aînée, et fit alors une chose dont l'idée ne lui serait pas venue une seconde auparavant. Sans s'arrêter, elle tourna la tête vers lui, sourit et déploya gaiement son bras en l'air, avec légèreté et souplesse, comme pour lancer vers le ciel un ballon multicolore.

Cet instant où soudain, sans aucune préparation, élégamment et lestement, Agnès leva la main, cet instant est merveilleux. En une fraction de seconde et dès la première fois, comment avait-elle pu trouver un mouvement du corps et du bras aussi parfait, aussi achevé qu'une œuvre d'art ?

À cette époque, une dame d'une quarantaine d'années, secrétaire à la faculté, allait régulièrement voir le père pour lui remettre divers papiers et en emporter d'autres revêtus de sa signature. Bien que leur motif fût insignifiant, ces visites étaient suivies d'une étrange tension (la mère devenait taciturne) qui intriguait beaucoup Agnès. Elle se précipitait à la fenêtre pour épier discrètement la secrétaire dès que celle-ci s'apprêtait à repartir. Un jour qu'elle se dirigeait vers la petite grille du jardin (descendant ainsi le chemin qu'Agnès devait plus tard remonter sous le regard de son malheureux ami), la secrétaire se retourna, sourit et lança la main en l'air en un mouvement inopiné, leste et léger. Ce fut inoubliable : l'allée sablée brillait comme un flot d'or sous les rayons du soleil et, de chaque côté de la petite grille, fleurissaient deux buissons de jasmin. Le geste s'était déployé à la verticale comme pour indiquer à ce coin de terre dorée la direction de son envol, si bien que les buissons blancs se métamorphosaient déjà en ailes. Agnès ne pouvait voir son père, mais elle comprit au geste de la femme qu'il se tenait à la porte de la villa et la suivait des yeux.

Ce geste était si inattendu, si beau, qu'il resta dans la mémoire d'Agnès comme la trace d'un éclair ; il l'invitait à quelque lointain voyage, il éveillait chez elle un désir indéterminé et immense. Et quand vint le moment où elle eut besoin d'exprimer quelque chose d'important à son ami, le geste se raviva en elle pour dire à sa place ce qu'elle n'avait pas su dire.

Je ne sais pas pendant combien de temps elle eut recours à ce geste (ou, plus exactement, combien de temps ce geste eut recours à elle) ; jusqu'au jour, sans doute, où elle constata que sa sœur, de huit ans sa cadette, lançait la main en l'air pour prendre congé d'une camarade. En voyant son propre geste exécuté par une petite sœur qui depuis sa plus tendre enfance l'avait admirée et imitée en tout, elle éprouva une sorte de malaise : le geste adulte s'accordait mal avec une fillette de onze ans. Mais elle était surtout troublée que ce geste fût à la disposition de tout le monde et nullement sa propriété ; comme si, en l'accomplissant, elle se rendait coupable d'un vol ou d'une contrefaçon. Dès lors elle se mit non seulement à éviter ce geste (et il n'est guère facile de se déshabituer des gestes qui nous habitent), mais à se méfier de tous les gestes. Elle s'appliquait à n'effectuer que ceux qui sont indispensables (hocher la tête pour signifier « oui » ou « non », montrer un objet à quelqu'un qui ne le voit pas) et qui ne prétendent à aucune originalité dans le comportement physique. Ainsi le geste qui l'avait envoûtée quand elle avait vu la secrétaire s'éloigner sur l'allée dorée (et dont j'ai moi-même subi l'envoûtement, en voyant la dame en maillot dire adieu au maître nageur), s'endormit-il en elle.

Un jour, pourtant, il se réveilla. C'était avant la mort de sa mère, alors qu'elle était venue passer quinze jours à la villa au chevet de son père malade. En lui faisant ses adieux le dernier jour, elle savait qu'elle ne pourrait le revoir avant longtemps. La mère n'était pas à la maison et le père voulait l'accompagner sur la route, jusqu'à sa voiture. Elle lui interdit de franchir le seuil de la villa et s'en fut toute seule vers la petite grille du jardin, sur le sable d'or entre les deux plates-bandes. Elle avait la gorge serrée et un immense désir de dire à son père quelque chose de beau, que les mots ne peuvent dire ; et subitement, sans savoir comment la chose se fit, elle tourna la tête et avec un sourire lança la main à la verticale, lestement, légèrement, comme pour dire qu'ils avaient encore une longue vie devant eux et qu'ils se reverraient souvent. Un instant plus tard, elle se souvint de la secrétaire qui vingt-cinq ans auparavant, à la même place et de la même façon, avait adressé un signe à son père. Agnès en était émue et déroutée. C'était comme si tout à coup, en une seule seconde, deux époques éloignées s'étaient rencontrées, comme si s'étaient rencontrées en un seul geste deux femmes différentes. L'idée lui traversa l'esprit qu'elles étaient peut-être les seules qu'il eût aimées.

9

Après le dîner, au salon où tout le monde s'était installé dans des fauteuils, verre de cognac ou tasse de café en main, courageusement, le premier invité se leva et, avec un sourire, s'inclina devant la maîtresse de maison. À ce signal qu'ils voulurent interpréter comme un ordre, les autres sautèrent eux aussi de leur fauteuil, Paul et Agnès compris, et s'en furent retrouver leur voiture. Paul conduisait, tandis qu'Agnès contemplait l'incessante agitation des véhicules, le clignotement des lumières, tout le vain remue-ménage d'une nuit urbaine qui ne connaît pas de repos. Alors, de nouveau, elle éprouva cette étrange et forte sensation qui l'envahissait de plus en plus souvent : elle n'a rien de commun avec ces créatures sur deux jambes, la tête au-dessus du cou, la bouche sur le visage. Autrefois, leur politique, leur science, leurs inventions l'avaient captivée, et elle avait pensé jouer un petit rôle dans leur grande aventure, jusqu'au jour où avait pris naissance en elle cette sensation de n'être pas des leurs. Cette sensation était bizarre, elle s'en défendait, la sachant absurde et immorale, mais elle finit par se dire qu'on ne peut commander ses sentiments : elle ne pouvait ni se tourmenter pour leurs guerres, ni se réjouir de leurs fêtes, parce qu'elle était imprégnée de la certitude que tout cela n'était pas son affaire.

Cela veut-il dire qu'elle a le cœur sec ? Non, cela n'a rien à voir avec le cœur. D'ailleurs, personne sans doute ne donne autant d'argent aux mendiants. Elle ne peut passer indifférente près d'eux et ils s'adressent à elle comme s'ils le savaient, repérant tout de suite et de loin, parmi des centaines de passants, celle qui les voit et les entend. — Oui, c'est vrai, mais il faut que j'ajoute : sa générosité envers les mendiants avait, elle aussi, un fond *négatif* : Agnès leur accorde l'aumône non pas parce qu'ils font partie du genre humain mais parce qu'ils lui sont étrangers, parce qu'ils en sont exclus et probablement, comme elle, s'en désolidarisent.

La non-solidarité avec le genre humain : oui, c'est elle. Et une seule chose pourrait l'arracher à ce détachement : l'amour concret pour un homme concret. Si elle aimait vraiment quelqu'un, le destin des autres cesserait de lui être indifférent, puisque le bien-aimé dépendrait de ce destin, en ferait partie ; et elle, dès lors, ne pourrait plus avoir la sensation que les souffrances des gens, leurs guerres et leurs vacances, ne sont pas son affaire à elle.

Cette dernière idée lui fit peur. Etait-il vrai qu'elle n'aimât personne ? Et Paul ?

Elle se rappela comment il s'était approché d'elle quelques heures plus tôt, avant leur départ pour le dîner, et l'avait serrée dans ses bras. Oui, quelque chose allait de travers : l'idée la poursuivait, depuis quelque temps, que son amour pour Paul reposait seulement sur une volonté : sur la volonté de l'aimer ; sur la volonté d'avoir un ménage heureux.

Si cette volonté s'était relâchée un instant, l'amour se serait envolé comme un oiseau qui trouve sa cage ouverte.

Il est une heure du matin, Agnès et Paul se déshabillent. S'il leur fallait décrire le déshabillage de l'autre et les gestes qu'il adopte, ils seraient bien embarrassés. Voilà longtemps déjà qu'ils ne se regardent plus. L'appareil de la mémoire est débranché, il n'enregistre plus rien de ce qui précède leur coucher dans le lit commun.

Le lit commun : l'autel du mariage ; et qui dit autel dit aussi sacrifice. C'est là qu'ils se sacrifient mutuellement : tous deux ont du mal à s'endormir et le souffle de l'un réveille l'autre ; chacun se pousse vers le bord du lit, laissant au milieu un large vide ; l'un simule le sommeil, dans l'espoir de permettre à l'autre de s'endormir en se tournant et se retournant sans crainte de le déranger. Hélas, l'autre n'en profitera guère, étant occupé lui aussi (pour des raisons identiques) à simuler le sommeil en évitant de bouger.

Ne pouvoir s'endormir et s'interdire de bouger : le lit matrimonial.

Agnès est étendue sur le dos et des images défilent dans sa tête : chez eux est venu cet homme affable et étrange, qui sait tout à leur sujet mais ignore ce qu'est la tour Eiffel. Agnès donnerait n'importe quoi pour une conversation seule à seul, mais il a fait exprès de choisir le moment où ils sont tous les deux à la maison. Agnès se creuse la cervelle pour inventer une ruse susceptible d'éloigner Paul.

Ils sont tous trois assis dans des fauteuils autour d'une table basse, devant trois tasses de café, et Paul parle pour distraire le visiteur. Agnès ne pense qu'au moment où l'homme se mettra à expliquer les raisons de sa visite. Ces raisons, elle les connaît. Mais elle seule, et non Paul. Enfin, le visiteur interrompt le bavardage pour entrer dans le vif du sujet : « Je crois que vous savez d'où je viens.

— Oui », répond Agnès. Elle sait qu'il arrive d'une autre planète, d'une planète très lointaine qui occupe dans l'univers une importante position. Et elle ajoute aussitôt, avec un sourire timide : « C'est mieux là-bas ? »

Le visiteur se contente de hausser les épaules : « Agnès, voyons, vous savez bien où vous vivez. »

Agnès dit : « Peut-être faut-il que la mort soit. Mais n'aurait-on pu l'inventer différemment ? Est-il nécessaire de laisser derrière soi une dépouille qu'il faut mettre en terre ou jeter au feu ? Tout cela est abominable !

— Il est bien connu que la Terre n'est qu'une abomination, répond le visiteur.

— Autre chose, reprend Agnès, même si ma question vous paraît stupide. Ceux qui vivent là-bas, chez vous, ont-ils des visages ?

— Non. Le visage n'existe qu'ici, chez vous.

— Et ceux de là-bas, comment se distinguent-ils alors ?

— Là-bas, pour ainsi dire, chacun est son propre ouvrage. Chacun s'invente entièrement lui-même. C'est difficile à expliquer. Vous ne pourriez pas comprendre. Mais un jour, vous comprendrez. Car je suis venu vous dire que, dans une prochaine vie, vous ne reviendrez pas sur Terre. »

Bien sûr, Agnès savait d'avance ce que le visiteur allait leur dire, et ne pouvait être surprise. Mais Paul était ébahi. Il regarda le visiteur, il regarda Agnès, qui ne put alors que demander : « Et Paul ? »

— Paul non plus ne reviendra pas sur Terre, répondit le visiteur. C'est cela que je suis venu vous annoncer. Nous prévenons toujours ceux que nous avons choisis. J'ai une seule question à vous poser : dans cette prochaine vie, voulez-vous rester ensemble, ou ne plus vous rencontrer ? »

Agnès s'attendait à cette question. C'est pourquoi elle aurait voulu être seule avec le visiteur. Elle se sait incapable, devant Paul, de répondre : « Je ne veux plus vivre avec lui. » Elle ne peut répondre cela en sa présence, ni lui devant elle, même s'il est probable que lui aussi aimerait vivre son autre vie différemment, et, par conséquent, sans Agnès. Car, dire à haute voix, en présence l'un de l'autre : « Dans une prochaine vie, nous ne voulons pas rester ensemble, nous ne voulons plus nous rencontrer », équivaudrait à dire : « Aucun amour entre nous n'a existé ni n'existe. » Voilà ce qu'ils ne peuvent dire à haute voix, parce que toute leur vie commune (plus de vingt ans déjà de vie commune) repose sur l'illusion de l'amour, sur une illusion que tous deux cultivent et entretiennent avec sollicitude. Aussi sait-elle, quand elle imagine la scène et en arrive à la question du visiteur, qu'elle capitulera toujours et qu'en dépit de son souhait, en dépit de son désir, elle finira par répondre : « Oui. Bien sûr. Je veux que nous restions ensemble, même dans une prochaine vie. »

Aujourd'hui pourtant, pour la première fois, elle est sûre de trouver le courage, même en présence de Paul, de dire ce qu'elle veut, ce qu'elle veut vraiment et du fond du cœur ; elle est sûre d'en trouver le courage même au risque de voir s'effondrer tout ce qui existe entre eux. Elle entend à ses côtés une profonde respiration. Paul s'est endormi. Comme une bobine remise dans un appareil de projection, elle déroule une fois encore toute la scène : elle dialogue avec le visiteur, Paul les regarde ébahi, et le visiteur demande : « Dans une prochaine vie, voulez-vous rester ensemble ou ne plus vous rencontrer ? »

(C'est curieux : bien qu'il dispose de toutes les informations à leur sujet, la psychologie terrestre lui demeure incompréhensible, la notion d'amour inconnue ; aussi ne se doute-t-il pas des difficultés dans lesquelles les entraîne sa question directe et pratique, formulée avec les meilleures intentions.)

Agnès rassemble toutes ses forces et répond d'une voix ferme : « Nous préférons ne plus nous rencontrer. »

Et c'est comme si elle claquait la porte devant l'illusion de l'amour.

DEUXIÈME PARTIE

L'IMMORTALITÉ

1

13 septembre 1811. Depuis trois semaines déjà, la jeune mariée Bettina, née Brentano, loge avec son mari, le poète Achim von Arnim, chez les époux Goethe à Weimar. Bettina est âgée de vingt-six ans, Arnim de trente, Christiane, la femme de Goethe, de quarante-neuf; Goethe a soixante-deux ans et plus une dent. Arnim aime sa jeune femme, Christiane aime son vieux monsieur, et Bettina, même après son mariage, ne cesse de flirter avec Goethe. Ce jour-là, Goethe reste à la maison et Christiane accompagne les jeunes époux à une exposition (organisée par l'ami de la famille, le conseiller aulique Mayer) où sont présentés des tableaux dont Goethe a parlé élogieusement. Madame Christiane ne comprend pas les tableaux mais a retenu ce qu'en disait Goethe, si bien qu'elle peut sans difficulté faire passer pour siennes les opinions de son mari. Arnim entend la voix puissante de Christiane et voit les lunettes posées sur le nez de Bettina. Comme Bettina fronce le nez (à la manière des lapins), ces lunettes tressautent. Et Arnim sait bien ce que cela veut dire : Bettina est irritée jusqu'à la fureur. Comme s'il sentait venir l'orage, il passe discrètement dans la salle voisine.

À peine est-il sorti que Bettina interrompt

Christiane : non, elle n'est pas de son avis ! En fait, ces tableaux sont impossibles !

Christiane aussi est irritée, et ce pour deux raisons : d'une part, quoique mariée et enceinte, cette jeune patricienne flirte avec Goethe sans vergogne, d'autre part elle le contredit. Qu'espère-t-elle ? Occuper le premier rang parmi les zélateurs de Goethe et en même temps le premier rang parmi les contestataires ? Christiane est troublée par chacune de ces raisons séparément, mais aussi par toutes les deux en même temps, puisque l'une exclut logiquement l'autre. Aussi déclare-t-elle d'une voix forte qu'il est impossible de qualifier d'impossibles des tableaux aussi remarquables.

À quoi Bettina rétorque : non seulement il est parfaitement possible de les qualifier d'impossibles, mais il faut de surcroît les déclarer ridicules ! oui, ridicules, et elle avance argument sur argument à l'appui de son affirmation.

Christiane écoute et constate qu'elle ne comprend rien du tout à ce que lui raconte cette jeune femme. Plus Bettina s'échauffe, plus elle emploie des mots que lui ont appris des amis de son âge, des jeunes gens passés par les universités, et Christiane sait bien qu'elle les emploie précisément parce qu'ils sont incompréhensibles. Elle regarde le nez où tressautent les lunettes, et pense que ces lunettes et ces mots incompréhensibles sont en parfait accord. C'est qu'elles méritent attention, les lunettes sur le nez de Bettina ! Nul n'ignore que Goethe condamnait le port de lunettes en public comme signe de mauvais goût, comme extravagance. Si Bettina les chausse malgré tout, en plein Weimar, c'est pour montrer, avec insolence et par provocation, son appartenance à la jeune génération, celle précisément qui se distingue par les convictions romantiques et le port des lunettes. Quand quelqu'un, avec orgueil et ostentation, proclame son appartenance à la jeune génération, nous savons bien ce qu'il veut dire : il veut dire qu'il sera encore en vie quand les autres (dans le cas de Bettina : Goethe et Christiane) mangeront ridiculement les pissenlits par la racine.

Bettina parle, elle s'exalte de plus en plus, et tout à coup la main de Christiane prend son envol. Au dernier moment, elle se rend compte qu'il n'est guère convenable de gifler une invitée. Elle freine son geste, et sa main ne fait qu'effleurer le front de Bettina. Les lunettes tombent par terre et se brisent en mille morceaux. Autour, gênés, les gens se retournent, se figent ; de la salle voisine, le pauvre Arnim accourt et, ne trouvant rien de plus intelligent à faire, s'accroupit pour ramasser les morceaux comme s'il voulait les recoller.

Plusieurs heures durant, tout le monde attend avec anxiété le verdict de Goethe. Quand il saura tout, de qui prendra-t-il la défense ?

Goethe prend la défense de Christiane et interdit définitivement sa porte aux deux époux.

Quand un verre se casse, cela porte bonheur. Quand un miroir se brise, on peut s'attendre à sept ans de malheur. Et quand des lunettes volent en éclats ? C'est la guerre. Bettina proclame dans tous

77

les salons de Weimar que « la grosse saucisse s'est affolée et l'a mordue ». La formule passe de bouche en bouche et tout Weimar rit aux larmes. Cette immortelle formule, ce rire immortel retentissent encore à nos oreilles.

2

L'immortalité. Goethe n'avait pas peur de ce mot. Dans son livre *Ma vie*, qui porte le célèbre sous-titre *Dichtung und Wahrheit*, *Poésie et Vérité*, il parle du rideau que, jeune homme de dix-neuf ans, il contemplait avidement dans le nouveau théâtre de Leipzig. Sur le fond du rideau étaient figurés (je cite Goethe) *der Tempel des Ruhmes*, le Temple de la Gloire, et devant lui tous les grands dramaturges de tous les temps. Au milieu d'eux, sans leur prêter attention, « un homme en veste légère se dirigeait droit vers le Temple ; il était représenté de dos et n'offrait rien d'extraordinaire. C'était Shakespeare qui, sans précurseurs, indifférent aux grands modèles, marchait sans nul soutien à la rencontre de l'immortalité ».

L'immortalité dont parle Goethe n'a, bien entendu, rien à voir avec la foi en l'immortalité de l'âme. Il s'agit d'une autre immortalité, profane, pour ceux qui restent après leur mort dans la mémoire de la postérité. Tout un chacun peut atteindre à cette immortalité, plus ou moins grande, plus ou moins longue, et dès l'adolescence chacun y pense. Petit garçon, j'allais en balade le dimanche dans un village morave dont le maire, disait-on, gardait dans son salon un cercueil ouvert à l'intérieur duquel, dans les moments d'euphorie où il se sentait exceptionnellement satisfait de lui-même, il s'allongeait en imaginant ses funérailles. Il n'a jamais rien vécu de plus beau que ces moments de rêverie au fond d'un cercueil : il habitait alors son immortalité.

Face à l'immortalité, les gens ne sont pas égaux. Il faut distinguer la *petite immortalité*, souvenir d'un homme dans l'esprit de ceux qui l'ont connu (l'immortalité dont rêvait le maire du village morave), et la *grande immortalité*, souvenir d'un homme dans l'esprit de ceux qui ne l'ont pas connu. Il y a des carrières qui, d'emblée, confrontent un homme à la grande immortalité, incertaine il est vrai, voire improbable, mais incontestablement possible : ce sont les carrières d'artiste et d'homme d'État.

De tous les hommes d'État européens de notre temps, François Mitterrand est sans doute celui qui a donné la plus grande place à l'immortalité dans ses pensées. Je me souviens de l'inoubliable cérémonie organisée en 1981 après son élection à la présidence. Sur la place du Panthéon s'était rassemblée une foule enthousiaste, dont il s'éloigna : il gravissait le large escalier (tout à fait comme Shakespeare se dirigeant vers le Temple de la Gloire, sur le rideau décrit par Goethe), trois roses à la main. Puis, disparaissant aux yeux du peuple, il se retrouva seul parmi les tombeaux de soixante-quatre morts illustres, n'étant suivi dans sa solitude pensive que d'une caméra, d'une équipe de cinéastes et de quelques millions de Français qui, sous le déluge de la *Neuvième* de Beethoven, fixaient le petit écran. Il posa les roses successivement sur les tombes des trois morts qu'il avait choisis entre tous. Tel un arpenteur, il planta ces trois roses comme trois jalons sur l'immense chantier de l'éternité, pour délimiter ainsi le triangle au milieu duquel on érigerait son palais.

Valéry Giscard d'Estaing, son prédécesseur à la présidence, convia en 1974 les éboueurs à son premier petit déjeuner au palais de l'Élysée. Ce geste était celui d'un bourgeois sensible, soucieux de se faire aimer des gens simples et de leur faire croire qu'il était des leurs. Mitterrand n'était pas assez candide pour vouloir ressembler aux éboueurs (aucun président n'y peut réussir); il voulait ressembler aux morts, ce qui témoigne d'une plus grande sagesse car, la mort et l'immortalité formant un couple d'amants inséparables, celui dont le visage se confond avec le visage des morts est immortel de son vivant.

Le président américain Jimmy Carter m'a toujours été sympathique, mais c'est presque de l'amour que j'ai éprouvé pour lui en le voyant, sur l'écran de télévision, courir en survêtement avec un groupe de collaborateurs, d'entraîneurs et de gorilles; soudain la sueur perla à son front, son visage se crispa, ses collaborateurs se penchèrent sur lui, le saisirent à bras-le-corps : une petite crise cardiaque. Le jogging aurait dû fournir au président l'occasion de montrer son éternelle jeunesse. On avait invité les cameramen à cette fin, et ce n'est pas leur faute s'ils durent nous faire voir, à la place d'un athlète débordant de santé, un homme vieillissant et qui avait la guigne.

L'homme désire l'immortalité, et un jour la caméra nous montre sa bouche déformée par une triste grimace, seule chose qui nous restera de lui et se transformera en parabole de toute sa vie ; il entrera dans l'immortalité dite *risible*. Tycho Brahé était un grand astronome, mais aujourd'hui nous ne nous rappelons plus rien de lui, sauf ce célèbre dîner à la cour impériale de Prague au cours duquel il refréna pudiquement son envie d'aller aux cabinets, si bien que sa vessie éclata, et lui, martyr de la honte et de l'urine, s'en fut promptement rejoindre les immortels risibles. Il les rejoignit comme plus tard Christiane Goethe transformée à jamais en saucisse affolée. Je ne connais pas au monde de romancier qui me soit plus cher que Robert Musil. Il est mort un matin en soulevant des haltères. Quand il m'arrive d'en soulever moi-même, je surveille mon pouls avec angoisse et j'ai peur de mourir, car mourir les haltères à la main, comme mon auteur chéri, voilà qui ferait de moi un épigone si incroyable, si frénétique, si fanatique, que la risible immortalité me serait garantie immédiatement.

3

Imaginons qu'à l'époque de l'empereur Rodolphe les caméras aient existé (celles qui ont immortalisé Carter) et qu'elles aient filmé le dîner à la cour où Tycho se tortillait sur sa chaise, pâlissait, croisait les jambes et roulait des yeux blancs. S'il avait pu se savoir observé par quelques millions de spectateurs, sa souffrance aurait décuplé et le rire retentirait encore plus fort dans les couloirs de son immortalité. Le peuple, qui cherche désespérément des raisons d'être gai, exigerait sûrement qu'on projette, à chaque Saint-Sylvestre, le film sur l'illustre astronome qui avait honte de pisser.

Cette image éveille en moi une question : à l'époque des caméras, l'immortalité a-t-elle changé de caractère ? Je n'hésite pas à répondre : au fond, non ; car l'objectif photographique, avant d'être inventé, était déjà là en tant que sa propre essence immatérialisée. Sans qu'aucun objectif réel n'ait été braqué sur eux, les gens se comportaient déjà comme s'ils étaient photographiés. Autour de Goethe, aucun troupeau de photographes ne courait jamais, mais couraient des ombres de photographes projetées vers lui depuis la profondeur de l'avenir. Ainsi, par exemple, pendant sa célèbre rencontre avec Napoléon. Alors au sommet de sa carrière, l'empereur des Français avait réuni à Erfurt tous les chefs d'État européens afin de leur faire entériner le partage du pouvoir entre lui-même et l'empereur des Russes.

À cet égard, Napoléon était bien français : des centaines de milliers de morts ne suffisaient pas à le satisfaire, il désirait de surcroît l'admiration des écrivains. Il demanda à son conseiller culturel quelles étaient les plus hautes autorités spirituelles de l'Allemagne contemporaine ; le conseiller nomma en premier lieu un certain monsieur Goethe. Goethe ! Napoléon se frappa le front : l'auteur des *Souffrances du jeune Werther* ! Au cours de la campagne d'Égypte, il avait constaté un jour que ses officiers étaient plongés dans ce livre. Comme il le connaissait lui-même, la fureur l'avait pris. Il avait reproché violemment aux officiers de lire de pareilles sornettes sentimentales et leur avait interdit une fois pour toutes d'ouvrir un roman. N'importe quel roman. Que ne lisaient-ils des livres d'histoire, beaucoup plus utiles ! Mais cette fois-ci, content de savoir qui était Goethe, il décida de l'inviter. Il le fit avec d'autant plus de plaisir que, selon son conseiller, Goethe était illustre surtout en tant que dramaturge. Contrairement aux romans, le théâtre avait la faveur de Napoléon, parce qu'il lui rappelait les batailles. Étant lui-même un grand auteur de batailles, doublé d'un metteur en scène inégalable, en son for intérieur il était convaincu d'être le plus grand poète tragique de tous les temps, plus grand que Sophocle, plus grand que Shakespeare.

Le conseiller culturel était un homme compétent, à qui néanmoins il arrivait souvent de s'embrouiller. Il est vrai que Goethe s'occupait beaucoup de théâtre, mais sa gloire ne devait pas grand-chose à ses pièces. Sans doute le conseiller de Napoléon confondait-il avec Schiller! Après tout, comme Schiller était très lié à Goethe, il n'était pas si indécent de faire de deux amis un seul poète; peut-être même le conseiller agissait-il en pleine connaissance de cause, dans un louable souci pédagogique, en créant pour Napoléon, comme synthèse du classicisme allemand, la personne d'un Friedrich Wolfgang Schilloethe.

Quand Goethe (sans se douter qu'il était Schilloethe) reçut l'invitation, il comprit aussitôt qu'il fallait l'accepter. Il arrivait à la soixantaine. La mort s'approchait et avec elle l'immortalité (car la mort et l'immortalité, comme je l'ai dit, forment un couple indivisible, plus beau que Marx et Engels, que Roméo et Juliette, que Laurel et Hardy) et Goethe ne pouvait prendre à la légère l'invitation d'un immortel. Bien que très occupé alors par sa *Théorie des couleurs*, qu'il tenait pour le sommet de son œuvre, il laissa son manuscrit et partit pour Erfurt où, le 2 octobre 1808, se tint l'inoubliable rencontre entre un poète immortel et un immortel stratège.

4

Accompagné d'ombres agitées de photographes, guidé par l'aide de camp de Napoléon, Goethe monte le large escalier et, par un autre escalier et d'autres couloirs, se dirige vers une grande salle au fond de laquelle Napoléon, assis à sa table, est en train de prendre son petit déjeuner. Autour de lui fourmillent des hommes en uniforme qui lui remettent des rapports, et le stratège leur répond sans cesser de mastiquer. Quelques instants s'écoulent avant que l'aide de camp ose lui désigner Goethe, qui se tient immobile à l'écart. Napoléon lève les yeux et glisse sa main droite sous sa veste, la paume contre l'estomac. C'est un geste qu'il a coutume de faire quand les photographes l'entourent. Se hâtant de déglutir (car il n'est pas bon d'être photographié quand on a le visage déformé par la mastication, vu la méchanceté des photographes qui raffolent de ce genre de portraits), il lance d'une voix forte pour être entendu de tous : « Voilà un homme ! »

C'est exactement ce qu'on appelle aujourd'hui, en France, une « petite phrase ». Les hommes politiques prononcent de longs discours en répétant, sans la moindre gêne, toujours la même chose, sachant que de toute façon le public n'en connaîtra que quelques mots cités par les journalistes ; pour leur faciliter la tâche et pour les manipuler un peu, ils insèrent dans ces discours de plus en plus identiques une ou deux phrases qu'ils n'avaient jamais dites ; c'est en soi si inattendu, si étonnant, que d'emblée la petite phrase devient célèbre. L'art politique, aujourd'hui, ne consiste plus à gérer la *polis* (celle-ci se gère elle-même, suivant la logique de son mécanisme obscur et incontrôlable), mais à inventer de petites phrases selon lesquelles l'homme politique sera vu et compris, plébiscité dans les sondages, élu ou non élu. Goethe ne connaît pas encore la notion de « petite phrase » mais, comme nous le savons déjà, les choses sont là en leur essence avant d'être matériellement réalisées et dénommées. Goethe comprend que Napoléon vient de proférer une superbe « petite phrase » qui leur sera profitable à tous deux. Ravi, il s'approche de la table.

Pensez ce que vous voudrez de l'immortalité des poètes, les stratèges sont plus immortels encore : c'est donc à juste titre que Napoléon interroge Goethe et non le contraire. « Quel âge avez-vous ? lui demande-t-il. — Soixante ans, répond Goethe. — Vous avez bonne mine pour votre âge », dit Napoléon avec respect (il a vingt ans de moins), et Goethe se rengorge. A cinquante ans, il était déjà bien enveloppé, il avait un double menton et s'en fichait. Mais au fil des années, il a connu la hantise de la mort et, du même coup, la peur d'entrer dans l'immortalité avec un vilain bedon. Aussi s'est-il décidé à maigrir et il est bientôt redevenu un homme svelte dont l'apparence, sans être belle, peut du moins évoquer le souvenir d'une beauté passée.

« Êtes-vous marié ? demande Napoléon avec un sincère intérêt. — Oui, répond Goethe en s'inclinant légèrement. — Et avez-vous des enfants ? — Un fils. » Sur ce, un général s'approche de Napoléon pour lui communiquer une importante nouvelle. Napoléon se met à réfléchir. Il retire sa main de sous sa veste, pique un morceau de viande sur sa fourchette, la porte à sa bouche (la scène n'est plus photographiée) et répond en mastiquant. Ce n'est qu'au bout d'un moment qu'il se ressouvient de Goethe. Avec un sincère intérêt, il lui demande : « Êtes-vous marié ? — Oui, répond Goethe en s'inclinant légèrement. — Et avez-vous des enfants ? — Un fils. — Et votre Charles-Auguste ? » dit Napoléon tout à trac, en décochant sur Goethe le nom du souverain de Weimar que de toute évidence il n'aime pas.

Goethe ne veut pas médire de son prince, mais ne voulant pas non plus contredire un immortel, il rétorque avec une habileté toute diplomatique que Charles-Auguste a beaucoup fait pour les sciences et pour les arts. L'allusion aux arts offre à l'immortel stratège l'occasion de se lever de table, de remettre la main sous sa veste, d'avancer de quelques pas en direction du poète et de développer devant lui ses idées sur le théâtre. Aussitôt, l'invisible troupeau des photographes est parcouru de frémissements, les appareils crépitent, et le stratège qui s'écarte avec le poète pour un tête-à-tête intime doit hausser la voix pour se faire entendre dans la salle. Il propose à Goethe d'écrire une pièce sur la conférence d'Erfurt, puisqu'elle doit enfin garantir à l'humanité le bonheur et la paix. « Le théâtre », ajoute-t-il d'une voix forte, « devrait devenir l'école du peuple ! » (voilà sa deuxième petite phrase, qui mériterait d'être publiée à la une le lendemain). « Et ce serait chic », poursuit-il plus doucement, « de dédier la pièce au tsar Alexandre. » (Car c'est de lui qu'il s'agit à la conférence d'Erfurt ! c'est de lui que Napoléon veut se faire un allié !) Puis il inflige à Schilloethe une petite leçon de littérature, mais interrompu par un de ses aides de camp il perd le fil. Dans l'espoir de le retrouver, il répète deux fois encore, sans logique ni conviction, que le théâtre est l'école du peuple, puis (ça y est ! enfin ! le fil est retrouvé !) il en vient à *La Mort de César* de Voltaire. Bel exemple, selon lui, d'un poète qui a manqué l'occasion de devenir l'éducateur du peuple. Sa tragédie aurait dû montrer un grand stratège travaillant au bien-être du genre humain mais empêché, par une mort prématurée, de réaliser ses nobles desseins. Les derniers mots ont résonné mélancoliquement et le stratège regarde le poète droit dans les yeux : « Voilà un grand sujet pour vous ! »

Mais on l'interrompt de nouveau. Les généraux entrent dans la salle, Napoléon retire sa main de sous sa veste, s'assoit à sa table, pique un morceau de viande sur sa fourchette et se met à mastiquer en écoutant les rapports. Les ombres de photographes ont disparu. Goethe regarde autour de lui, s'arrête devant les tableaux. Puis, s'approchant de l'aide de camp qui l'avait accompagné, il lui demande si l'audience est terminée. L'aide de camp dit oui, la fourchette de Napoléon se lève et Goethe s'en va.

5

Bettina était la fille de Maximiliane La Roche, la femme dont Goethe avait été amoureux quand il avait vingt-trois ans. Abstraction faite de quelques chastes baisers, c'était un amour immatériel, purement sentimental, qui avait d'autant moins tiré à conséquence que la mère de Maximiliane avait, en temps opportun, marié sa fille au riche commerçant italien Brentano ; quand celui-ci vit que le jeune poète avait l'intention de poursuivre le flirt avec sa femme, il le chassa de sa maison avec interdiction d'y remettre les pieds. Maximiliane accoucha ensuite de douze enfants (son infernal mâle italien en a procréé vingt en tout !), dont une fille baptisée Elisabeth ; c'était Bettina.

Bettina fut attirée par Goethe dès sa plus tendre enfance. Non seulement parce que aux yeux de toute l'Allemagne il était en marche vers le Temple de la Gloire, mais aussi parce qu'elle avait appris l'histoire de l'amour de Goethe pour sa mère. Elle s'intéressa passionnément à cet ancien amour, d'autant plus envoûtant qu'il était lointain (Seigneur, il remontait à treize ans avant la naissance de Bettina !) et, peu à peu, l'idée lui vint qu'elle avait des droits secrets sur le grand poète, dont au sens métaphorique (qui d'autre que le poète devrait prendre au sérieux les métaphores ?) elle se considérait comme la fille.

Les hommes, c'est bien connu, ont une fâcheuse tendance à fuir leurs obligations paternelles, à ne pas payer les pensions alimentaires, à nier la paternité. Ils refusent de comprendre que l'enfant est l'essence de tout amour, même s'il n'est pas réellement conçu et mis au monde. Dans l'algèbre amoureuse, l'enfant est le signe d'une addition magique de deux êtres. Même s'il aime une femme sans la toucher, l'homme doit compter avec la possibilité que son amour soit fécond et que le fruit ne voie le jour que treize ans après la dernière rencontre des amoureux. Voilà plus ou moins ce que Bettina devait se dire avant d'oser se rendre chez Goethe à Weimar. C'était au printemps 1807. Elle avait vingt-deux ans (c'est-à-dire le même âge que lui quand il faisait la cour à sa mère), mais elle se sentait toujours enfant. Cette sensation, mystérieusement, la protégeait comme si l'enfance avait été son bouclier.

S'abriter derrière le bouclier de l'enfance, c'était la ruse de toute sa vie. Sa ruse, mais sa nature aussi, parce que dès l'enfance elle avait joué à l'enfant. Elle était toujours un peu amoureuse du poète Clemens Brentano, son frère aîné, et s'asseyait avec délectation sur ses genoux. Alors déjà (elle avait quatorze ans), elle était à même de savourer la situation triplement ambiguë d'enfant, de sœur et de femme assoiffée d'amour. Est-il possible de chasser un enfant de vos genoux? Même Goethe n'en sera pas capable.

Elle s'assit sur ses genoux le jour même de leur première rencontre en 1807, si du moins l'on en

croit le récit qu'elle a elle-même donné plus tard :
elle s'était d'abord installée sur le sofa en face de
Goethe ; avec une tristesse de circonstance, il parlait
de la duchesse Amélie décédée quelques jours
auparavant. Bettina dit qu'elle n'en avait rien su.
« Comment ? s'étonna Goethe, la vie à Weimar ne
vous intéresse pas ? » Et Bettina : « Rien ne m'intéresse sauf vous-même. » Tout en souriant à la jeune
femme, Goethe prononça cette phrase fatale :
« Vous êtes une charmante enfant. » Dès qu'elle
entendit le mot « enfant », Bettina sentit tout son
trac se dissiper : « Je ne peux rester sur ce sofa »,
dit-elle en sautant sur ses pieds. « Mettez-vous donc
à votre aise », dit Goethe, et Bettina courut l'enlacer
et s'assit sur ses genoux. Elle dut y éprouver une
telle sensation de confort que, serrée contre lui, elle
ne tarda pas à s'assoupir.

Difficile de dire si tout s'est bien passé de la sorte
ou si Bettina nous mystifie, mais si elle nous mystifie
c'est encore mieux : nous pouvons ainsi comprendre
quelle image elle voulait donner d'elle-même et
quelle était sa méthode pour aborder les hommes : à
la façon d'un enfant, elle a été d'une impertinente
sincérité (en déclarant que la mort de la duchesse lui
était indifférente, en trouvant incommode le sofa où,
avant elle, s'étaient assis des dizaines d'invités
reconnaissants) ; à la façon d'un enfant, elle a sauté
au cou de Goethe et s'est assise sur ses genoux ; et le
comble : à la façon d'un enfant elle s'y est assoupie.

Adopter un comportement enfantin, rien n'est
plus avantageux : encore innocent et inexpérimenté,

l'enfant peut se permettre ce qu'il veut ; n'étant pas encore entré dans le monde où règne la forme, il n'est pas contraint d'observer les règles de la bonne conduite ; il peut exposer ses sentiments sans souci des convenances. Les gens qui refusaient de voir une enfant en Bettina la trouvaient cinglée (un jour, mue par le seul sentiment du bonheur, elle avait dansé dans sa chambre, était tombée et s'était ouvert le front sur l'angle d'une table), mal élevée (au salon, elle préférait toujours s'asseoir par terre) et surtout irrémédiablement affectée. En revanche, ceux qui acceptaient de la percevoir comme une éternelle enfant s'enchantaient de sa spontanéité toute naturelle.

Goethe fut ému par l'enfant. En souvenir de sa propre jeunesse, il lui offrit une belle bague. Et le même soir, il nota laconiquement dans son carnet : *Mamsel Brentano*.

6

Combien de fois ces amants célèbres, Goethe et Bettina, se sont-ils rencontrés ? Elle revint le voir à l'automne de la même année 1807 et passa dix jours à Weimar. Ensuite, elle ne le revit qu'au bout de trois ans, lors d'une brève visite de trois jours à Teplitz, ville thermale de Bohême où Goethe venait prendre les eaux, ce qu'elle ignorait. Et une année plus tard eut lieu la fatale visite à Weimar au cours de laquelle, deux semaines après son arrivée, ses lunettes se cassèrent par terre.

Et combien de fois restèrent-ils vraiment seuls, en tête à tête ? Trois, quatre fois, guère davantage. Moins ils se voyaient, plus ils s'écrivaient, ou plutôt, pour être précis : elle lui écrivait. Elle lui adressa cinquante-deux longues lettres, où elle le tutoyait en ne parlant que d'amour. Mais hormis une avalanche de mots, rien, en fait, ne se produisit et l'on peut se demander pourquoi leur histoire d'amour est si célèbre.

Voici la réponse : elle est si célèbre parce que dès le début il s'était agi d'autre chose que d'amour.

Goethe ne tarda pas à s'en douter. La première fois qu'il s'inquiéta ce fut lorsque Bettina lui apprit que, bien avant ses visites à Weimar, elle était devenue une familière de sa vieille maman qui, comme elle, vivait à Francfort. Elle avait voulu tout savoir de lui, et la vieille dame, flattée et ravie, avait passé des journées entières à lui raconter ses souvenirs. Bettina espérait que l'amitié de la mère lui ouvrirait rapidement la maison de Goethe, ainsi que son cœur. Ce calcul n'était pas tout à fait juste. Goethe jugeait légèrement comique l'adoration que lui vouait sa mère (il n'allait jamais la voir à Francfort) et dans l'alliance d'une fille extravagante avec une mère naïve, il flairait un danger.

Quand Bettina lui racontait les histoires apprises de la vieille dame, j'imagine qu'il éprouvait des sentiments mêlés. D'abord, bien entendu, il était flatté de l'intérêt que lui portait la jeune fille. Ses propos éveillaient en lui mille souvenirs endormis qui le charmaient. Mais il découvrit bientôt des anecdotes qui n'avaient pu se produire, ou qui le montraient sous un jour si ridicule qu'elles n'avaient pas dû se produire. De plus, toute son enfance, toute sa jeunesse prenaient dans les récits de Bettina une coloration ou même un sens qui lui déplaisaient. Non que Bettina voulût utiliser contre lui ses souvenirs d'enfance ; mais tout un chacun (pas seulement Goethe) trouve agaçant qu'on raconte sa vie selon une autre interprétation que la sienne propre. Si bien que Goethe éprouva une sensation de menace : cette jeune fille qui évoluait parmi les jeunes intellectuels du mouvement romantique (Goethe n'avait pas la moindre sympathie pour eux) était redoutablement ambitieuse et se prenait (avec un naturel qui frisait l'impudeur) pour un futur écrivain. Un jour, du reste, elle le lui dit sans détour : elle voulait écrire un livre à partir des souvenirs de sa mère. Un livre sur lui, sur Goethe ! En cet instant, derrière les protestations d'amour, il entrevit l'agressivité menaçante d'une plume et il commença à se tenir sur ses gardes.

Mais du fait même qu'il était sur ses gardes, il s'interdisait d'être désagréable. Elle était trop dangereuse pour qu'il pût se permettre de s'en faire une ennemie ; mieux valait la tenir constamment sous un aimable contrôle, sans exagérer non plus l'amabilité, car le moindre geste susceptible d'être interprété comme l'indice d'une connivence amoureuse (aux yeux de Bettina, même un éternuement pouvait passer pour une déclaration d'amour) aurait encore décuplé ses audaces de jeune fille.

Elle lui écrivit un jour : « Ne brûle pas mes lettres, ne les déchire pas ; cela pourrait te faire mal, parce que l'amour que j'y exprime est lié à toi, fermement, solidement, de façon vivante. Mais ne les montre à personne. Garde-les cachées comme une beauté secrète. » Il commença par sourire, avec condescendance, de la voir si assurée de la beauté de ses lettres, mais fut ensuite intrigué par la phrase : « Ne les montre à personne ! » Pourquoi cette interdiction ? Comme s'il avait envie de les montrer à quelqu'un ! Par l'impératif *ne montre pas*, Bettina révélait un secret désir de *montrer*. Comprenant que les lettres qu'il lui adressait de temps en temps pouvaient avoir d'autres lecteurs, il se vit dans la

97

situation d'un accusé averti par le juge : à partir de maintenant, tout ce que vous allez dire pourra être utilisé contre vous.

Il s'efforça donc de tracer, entre l'affabilité et la circonspection, une voie moyenne : en réponse à ses lettres extatiques, il envoyait des billets à la fois amicaux et pleins de retenue ; à son tutoiement, il opposa longtemps le vouvoiement ; s'ils se trouvaient dans la même ville, il lui témoignait une cordialité toute paternelle, il l'invitait chez lui, mais de préférence en présence d'autres personnes.

De quoi s'agissait-il donc ?

Bettina lui écrivit dans une lettre : « J'ai la ferme et solide volonté de t'aimer éternellement. » Lisez avec attention cette phrase apparemment banale. Bien plus que le mot « aimer » importent les mots « éternellement » et « volonté ».

Je ne prolongerai pas ce suspens. Ce dont il s'agissait n'était pas l'amour. C'était l'immortalité.

7

En 1810, pendant les trois jours où le hasard les mit en présence à Teplitz, elle confia à Goethe qu'elle allait bientôt se marier avec le poète Achim von Arnim. Elle le lui dit, probablement avec un certain embarras, parce qu'elle craignait qu'il ne considérât cet engagement matrimonial comme la trahison d'un amour si extatiquement déclaré. Son insuffisante expérience des hommes ne lui permettait pas de prévoir quelle secrète joie une telle nouvelle devait apporter à Goethe.

Aussitôt après le départ de Bettina, il écrivit à Christiane une lettre où l'on peut lire cette phrase pleine d'enjouement : « Mit Arnim ists wohl gewiss. » Avec Arnim, c'est tout à fait sûr. Dans la même lettre, il se réjouissait de trouver Bettina « vraiment plus jolie et plus aimable qu'autrefois », et l'on devine pourquoi elle lui apparaissait ainsi : Goethe était certain que l'existence d'un mari le mettrait désormais à l'abri des extravagances qui, jusqu'alors, l'avaient empêché d'apprécier les charmes de Bettina dans la sérénité et la bonne humeur.

Pour bien comprendre la situation, il faut se garder d'en oublier une composante fondamentale : Goethe avait été dès sa prime jeunesse un homme à femmes, il l'était donc depuis quarante ans quand il fit la connaissance de Bettina ; pendant tout ce temps s'était perfectionné en lui un mécanisme de gestes et de réflexes séducteurs qui à la moindre impulsion se mettait en branle. Jusqu'alors, non sans efforts il faut bien le dire, il s'était contraint en présence de Bettina à maintenir ce mécanisme immobile. Mais lorsqu'il comprit qu' « avec Arnim c'était tout à fait sûr », il se dit avec soulagement que désormais la prudence n'était plus nécessaire.

Le soir, elle vint le trouver dans sa chambre, avec comme toujours une moue enfantine. Tout en racontant de charmantes impertinences, elle s'assit par terre face au fauteuil où s'était installé Goethe. Comme il était d'excellente humeur (« avec Arnim, c'est tout à fait sûr ! »), il se pencha vers elle pour lui caresser les joues comme on caresse une enfant. À cet instant l'enfant cessa son bavardage et leva vers lui des yeux pleins d'exigences et de désirs tout féminins. En la prenant par les mains, il la contraignit à se lever. Retenons bien la scène : il restait assis, elle était debout contre lui et, dans l'embrasure de la fenêtre, le soleil allait se coucher. Ils se regardaient les yeux dans les yeux, la machine à séduire s'était mise en branle et Goethe ne faisait rien pour l'arrêter. D'une voix un peu plus basse qu'autrefois et sans la quitter des yeux, il lui demanda de dénuder ses seins. Elle ne dit rien, ne fit rien ; elle rougit. Il se leva de son fauteuil et déboutonna sa robe à hauteur de la poitrine. Immobile, elle gardait les yeux dans ses yeux, et le rougeoiement du coucher de soleil se mêlait sur sa peau à la rougeur qui la couvrait du front à l'estomac. Il posa la main sur son sein : « Quelqu'un a-t-il jamais touché ton sein ? demanda-t-il. — Non, répondit-elle. Et c'est tellement étrange que tu me touches… » et elle ne le quittait pas des yeux un seul instant. La main toujours posée sur son sein, il la regardait, lui aussi, dans les yeux, et tout au fond, longuement, avidement, il observait la pudeur d'une jeune femme dont personne n'avait encore touché le sein.

Voilà à peu près la scène telle que Bettina elle-même l'a notée, scène qui, très probablement, n'a eu aucune suite ; dans leur histoire plus rhétorique qu'érotique, elle brille comme un unique et splendide joyau d'excitation sexuelle.

8

Même lorsqu'ils s'éloignèrent ensuite l'un de l'autre, ils gardèrent en eux la trace de ce moment enchanté. Dans la lettre qui suivit leur rencontre, Goethe l'appela « allerliebste », la plus chère de toutes. Il n'oublia pourtant pas le fond de l'affaire et, dès la lettre suivante, en lui faisant savoir qu'il avait entrepris la rédaction de ses Mémoires, *Dichtung und Wahrheit*, il lui demanda de l'aider : sa mère n'était plus de ce monde, personne ne se souvenait plus de ses années de jeunesse. Mais Bettina avait longtemps côtoyé la vieille dame : à elle de transcrire ce qu'elle lui avait raconté, à elle d'envoyer cela à Goethe.

Ne savait-il pas que Bettina voulait publier de son côté un livre sur l'enfance de Goethe ? Qu'elle était même en pourparlers avec un éditeur ? Bien sûr qu'il le savait ! Je parie qu'il lui demanda ce service non par réel besoin, mais pour la mettre dans l'impossibilité de rien publier sur lui. Fragilisée par le sortilège de leur dernière rencontre, craignant aussi que son mariage avec Arnim ne lui aliénât Goethe, elle céda. Il réussit à la désamorcer comme on désamorce une bombe.

Puis, au mois de septembre 1811, elle vint à Weimar accompagnée de son jeune mari dont elle était enceinte. Rien ne met plus en joie que de rencontrer une femme naguère redoutée, mais qui, désarmée, ne fait plus peur ! Or Bettina, bien qu'enceinte, bien que mariée, bien qu'empêchée d'écrire son livre, ne s'estimait pas désarmée et n'entendait nullement cesser le combat. Qu'on me comprenne bien : non pas le combat pour l'amour, mais pour l'immortalité.

Que Goethe ait pensé à l'immortalité, sa situation permet de le supposer. Mais se peut-il qu'une femme aussi jeune que Bettina, et aussi peu connue, ait eu la même pensée ? Bien sûr. Dès l'enfance, on rêve d'immortalité. De plus, Bettina appartenait à la génération des Romantiques, éblouis par la mort dès l'instant où ils voyaient le jour. Novalis n'atteignit pas sa trentième année, mais malgré sa jeunesse rien, peut-être, ne l'a plus inspiré que la mort, la mort enchanteresse, la mort transmuée en alcool de poésie. Tous vivaient dans la transcendance, dans le dépassement de soi, les mains tendues vers le lointain, vers le terme de leur vie et même au-delà, vers l'immensité du non-être. Comme je l'ai dit, où que soit la mort, l'immortalité, sa compagne, est avec elle, et les Romantiques la tutoyaient sans vergogne, tout comme Bettina tutoyait Goethe.

Ces années entre 1807 et 1811 furent les plus belles de sa vie. À Vienne, en 1810, elle rendit à Beethoven une visite impromptue. Ainsi connut-elle les deux Allemands les plus immortels de tous, non seulement le beau poète mais aussi le vilain compositeur, et elle flirta avec les deux. Cette double immortalité l'enivrait. Goethe était déjà vieux (à

103

l'époque, un sexagénaire passait pour un vieillard) et magnifiquement mûr pour la mort ; à peine quadragénaire en ce temps-là, Beethoven était sans le savoir de cinq ans plus proche de la tombe que Goethe. Bettina se blottissait entre eux comme un délicat angelot entre deux énormes stèles noires. C'était superbe et la bouche édentée de Goethe ne la gênait nullement. Au contraire, plus il était vieux, plus il l'attirait, parce que plus il s'approchait de la mort, plus il s'approchait de l'immortalité. Seul un Goethe trépassé eût été à même de la prendre fermement par la main et de la conduire vers le Temple de la Gloire. Plus il s'approchait de la mort, moins elle entendait renoncer à lui.

C'est pourquoi en ce fatal mois de septembre 1811, bien que mariée et enceinte, elle jouait plus que jamais à l'enfant, parlait haut et fort, s'asseyait par terre, sur la table, sur le bord de la commode, sur le lustre, grimpait aux arbres, se déplaçait en dansant, chantait quand les autres conversaient gravement, s'exprimait avec gravité quand les autres chantaient, et recherchait coûte que coûte l'occasion d'un tête-à-tête avec Goethe. Elle ne réussit pourtant qu'une seule fois, au cours de ces deux semaines, à s'isoler avec lui. D'après ce qu'on raconte, l'entretien se déroula à peu près comme ceci :

C'était le soir, ils étaient assis près de la fenêtre dans la chambre de Goethe. Elle se mit à parler de l'âme, puis des étoiles. Goethe leva alors les yeux vers le ciel et lui désigna un grand astre. Mais

Bettina était myope et ne voyait rien. Il lui tendit un télescope : « Tu as de la chance, voilà Mercure. Cet automne, on le distingue très bien. » Mais Bettina songeait aux étoiles des amoureux, pas aux étoiles des astronomes : en mettant l'œil au télescope, elle fit exprès de ne rien voir et déclara que les lentilles étaient trop faibles. Patiemment, Goethe alla chercher un télescope plus puissant. De nouveau, elle y mit l'œil, et de nouveau elle affirma ne rien voir. Ce qui incita Goethe à l'entretenir de Mercure, de Mars, des planètes, du Soleil et de la Voie lactée. Il parla longtemps et quand il eut fini, le priant de l'excuser, elle regagna d'elle-même sa chambre. Quelques jours plus tard, à l'exposition, elle proclama que les tableaux étaient impossibles, et Christiane, pour toute réponse, fit voler les lunettes par terre.

9

Ce jour des lunettes cassées, un 13 septembre, Bettina le vécut comme une grande défaite. D'abord elle réagit avec agressivité, proclamant dans tout Weimar qu'une saucisse affolée l'avait mordue, mais elle ne tarda pas à comprendre qu'en se montrant rancunière elle risquait de ne plus jamais revoir Goethe et de réduire ainsi son grand amour pour l'immortel à un banal épisode voué à l'oubli. Aussi obligea-t-elle le bon Arnim à écrire une lettre à Goethe pour qu'il pardonne sa femme. La lettre resta sans réponse. Les époux quittèrent Weimar, et s'y arrêtèrent de nouveau en janvier 1812. Goethe ne les reçut pas. En 1816, Christiane mourut et Bettina, quelque temps après, envoya à Goethe une longue lettre pleine d'humilité. Goethe ne réagit pas. En 1821, dix ans donc après leur dernière rencontre, elle arriva à Weimar, se fit annoncer à Goethe qui recevait ce soir-là et ne pouvait l'empêcher d'entrer. Mais il ne lui dit pas un mot. En décembre de la même année, elle lui écrivit encore. Elle ne reçut aucune réponse.

En 1823, les conseillers municipaux de Francfort prirent la décision d'ériger un monument en l'honneur de Goethe, et le commandèrent à un sculpteur nommé Rauch. Quand Bettina vit l'ébauche, qui lui déplut, elle ne douta pas que le destin lui offrait une occasion à ne pas manquer. Bien que ne sachant pas dessiner, elle se mit au travail et esquissa son propre projet de statue : Goethe était assis dans la posture d'un héros antique ; il tenait une lyre à la main ; entre ses genoux se dressait une petite fille qui devait représenter Psyché ; les cheveux du poète ressemblaient à des flammes. Elle envoya le dessin à Goethe et il se produisit une chose tout à fait surprenante : dans son œil apparut une larme ! C'est ainsi qu'après treize ans de séparation (on était en juillet 1824, il avait soixante-quinze ans, elle trente-neuf), il la reçut chez lui et, bien qu'un peu guindé, il lui fit comprendre que tout était pardonné et que l'ère du silence méprisant était révolue.

Il me semble que pendant cette phase des événements, les deux protagonistes avaient fini par arriver à une compréhension froidement lucide des choses : ils savaient tous deux de quoi il retournait et chacun savait que l'autre savait. En dessinant le monument, Bettina avait indiqué, pour la première fois sans ambiguïté, ce qui depuis le début était en jeu : l'immortalité. Sans le prononcer, elle avait effleuré ce mot comme on touche une corde qui doucement et longuement résonne. Goethe l'entendit. Il fut d'abord naïvement flatté, mais peu à peu (après avoir essuyé sa larme) il comprit le véritable (et moins flatteur) sens du message : elle lui faisait savoir que l'ancien jeu continuait ; qu'elle ne s'était pas rendue ; que c'était elle qui taillerait son linceul de cérémonie, celui dans lequel on l'exposerait à la postérité ; elle lui faisait savoir qu'il ne pourrait nullement l'en empêcher, et surtout pas par un silence boudeur. Il se dit de nouveau ce qu'il savait depuis longtemps : Bettina était redoutable et mieux valait la tenir gentiment sous surveillance.

Bettina savait que Goethe savait. Cela ressort de leur rencontre à l'automne de la même année, la première après leur réconciliation ; elle la raconte elle-même dans une lettre envoyée à sa nièce : dès qu'il l'eut accueillie, écrit Bettina, « Goethe se montra d'abord bougon, puis me dit des mots caressants pour regagner ma bienveillance ».

Comment ne pas comprendre Goethe ! En l'apercevant, il ressentit intensément combien elle lui tapait sur les nerfs et la colère le prit d'avoir interrompu ce magnifique silence de treize ans. Il se lança dans une dispute, comme pour déverser sur elle tous les reproches qu'il n'avait jamais exprimés. Mais il se ressaisit aussitôt : pourquoi être sincère ? pourquoi lui dire ce qu'il pensait ? Seule importait sa décision : la neutraliser, la pacifier, la tenir sous surveillance.

Sous divers prétextes, raconte Bettina, Goethe interrompit leur entretien au moins à six reprises pour passer dans la pièce voisine où il buvait du vin en cachette, comme elle s'en aperçut ensuite à son haleine. Elle finit par lui demander, d'un air rieur, pourquoi il buvait en douce, et Goethe se fâcha.

Plus que Goethe buvant du vin en douce, c'est Bettina qui me paraît intéressante : elle ne s'est pas comportée comme vous ou moi, qui aurions observé Goethe avec amusement, mais en nous taisant discrètement et respectueusement. Lui dire ce que les autres auraient tu (« ton haleine sent l'alcool ! pourquoi as-tu bu ? pourquoi bois-tu en douce ? »), c'était sa façon d'extorquer à Goethe une partie de son intimité, de se trouver ainsi corps à corps avec lui. Dans cette agressivité d'indiscrétion, qu'au nom de sa spontanéité d'enfant elle avait toujours revendiquée, Goethe reconnut aussitôt la Bettina que, treize ans auparavant, il avait décidé de ne jamais revoir. Sans mot dire, il se leva, prit une lampe pour signifier que l'entretien était terminé et qu'il allait raccompagner la visiteuse par le sombre couloir jusqu'à la porte.

Alors, raconte Bettina dans la suite de sa lettre, pour l'empêcher de sortir elle s'agenouilla sur le seuil, face à la chambre, et lui dit : « Je veux voir s'il est possible de te tenir enfermé et si tu es un esprit du Bien, ou un esprit du Mal comme le rat de Faust ; je baise et je bénis ce seuil que franchit chaque jour l'esprit le plus éminent, qui est aussi mon meilleur ami. »

Et que fit Goethe ? Selon la lettre citée, il déclara : « Pour sortir, je ne vous foulerai pas aux pieds, ni toi ni ton amour ; celui-ci m'est trop cher ; quant à ton esprit, je me glisserai autour de lui (et vraiment, il contournait soigneusement le corps de Bettina à genoux), car tu es trop rusée et mieux vaut vivre en bonne intelligence avec toi. »

Cette phrase, mise par Bettina elle-même dans la bouche de Goethe, me paraît résumer tout ce que, durant leur rencontre, il lui disait sans le dire : Je sais, Bettina, que ton esquisse pour la statue était une ruse géniale. Dans ma déplorable sénilité, je me suis laissé émouvoir par les flammes auxquelles tu compares mes cheveux (ah, mes pauvres cheveux clairsemés), mais je n'ai pas tardé à comprendre : tu as voulu me montrer non pas un dessin mais le pistolet que tu tiens dans ta main pour tirer dans les lointains de mon immortalité. Non, je n'ai pas réussi à te désarmer. Je ne veux donc pas la guerre. Je veux la paix. Mais rien de plus que la paix. Prudemment, je te contournerai sans te toucher, je ne t'enlacerai pas, je ne t'embrasserai pas. D'abord je n'en ai aucune envie. Et puis, je sais que tout ce que je ferai, tu le transformeras en cartouches pour ton pistolet.

10

Deux ans après, Bettina revint à Weimar ; elle vit presque tous les jours Goethe (il avait alors soixante-dix-sept ans) et à la fin de son séjour, en essayant de s'introduire à la cour de Charles-Auguste, elle commit une de ces charmantes impertinences dont elle avait le secret. Alors se produisit une chose inattendue : Goethe explosa. « Ce taon insupportable *(diese leidige Bremse)* que m'a légué ma mère, écrivit-il à Charles-Auguste, nous importune depuis longtemps. Elle poursuit un petit jeu qui pouvait à la rigueur plaire dans sa jeunesse, son discours est plein de rossignols et elle gazouille comme un serin. Si Votre Altesse me l'ordonne, je lui interdirai à l'avenir, avec la fermeté d'un oncle, toute importunité. Sinon Votre Altesse ne sera jamais à l'abri de ses tracasseries. »

Six ans plus tard, elle se fit encore une fois annoncer chez lui. Mais Goethe refusa de la voir et la comparaison de Bettina à un taon resta son dernier mot dans cette histoire.

Chose curieuse : depuis qu'il avait reçu le dessin du monument, il s'était fixé pour règle de maintenir à tout prix la paix avec elle. Bien qu'allergique à sa seule présence, il avait alors tout fait (dût-elle sentir l'alcool dans son haleine) pour passer la soirée « en bonne intelligence » avec elle. Comment a-t-il pu,

111

soudain, laisser s'évanouir tous ses efforts en fumée ? Lui qui prenait tellement garde de ne pas partir pour l'immortalité avec une chemise froissée, comment a-t-il pu écrire ces mots affreux, taon insupportable, ces mots qu'on lui reprochera encore cent ans plus tard, trois cents ans plus tard, et quand personne ne lira plus ni *Faust* ni *Les Souffrances du jeune Werther* ?

Il faut comprendre le cadran de la vie :

Jusqu'à un certain moment, la mort reste quelque chose de trop éloigné pour que nous nous occupions d'elle. Elle est non-vue, elle est non-visible. C'est la première phase de la vie, la plus heureuse.

Puis, tout à coup, nous voyons notre propre mort devant nous et il est impossible de l'écarter de notre champ visuel. Elle est avec nous. Et puisque l'immortalité est collée à la mort comme Hardy à Laurel, on peut dire que l'immortalité est avec nous, elle aussi. À peine avons-nous découvert sa présence que nous commençons, fiévreusement, à prendre soin d'elle. Nous lui commandons un smoking, nous lui achetons une cravate, craignant que costume et cravate ne soient choisis par d'autres, et mal choisis. Tel est le moment où Goethe décide d'écrire ses Mémoires, *Poésie et Vérité*, et invite chez lui le dévoué Eckermann (curieuse coïncidence : cela se passe en cette même année 1823 où Bettina fait l'esquisse de la statue) pour lui permettre d'écrire ses *Conversations avec Goethe*, ce beau portrait réalisé sous l'aimable surveillance du portraituré.

Après cette deuxième phase de la vie, où l'homme ne peut quitter la mort des yeux, en vient une troisième, la plus courte et la plus secrète, dont on sait très peu de chose et dont on ne parle pas. Ses forces déclinent et une désarmante fatigue s'empare de l'homme. Fatigue : pont silencieux qui mène de la rive de la vie à la rive de la mort. La mort est si proche qu'on s'ennuie à la regarder. Comme autrefois, elle est non-vue et non-visible. Non-vue, comme les objets trop familiers, trop connus. L'homme fatigué regarde par la fenêtre et contemple le feuillage des arbres dont il prononce mentalement le nom : marronnier, peuplier, érable. Ces noms sont beaux comme l'être même. Le peuplier est grand et ressemble à un athlète levant le bras vers le ciel. Ou bien il ressemble à une haute flamme pétrifiée. Le peuplier, oh, le peuplier. L'immortalité est une illusion dérisoire, un mot creux, un souffle de vent qu'on poursuit avec un filet à papillons, si on la compare à la beauté du peuplier que le vieil homme fatigué regarde par la fenêtre. L'immortalité, le vieil homme fatigué n'y pense plus du tout.

Que va-t-il faire alors, le vieil homme fatigué regardant le peuplier, quand soudain s'annonce une femme qui veut danser autour de la table, s'agenouiller sur le seuil et tenir des discours sophistiqués ? Avec un sentiment de joie ineffable et un brusque regain de vigueur, il l'appellera *leidige Bremse*, taon insupportable.

Je pense à cet instant où Goethe a écrit : taon

insupportable. Je pense au plaisir qu'il a éprouvé et je crois que, dans un éclair de lucidité, il a compris : jamais il n'avait agi comme il le voulait. Il s'était considéré comme le gérant de son immortalité et cette responsabilité lui avait fait perdre tout naturel. Il avait eu peur des extravagances, tout en éprouvant beaucoup d'attrait pour elles, et s'il en avait commis quelques-unes, il avait tenté ensuite de les atténuer pour ne pas s'écarter de cette souriante modération qu'il identifiait parfois à la beauté. Les mots « taon insupportable » n'étaient en accord ni avec son œuvre, ni avec sa vie, ni avec son immortalité. Ces mots, c'était de la liberté pure. Seul a pu écrire ces mots un homme qui, parvenu à la troisième phase de la vie, a cessé de gérer son immortalité et ne la tient pas pour une chose sérieuse. Il est rare de parvenir jusqu'à cette extrême limite, mais celui qui l'atteint sait que là et nulle part ailleurs se trouve la véritable liberté.

Ces idées traversèrent l'esprit de Goethe, mais il les oublia aussitôt parce qu'il était un vieil homme fatigué et que sa mémoire était défaillante.

11

Rappelons-nous : c'est déguisée en enfant qu'elle est venue le voir la première fois. Vingt-cinq ans plus tard, en mars 1832, quand elle a appris la grave maladie de Goethe, c'est un enfant qu'elle a aussitôt envoyé chez lui : son fils Sigmund. Ce timide garçon de dix-huit ans a passé six jours à Weimar, selon les instructions de sa mère, sans du tout savoir de quoi il retournait. Mais Goethe le savait : elle l'avait dépêché auprès de lui comme un ambassadeur chargé de lui faire comprendre, par sa simple présence, que la mort piaffait derrière la porte et que Bettina prenait désormais en main l'immortalité de Goethe.

Ensuite la mort a ouvert la porte, le 22 mars Goethe meurt après une semaine de lutte et Bettina, quelques jours plus tard, écrit une lettre à l'exécuteur testamentaire de Goethe, le chancelier Müller : « En vérité la mort de Goethe a produit sur moi une impression profonde, ineffaçable, mais non une impression de tristesse ; je ne puis exprimer par des mots l'exacte vérité, mais je crois m'en approcher au plus près en disant que c'est une impression de gloire. »

Soulignons bien cette précision de Bettina : non pas tristesse, mais gloire.

Peu après, elle demande au même chancelier

Müller de lui envoyer toutes les lettres qu'elle avait adressées à Goethe. À les relire, elle a éprouvé une déception : toute cette histoire apparaissait comme l'ébauche, certes, d'un chef-d'œuvre, mais pourtant rien que l'ébauche et, qui plus est, imparfaite. Il fallait se mettre au travail. Celui-ci dura trois ans : elle corrigeait, elle réécrivait, elle complétait. Si elle était mécontente de ses propres lettres, celles de Goethe lui semblaient plus décevantes encore. En les relisant, elle se sentait blessée par leur laconisme, par leur réserve, voire par leur impertinence. Comme s'il l'avait vraiment prise pour une enfant, il rédigeait souvent ses lettres sous forme d'aimables leçons destinées à une écolière. Aussi dut-elle en changer le ton : « ma chère amie » devint « mon cher cœur », les blâmes qu'il lui avait infligés se trouvèrent adoucis par des ajouts flatteurs, et d'autres ajouts firent entendre quel rôle d'inspiratrice et de muse Bettina avait su jouer auprès du poète fasciné.

De façon plus radicale encore, elle réécrivit ses propres lettres. Non, elle n'en changea pas le ton, le ton était juste. Mais elle changea par exemple les dates (pour faire disparaître, au milieu de leur correspondance, les longues pauses qui auraient démenti la constance de leur passion), elle élimina nombre de passages inconvenants (celui, par exemple, où elle implorait Goethe de ne montrer ses lettres à personne), elle ajouta d'autres développements, rendit plus dramatiques les situations décrites, donna plus de profondeur à ses opinions sur la politique ou l'art, notamment quand la musique et Beethoven étaient en cause.

Elle acheva le livre en 1835 et le publia sous le titre *Goethes Briefwechsel mit einem Kinde*. « Correspondance de Goethe avec une enfant. » Personne n'a mis en doute l'authenticité des lettres jusqu'en 1921, date à laquelle la correspondance originale fut découverte et éditée.

Ah, pourquoi ne l'avait-elle pas brûlée à temps ?

Mettez-vous à sa place : ce n'est pas facile de brûler des documents intimes qui vous sont chers ; c'est comme si vous vous avouiez qu'il ne vous reste plus de temps, que vous allez mourir demain ; ainsi ajournez-vous sans cesse l'acte de destruction, et un jour il est trop tard.

On compte sur l'immortalité et on oublie de compter avec la mort.

12

Grâce au recul que nous donne la fin de notre siècle, peut-être pouvons-nous oser le dire : Goethe est le personnage qui se trouve exactement au milieu de l'histoire européenne. Goethe : le superbe point médian, le centre. Non pas le centre, point pusillanime qui abhorre les extrêmes, mais le centre solide qui tient les deux extrêmes dans un remarquable équilibre que l'Europe ne connaîtra plus jamais. Dans sa jeunesse, Goethe étudie encore l'alchimie, mais devient plus tard un pionnier de la science moderne ; il est le plus grand des Allemands, tout en étant antipatriote et européen ; cosmopolite, il ne quitte pourtant guère sa province, son minuscule Weimar ; il est l'homme de la nature et en même temps l'homme de l'Histoire. En amour, il est aussi libertin que romantique. Et ceci encore :

Souvenons-nous d'Agnès dans l'ascenseur agité de soubresauts, comme pris de la danse de Saint-Guy. Tout en étant experte en cybernétique, elle ne pouvait s'expliquer ce qui se passait dans la tête technique de cet appareil, qui lui demeurait aussi étranger et opaque que les mécanismes de tous les objets qu'elle rencontrait chaque jour, depuis le petit ordinateur posé à côté du téléphone jusqu'au lave-vaisselle.

Goethe, en revanche, a vécu ce moment de

l'histoire, bref et unique, où le niveau technique permettait déjà un certain confort, mais où l'homme cultivé pouvait encore comprendre tous les outils qui l'entouraient. Goethe savait avec quoi et comment sa maison avait été bâtie, pourquoi une lampe à huile donnait de la lumière, il connaissait le mécanisme de son télescope ; sans doute n'osait-il pas effectuer des opérations chirurgicales, mais pour avoir assisté à quelques-unes il pouvait s'entendre en connaisseur avec le médecin qui le soignait. Le monde des objets techniques était pour lui intelligible et transparent. Telle fut la grande minute goethéenne au milieu de l'histoire de l'Europe, la minute qui laissera une cicatrice nostalgique au cœur de l'homme emprisonné dans un ascenseur qui s'agite et qui danse.

L'œuvre de Beethoven commence là où finit la grande minute de Goethe. Le monde perd peu à peu sa transparence, s'opacifie, devient inintelligible, se précipite dans l'inconnu, tandis que l'homme trahi par le monde s'évade en son for intérieur, dans sa nostalgie, dans ses rêves, dans sa révolte et, abasourdi par la voix douloureuse qui s'élève en lui, ne sait plus entendre les voix qui l'interpellent du dehors. Le cri intérieur, pour Goethe, était un insupportable vacarme. Il détestait le bruit. C'est connu. Il ne supportait même pas l'aboiement d'un chien au fond d'un lointain jardin. On dit qu'il n'aimait pas la musique. C'est faux. Il n'aimait pas les orchestres. Il adorait Bach, qui pensait encore la musique comme sonorité transparente de voix indépendantes et distinctes. Mais dans les symphonies de Beethoven, les voix particulières des instruments se fondaient en une opacité sonore de cris et de pleurs. Goethe ne supportait pas les hurlements de l'orchestre, pas plus qu'il ne supportait les bruyants sanglots de l'âme. Les compagnons de Bettina avaient lu le dégoût dans les yeux du divin Goethe, qui les observait en se bouchant les oreilles. Ils ne pouvaient le lui pardonner et l'attaquaient comme un ennemi de l'âme, de la révolte et du sentiment.

Sœur du poète Brentano, épouse du poète Arnim, adoratrice de Beethoven, Bettina, membre de la famille romantique, était l'amie de Goethe. Voilà sa position sans pareille : elle était la souveraine de deux royaumes.

Son livre se présentait comme un magnifique hommage à Goethe. Toutes ses lettres n'étaient qu'un *chant* d'amour pour lui. Soit, mais comme tout le monde savait que madame Goethe avait jeté par terre les lunettes de Bettina, et que Goethe avait alors honteusement trahi l'amoureuse enfant pour une saucisse affolée, ce livre était en même temps (et beaucoup plus) une *leçon* d'amour infligée au poète qui face au grand sentiment s'était comporté comme un lâche cuistre et avait sacrifié la passion à une misérable paix matrimoniale. Le livre de Bettina était à la fois un hommage et une raclée.

13

L'année même où Goethe mourut, dans une lettre adressée à son ami le comte Hermann von Pückler-Muskau, elle raconta ce qui s'était passé un jour d'été, vingt ans plus tôt. À l'en croire, elle le tenait de Beethoven lui-même. En 1812 (un an donc après l'année noire des lunettes cassées), celui-ci était venu passer quelques jours à Teplitz, où il avait pour la première fois rencontré Goethe. Ils avaient fait une promenade ensemble. Alors qu'ils suivaient une allée, soudain était apparue devant eux l'impératrice, accompagnée de sa famille et de sa cour. Apercevant le cortège et cessant d'écouter ce que Beethoven lui disait, Goethe s'arrêta, s'écarta et ôta son chapeau. Beethoven, lui, enfonça le sien, fronça ses épais sourcils qui poussèrent encore de quelques centimètres et se dirigea, sans ralentir le pas, face aux aristocrates ; ce furent eux qui s'arrêtèrent, qui le laissèrent passer, qui le saluèrent. Il ne se retourna qu'ensuite, pour attendre Goethe. Et il lui dit alors ce qu'il pensait de son comportement servile. Il le tança comme un petit morveux.

Cette scène a-t-elle vraiment eu lieu ? Beethoven l'a-t-il inventée ? Entièrement ? Ou l'a-t-il seulement un peu corsée ? Ou bien est-ce Bettina qui l'a corsée ? Ou bien l'a-t-elle forgée de toutes pièces ? Personne ne le saura jamais. Mais il est sûr qu'en écrivant sa lettre à Hermann von Pückler, elle a bien compris la valeur inappréciable de cette anecdote, la seule qui puisse dévoiler le sens le plus profond de l'histoire d'amour entre elle et Goethe. Toutefois, comment la faire connaître ? Dans sa lettre, elle demande à Hermann von Pückler : « L'histoire te plaît ? Kannst Du sie brauchen ? » Peux-tu l'utiliser ? Von Pückler n'ayant pas l'intention de l'utiliser, elle caresse d'abord le projet d'éditer toute la correspondance qu'elle avait échangée avec le comte, puis finit par trouver la solution de loin la meilleure : en 1839, dans la revue *Athenäum*, elle publie la lettre où Beethoven lui-même raconte cette histoire ! L'original de cette lettre datée de 1812 n'a jamais été retrouvé. Seule existe la copie écrite de la main de Bettina. Plusieurs détails (par exemple la date exacte de la lettre) indiquent que Beethoven ne l'a jamais écrite, ou du moins qu'il ne l'a jamais écrite telle que Bettina l'a recopiée. Mais peu importe qu'il s'agisse d'un faux ou d'un demi-faux, l'anecdote est devenue célèbre et a séduit tout le monde. Soudain, tout fut clair : si à un grand amour Goethe a préféré une saucisse, ce n'est pas un hasard : alors que Beethoven est un homme révolté qui va de l'avant, le chapeau vissé sur la tête, les mains derrière le dos, Goethe, lui, est un homme servile qui fait des courbettes sur le bas-côté d'une allée.

14

Bettina avait étudié la musique, elle avait même composé quelques morceaux, elle était donc en mesure de comprendre ce qu'il y avait de neuf et de beau dans la musique de Beethoven. Pourtant, je pose la question : la musique de Beethoven l'avait-elle captivée par elle-même, par ses notes ? Ou plutôt par ce qu'elle *représentait*, autrement dit par sa nébuleuse parenté avec les attitudes et les idées que partageaient Bettina et sa génération ? Tout compte fait, l'amour de l'art, est-ce que cela existe et a jamais existé ? N'est-ce pas une illusion ? Quand Lénine proclamait aimer par-dessus tout l'*Appassio-nata* de Beethoven, qu'aimait-il en fait ? Qu'enten-dait-il ? La musique ? Ou un noble vacarme qui lui rappelait les mouvements pompeux de son âme éprise de sang, de fraternité, de pendaisons, de justice et d'absolu ? Entendait-il la musique ou se laissait-il seulement introduire par elle dans une rêverie qui n'avait rien de commun avec l'art ni la beauté ? Mais revenons à Bettina : était-elle attirée par le Beethoven musicien, ou par le Beethoven grand Anti-Goethe ? Aimait-elle sa musique d'un amour discret, tel celui qui nous attache à une métaphore magique, à l'alliance de deux couleurs sur un tableau ? Ou de cette passion conquérante qui fait adhérer à un parti politique ? Quoi qu'il en fût (et nous ne saurons jamais ce qu'il en était), Bettina envoya au monde l'image d'un Beethoven allant de l'avant, le chapeau vissé sur la tête, et cette image a continué toute seule sa marche à travers les siècles.

En 1927, cent ans après la mort de Beethoven, une revue allemande, *Die literarische Welt,* a demandé aux compositeurs les plus importants de préciser ce que Beethoven représentait pour eux. La rédaction était loin d'imaginer une telle exécution posthume de l'homme au chapeau enfoncé sur le front : Auric, membre du groupe des Six, lança une proclamation au nom de tous ses amis : Beethoven leur était à tel point indifférent qu'il ne méritait pas même d'être contesté. Qu'il pût être redécouvert un jour, réhabilité, comme cela s'était vu cent ans plus tôt avec Bach ? Exclu ! Ridicule ! Janacek confirma, lui aussi, que l'œuvre de Beethoven ne l'avait jamais enchanté. Et Ravel résuma : il n'aimait pas Beethoven, parce que sa gloire reposait non pas sur sa musique, bien évidemment imparfaite, mais sur une légende littéraire issue de sa biographie.

Une légende littéraire. En l'occurrence, elle repose sur deux chapeaux : l'un profondément enfoncé sur le front, jusqu'aux énormes sourcils, l'autre tenu à la main par un homme qui, profondément, s'incline. Les prestidigitateurs aiment manier les chapeaux. Ils y font disparaître des objets, ou en tirent des colombes qui s'envolent au plafond. Bettina a tiré du chapeau de Goethe les vilains oiseaux de sa servilité ; et dans le chapeau de Beethoven (certainement sans le vouloir), elle a fait disparaître toute sa musique. Elle a réservé à Goethe le sort de Tycho Brahé et de Carter : une risible immortalité. Mais la risible immortalité nous guette tous ; pour Ravel, Beethoven allant de l'avant avec son chapeau enfoncé jusqu'aux sourcils était beaucoup plus risible que Goethe qui, profondément, s'inclinait.

Par conséquent, même s'il est possible de façonner l'immortalité, de la modeler à l'avance, de la manipuler, elle ne se réalisera jamais telle qu'elle a été planifiée. Le chapeau de Beethoven est devenu immortel. A cet égard, le plan a réussi. Mais le sens que prendrait l'immortel chapeau, nul ne pouvait le prévoir.

15

« Vous savez, Johann, dit Hemingway, moi non plus je n'échappe pas à leurs perpétuels réquisitoires. Au lieu de lire mes livres, ils écrivent des livres sur moi. Il paraît que je n'aimais pas mes épouses. Que je ne me suis pas assez occupé de mon fils. Que j'ai cassé la gueule à un critique. Que j'ai manqué de sincérité. Que j'ai été orgueilleux. Que j'ai été macho. Que je me suis vanté de deux cent trente blessures de guerre, quand j'en avais seulement deux cent six. Que je me suis masturbé. Que j'ai été méchant avec maman.

— C'est l'immortalité, que voulez-vous, dit Goethe. L'immortalité est un éternel procès.

— Si c'est un éternel procès, il faudrait un vrai juge ! Et pas une institutrice de village armée d'un martinet.

— Le martinet brandi par une institutrice de village, voilà l'éternel procès ! Qu'aviez-vous imaginé d'autre, Ernest ?

— Je n'avais rien imaginé. J'espérais seulement qu'après ma mort je vivrais un peu tranquille.

— Vous avez tout fait pour devenir immortel.

— Sornettes. J'écrivais des livres, c'est tout.

— Justement ! s'esclaffa Goethe.

— Que mes livres soient immortels, je n'ai rien contre. Je les ai écrits de telle façon qu'on ne puisse

126

pas y changer un mot. J'ai tout fait pour qu'ils résistent aux intempéries. Mais en tant qu'homme, en tant qu'Ernest Hemingway, l'immortalité je m'en fous !

— Je vous comprends, Ernest. Mais vous auriez dû vous montrer plus prudent quand vous étiez en vie. Désormais, il n'y a plus grand-chose à faire.

— Plus prudent ? C'est une allusion à mes vantardises ? Eh oui, dans ma jeunesse, j'étais comme un coq. Je me donnais en spectacle. Je me régalais des histoires qui circulaient sur mon compte. Mais croyez-moi, si vaniteux que j'aie été, je n'étais pas un monstre et je ne songeais guère à l'immortalité ! Le jour où j'ai compris que c'était bien elle qui me guettait, la panique m'a saisi. Cent fois, j'ai exhorté les gens à ne pas se mêler de ma vie. Mais plus je les exhortais, pire c'était. Je me suis installé à Cuba pour leur échapper. Quand on m'a donné le Prix Nobel, j'ai refusé de me rendre à Stockholm. Je me foutais de l'immortalité, vous dis-je, et je dirai même plus : le jour où j'ai constaté qu'elle me serrait dans ses bras, l'horreur que j'en ai éprouvée a été pire que l'horreur même de la mort. L'homme peut mettre fin à sa vie. Mais il ne peut mettre fin à son immortalité. Une fois qu'elle vous a pris à bord, vous ne pouvez plus jamais redescendre, et même si vous vous brûlez la cervelle, comme moi, vous restez à bord avec votre suicide, et c'est l'horreur, Johann, c'est l'horreur. J'étais mort, couché sur le pont, et autour de moi je voyais mes quatre épouses accroupies, écrivant tout ce qu'elles

127

savaient de moi, et derrière elles était mon fils qui écrivait aussi, et Gertrude Stein, la vieille sorcière, était là et écrivait, et tous mes amis étaient là et racontaient tous les cancans, toutes les calomnies qu'ils avaient pu entendre à mon sujet, et une centaine de journalistes, micros braqués, se pressaient derrière eux, et dans toutes les universités d'Amérique une armée de professeurs classaient tout cela, l'analysaient, le développaient, fabriquant des milliers d'articles et des centaines de livres. »

16

Hemingway tremblait et Goethe lui prit la main. « Ernest, calmez-vous. Calmez-vous, mon ami. Je vous comprends. Ce que vous racontez me rappelle un rêve. Ce fut mon dernier rêve, je n'ai plus rêvé par la suite ou bien c'étaient des rêves confus que je ne savais plus distinguer de la réalité. Imaginez une petite salle de théâtre de marionnettes. Je suis derrière la scène, je dirige les pantins et récite moi-même le texte. C'est une représentation de *Faust*. De mon *Faust*. À propos, savez-vous que *Faust* n'est nulle part aussi beau qu'au théâtre de marionnettes ? C'est pourquoi j'étais si heureux qu'il n'y eût pas d'acteurs et de pouvoir réciter moi-même les vers qui résonnaient ce jour-là avec plus de beauté que jamais. Et puis, tout à coup, j'ai regardé la salle et j'ai constaté qu'elle était vide. Cela m'a déconcerté. Où sont les spectateurs ? Mon *Faust* est-il si ennuyeux que tout le monde soit parti ? Je ne valais même pas la peine d'être sifflé ? Embarrassé, j'ai regardé tout autour de moi et j'ai été frappé de stupeur : je m'attendais à les trouver dans la salle, et ils étaient tous derrière la scène ! Les yeux écarquillés, ils m'observaient avec curiosité. Dès que nos regards se sont rencontrés, ils se sont mis à applaudir. Et j'ai compris que le spectacle qu'ils voulaient voir, ce n'étaient pas les marionnettes, mais moi-même. Non pas *Faust,* mais Goethe ! Alors l'horreur m'a saisi, très semblable à celle dont vous venez de parler. J'ai senti qu'ils voulaient que je dise quelque chose, mais j'en étais incapable. La gorge serrée, j'ai abandonné les pantins sur la scène illuminée, que personne n'avait regardée. J'ai essayé de conserver une digne sérénité, sans un mot je me suis dirigé vers le portemanteau pour prendre mon chapeau, je l'ai mis sur ma tête et, ne prêtant aucune attention à tous ces curieux, je suis parti pour rentrer chez moi. Je m'efforçais de ne regarder ni à gauche ni à droite, ni surtout en arrière, parce que je les savais à mes trousses. En tournant la clé, j'ai ouvert la lourde porte de ma maison et l'ai claquée, vite, derrière moi. J'ai allumé la lampe à huile et, la tenant dans ma main tremblante, je me suis dirigé vers mon bureau pour oublier cette mésaventure devant ma collection de minéraux. Mais à peine avais-je posé la lampe sur la table que mon regard s'est porté vers la fenêtre : j'ai vu leurs visages serrés les uns contre les autres. Et j'ai compris que jamais je ne me débarrasserais d'eux, jamais plus, jamais, plus jamais. D'après leurs grands yeux qui me fixaient, je me suis rendu compte que la lampe éclairait mon visage. Je l'ai éteinte, tout en sachant que c'était une erreur : ils comprenaient désormais que je me cachais d'eux, que j'avais peur, et ils allaient se déchaîner de plus belle. Et comme la peur l'emportait déjà sur la raison, j'ai couru dans ma chambre à coucher, j'ai arraché le drap du lit pour m'en recouvrir la tête et je me suis planté dans un coin de la pièce, étroitement collé au mur... »

17

Hemingway et Goethe s'éloignent sur les chemins de l'au-delà et vous me demandez où j'ai pris cette idée de mettre ensemble précisément ces deux-là. Peut-on imaginer couple plus arbitraire ? Ils n'ont rien de commun ! Et alors ? Avec qui, selon vous, Goethe aimerait-il passer le temps dans l'au-delà ? Avec Herder ? Avec Hölderlin ? Avec Bettina ? Avec Eckermann ? Souvenez-vous d'Agnès et de sa répugnance à imaginer qu'après sa mort il lui faudrait entendre, à jamais, ces mêmes voix de femmes qu'elle entendait chaque fois au sauna. Elle ne désirait se retrouver ni avec Paul ni avec Brigitte ! Pourquoi donc Goethe devrait-il désirer la présence posthume de Herder ? J'ose même dire qu'il n'avait aucune envie de revoir Schiller. Bien sûr, il ne l'aurait jamais avoué de son vivant, parce que ce serait un triste bilan de n'avoir eu dans sa vie aucun grand ami. Schiller était certainement son ami le plus cher. Mais le plus cher veut dire plus cher que tous les autres, qui à franchement parler ne lui étaient pas si chers. C'étaient ses contemporains, il ne les avait pas choisis. Même Schiller, il ne l'avait pas choisi. Quand il dut un jour se rendre à l'évidence que toute sa vie il les aurait autour de lui, l'angoisse lui serra le cœur. Qu'y faire, il devait se résigner. Mais pourquoi aurait-il souhaité les fréquenter après sa mort ?

C'est donc par un amour purement désintéressé que j'ai imaginé de lui donner pour compagnon quelqu'un qui fût susceptible de le captiver (si vous l'avez oublié, je vous rappelle que Goethe était de son vivant fort intrigué par l'Amérique), quelqu'un qui ne lui rappelât pas cette coterie de romantiques aux visages blêmes qui, vers la fin de sa vie, s'était emparée de l'Allemagne.

« Vous savez, Johann, dit Hemingway, c'est pour moi une grande chance d'être en votre compagnie. Devant vous, les gens tremblent de respect, de sorte que mes épouses et même la vieille Gertrude Stein vous évitent du plus loin qu'elles vous voient. » Puis il se mit à rire : « À moins que ce ne soit à cause de votre incroyable accoutrement ! »

Pour rendre compréhensibles ces mots d'Hemingway, je dois préciser que les immortels sont autorisés à choisir, pour leurs promenades dans l'au-delà, parmi tous les aspects physiques qu'ils ont eus de leur vivant, celui qu'ils préfèrent. Et Goethe a choisi l'aspect intime de ses dernières années; personne, sinon ses proches, ne l'avait connu ainsi : pour protéger ses yeux qui le brûlaient, il portait sur le front une visière verte et transparente, fixée autour de la tête par une cordelette; il avait des pantoufles aux pieds et, craignant de prendre froid, s'emmitouflait dans un énorme châle multicolore.

En entendant parler de son incroyable accoutrement, il eut un rire heureux comme si Hemingway lui avait adressé un grand éloge. Puis il se pencha vers lui et dit à mi-voix : « C'est à cause de Bettina que je suis ainsi accoutré. Partout où elle va, elle raconte son grand amour pour moi. Je veux donc que les gens voient l'objet de cet amour ! Dès qu'elle m'aperçoit de loin, elle prend la fuite. Et je sais qu'elle trépigne de colère de me voir déambuler ici sous cet aspect : sans dents, sans cheveux et avec cet objet grotesque au-dessus des yeux. »

TROISIÈME PARTIE

LA LUTTE

Les sœurs

La station de radio que j'écoute appartient à l'État, elle ne diffuse donc pas d'annonces publicitaires mais fait alterner nouvelles et commentaires avec les plus récentes rengaines. La station voisine étant privée, la publicité remplace la musique, mais elle ressemble tellement aux rengaines les plus récentes que je ne sais jamais quelle station j'écoute, et je le sais d'autant moins que je m'endors et me rendors à tout bout de champ. Plongé dans un demi-sommeil, j'apprends qu'il y a eu depuis la fin de la guerre deux millions de morts sur les routes d'Europe, la moyenne annuelle en France étant de dix mille morts et trois cent mille blessés, toute une armée de sans-jambes, de sans-bras, de sans-oreilles, de sans-yeux. Indigné par cet affreux bilan, le député Bertrand Bertrand (ce nom est beau comme une berceuse) a proposé l'adoption d'une excellente mesure, mais le sommeil m'ayant gagné pour de bon à ce moment-là je ne l'ai connue qu'une demi-heure plus tard, quand on a répété la même nouvelle : le député Bertrand Bertrand, dont le nom est beau comme une berceuse, a déposé à l'Assemblée un projet d'interdiction de toute publicité pour la bière. Il en est résulté à l'Assemblée une grande tempête, de nombreux députés se sont opposés au projet, soutenus par les représentants de la radio et de la télévision auxquels une telle interdiction aurait fait perdre beaucoup d'argent. Ensuite, j'entends la voix de Bertrand Bertrand lui-même : il parle du combat contre la mort, de la lutte pour la vie. Le mot « lutte », cinq fois répété pendant son bref discours, me rappelle ma vieille patrie, Prague, drapeaux rouges, affiches, lutte pour le bonheur, lutte pour la justice, lutte pour l'avenir, lutte pour la paix ; lutte pour la paix jusqu'à la destruction de tous par tous, ne manquait pas d'ajouter la sagesse du peuple tchèque. Mais je me suis déjà rendormi (un doux sommeil s'empare de moi chaque fois qu'on prononce le nom de Bertrand Bertrand) et quand je me réveille, c'est pour entendre un commentaire sur le jardinage ; je règle le bouton sur la station voisine. Là, il est question du député Bertrand Bertrand et de l'interdiction de toute publicité pour la bière. Les relations logiques m'apparaissent peu à peu : les gens se tuent en voiture comme sur un champ de bataille, mais on ne saurait interdire les automobiles qui sont l'orgueil de l'homme moderne ; un certain pourcentage de catastrophes est imputable à l'ivresse des chauffards, mais on ne saurait interdire le vin, gloire immémoriale de la France ; une part de l'ivresse publique est due à la bière, mais la bière non plus ne saurait être interdite, parce qu'il y aurait violation des traités internationaux sur la liberté des marchés ; un certain pourcentage de buveurs de bière est incité à la beuverie par les campagnes publicitaires, ce qui dévoile enfin le talon d'Achille de l'ennemi : voilà où le courageux député s'est décidé à porter le fer ! Vive Bertrand Bertrand, me dis-je, mais comme ce nom produit sur moi l'effet d'une berceuse, je me rendors aussitôt, jusqu'au moment où retentit une voix bien connue, une séduisante voix de velours, oui, c'est Bernard, le présentateur, et comme s'il n'y avait aujourd'hui d'autre actualité que routière, il raconte : cette nuit, une jeune fille s'est assise sur la chaussée, tournant le dos aux voitures. Trois véhicules, tour à tour, l'ont évitée au dernier moment et sont allés s'écraser dans le fossé, il y a des morts et des blessés. Ayant manqué son coup, la suicidaire est partie sans laisser de trace, et l'on n'a appris son existence que par les témoignages convergents des blessés. Cette nouvelle m'effraie au point que je ne peux plus me rendormir. Il ne me reste qu'à me lever, à prendre mon petit déjeuner et à m'asseoir devant ma machine à écrire. Mais longtemps encore, je reste incapable de me concentrer, j'ai devant les yeux cette jeune fille pelotonnée sur la route, le front entre les genoux, et j'entends les cris qui s'élèvent du fossé. Il me faut chasser de force cette image pour pouvoir continuer mon roman qui, si vous avez bonne mémoire, a commencé au bord d'une piscine, lorsqu'en attendant le professeur Avenarius j'ai vu une inconnue saluer son maître nageur. Nous avons revu ce geste quand Agnès a pris congé de son timide camarade de classe. Elle l'a refait chaque fois qu'un ami la raccompagnait à la grille du jardin. La petite Laura se cachait derrière un buisson et attendait le retour de sa sœur ; elle voulait voir le baiser qu'ils échan-

139

geaient, puis suivre Agnès quand celle-ci remontait seule vers la porte de la maison. Elle attendait le moment où Agnès se retournerait pour lancer son bras en l'air. Dans ce mouvement était magiquement enclose, pour la fillette, la vaporeuse idée de l'amour dont elle ne savait rien et qui, pour elle, resterait à jamais liée à l'image d'une charmante et tendre sœur aînée.

Quand Agnès surprit Laura en train d'imiter ce geste pour saluer ses petites camarades, elle le trouva déplaisant et décida, comme nous le savons, de prendre désormais congé de ses amis sobrement, sans démonstrations. Cette brève histoire d'un geste nous permet de discerner le mécanisme qui régissait les rapports entre les deux sœurs : la cadette imitait l'aînée, tendait les mains vers elle, mais celle-ci lui échappait toujours au dernier moment.

Reçue bachelière, Agnès alla poursuivre ses études à Paris. Laura lui en voulut de cet abandon des paysages qu'elles avaient aimés toutes deux, mais elle aussi vint s'inscrire à Paris après son baccalauréat. Agnès se consacrait aux mathématiques. Quand ses études furent terminées, tout le monde lui prédit une brillante carrière scientifique, mais au lieu de continuer ses recherches Agnès épousa Paul et accepta un poste banal, quoique bien rémunéré, sans aucune perspective de gloire. Laura en fut chagrinée et décida, une fois entrée au Conservatoire, de réparer l'insuccès de sa sœur et de devenir célèbre à sa place.

Un jour, Agnès lui présenta Paul. À l'instant

même de leur rencontre, Laura entendit quelqu'un d'invisible lui dire : « Voilà un homme ! Le vrai. Le seul. Il n'en est pas d'autre au monde. » Qui était l'invisible parleur ? Peut-être Agnès elle-même ? Oui. C'est elle qui indiquait le chemin à sa sœur cadette, tout en le lui barrant.

Très aimables envers Laura, Agnès et Paul s'occupaient d'elle avec tant de sollicitude qu'elle se sentait chez elle à Paris comme autrefois dans sa ville natale. À rester ainsi dans l'ambiance familiale, elle éprouvait un bonheur qui n'allait pas sans quelque mélancolie : le seul homme qu'elle pouvait aimer était en même temps le seul qui lui fût interdit. Quand elle partageait la vie des époux, les états de félicité alternaient avec les crises de chagrin. Elle se taisait, son regard se perdait dans le vide, alors qu'Agnès lui prenait les mains en disant : « Qu'as-tu, Laura ? Qu'as-tu, ma petite sœur ? » Parfois, dans la même situation et avec la même émotion, c'est Paul qui lui prenait les mains, et tous trois se plongeaient dans un bain voluptueux, fait de sentiments mêlés : fraternels et amoureux, compatissants et sensuels.

Puis elle se maria. Brigitte, la fille d'Agnès, avait dix ans et Laura décida de lui offrir un petit cousin ou une petite cousine. Elle pria son mari de la mettre enceinte et il s'exécuta sans difficulté, mais le résultat fut affligeant : Laura fit une fausse couche et les médecins l'avertirent qu'elle ne pourrait désormais avoir d'enfant sans subir de graves interventions chirurgicales.

Les lunettes noires

Agnès s'était entichée des lunettes noires alors qu'elle fréquentait encore le lycée. Elle les portait moins pour se protéger les yeux du soleil que pour paraître jolie et énigmatique. Les lunettes devinrent sa marotte : de même que certains hommes ont un placard plein de cravates, de même que certaines femmes remplissent de bagues leur boîte à bijoux, Agnès collectionnait les lunettes noires.

Laura, quant à elle, se mit aux lunettes noires au lendemain de sa fausse couche. À l'époque, elle les portait presque constamment, en s'excusant auprès de ses amis : « Ne m'en veuillez pas, les pleurs m'ont défigurée, je ne peux me montrer sans elles. » Dès lors, les lunettes noires signifièrent pour elle le deuil. Elle ne les portait pas pour cacher ses pleurs, mais pour faire savoir qu'elle pleurait. Les lunettes devinrent un succédané des larmes, en offrant sur les larmes réelles l'avantage de ne pas abîmer les paupières, de ne pas les faire rougir ni gonfler, et d'être beaucoup plus seyantes.

C'est Agnès, là aussi, qui avait inspiré à Laura le goût des lunettes noires. Mais l'histoire des lunettes montre en outre que le rapport entre les deux sœurs ne saurait se réduire à l'imitation de l'aînée par la cadette. Elle l'imitait, oui, mais tout en la corrigeant : elle donnait aux lunettes noires un contenu plus profond, un sens plus grave, forçant pour ainsi dire les lunettes noires d'Agnès à rougir de leur frivolité. Quand Laura se montrait avec ses lunettes noires, cela signifiait toujours qu'elle souffrait et Agnès sentait qu'elle aurait dû ôter les siennes, par modestie et par délicatesse.

L'histoire des lunettes révèle autre chose encore : Agnès apparaissait comme une favorisée de la Fortune, Laura comme sa mal-aimée. Toutes deux finirent par croire qu'elles n'étaient pas égales face au destin, ce qui peut-être affectait Agnès plus encore que Laura. « Ma petite sœur est amoureuse de moi et elle a la guigne », disait-elle. Voilà pourquoi elle s'était fait une joie d'accueillir Laura à Paris et lui avait présenté Paul, en priant celui-ci d'avoir pour elle de l'amitié ; voilà pourquoi elle avait déniché pour Laura un agréable studio dans le voisinage et pourquoi elle invitait sa sœur chez elle chaque fois qu'elle la soupçonnait d'être triste. Mais elle avait beau faire, elle restait toujours celle que la Fortune favorisait injustement, et Laura celle que la Fortune n'aimait pas.

Laura avait un grand talent musical, elle jouait fort bien du piano, mais c'est pourtant le chant qu'elle décida avec entêtement d'étudier au Conservatoire. « Quand je joue du piano, je me trouve devant un objet étranger et hostile. La musique ne m'appartient pas, elle appartient au noir instrument qui me fait face. Quand je chante, au contraire, mon corps se transmue en orgue et je deviens musique. » Ce n'était pas sa faute si, malheureusement, elle avait une voix trop faible qui la conduisit à l'échec : elle ne devint pas soliste et pendant le reste de sa vie ses ambitions musicales se réduisirent à un chœur d'amateurs, où elle allait deux fois par semaine répéter quelques concerts annuels.

Son mariage, où elle avait investi toute sa bonne volonté, s'écroula lui aussi au bout de six ans. Il est vrai que son très riche mari dut lui laisser un bel appartement et verser une pension alimentaire considérable, ce qui lui permit d'acheter une boutique où elle vendait des fourrures avec un savoir-faire qui surprit tout le monde ; mais cette réussite était trop terre à terre pour réparer l'injustice subie à un niveau bien plus élevé : spirituel et sentimental.

Divorcée, elle changeait d'amants, avait une réputation de maîtresse passionnée et faisait semblant de porter ses amours comme une croix. « J'ai eu beaucoup d'hommes dans ma vie », disait-elle souvent d'un ton grave et mélancolique, comme pour se plaindre du destin.

« Je t'envie », répondait Agnès, et Laura, en signe de tristesse, chaussait ses lunettes noires.

L'admiration qu'elle avait éprouvée dans son enfance, en voyant Agnès saluer ses amis à la grille du jardin, ne l'avait jamais quittée, et le jour où elle comprit que sa sœur renonçait à toute carrière scientifique elle ne put cacher sa déception.

« Qu'as-tu à me reprocher ? disait Agnès pour se défendre. Toi, au lieu de chanter à l'Opéra, tu vends des fourrures et moi, au lieu de voyager d'un congrès à l'autre, j'occupe un poste agréablement insignifiant dans une entreprise d'informatique.

— Mais moi, j'ai fait de mon mieux pour pouvoir chanter. Tandis que toi, tu as volontairement renoncé à tes ambitions. Moi, j'ai été vaincue. Toi, tu t'es rendue.

— Et pourquoi aurais-je dû faire carrière ?

— Agnès ! On n'a qu'une vie ! Il faut l'assumer ! Nous devons quand même laisser quelque chose derrière nous !

— Laisser quelque chose derrière nous ? » répéta Agnès d'un ton étonné et sceptique.

Laura marqua un désaccord presque douloureux : « Agnès, tu es négative ! »

Ce reproche, elle l'adressait souvent à sa sœur, mais mentalement. Elle ne l'avait exprimé à haute voix qu'en deux ou trois occasions. La dernière fois, c'était après la mort de leur mère, quand elle avait vu le père déchirer les photos. Ce que le père faisait était inacceptable : il détruisait une partie de la vie, de sa vie commune avec maman ; il déchirait des images, il déchirait des souvenirs qui n'étaient pas seulement les siens mais appartenaient à toute la famille et notamment à ses filles ; il n'avait pas le droit d'agir ainsi. Elle se mit à crier après lui et Agnès prit la défense du père. Restées seules, elles se disputèrent pour la première fois de leur vie, passionnément et haineusement. « Tu es négative ! Tu es négative ! » cria Laura ; puis, en pleurant de rage, elle chaussa ses lunettes noires et s'en alla.

Alors qu'ils étaient déjà très vieux, le célèbre peintre Salvador Dali et sa femme Gala avaient apprivoisé un lapin qui vécut ensuite avec eux sans les quitter d'un pas ; ils l'aimaient beaucoup. Un jour qu'ils devaient partir pour un long voyage, ils discutèrent tard dans la nuit de ce qu'ils allaient faire du lapin. Il était difficile de l'emmener, mais non moins difficile de le confier, parce que le lapin se méfiait des hommes. Le lendemain, Gala prépara le déjeuner et Dali se délecta, jusqu'au moment où il comprit qu'il mangeait un civet de lapin. Il se leva de table et courut aux cabinets pour vomir dans la cuvette son petit animal chéri, le fidèle compagnon de ses vieux jours. Gala, en revanche, était heureuse que son aimé eût pénétré dans ses entrailles, les eût lentement caressées et fût devenu le corps de sa maîtresse. Elle ne connaissait pas d'accomplissement plus absolu de l'amour que l'ingestion du bien-aimé. Comparé à cette fusion des corps, l'acte d'amour physique lui apparaissait comme un prurit dérisoire.

Laura était comme Gala. Agnès était comme Dali. Elle aimait quantité de gens, hommes et femmes, mais si un bizarre contrat d'amitié lui avait fait un devoir de prendre soin de leur nez et de le moucher régulièrement, elle aurait préféré vivre sans amis. Connaissant les répulsions de sa sœur, Laura la houspillait : « Que signifie la sympathie que tu éprouves pour quelqu'un ? De cette sympathie, comment peux-tu exclure le corps ? Sans son corps, l'homme est-il encore un homme ? »

Oui, Laura était comme Gala : parfaitement identifiée à son corps, parfaitement installée en lui. Et le corps n'était pas seulement ce qu'elle pouvait en voir dans une glace : la partie la plus précieuse se trouvait au-dedans. Aussi réservait-elle une place de choix, dans son vocabulaire, aux noms des organes internes. Pour exprimer le désespoir où son amant l'avait plongée la veille, elle disait : « Dès qu'il est parti, je suis allée vomir. » Malgré de fréquentes allusions au vomissement, Agnès n'était pas sûre que sa sœur eût jamais vomi. Le vomissement n'était pas sa vérité, mais sa poésie : la métaphore, l'image lyrique de la déception et du dégoût.

Un jour où elles étaient allées faire des emplettes dans une boutique de lingerie, Agnès vit Laura caresser un soutien-gorge que lui tendait la vendeuse. C'est en de tels moments qu'elle comprenait tout ce qui la séparait de sa sœur : pour Agnès, le soutien-gorge faisait partie des objets destinés à compenser une carence physique, comme par exemple les pansements, les prothèses, les lunettes, les minerves que doivent porter les malades souffrant des vertèbres cervicales. Le soutien-gorge a pour fonction de soutenir quelque chose de plus lourd que prévu, dont le poids a été mal calculé, et qu'il faut étayer après coup un peu comme on étaye avec des piliers et des contreforts le balcon d'une bâtisse mal construite. Autrement dit : le soutien-gorge révèle le caractère *technique* du corps féminin.

Agnès enviait Paul de pouvoir vivre sans être perpétuellement conscient de son corps. Il inspire, il expire, son poumon travaille comme un grand soufflet automatisé et c'est ainsi qu'il perçoit son corps : en l'oubliant joyeusement. Même s'il a des ennuis physiques, il n'en parle jamais, non par modestie mais plutôt par un vaniteux désir d'élégance, parce qu'une maladie n'est qu'une imperfection dont il a honte. Pendant des années, il a souffert d'un ulcère à l'estomac, mais Agnès ne l'a su que le jour où une ambulance l'a conduit à l'hôpital au milieu d'une terrible crise qui l'avait terrassé juste après une dramatique plaidoirie devant le tribunal. Cette vanité prêtait à rire, mais Agnès en était plutôt émue, elle allait presque jusqu'à l'envier.

Bien que Paul soit probablement plus vaniteux que la moyenne, se disait Agnès, son comportement dévoile la différence entre les conditions féminine et masculine : la femme passe beaucoup plus de temps à discuter de ses préoccupations physiques ; elle ne connaît pas l'oubli insouciant du corps. Cela commence par le choc des premières pertes de sang ; tout à coup le corps est là et elle se tient devant lui comme un mécanicien chargé de faire tourner seul une petite usine : elle doit porter tous les mois des tampons, avaler des cachets, ajuster son soutien-gorge, être prête à produire. Agnès regardait avec envie les hommes âgés ; elle avait l'impression qu'ils vieillissaient différemment : le corps de son père se transformait imperceptiblement en sa propre ombre, il se dématérialisait, ne restant plus ici-bas que comme une âme nonchalamment incarnée. En revanche, plus le corps féminin devient inutile, plus il devient corps : pesant et présent ; il ressemble à une vieille manufacture vouée à la démolition, mais auprès de laquelle le moi d'une femme est obligé de rester jusqu'à la fin en qualité de concierge.

Qu'est-ce qui aurait pu changer le rapport d'Agnès à son corps ? Rien d'autre que l'instant de l'excitation. L'excitation : fugitive rédemption du corps.

Mais sur ce point non plus, Laura n'aurait pas été d'accord. L'instant de la rédemption ? Comment cela, l'instant ? Pour Laura, le corps était sexuel dès le début, a priori, toujours et entièrement, par essence. Aimer quelqu'un, pour elle, signifiait : lui apporter son corps, déposer son corps devant lui, son corps tel qu'il est à l'extérieur comme à l'intérieur, même avec le temps qui doucement, lentement, le détériore.

Pour Agnès, le corps n'était pas sexuel. Il ne le devenait qu'en de rares moments, quand l'excitation projetait sur lui une lumière irréelle, artificielle, qui le rendait beau et désirable. Voilà pourquoi, même si presque personne ne s'en doutait, Agnès était hantée par l'amour physique et attachée à lui, parce que sans lui la misère du corps n'aurait eu aucune issue de secours et tout aurait été perdu. En faisant l'amour elle gardait les yeux ouverts, et si un miroir se trouvait à proximité elle s'observait : son corps lui paraissait alors inondé de lumière.

Mais regarder son corps inondé de lumière est un jeu perfide. Un jour qu'Agnès était avec son amant, pendant l'amour elle aperçut dans le miroir certains défauts de son corps qui lui avaient échappé lors de leur précédente rencontre (ils ne se voyaient qu'une ou deux fois par an, dans un grand hôtel parisien anonyme) et il lui fut impossible d'en détacher son regard : elle ne vit plus l'amant, elle ne vit plus des corps en copulation, elle ne vit que le vieillissement qui avait commencé de la ronger. L'excitation disparut promptement de la chambre. Agnès ferma les yeux et accéléra les mouvements d'amour pour empêcher le partenaire de deviner ses pensées : elle venait de décider que c'était leur dernière rencontre. Elle se sentait faible et désirait le lit matrimonial au chevet duquel une petite lampe restait toujours éteinte ; elle le désirait comme une consolation, comme un havre d'obscurité.

Dans notre monde où apparaissent chaque jour de plus en plus de visages qui se ressemblent toujours davantage, l'homme n'a pas la tâche facile s'il veut se confirmer l'originalité de son moi et réussir à se convaincre de son inimitable unicité. Il y a deux méthodes pour cultiver l'unicité du moi : la méthode *additive* et la méthode *soustractive*. Agnès soustrait de son moi tout ce qui est extérieur et emprunté, pour se rapprocher ainsi de sa pure essence (en courant le risque d'aboutir à zéro, par ces soustractions successives). La méthode de Laura est exactement inverse : pour rendre son moi plus visible, plus facile à saisir, pour lui donner plus d'épaisseur, elle lui ajoute sans cesse de nouveaux attributs, auxquels elle tâche de s'identifier (en courant le risque de perdre l'essence du moi, sous ces attributs additionnés).

Prenons l'exemple de sa chatte siamoise. Après son divorce, Laura se retrouva seule dans un grand appartement et se sentit triste. Elle voulut partager sa solitude, ne fût-ce qu'avec un petit animal. Sa première idée fut de prendre un chien, mais elle comprit bientôt qu'un chien exigerait des soins qu'elle n'était pas en mesure de lui prodiguer. Aussi se procura-t-elle une chatte. C'était une grande siamoise, belle et méchante. À force de vivre avec elle et d'en parler à ses amis, elle accorda à cette siamoise, choisie plutôt par hasard et sans grande conviction (car enfin, elle avait d'abord voulu un chien !), une importance toujours croissante : elle vanta partout ses mérites, forçant chacun à l'admirer. Elle vit en elle la belle indépendance, la fierté, la liberté d'allure et la permanence d'un charme (bien différent du charme humain, qui alterne toujours avec des moments de maladresse et de disgrâce) ; elle vit un modèle en sa siamoise ; elle se vit en elle.

Il n'importe nullement de savoir si, par son caractère, Laura ressemble ou non à la siamoise, l'important est qu'elle l'a dessinée sur son blason et que la chatte est devenue l'un des attributs de son moi. Plusieurs de ses amants ayant d'emblée montré leur irritation devant cet animal égocentrique et malveillant qui, pour un rien, se mettait à cracher et à donner des coups de griffe, la siamoise devint le test du pouvoir de Laura, qui semblait dire à chacun : tu m'auras, mais telle que je suis vraiment, c'est-à-dire avec ma siamoise. La siamoise était l'image de son âme, et l'amant devait accepter d'abord son âme s'il voulait posséder ensuite son corps.

La méthode additive est tout à fait plaisante si l'on ajoute à son moi un chien, une chatte, un rôti de porc, l'amour de l'océan ou des douches froides. Les choses deviennent moins idylliques si l'on décide d'ajouter au moi la passion pour le communisme, pour la patrie, pour Mussolini, pour l'Eglise catholique, pour l'athéisme, pour le fascisme ou pour l'antifascisme. Dans les deux cas, la méthode reste exactement la même : celui qui défend opiniâtrement la supériorité des chats sur les autres animaux fait, par essence, la même chose que celui qui proclame Mussolini unique sauveur de l'Italie : il vante un attribut de son moi et met tout en œuvre pour que cet attribut (une chatte ou Mussolini) soit reconnu et aimé de tout son entourage.

Tel est l'étrange paradoxe dont sont victimes tous ceux qui recourent à la méthode additive pour cultiver leur moi : ils s'efforcent d'additionner pour créer un moi inimitablement unique, mais devenant en même temps les propagandistes de ces attributs additionnés, ils font tout pour qu'un maximum de gens leur ressemblent ; et alors l'unicité de leur moi (si laborieusement conquise) s'évanouit aussitôt.

On peut donc se demander pourquoi l'homme qui aime une chatte (ou un Mussolini) ne se contente pas de son amour mais veut de surcroît l'imposer aux autres. Essayons de répondre en nous rappelant cette jeune femme du sauna qui, avec combativité, affirmait sa prédilection pour les douches froides. Voilà comment elle a réussi à se distinguer d'un seul coup d'une moitié du genre humain, celle qui préfère les douches chaudes. Le malheur, c'est que l'autre moitié de l'humanité lui ressemblait d'autant plus. Ah, comme c'est triste ! Beaucoup de gens, peu d'idées, et comment faire pour nous différencier les uns des autres ? La jeune inconnue ne connaissait qu'un seul moyen pour surmonter le désavantage de sa ressemblance avec les foules innombrables de zélateurs de la douche froide : il lui fallait lancer son apostrophe « j'adore les douches froides ! » dès le seuil du sauna, avec toute son énergie, pour que les millions d'autres femmes qui aiment la douche froide apparaissent soudain comme de misérables imitatrices. En d'autres termes : si nous voulons que l'amour (innocemment insignifiant) des douches devienne un attribut de notre moi, il nous faut porter à la connaissance du monde entier notre intention de nous battre pour cet amour.

Celui qui d'une passion pour Mussolini fait un attribut de son moi devient militant politique ; celui qui exalte les chats, la musique ou de vieux meubles, fait des cadeaux à ses amis.

Supposons que vous ayez un ami qui aime Schumann et déteste Schubert, alors que vous aimez Schubert à la folie et que Schumann vous assomme. Quel disque offrirez-vous à votre ami pour son anniversaire ? Du Schumann dont il raffole, ou du Schubert dont c'est vous qui raffolez ? Du Schubert, bien entendu. En offrant du Schumann, vous auriez la désagréable impression d'être insincère, de donner à votre ami une sorte de pot-de-vin pour lui complaire, dans le désir presque mesquin de conquérir sa faveur. Après tout, quand vous faites un cadeau, c'est par amour, c'est pour offrir une partie de vous-même, un morceau de votre cœur ! Aussi donnerez-vous *L'Inachevée* de Schubert à votre ami, qui après votre départ enfilera ses gants, crachera sur le disque, le prendra entre deux doigts et le jettera à la poubelle.

En l'espace de quelques années, Laura donna à sa sœur et à son beau-frère un service de table, un compotier, une lampe, une chaise à bascule, cinq ou six cendriers, une nappe et surtout un piano que deux robustes gaillards apportèrent un jour à l'improviste, en demandant où il fallait le mettre. Laura rayonnait : « J'ai voulu vous faire un cadeau qui vous oblige à penser à moi, même quand je ne suis pas avec vous. »

Après son divorce, Laura passait dans le ménage d'Agnès tous ses moments de liberté. Elle s'occupait de Brigitte comme de sa propre fille, et si elle avait acheté un piano à sa sœur c'était pour que sa nièce apprenne à en jouer. Or Brigitte détestait le piano. Craignant que Laura ne se sente blessée, Agnès suppliait sa fille de faire un effort et de témoigner quelque affection aux touches blanches et noires. Brigitte se défendait : « Alors, c'est pour son plaisir que je dois apprendre à jouer ? » De sorte que l'histoire finit mal et qu'au bout de quelques mois le piano ne fut plus qu'un objet décoratif, ou pour mieux dire importun ; rappel mélancolique d'un projet avorté ; grand corps blanc (oui, le piano était blanc) dont personne ne voulait.

À vrai dire, Agnès n'aimait ni le piano ni le service de table ni la chaise à bascule. Non que ces objets fussent de mauvais goût, mais ils avaient quelque chose d'excentrique qui ne correspondait ni à la nature d'Agnès, ni à ses préférences. Elle éprouva donc non seulement un sincère plaisir, mais un soulagement égoïste quand un jour (alors, personne ne touchait plus au piano depuis six ans) Laura lui annonça, toute joyeuse, qu'elle était tombée amoureuse de Bernard, le jeune ami de Paul. Une femme sur le point de vivre un grand amour, pensa Agnès, aura mieux à faire que d'apporter des cadeaux à sa sœur et de s'occuper de l'éducation de sa nièce.

« Voilà une nouvelle extraordinaire », dit Paul quand Laura lui confia son amour, et il invita les deux sœurs à dîner. Comme c'était pour lui une grande joie de voir s'aimer deux personnes qu'il aimait lui-même, il commanda deux bouteilles d'un vin hors de prix.

« Tu vas entrer en relation avec une des plus grandes familles de France, expliqua-t-il à Laura. Sais-tu qui est le père de Bernard ? »

Laura dit : « Bien sûr ! Un député ! » Et Paul : « Tu n'en sais rien du tout. Le député Bertrand Bertrand est le fils du député Arthur Bertrand. Très fier de son patronyme, Arthur voulait que son fils le rende plus célèbre encore. Après s'être longuement demandé quel prénom lui donner, il a eu l'idée géniale de le baptiser Bertrand. Un nom ainsi dédoublé ne saurait laisser personne indifférent, personne ne saurait l'oublier ! Il suffirait de dire seulement Bertrand Bertrand pour que ce nom retentisse comme une ovation, comme un vivat : Bertrand ! Bertrand ! Bertrand ! Bertrand ! Bertrand ! Bertrand ! »

En répétant ces mots, Paul levait son verre comme pour porter un toast et scander le nom d'un chef adulé des foules. Puis il avala une gorgée : « Ce vin est exquis », et il poursuivit : « Chacun de nous

157

est mystérieusement influencé par son nom, et Bertrand Bertrand, qui a entendu plusieurs fois par jour la rythmique répétition du sien, s'est senti écrasé toute sa vie sous la gloire imaginaire de ces quatre syllabes euphoniques. Le jour où il a été collé au baccalauréat, il a pris la chose beaucoup plus mal que ses camarades. Comme si son nom dédoublé avait automatiquement multiplié par deux son sens des responsabilités. Sa proverbiale modestie lui aurait permis de supporter la honte qui s'abattait sur lui ; mais il n'a pu s'accommoder de la honte qui s'était abattue sur son nom. À vingt ans, il a fait à son nom la solennelle promesse de consacrer sa vie à combattre pour le bien. Mais il n'a pas tardé à constater qu'il est difficile de distinguer ce qui est bon de ce qui est mauvais. Par exemple, son père Arthur a voté les accords de Munich, avec la majorité des députés. Il voulait sauver la paix, parce que la paix est incontestablement un bien. Mais on lui a reproché plus tard d'avoir ainsi ouvert la voie à la guerre qui, incontestablement, est un mal. Voulant éviter les erreurs du père, le fils s'en est tenu à quelques certitudes élémentaires. Jamais il ne s'est prononcé sur les Palestiniens, sur Israël, sur la révolution d'Octobre, sur Castro, ni même sur le terrorisme, sachant qu'au-delà d'une certaine frontière le meurtre devient un acte d'héroïsme et que cette frontière restera pour lui toujours indiscernable. Il s'élève d'autant plus passionnément contre Hitler, contre le nazisme, contre les chambres à gaz et regrette, en un sens, la disparition de Hitler dans les décombres de la Chancellerie, parce qu'à dater de ce jour le bien et le mal sont devenus insupportablement relatifs. Tout cela l'a conduit à se vouer au bien sous son aspect le plus immédiat, non encore déformé par la politique. Il a pris pour devise : " Le bien, c'est la vie. " Ainsi la lutte contre l'avortement, contre l'euthanasie, contre le suicide est devenue le but de son existence. »

Laura protesta en riant : « À t'en croire, c'est un débile !

— Tu vois, dit Paul à Agnès, elle défend déjà la famille de son amant. Cela mérite tous les éloges, au même titre que ce vin dont vous devriez applaudir le choix ! Au cours d'une récente émission sur l'euthanasie, Bertrand Bertrand s'est laissé filmer au chevet d'un malade paralysé, amputé de la langue, aveugle et souffrant de douleurs perpétuelles. Il se tenait assis au bord du lit, penché sur le malade, et la caméra le montrait en train de lui insuffler l'espoir de lendemains meilleurs. Au moment où il prononçait le mot " espoir " pour la troisième fois, le malade, brusquement excité, poussa un long et terrible hurlement semblable au cri d'un animal, cheval, taureau, éléphant ou les trois ensemble, et Bertrand Bertrand prit peur : il ne pouvait plus parler, il essayait seulement de garder le sourire, au prix d'un effort surhumain, et la caméra a longuement filmé ce sourire pétrifié d'un député tremblant de peur et, à côté de lui, dans la même prise, le visage hurlant d'un moribond. Mais là n'était pas mon propos. Ce que je voulais vous dire, c'est qu'en choisissant le prénom de son fils il a vraiment raté son coup. Sa première intention était de le baptiser Bertrand, mais il a vite été obligé d'admettre que ç'aurait été grotesque, deux Bertrand Bertrand en ce bas monde, parce que les gens n'auraient jamais su s'il s'agissait de deux ou de quatre personnes. Pourtant, il ne voulait pas renoncer tout à fait au bonheur d'entendre dans le nom de son rejeton l'écho du sien propre, et c'est ainsi que l'idée lui est venue de baptiser son fils Bernard. Hélas, Bernard Bertrand, cela ne sonne pas comme une ovation ou des vivats, mais comme un bredouillement, ou pour mieux dire comme un de ces exercices phonétiques auxquels se livrent les acteurs et les présentateurs de radio pour apprendre à parler vite, sans se tromper. Comme je le disais, les noms que nous portons nous téléguident mystérieusement, et celui de Bernard le destinait depuis le berceau à parler un jour sur les ondes. »

Si Paul débitait toutes ces balivernes, c'est parce qu'il n'osait pas exprimer à haute voix devant sa belle-sœur la pensée qui l'obsédait : les huit ans de différence entre Laura et le jeune Bernard, ces huit ans l'enchantaient ! Paul gardait en effet le souvenir ébloui d'une femme de quinze ans son aînée qu'il avait intimement connue quand lui-même avait vingt-cinq ans. Il aurait voulu en parler, il aurait voulu expliquer à Laura que tout homme doit vivre un amour pour une femme plus âgée, et qu'aucun autre amour ne laisse de plus cher souvenir. « Une femme plus âgée », avait-il envie de clamer en levant de nouveau son verre, « c'est une améthyste dans la vie d'un homme ! » Mais il renonça à ce geste inconsidéré et se contenta d'évoquer en silence son amante d'antan, qui lui avait confié les clefs de son appartement où il pouvait s'installer quand il voulait et faire ce qu'il voulait, arrangement d'autant plus commode que Paul était en mauvais termes avec son père et désirait habiter le moins souvent possible chez lui. Elle n'empiétait nullement sur ses soirées ; il la rejoignait s'il était libre, mais n'avait aucune explication à fournir quand il n'avait pas le temps de la voir. Elle ne le contraignait jamais à sortir en sa compagnie et se comportait, lorsqu'on les voyait tous deux en société, comme une parente amoureuse prête à tout pour son charmant neveu. Lorsqu'il se maria, elle lui offrit un somptueux cadeau qui resta toujours une énigme pour Agnès.

Mais il n'était guère possible de dire à Laura : je suis heureux que mon ami aime une femme plus âgée, qui va se comporter avec lui comme une tante amoureuse de son charmant neveu. C'était d'autant moins possible que Laura reprit la parole :

« Le plus beau, c'est qu'en sa compagnie je me sens rajeunir de dix ans. Grâce à lui, j'ai biffé de ma vie dix ou quinze années pénibles, j'ai l'impression que c'est hier que je suis arrivée de Suisse et que je l'ai rencontré. »

Cet aveu empêcha Paul d'évoquer à haute voix son améthyste ; il garda donc ses souvenirs pour lui et se contenta de savourer le vin, sans plus entendre ce que Laura racontait. Ce n'est que plus tard, pour

161

rentrer dans la conversation, qu'il demanda : « Que t'a dit Bernard au sujet de son père ?

— Rien, répondit Laura. Je peux t'assurer que son père n'est pas le sujet de nos conversations. Je sais qu'ils appartiennent à une grande famille. Mais tu n'ignores pas ce que je pense des grandes familles.

— Et tu n'es pas curieuse d'en savoir plus ?

— Non, dit Laura avec un rire joyeux.

— Tu devrais. Bertrand Bertrand est le principal problème de Bernard Bertrand.

— Sûrement pas ! s'écria Laura, persuadée d'être elle-même le principal problème de Bernard.

— Sais-tu que le vieux Bertrand destinait Bernard à une carrière politique ? demanda Paul.

— Non, répondit Laura en haussant les épaules.

— Dans cette famille, on hérite d'une carrière politique comme on hérite d'une ferme. Bertrand Bertrand était sûr que son fils briguerait un jour à sa place un mandat de député. Mais Bernard, à vingt ans, a entendu cette nouvelle à la radio : " Catastrophe aérienne au-dessus de l'Atlantique. Cent trois passagers ont disparu, dont sept enfants et quatre journalistes. " Qu'en pareil cas on mentionne les enfants comme une espèce particulièrement précieuse de l'humanité, cela ne nous surprend plus depuis longtemps. Mais cette fois, quand la présentatrice a ajouté aux enfants les journalistes, ç'a été pour Bernard un trait de lumière. Comprenant que l'homme politique est aujourd'hui un personnage risible, il a décidé de devenir journaliste. Le hasard a fait qu'en ce temps-là je dirigeais un séminaire à la faculté de droit qu'il fréquentait. C'est là qu'il a parachevé la trahison de son père. Bernard t'a raconté cela ?

— Bien sûr ! répondit Laura. Il t'adore ! »

Un nègre entra alors dans la salle, en portant un panier de fleurs. Laura lui fit signe de la main. Le nègre montra de superbes dents blanches, et Laura tirant du panier un bouquet de cinq œillets à demi fanés le tendit à Paul : « Tout mon bonheur, je te le dois. »

Paul plongea sa main dans le panier et en retira un autre bouquet d'œillets. « Ce n'est pas moi, mais toi que nous fêtons aujourd'hui, dit-il en lui offrant les fleurs.

— Oui, c'est aujourd'hui la fête de Laura », dit Agnès en tirant du panier un troisième bouquet d'œillets.

Laura avait les yeux humides : « Je me sens si bien avec vous, je me sens si bien », et elle se leva. Elle serrait les deux bouquets contre sa poitrine, immobile à côté du nègre qui se dressait comme un roi. Tous les nègres ressemblent aux rois : celui-ci était comme Othello, avant qu'il ne soit jaloux de Desdémone, et Laura était comme une Desdémone amoureuse de son roi. Paul savait ce qui ne manquerait pas de se produire. Quand Laura était ivre, elle se mettait toujours à chanter. Lentement, des tréfonds de son corps, un désir de chant monta vers sa gorge, si intensément que plusieurs dîneurs tournèrent la tête avec curiosité.

163

« Laura, murmura Paul, dans ce restaurant, on risque de ne pas apprécier ton Mahler ! »

Un bouquet serré contre chaque sein, Laura se croyait sur une scène d'opéra. Il lui semblait, sous ses doigts, sentir la plénitude des tétons gonflés de notes. Mais pour elle, les désirs de Paul étaient toujours des ordres. Elle obéit et se contenta de soupirer : « Je voudrais tant faire quelque chose... »

Alors le nègre, guidé par l'instinct subtil des rois, prit au fond du panier les deux derniers bouquets d'œillets froissés et, avec un geste sublime, les lui tendit. « Agnès, dit Laura, chère Agnès, sans toi je ne serais jamais venue à Paris, sans toi je n'aurais pas connu Paul, sans Paul je n'aurais pas connu Bernard », et elle posa ses quatre bouquets sur la table, devant sa sœur.

Le onzième commandement

Autrefois, la gloire journalistique a pu trouver son symbole dans le grand nom d'Ernest Hemingway. Toute son œuvre, de même que son style sobre et concis, s'enracine dans les reportages que le très jeune Hemingway envoyait aux journaux de Kansas City. Être journaliste signifiait alors s'approcher plus que tout autre de la vie réelle, fouiller ses recoins cachés, y plonger les mains et se les salir. Hemingway était fier d'avoir écrit des livres qui sont à la fois si terre à terre et si haut placés au firmament de l'art.

Quand Bernard pense au mot « journaliste » (titre qui aujourd'hui, en France, englobe aussi les gens de radio, de télévision et les photographes de presse), ce n'est pas à Hemingway qu'il songe, et le genre littéraire dans lequel il désire exceller n'est pas le reportage. Il rêve plutôt d'écrire, dans quelque hebdomadaire en vue, des éditoriaux qui feraient trembler tous les confrères de son père. Ou bien des interviews. Qui est, d'ailleurs, le pionnier du journalisme moderne ? Ce n'est pas un Hemingway racontant ses expériences vécues dans les tranchées, ni un familier des putains pragoises comme Egon Erwin Kisch, ni un Orwell qui a vécu toute une année avec les traîne-misère de Paris, mais Oriana Fallaci qui publia entre 1969 et 1972, dans le magazine italien

Europeo, une série d'entretiens avec les hommes politiques les plus célèbres de l'époque. Ces entretiens étaient plus que des entretiens ; c'étaient des duels. Avant d'avoir pu comprendre qu'ils se battaient à armes inégales — car c'était elle qui pouvait poser les questions, pas eux —, les tout-puissants politiciens roulaient K.-O. sur le plancher du ring.

Ces duels étaient un signe des temps : la situation avait changé. Les journalistes avaient compris que le questionnement n'était pas seulement la méthode de travail du reporter, poursuivant humblement une enquête son calepin à la main, mais bien une façon d'exercer le pouvoir. Le journaliste n'est pas celui qui pose des questions, mais celui qui détient le droit sacré de les poser, et de les poser à n'importe qui, sur n'importe quel sujet. Mais n'avons-nous pas tous ce droit ? Toute question n'est-elle pas une passerelle de compréhension jetée de l'homme à l'homme ? Peut-être. Je précise donc mon affirmation : le pouvoir du journaliste ne se fonde pas sur le droit de poser une question, mais sur le droit d'*exiger une réponse*.

Veuillez observer, s'il vous plaît, que Moïse n'a pas rangé « Tu ne mentiras point » parmi les dix commandements de Dieu. Ce n'est pas un hasard ! Car celui qui dit « ne mens pas ! » a dû dire auparavant « réponds ! », alors que Dieu n'a accordé à personne le droit d'exiger d'autrui une réponse. « Ne mens pas ! », « dis la vérité ! » sont des ordres qu'un homme ne devrait pas adresser à un autre homme, tant qu'il le considère comme son égal. Dieu seul, peut-être, le pourrait, mais il n'a aucune raison d'agir ainsi puisqu'il sait tout et n'a nul besoin de nos réponses.

Entre celui qui commande et celui qui doit obéir, l'inégalité n'est pas aussi radicale qu'entre celui qui a le droit d'exiger une réponse et celui qui a le devoir de répondre. C'est pourquoi le droit d'exiger une réponse n'a jamais été accordé qu'exceptionnellement. Par exemple, au juge qui instruit une affaire criminelle. Au cours de notre siècle, les États communistes et fascistes se sont octroyé ce droit, à titre non plus exceptionnel, mais permanent. Les ressortissants de ces pays savaient qu'à tout moment on pouvait les obliger à répondre : qu'ont-ils fait la veille ? que pensent-ils au fond d'eux-mêmes ? de quoi parlent-ils avec A ? et ont-ils des rapports intimes avec B ? C'est justement cet impératif sacralisé, « ne mens pas ! dis la vérité ! », ce onzième commandement à la force duquel ils n'ont pas su résister, qui les a transformés en un cortège de pauvres types infantilisés. De temps à autre, toutefois, il s'est trouvé un C pour refuser obstinément de dire de quoi il avait parlé avec A ; pour exprimer sa révolte (c'était souvent la seule révolte possible !) il a dit au lieu de la vérité un mensonge. Mais la police le savait et faisait installer des micros chez lui. Elle n'était pas poussée par quelque mobile condamnable, mais par le simple désir d'apprendre une vérité que le menteur C dissimulait. Elle tenait, tout simplement, à son droit sacré d'exiger une réponse.

Dans un pays démocratique, tout citoyen tirerait

la langue au flic qui oserait lui demander de quoi il a parlé avec A et s'il entretient une relation intime avec B. Pourtant, ici aussi, s'exerce la puissance souveraine du onzième commandement. Après tout, il faut bien qu'un commandement s'exerce, en un siècle où le Décalogue est presque oublié! Tout l'édifice moral de notre époque repose sur le onzième commandement, et le journaliste a bien compris que c'était à lui d'en assurer la gestion; ainsi le veut une secrète ordonnance de l'Histoire, qui confère aujourd'hui au journaliste un pouvoir dont aucun Hemingway, aucun Orwell n'a jusqu'ici osé rêver.

Voilà qui est devenu clair comme de l'eau de roche le jour où les journalistes américains Carl Bernstein et Bob Woodward ont démasqué, par leurs questions, les coupables agissements du président Nixon pendant la campagne électorale, contraignant ainsi l'homme le plus puissant de la planète d'abord à mentir publiquement, puis à avouer publiquement ses mensonges, enfin à quitter tête basse la Maison-Blanche. Nos applaudissements ont alors été unanimes, parce que justice était faite. Paul a applaudi de surcroît parce que dans cet épisode il pressentait un grand changement historique, le franchissement d'un seuil, le moment inoubliable d'une relève : une force nouvelle apparaissait, seule capable de détrôner le vieux professionnel du pouvoir qu'était jusqu'alors l'homme politique. Et de le détrôner non pas par les armes ou l'intrigue, mais par la simple force du questionnement.

« Dis la vérité ! » exige le journaliste, et nous pouvons bien sûr nous interroger : quel est le contenu du mot « vérité » pour qui gère l'institution du onzième commandement ? Afin d'éviter tout malentendu, soulignons qu'il ne s'agit ni de la vérité de Dieu, qui a valu à Jan Hus le bûcher, ni de la vérité scientifique qui plus tard a valu à Giordano Bruno la même mort. La vérité qu'exige le onzième commandement ne concerne ni la foi ni la pensée, c'est la vérité de l'étage ontologique le plus bas, la vérité purement positiviste des choses : ce que C a fait hier ; ce qu'il pense vraiment au fond de lui-même ; ce dont il parle quand il rencontre A ; et s'il a des rapports intimes avec B. Pourtant, quoique située à l'étage ontologique le plus bas, c'est la vérité de notre époque et elle recèle la même force explosive que, jadis, la vérité de Jan Hus ou de Giordano Bruno. « Avez-vous des rapports intimes avec B ? » demande le journaliste. C répond par un mensonge, en affirmant n'avoir jamais connu B. Mais le journaliste rit sous cape, parce que depuis longtemps un reporter de son journal a secrètement photographié B toute nue dans les bras de C, et il ne dépend plus que de lui de rendre public le scandale, avec en prime les propos du menteur C qui aussi lâchement qu'effrontément persiste à nier qu'il connaît B.

Nous sommes en pleine campagne électorale, l'homme politique saute d'un avion dans un hélicoptère, de l'hélicoptère dans une voiture, il se démène, transpire, avale son déjeuner en courant, hurle dans des micros, prononce des discours de deux heures, mais pour finir c'est un Woodward ou un Bernstein qui décidera laquelle, parmi les cinquante mille phrases prononcées, paraîtra dans les journaux ou sera citée à la radio. D'où le désir qu'a l'homme politique de parler en personne à la radio ou à la télévision, mais il lui faut alors l'intermédiaire d'une Oriana Fallaci, qui garde la haute main sur le programme et qui pose les questions. Pour mettre à profit le bref moment où toute la nation peut le voir, l'homme politique voudra se hâter de dire tout ce qui lui tient à cœur, mais Woodward l'interrogera sur des sujets qui ne lui tiennent pas à cœur du tout et dont il aimerait mieux ne pas parler. Il se trouvera ainsi dans la situation classique du lycéen interrogé au tableau, et aura recours à un vieux truc : feignant de répondre à la question, il ressortira en réalité les phrases préparées chez lui pour l'émission. Mais si ce truc a pu autrefois abuser le professeur, il n'abusera pas Bernstein qui le houspillera sans pitié : « Vous n'avez pas répondu à ma question ! »

Qui voudrait aujourd'hui faire une carrière politique ? Qui voudrait se faire interroger toute sa vie au tableau noir ? Certainement pas le fils du député Bertrand Bertrand.

L'homme politique dépend du journaliste. Mais de qui dépendent les journalistes ? De ceux qui les paient. Et ceux qui les paient, ce sont les agences de publicité qui achètent pour leurs annonces des espaces dans les journaux, ou des temps à la radio. À première vue, on pourrait croire qu'elles s'adresseront sans hésiter à tous les journaux dont la large diffusion peut promouvoir la vente d'un produit. Mais c'est une idée naïve. La vente du produit a moins d'importance qu'on ne le pense. Il suffit de considérer ce qui se passe dans les pays communistes : après tout, on ne saurait affirmer que les millions d'affiches de Lénine partout collées sur votre passage puissent vous rendre Lénine plus cher. Les agences de publicité du parti communiste (les fameuses sections d'agitation et propagande) ont depuis longtemps oublié leur finalité pratique (faire aimer le système communiste) et sont devenues leur propre fin : elles ont créé un langage, des formules, une esthétique (les chefs de ces agences ont jadis été les maîtres absolus de l'art de leur pays), un style de vie particulier qu'elles ont ensuite développé, lancé et imposé aux pauvres peuples.

M'objecterez-vous que publicité et propagande n'ont pas de rapport entre elles, l'une étant au service du marché et l'autre de l'idéologie ? Vous ne comprenez rien. Voilà cent ans à peu près, en Russie, les marxistes persécutés formaient de petits cercles clandestins où l'on étudiait en commun le *Manifeste* de Marx ; ils ont simplifié le contenu de cette idéologie pour la répandre dans d'autres cercles dont les membres, simplifiant à leur tour cette simplification du simple, l'ont transmise et propagée jusqu'au moment où le marxisme, connu et puissant sur toute la planète, s'est trouvé réduit à une collection de six ou sept slogans si chétivement liés ensemble qu'on peut difficilement le tenir pour une idéologie. Et comme tout ce qui est resté de Marx ne forme plus aucun *système d'idées logique*, mais seulement une suite d'images et d'emblèmes suggestifs (l'ouvrier qui sourit en tenant son marteau, le Blanc tendant la main au Jaune et au Noir, la colombe de la paix prenant son vol, etc.), on peut à juste titre parler d'une transformation progressive, générale et planétaire de l'idéologie en imagologie.

Imagologie ! Qui, le premier, a forgé ce magistral néologisme ? Paul ou moi ? N'importe. Ce qui compte, c'est qu'existe enfin un mot qui permette de rassembler sous un seul toit des phénomènes aux appellations si différentes : agences publicitaires ; conseillers en communication des hommes d'État ; dessinateurs projetant la ligne d'une nouvelle voiture ou l'équipement d'une salle de gymnastique ; créateurs de mode et grands couturiers ; coiffeurs ; stars du *show business* dictant les normes de la beauté physique, dont s'inspireront toutes les branches de l'imagologie.

172

Les imagologues existaient, bien entendu, avant la création des puissantes institutions qu'on connaît aujourd'hui. Même Hitler a eu son imagologue personnel qui, planté devant le Führer, lui montrait patiemment les gestes qu'il devait effectuer à la tribune pour susciter l'extase des foules. Mais si cet imagologue, au cours d'une interview accordée à quelque journaliste, avait décrit aux Allemands un Führer incapable de bouger ses mains correctement, il n'aurait pas survécu plus d'une demi-journée à pareille indiscrétion. Aujourd'hui, l'imagologue ne dissimule plus son travail, il adore au contraire en parler, souvent au lieu et place de son homme d'État ; il adore expliquer publiquement tout ce qu'il a essayé d'enseigner à son client, les mauvaises habitudes qu'il lui a fait perdre, les instructions qu'il lui a données, les slogans et les formules qu'il utilisera à l'avenir, la couleur de la cravate qu'il portera. Tant de fierté n'a rien qui doive nous surprendre : l'imagologie a remporté, au cours des dernières décennies, une victoire historique sur l'idéologie.

Toutes les idéologies ont été vaincues : leurs dogmes ont fini par être démasqués comme illusions et les gens ont cessé de les prendre au sérieux. Par exemple, les communistes ont cru que l'évolution du capitalisme appauvrirait de plus en plus le prolétariat ; découvrant un jour que tous les ouvriers d'Europe se rendaient en voiture à leur travail, ils eurent envie de crier que la réalité avait triché. La réalité était plus forte que l'idéologie. Et c'est précisément en ce sens-là que l'imagologie l'a dépassée : l'imagologie est plus forte que la réalité, laquelle d'ailleurs a depuis longtemps cessé de représenter pour l'homme ce qu'elle représentait pour ma grand-mère qui vivait dans un village morave et savait tout par expérience : comment on cuit le pain, comment on bâtit une maison, comment on tue le cochon et comment on en fait de la viande fumée, avec quoi on confectionne des édredons, ce que monsieur le curé pensait du monde et ce qu'en pensait monsieur l'instituteur ; rencontrant chaque jour tous les habitants du village, elle savait combien de meurtres avaient été commis depuis dix ans dans la région ; elle tenait pour ainsi dire la réalité sous son contrôle personnel, de sorte que nul n'aurait pu lui faire croire que l'agriculture morave prospérait s'il n'y avait pas eu de quoi manger à la maison. À Paris, mon voisin de palier passe le plus clair de son temps assis à son bureau, en face d'un autre employé, puis il rentre à la maison, allume le téléviseur pour apprendre ce qui se passe dans le monde, et quand le présentateur, commentant le dernier sondage, l'informe que pour une majorité de Français la France est championne d'Europe en matière de sécurité (j'ai récemment lu ce sondage-là), fou de joie, il ouvre une bouteille de champagne et il n'apprendra jamais que le même jour, dans sa propre rue, ont été commis trois cambriolages et deux meurtres.

Les sondages d'opinion sont l'instrument décisif du pouvoir imagologique, auquel ils permettent de vivre en parfaite harmonie avec le peuple. L'imagologue bombarde les gens de questions : comment se porte l'économie française ? Y a-t-il du racisme en France ? Le racisme est-il une bonne ou une mauvaise chose ? Quel est le plus grand écrivain de tous les temps ? La Hongrie est-elle en Europe ou en Polynésie ? De tous les hommes d'État du monde, lequel est le plus sexy ? Comme la réalité, aujourd'hui, est un continent qu'on visite peu et qu'à juste titre d'ailleurs on n'aime guère, le sondage est devenu une sorte de réalité supérieure ; ou pour le dire autrement, il est devenu la vérité. Le sondage d'opinion, c'est un parlement siégeant en permanence, qui a pour mission de produire la vérité, disons même la vérité la plus démocratique qu'on ait jamais connue. Comme il ne se trouvera jamais en contradiction avec le parlement de la vérité, le pouvoir des imagologues vivra toujours dans le vrai, et même si je sais que toute chose humaine est périssable, je ne saurais imaginer quelle force pourrait briser ce pouvoir.

À propos du rapport entre idéologie et imagologie, j'ajoute encore ceci : les idéologies étaient comme d'immenses roues, tournant en coulisse et déclenchant les guerres, les révolutions, les réformes. Les roues imagologiques tournent aussi, mais leur rotation n'a aucun effet sur l'Histoire. Les idéologies se faisaient la guerre et chacune était capable d'investir par sa pensée toute une époque. L'imagologie organise elle-même l'alternance paisible de ses systèmes au rythme allègre des saisons.

Comme dirait Paul : les idéologies appartenaient à l'Histoire, le règne de l'imagologie commence là où l'Histoire finit.

Le mot *changement*, si cher à notre Europe, a pris un sens nouveau : il ne signifie plus une *nouvelle phase dans une évolution continue* (au sens d'un Vico, d'un Hegel ou d'un Marx), mais le *déplacement d'un lieu à un autre*, du côté gauche vers le côté droit, du côté droit vers l'arrière, de l'arrière vers le côté gauche (au sens des grands couturiers inventant la coupe de la prochaine saison). Dans le club que fréquente Agnès, si les imagologues avaient décidé d'installer aux murs d'immenses miroirs, ce n'était pas pour permettre aux gymnastes de mieux surveiller leurs exercices, mais parce que le miroir passait à ce moment-là pour un chiffre gagnant sur la roulette imagologique. Si tout le monde a décidé, au moment où j'écris ces lignes, qu'il faut considérer le philosophe Martin Heidegger comme un fumiste et un salaud, ce n'est pas que sa pensée ait été dépassée par d'autres philosophes, mais que, sur la roulette imagologique, il est devenu pour le moment le chiffre perdant, un anti-idéal. Les imagologues créent des systèmes d'idéaux et d'anti-idéaux, systèmes qui ne dureront guère et dont chacun sera bientôt remplacé par un autre, mais qui influent sur nos comportements, nos opinions politiques, nos goûts esthétiques, sur la couleur des tapis du salon comme sur le choix des livres, avec autant de force que les anciens systèmes des idéologues.

Après ces remarques, je peux en revenir au

début de mes réflexions. L'homme politique dépend du journaliste. Et les journalistes dépendent de qui ? Des imagologues. L'imagologue est un homme à convictions et à principes : il exige du journaliste que son journal (ou sa chaîne de télévision, ou sa station de radio) réponde à l'esprit du système imagologique d'un moment donné. Voilà ce que les imagologues vérifient de temps en temps, quand ils décident d'accorder ou non leur soutien à un journal. Un jour, ils examinèrent le cas d'une station de radio où Bernard était rédacteur et où Paul animait, chaque samedi, une chronique intitulée « Le droit et la loi ». Ils promirent d'offrir à la station beaucoup de contrats publicitaires et de lancer une grande campagne, avec des affiches dans tout Paris, mais en posant des conditions auxquelles le directeur des programmes, connu sous le sobriquet de Grizzly, ne pouvait que se soumettre : peu à peu, il entreprit de raccourcir tous les commentaires, pour éviter d'ennuyer l'auditeur par de longues réflexions ; il laissa interrompre le discours des rédacteurs par les questions d'autres rédacteurs, transformant ainsi le monologue en conversation ; il multiplia les intermèdes musicaux, au point même de garder souvent une musique de fond sous les paroles, et il recommanda à tous ses collaborateurs de donner à tout ce qu'ils diraient au micro une légèreté décontractée, jeune et insouciante, celle-là même qui a tant embelli mes rêves du petit matin en faisant de la météo une manière d'opéra-bouffe. Soucieux d'apparaître toujours à ses subordonnés comme un tout-puissant grizzly, il fit de son mieux pour garder à leur place tous ses collaborateurs. Il ne céda que sur un point. L'émission intitulée « Le droit et la loi » était considérée par les imagologues comme si évidemment assommante qu'ils refusèrent d'en discuter, se contentant, lorsque quelqu'un la mentionnait, d'éclater d'un grand rire qui montrait leurs dents trop blanches. Après leur avoir promis de supprimer cette chronique, Grizzly se sentit honteux d'avoir cédé. Sa honte était d'autant plus vive que Paul était son ami.

Le brillant allié de ses fossoyeurs

Le directeur des programmes avait pour surnom Grizzly et ne pouvait en avoir d'autre : il était costaud, lent, débonnaire, mais chacun savait que sa lourde patte pouvait frapper lorsqu'il était en colère. Les imagologues, assez effrontés pour prétendre lui apprendre son métier, vinrent à bout de toute sa patience d'ours. Il était alors assis à table, dans une cantine de la radio, et il expliquait à quelques collaborateurs : « Ces imposteurs de la publicité, on dirait des Martiens. Ils ne se comportent pas comme des gens normaux. Quand ils vous assènent les remarques les plus désagréables, leur visage rayonne d'allégresse. Ils n'utilisent qu'une soixantaine de vocables et s'expriment par phrases brèves qui ne contiennent jamais plus de quatre mots. Leur discours, ponctué de deux ou trois termes techniques incompréhensibles, énonce une ou deux idées au maximum, vertigineusement primaires. Ces gens-là n'ont pas honte d'être eux-mêmes ; ils n'ont aucun complexe d'infériorité. La voilà, la preuve de leur pouvoir. »

À peu près à ce moment, Paul apparut dans la cantine. En l'apercevant, le petit groupe fut d'autant plus gêné que Paul semblait d'excellente humeur. Il prit au comptoir une tasse de café et alla rejoindre ses confrères.

En présence de Paul, Grizzly se sentit mal à l'aise. Il s'en voulait de l'avoir laissé tomber et de ne pas même trouver le courage de le lui dire. Submergé par une nouvelle vague de haine pour les imagologues, il poursuivit : « Pour donner satisfaction à ces crétins, j'irais jusqu'à transformer la météo en dialogue de clowns, mais ça me gêne d'entendre, aussitôt après, Bernard annoncer la mort d'une centaine de personnes dans une catastrophe aérienne. Je suis prêt à donner ma vie pour qu'un Français s'amuse, mais les informations ne sont pas une clownerie. »

Tous paraissaient d'accord, sauf Paul. Avec le rire d'un joyeux provocateur, il intervint : « Grizzly ! Les imagologues ont raison ! Tu confonds les nouvelles avec les cours du soir ! »

Grizzly se rappela la chronique de Paul, parfois spirituelle mais toujours alambiquée et bourrée de mots inconnus, dont toute la rédaction cherchait ensuite en secret le sens dans un dictionnaire. Mais préférant éviter ce sujet pour le moment, il répondit en rassemblant toute sa dignité : « J'ai toujours fait le plus grand cas du journalisme et je n'ai pas l'intention de changer d'avis. »

Paul poursuivit : « Écouter les nouvelles, c'est comme fumer une cigarette qu'on jette ensuite.

— Voilà ce que j'ai du mal à admettre.

— Mais tu es un fumeur invétéré ! Pourquoi te plains-tu que les nouvelles ressemblent aux cigarettes ? dit Paul en riant. Si les cigarettes sont nocives, les nouvelles sont sans danger et te procurent un agréable divertissement avant une journée de labeur.

— La guerre entre l'Iran et l'Irak, un divertissement ? » demanda Grizzly, et à sa compassion pour Paul se mêla un peu d'agacement : « La catastrophe ferroviaire d'aujourd'hui, tout ce carnage, tu trouves ça amusant ?

— Tu commets une erreur courante en voyant dans la mort une tragédie, dit Paul qui était décidément en grande forme.

— J'avoue, dit Grizzly d'une voix glaciale, que j'ai toujours vu dans la mort une tragédie.

— Voilà l'erreur, dit Paul. Une catastrophe ferroviaire est horrible pour qui voyage dans le train, ou sait que son fils y est monté. Mais dans les informations radiophoniques, la mort a exactement le même sens que dans les romans d'Agatha Christie qui est, d'ailleurs, la plus grande magicienne de tous les temps, parce qu'elle a su transformer le meurtre en divertissement, et pas seulement un meurtre, mais des dizaines de meurtres, des centaines de meurtres, des meurtres à la chaîne, perpétrés pour notre plus grande joie dans le camp d'extermination de ses romans. Auschwitz est oublié, mais les fours crématoires des romans d'Agatha envoient pour l'éternité leur fumée vers le firmament, et seul un homme très candide pourrait affirmer que c'est la fumée de la tragédie. »

Grizzly se souvint qu'avec de tels paradoxes Paul influençait depuis longtemps toute l'équipe qui, sous le regard maléfique des imagologues, apporta un assez piètre appui à son chef, secrètement persuadée qu'il était vieux jeu. Tout en se reprochant d'avoir cédé, Grizzly savait qu'aucun autre choix n'était possible. De tels compromis forcés avec l'esprit du temps ont quelque chose de banal et, en fin de compte, d'inévitable, si on ne veut pas appeler à la grève générale tous ceux qui ont pris notre siècle en dégoût. Mais dans le cas de Paul, on ne pouvait parler de compromis forcé. Il s'empressait de prêter à son siècle sa raison et ses brillants paradoxes en pleine connaissance de cause et, selon Grizzly, avec trop de zèle. Avec plus de froideur encore, Grizzly répondit donc : « Moi aussi, je lis Agatha Christie ! Quand je me sens fatigué, quand je veux replonger dans l'enfance pour un moment. Mais si la vie entière devient un jeu d'enfants, le monde finira par périr sous les risettes et les gazouillis. »

Paul dit : « J'aime mieux périr sur fond de gazouillis qu'en écoutant la *Marche funèbre* de Chopin. Et j'ajouterai ceci : tout le mal vient de cette marche funèbre qui est glorification de la mort. S'il y avait moins de marches funèbres, on mourrait peut-être moins. Comprends ce que je veux dire : le respect qu'inspire la tragédie est beaucoup plus dangereux que l'insouciance d'un gazouillis d'enfant. Quelle est l'éternelle condition des tragédies ? L'existence d'idéaux, dont la valeur est réputée plus haute que celle de la vie humaine. Et quelle est la condition des guerres ? La même chose. On t'oblige à mourir parce qu'il existe, paraît-il, quelque chose de supérieur à ta vie. La guerre ne peut exister que dans le monde de la tragédie ; dès le début de son histoire, l'homme n'a connu que le monde tragique et n'est pas capable d'en sortir. L'âge de la tragédie ne peut être clos que par une révolte de la frivolité. Les gens ne connaissent plus, de la *Neuvième* de Beethoven, que les quatre mesures de l'hymne à la joie qui accompagnent la publicité des parfums Bella. Cela ne me scandalise pas. La tragédie sera bannie du monde comme une vieille cabotine, qui la main sur le cœur déclame d'une voix rocailleuse. La frivolité est une cure d'amaigrissement radical. Les choses perdront quatre-vingt-dix pour cent de leur sens et deviendront légères. Dans cette atmosphère raréfiée, le fanatisme disparaîtra. La guerre deviendra impossible.

— Je suis heureux de voir que tu as enfin trouvé le moyen de supprimer les guerres, dit Grizzly.

— Imagines-tu la jeunesse française prête à combattre pour la patrie ? En Europe, la guerre est déjà devenue impensable. Non pas politiquement, mais anthropologiquement impensable. En Europe, les gens ne sont plus capables de faire la guerre. »

N'allez pas me dire que deux hommes en profond désaccord puissent s'aimer ; ce sont des contes pour les enfants. Peut-être pourraient-ils s'aimer s'ils gardaient pour eux leurs opinions, ou n'en parlaient que sur un ton badin pour en minimiser l'importance (c'est ainsi, d'ailleurs, que Paul et Grizzly s'étaient parlé jusqu'alors). Mais une fois que la dispute a éclaté, il est trop tard. Non qu'ils croient tellement aux opinions qu'ils défendent, mais ils ne supportent pas de ne pas avoir raison. Regardez ces deux-là. Après tout, leur dispute ne changera rien à rien, elle n'aboutira à aucune décision, n'influencera nullement la marche des choses, elle est parfaitement stérile, inutile, limitée au périmètre de cette cantine et à son atmosphère fétide, avec laquelle elle disparaîtra quand les femmes de ménage ouvriront les fenêtres. Et pourtant, voyez l'air concentré du petit groupe d'auditeurs, serrés autour de la table ! Ils écoutent tous en silence, oubliant même de siroter leur café. Et les deux adversaires s'accrochent à cette minuscule opinion publique, qui va désigner l'un ou l'autre comme le détenteur de la vérité : pour chacun d'eux, être désigné comme celui qui ne la détient pas équivaut à perdre l'honneur. Ou à perdre une parcelle de son moi. De fait, peu leur importe l'opinion qu'ils défendent. Mais comme ils en ont fait un attribut de leur moi, chaque atteinte à cette opinion est une piqûre dans leur chair.

Quelque part dans les profondeurs de son âme, Grizzly éprouvait une satisfaction à l'idée que Paul ne débiterait plus de commentaires sophistiqués à la radio ; sa voix, pleine d'un orgueil d'ours, se faisait plus basse, plus glaciale. Paul, au contraire, haussait le ton et les idées qui lui passaient par la tête étaient de plus en plus outrées et provocantes. « La grande culture, dit-il, est fille de cette perversion européenne qu'on appelle l'Histoire : je veux dire cette manie d'aller toujours de l'avant, de considérer la suite des générations comme une course de relais où chacun devance son prédécesseur pour être devancé par son successeur. Sans cette course de relais qu'on appelle l'Histoire, il n'y aurait pas d'art européen, ni ce qui le caractérise : le désir d'originalité, le désir de changement. Robespierre, Napoléon, Beethoven, Staline, Picasso sont autant de coureurs de relais, ils courent tous dans le même stade.

— Crois-tu vraiment qu'on puisse comparer Beethoven à Staline ? demanda Grizzly avec une ironie appuyée.

— Bien sûr, même si cela te choque. La guerre et la culture sont les deux pôles de l'Europe, son ciel et son enfer, sa gloire et sa honte, mais on ne peut les dissocier. Quand c'en sera fait de l'une, c'en sera fait de l'autre, elles disparaîtront ensemble. Le fait qu'il n'y ait plus de guerre en Europe depuis cinquante ans est mystérieusement lié au fait que nous ne connaissons, depuis cinquante ans, aucun Picasso.

— Je vais te dire quelque chose, Paul », dit Grizzly avec une inquiétante lenteur, et l'on aurait dit qu'il levait sa lourde patte avant de frapper : « Si la grande culture est foutue, tu es foutu aussi, et tes idées paradoxales avec toi, parce que le paradoxe en tant que tel relève de la grande culture et non du gazouillis des enfants. Tu me fais penser à ces jeunes gens qui adhéraient autrefois aux mouvements nazis ou communistes, non par désir de faire le mal ni par arrivisme, mais par excès d'intelligence. Rien, en effet, n'exige plus d'effort de pensée que l'argumentation destinée à justifier la non-pensée. J'ai pu le constater de mes propres yeux, après la guerre, quand les intellectuels et les artistes entraient comme des veaux au parti communiste qui ensuite, avec grand plaisir, les liquidait tous systématiquement. Tu fais exactement la même chose. Tu es le brillant allié de tes propres fossoyeurs. »

Du transistor posé entre leurs têtes venait la voix familière de Bernard, en train d'interviewer un acteur dont le film devait sortir prochainement. La voix haut perchée de l'acteur les tira de leur demi-sommeil :

« Je suis venu vous parler de mon film, pas de mon fils.

— Ne craignez rien, son tour viendra, disait la voix de Bernard. Mais l'actualité a ses exigences. Le bruit court que vous avez joué un certain rôle dans le scandale de votre fils.

— En m'invitant à votre émission, vous m'avez assuré qu'il s'agirait du film. Nous allons donc parler du film et non de ma vie privée.

— Vous êtes un homme public, je vous pose les questions qui intéressent nos auditeurs. Je ne fais que mon métier.

— Je répondrai à toute question concernant le film.

— Comme vous voudrez. Mais nos auditeurs seront surpris que vous refusiez de répondre. »

Agnès quitta son lit. Au bout d'un bon quart d'heure, quand elle se rendit à son travail, Paul se leva à son tour, s'habilla et descendit chercher le courrier chez la concierge. Signée de Grizzly, l'une des lettres lui annonçait avec force circonlocutions, mêlant les excuses à un humour amer, ce que nous savons déjà : la radio se passerait des services de Paul.

Il relut la lettre quatre fois. Puis, avec un geste d'indifférence, il partit pour son cabinet. Mais il se sentait mal dans sa peau, incapable de se concentrer, et ne pensait qu'à cette lettre. Était-ce pour lui un coup si dur ? D'un point de vue pratique, pas du tout. Mais il était blessé. Toute sa vie, il s'était efforcé d'échapper au monde des juristes : il était heureux d'animer un séminaire à l'université, il était heureux de parler à la radio. Non que le métier d'avocat lui déplût : au contraire, il aimait les inculpés, il essayait de comprendre leur crime et de lui donner un sens ; « je ne suis pas un avocat, mais un poète de la défense ! », disait-il par plaisanterie ; il se mettait sciemment et de tout cœur du côté des hors-la-loi, se considérant (non sans vanité certaine) comme un traître, une cinquième colonne, un charitable guérillero dans un monde de lois inhumaines commentées dans de gros livres qu'il prenait toujours entre les mains avec le léger dégoût d'un connaisseur désabusé. Aussi souhaitait-il entretenir des rapports humains hors des murs du Palais de justice, se lier avec les étudiants, les écrivains, les journalistes, pour garder la certitude (et pas seulement l'illusion) d'appartenir à leur famille. Il leur était très attaché et supportait mal que la lettre de Grizzly le renvoyât à son cabinet et à son prétoire.

Il avait une autre raison de se sentir déprimé. Quand Grizzly l'avait qualifié, la veille, d'allié de ses propres fossoyeurs, Paul n'avait vu là qu'une élégante méchanceté, sans aucun contenu concret. Le mot « fossoyeurs » n'évoquait pas grand-chose pour lui. C'est qu'il ne savait rien alors de ses fossoyeurs. Mais à présent qu'il avait reçu la lettre, il devait se rendre à l'évidence : les fossoyeurs existaient bel et bien, ils l'avaient déjà repéré et l'attendaient.

Il comprit soudain que les gens le voyaient autrement qu'il ne se voyait lui-même, autrement qu'il croyait être vu. De tous les collaborateurs de la station, il était le seul à devoir partir, alors que Grizzly (il n'en doutait pas) l'avait défendu de son mieux. En quoi avait-il irrité tous ces publicitaires ? D'ailleurs, il eût été naïf de croire que ces gens-là étaient les seuls à le trouver inacceptable. Bien d'autres devaient être du même avis. Qu'était-il arrivé à son image ? Il était arrivé quelque chose, il ne savait pas quoi et ne le saurait jamais. Car c'est ainsi, et la loi vaut pour tout le monde : nous n'apprenons jamais pourquoi et en quoi nous agaçons les autres, en quoi nous leur sommes sympathiques, en quoi nous leur paraissons ridicules ; notre propre image est pour nous le plus grand mystère.

Paul savait que, de toute la journée, il ne penserait à rien d'autre ; décrochant alors son téléphone, il invita Bernard à déjeuner au restaurant.

Ils s'assirent face à face ; Paul brûlait d'envie de parler de la lettre, mais comme il était bien élevé ses premiers mots furent de politesse : « Je t'ai écouté, ce matin de bonne heure. Tu as pourchassé cet acteur comme un lièvre.

— C'est vrai, dit Bernard. J'en ai peut-être trop fait. Mais j'étais d'une humeur exécrable. J'ai reçu hier une visite que je n'oublierai pas. Un inconnu est venu me voir. Plus grand que moi d'une tête, et affublé d'un ventre énorme. En se présentant, il me souriait d'un air atrocement aimable. " J'ai l'honneur de vous remettre ce diplôme ", a-t-il dit en me glissant entre les doigts un tube en carton. Il m'a demandé avec insistance de l'ouvrir devant lui. Dedans, il y avait un diplôme. En couleurs. Fort bien calligraphié. L'inscription portait : *Bernard Bertrand est promu âne intégral.*

— Quoi ? » dit Paul en s'esclaffant, mais il se maîtrisa aussitôt en voyant devant lui un visage grave et figé où n'était perceptible aucune trace d'amusement.

« Oui, répéta Bernard d'une voix sinistre, j'ai été promu âne intégral.

— Mais qui t'a promu ? Il y a le nom d'une organisation ?

— Non. Il y a seulement une signature illisible. »

Bernard répéta plusieurs fois ce qui lui était arrivé, avant d'ajouter : « J'ai commencé par ne pas en croire mes yeux. J'avais l'impression d'être victime d'un attentat, je voulais crier et appeler la police. Puis j'ai compris que je ne pouvais rien faire. Ce type souriait et me tendait la main : " Permettez-moi de vous féliciter ", a-t-il dit, et j'étais si confus que je lui ai serré la main.

— Tu lui as serré la main ? Tu l'as remercié

pour de bon ? dit Paul, en réprimant avec peine son rire.

— Quand j'ai compris que je ne pouvais pas faire arrêter ce type par la police, j'ai voulu montrer mon sang-froid et agir comme si tout était parfaitement normal et que rien ne m'avait blessé.

— C'est mathématique, dit Paul : quand on est promu âne, on agit en âne.

— Hélas, dit Bernard.

— Et tu ne sais pas qui c'était ? Il s'est pourtant présenté !

— J'étais si énervé que j'ai aussitôt oublié son nom. »

Paul ne pouvait plus se maîtriser ; il éclata de rire.

« Oui, je sais, tu vas dire que c'est une blague, et bien sûr tu auras raison, c'est une blague, reprit Bernard. Mais il n'y a rien à faire. Depuis, je ne peux penser à rien d'autre. »

Paul avait cessé de rire en comprenant que Bernard disait vrai : sans nul doute, il ne pensait à rien d'autre depuis la veille. Comment Paul aurait-il réagi en recevant pareil diplôme ? Tout comme Bernard. Quand on vous qualifie d'âne intégral, cela signifie qu'une personne au moins vous voit sous les traits d'un âne et tient à ce que vous le sachiez. En soi, c'est déjà très fâcheux. Et il est tout à fait possible que l'initiative ait été prise non par une seule, mais par une dizaine de personnes. Il se peut aussi que ces gens-là préparent un autre coup, comme par exemple faire passer une petite annonce dans les journaux, si bien que dans *Le Monde* du lendemain, à la rubrique des funérailles, des mariages et des distinctions honorifiques, tout un chacun pourra apprendre que Bernard est promu âne intégral.

Bernard lui confia ensuite (et Paul ne savait s'il fallait rire de son ami ou pleurer sur lui) que dès réception de son diplôme, il l'avait montré à tous ceux qu'il avait croisés sur son chemin. Il ne voulait pas rester seul dans son humiliation, il essayait d'y englober les autres, en expliquant à tout le monde qu'il n'était pas seul visé : « S'il ne s'agissait que de moi, ils m'auraient remis le diplôme à la maison. Mais ils me l'ont remis à la radio ! C'est une attaque contre les journalistes ! Une attaque contre nous tous ! »

Paul découpait la viande dans son assiette, sirotait son vin et se disait : voilà deux bons amis : l'un s'appelle l'âne intégral, l'autre le brillant allié de ses fossoyeurs. Et il comprit (cela lui rendit son cadet d'autant plus cher) que même en esprit il ne l'appellerait plus jamais Bernard, mais toujours âne intégral : non par malice, mais parce qu'un si beau titre est irrésistible ; de même tous ceux à qui Bernard avait montré le diplôme, dans son énervement déraisonnable, l'appelleraient certainement toujours ainsi.

Il songea aussi que Grizzly avait été fort amical en le qualifiant de brillant allié de ses fossoyeurs au cours d'une simple conversation à table. Après tout, il aurait pu lui décerner un diplôme et cela aurait été bien pis. Voilà comment, grâce au chagrin de son ami, Paul oublia presque sa propre souffrance, et quand Bernard lui dit : « Il paraît que toi aussi tu as un pépin ? », il balaya la question : « De la broutille », et Bernard acquiesça : « Je me suis tout de suite dit que tu étais au-dessus de ça. Toi, tu as mille choses plus intéressantes à faire. »

Lorsque Bernard l'accompagna jusqu'à sa voiture, Paul lui dit très mélancoliquement : « Grizzly a tort et les imagologues ont raison. L'homme n'est rien d'autre que son image. Les philosophes peuvent bien nous expliquer que l'opinion du monde importe peu et que seul compte ce que nous sommes. Mais les philosophes ne comprennent rien. Tant que nous vivrons parmi les humains, nous serons ce pour quoi les humains nous tiennent. On passe pour un fourbe ou un roublard quand on se demande sans cesse comment les autres nous voient, quand on s'évertue à paraître aussi sympathique que possible. Mais entre mon moi et celui de l'autre, existe-t-il un contact direct, sans l'intermédiaire des yeux ? L'amour est-il pensable sans la poursuite angoissée de sa propre image dans la pensée de la personne aimée ? Dès que nous ne nous soucions plus de la façon dont l'autre nous voit, nous ne l'aimons plus.

— Tu as raison, dit Bernard d'une voix morne.

— C'est une illusion naïve de croire que notre image est une simple apparence, derrière laquelle se cacherait la vraie substance de notre moi, indépendante du regard du monde. Avec un cynisme

193

radical, les imagologues prouvent que le contraire est vrai : notre moi est une simple apparence, insaisissable, indescriptible, confuse, tandis que la seule réalité, presque trop facile à saisir et à décrire, est notre image dans les yeux des autres. Et le pire : tu n'en es pas le maître. Tu essaies d'abord de la peindre toi-même, ensuite, au moins, de garder une influence sur elle, de la contrôler, mais en vain : il suffit d'une formule malveillante pour te transformer à jamais en lamentable caricature. »

Ils s'arrêtèrent près de la voiture ; Paul vit en face de lui un visage encore plus anxieux et plus pâle. Son intention avait été de réconforter son ami, mais il constatait à présent que son discours lui avait porté un coup. Il eut un remords : c'est en pensant à lui-même, à son propre cas, qu'il s'était laissé aller à de telles réflexions. Mais le mal était fait.

En prenant congé, Bernard dit avec une gêne qui émut Paul : « Je t'en prie, n'en parle pas à Laura. N'en parle même pas à Agnès. »

Il lui donna une solide et amicale poignée de main : « Tu peux me faire confiance. »

De retour à son cabinet, il se mit au travail. Sa rencontre avec Bernard l'avait étrangement consolé et il se sentait beaucoup mieux que le matin. Tard dans l'après-midi, il rejoignit Agnès à la maison. En lui parlant de la lettre de Grizzly, il ne manqua pas d'ajouter aussitôt que l'affaire était sans importance. Il essayait de rire tout en parlant, mais Agnès s'aperçut qu'entre les mots et le rire, Paul se mettait à tousser. Elle connaissait ce toussotement. Quand il

avait des ennuis, Paul savait toujours se maîtriser ;
seul le trahissait ce toussotement embarrassé, dont il
ne se rendait pas compte.

« Ils ont voulu rendre l'émission plus drôle et
plus juvénile », dit Agnès. Sa remarque se voulait
ironique envers ceux qui avaient supprimé l'émission de Paul. Puis elle lui caressa les cheveux. Mais
elle n'aurait jamais dû faire cela. Dans les yeux
d'Agnès, Paul vit son image : celle d'un homme
humilié, qu'on avait décidé de ne plus trouver ni
jeune, ni drôle.

La chatte

Chacun de nous désire transgresser les conventions, les tabous érotiques, et entrer avec ivresse dans le royaume de l'Interdit. Mais nous manquons tellement d'audace... Prendre une amante plus âgée, un amant plus jeune, voilà ce qu'on pourrait recommander comme le moyen de transgression le plus facile, et accessible à tous. Laura avait pour la première fois un amant plus jeune qu'elle, Bernard avait pour la première fois une amante plus âgée que lui, et tous deux vivaient cette première expérience comme un excitant péché.

Quand Laura avait assuré Paul que Bernard la faisait rajeunir de dix ans, elle disait vrai : une vague d'énergie l'avait alors submergée. Mais cela ne voulait pas dire qu'elle se sentait plus jeune que lui. Au contraire, elle savourait avec une délectation jusqu'alors inconnue l'idée d'avoir un amant plus jeune, un amant qui s'imaginait plus faible et qui avait le trac en pensant que sa maîtresse expérimentée allait le comparer à ses devanciers. Il en va de l'érotisme comme de la danse : l'un des partenaires se charge toujours de conduire l'autre. Pour la première fois, Laura conduisait un homme, et conduire était pour elle aussi grisant que pour Bernard être conduit.

Ce que la femme plus âgée offre à l'homme plus

jeune, c'est avant tout la certitude que leur amour se développe loin de tout danger matrimonial, car, après tout, personne n'imagine qu'un homme pourvu d'un bel et grand avenir épouse jamais une femme de huit ans son aînée. C'est pourquoi Bernard avait pour Laura le même regard que Paul, jadis, pour la dame qui deviendra son améthyste : il supposait sa maîtresse disposée à s'effacer un jour devant une femme plus jeune qu'il pourrait présenter à ses parents sans les mettre dans l'embarras. Confiant en la sagesse maternelle de Laura, il la croyait capable d'être témoin à son mariage et de dissimuler parfaitement à la jeune mariée d'avoir été (ou même, pourquoi pas, d'être toujours) la maîtresse de Bernard.

Leur bonheur fut sans nuage pendant deux ans. Puis, Bernard fut promu âne intégral et devint taciturne. Laura ignorait tout du diplôme (Paul avait tenu parole) et n'ayant pas pour habitude d'interroger Bernard sur son travail, elle ne savait rien non plus de ses autres ennuis professionnels (comme on le sait, un malheur n'arrive jamais seul) ; elle interprétait donc son mutisme comme la preuve qu'il ne l'aimait plus. Plusieurs fois déjà, elle l'avait pris sur le fait : il ne savait pas ce qu'elle lui avait dit ; elle était sûre que dans ces moments-là il avait une autre femme en tête. Ah, en amour il suffit de si peu pour désespérer !

Il vint un jour chez elle, plongé dans de sombres pensées. Elle disparut dans la pièce voisine pour se rhabiller et il resta seul au salon en compagnie de la grande siamoise. Il n'éprouvait pour elle aucune sympathie particulière, mais savait qu'aux yeux de sa maîtresse l'animal était sacré. Assis dans un fauteuil, il se livrait donc à ses sombres pensées en tendant machinalement la main vers la chatte, parce qu'il se croyait tenu de la caresser. Mais la chatte se mit à feuler et lui mordit la main. Cette morsure venant s'ajouter à toute une série d'échecs et d'humiliations subis au cours des dernières semaines, il fut pris de rage et, bondissant de son fauteuil, menaça la chatte du poing. Elle fila dans un coin et fit le gros dos en poussant d'affreux sifflements.

Puis il se retourna et aperçut Laura. Debout sur le seuil, elle avait certainement observé toute la scène. « Non, dit-elle, il ne faut pas la punir. Elle était parfaitement dans son droit. »

Bernard la considéra avec étonnement. La morsure lui faisait mal et il attendait de sa maîtresse, sinon qu'elle s'alliât avec lui contre la chatte, du moins qu'elle fît preuve d'un sens élémentaire de la justice. Il avait envie de donner à la bête un coup de pied si puissant qu'elle resterait collée au plafond. Il lui fallut faire un grand effort pour se dominer.

Laura poursuivit, en articulant chaque mot : « Quand on la caresse, elle exige qu'on ne soit pas distrait. Moi non plus, je ne supporte pas qu'on reste avec moi en pensant à autre chose. »

Quelques instants plus tôt, en voyant sa siamoise réagir si violemment à l'attitude distraite de Bernard, elle s'était soudain sentie solidaire de l'animal : Bernard se comportait à son égard, depuis des

198

semaines, comme à l'égard de la chatte : il la caressait, mais ses pensées étaient ailleurs ; il faisait semblant d'être en sa compagnie, mais ne l'écoutait pas.

Quand elle vit la chatte mordre son amant, elle eut l'impression que son autre moi, le moi symbolique et mystique qu'était pour elle son animal, voulait ainsi l'encourager, lui montrer la conduite à tenir, servir d'exemple. Il y a des moments, se dit-elle, où il faut savoir sortir ses griffes ; elle décida que le soir même, au restaurant où ils devaient dîner en tête à tête, elle trouverait enfin le courage nécessaire pour agir.

Je le dirai tout net, en devançant les événements : il est difficile d'imaginer plus grande bêtise que sa décision. Ce qu'elle voulait faire était parfaitement contraire à ses intérêts. Il faut en effet souligner que Bernard, depuis deux ans qu'il la connaissait, était heureux avec elle, peut-être même plus heureux que ne le pensait Laura. Elle était pour lui une évasion, un refuge loin de la vie que son père, l'euphonique Bertrand Bertrand, lui avait préparée depuis l'enfance. Il pouvait enfin vivre librement, conformément à ses désirs, avoir un coin secret où aucun membre de sa famille ne venait glisser sa tête curieuse, un coin où la vie se déroulait selon d'autres habitudes : il adorait les manières bohèmes de Laura, son piano dont elle jouait de temps à autre, les concerts où elle l'emmenait, ses états d'âme et ses excentricités. En sa compagnie, il se sentait loin des gens riches et ennuyeux que fréquentait son père. Mais leur bonheur était sous condition : ils devaient rester célibataires. S'ils s'étaient mariés, tout aurait changé d'emblée : leur union se serait soudain ouverte à toutes les interventions de la famille de Bernard ; leur amour aurait ainsi perdu non seulement son charme, mais son sens même. Et Laura aurait été privée de tout le pouvoir qu'elle exerçait jusqu'alors sur Bernard.

Comment pouvait-elle prendre une décision aussi stupide, aussi opposée à ses intérêts ? Connaissait-elle si peu son amant ? Le comprenait-elle si mal ?

Oui, si étrange que cela paraisse, elle le connaissait mal et ne le comprenait pas. Elle était même fière de ne s'intéresser, chez Bernard, qu'à son amour. Jamais elle ne l'interrogeait sur son père. Elle ne savait rien de sa famille. Quand il lui arrivait d'en parler lui-même, elle s'ennuyait ostensiblement et manifestait aussitôt son refus de gaspiller un temps précieux qu'elle aurait pu consacrer à Bernard. Plus étrange encore : pendant les sombres semaines du diplôme où il ne desserrait les dents que pour s'excuser d'avoir des soucis, elle lui répétait toujours : « Oui, les soucis, je sais ce que c'est », mais sans jamais lui poser cette question, la plus simple de toutes : « *Quels* soucis as-tu ? Concrètement, que se passe-t-il ? Parle, dis-moi ce qui te préoccupe ! »

C'est curieux : elle était folle de Bernard et, en même temps, elle ne s'intéressait pas à lui. J'irais jusqu'à dire : elle était folle de Bernard et *pour cette raison même* elle ne s'intéressait pas à lui. Si nous lui reprochions son manque d'intérêt et l'accusions de ne pas connaître son amant, elle ne nous comprendrait pas. Car Laura ne savait pas ce que veut dire *connaître* quelqu'un. Elle était comme une vierge qui redoute de tomber enceinte en échangeant trop de baisers avec son amant ! Depuis quelque temps, elle pensait à Bernard presque sans cesse. Elle imaginait son corps, son visage, elle avait l'impression d'être constamment avec lui, d'être imprégnée de lui. Aussi croyait-elle le connaître par cœur, le connaître comme personne ne l'avait jamais connu. Le sentiment d'amour nous abuse tous par une illusion de connaissance.

Après ces éclaircissements, nous pouvons peut-être enfin croire qu'elle lui déclara au dessert (je pourrais, pour l'excuser, faire valoir qu'ils avaient bu une bouteille de vin et deux cognacs, mais je suis sûr qu'elle aurait dit la même chose en étant sobre) : « Bernard, épouse-moi ! »

Le geste de protestation contre
les atteintes aux droits de l'homme

Brigitte sortit de son cours d'allemand fermement décidée à ne plus y revenir. D'une part, la
langue de Goethe lui semblait dénuée de toute utilité
pratique (c'est sa mère qui lui en avait imposé
l'apprentissage), d'autre part elle se sentait avec
l'allemand en profond désaccord. Cette langue l'agaçait par son illogisme. Cette fois, la mesure était à
son comble : la préposition *ohne* (sans) régit l'accu-
satif, la préposition *mit* (avec) régit le datif. Pourquoi ? Les deux prépositions signifient en fait les
aspects négatif et positif du *même* rapport, de sorte
qu'elles devraient entraîner la même déclinaison.
Brigitte l'avait fait remarquer à son professeur, un
jeune Allemand que l'objection avait embarrassé et
qui s'était aussitôt senti coupable. Cet homme
sympathique et subtil souffrait d'appartenir à un
peuple qui avait été gouverné par Hitler. Prêt à
charger sa patrie de toutes les tares, il admit
immédiatement qu'aucune raison valable ne justifiait deux déclinaisons différentes avec les prépositions *mit* et *ohne*.

« Ce n'est pas logique, je sais, mais c'est un
usage qui s'est établi au cours des siècles », dit-il,
comme s'il voulait susciter la pitié de la jeune
Française envers une langue damnée par l'histoire.

« Je suis heureuse que vous le reconnaissiez. Ce

202

n'est pas logique. Or une langue *doit* être logique »,
dit Brigitte.

Le jeune Allemand acquiesça : « Hélas, nous
n'avons pas eu de Descartes. C'est dans notre
histoire une lacune impardonnable. L'Allemagne
n'a pas votre tradition de raison et de clarté, elle est
pleine de brumes métaphysiques. L'Allemagne,
c'est la musique wagnérienne, et nous savons tous
qui était le plus grand admirateur de Wagner :
Hitler ! »

Ne se souciant ni de Hitler ni de Wagner,
Brigitte poursuivit son raisonnement : « Un enfant
peut apprendre une langue illogique, parce qu'un
enfant n'est pas doué de raison. Mais un étranger
adulte ne pourra jamais l'apprendre. C'est pourquoi
l'allemand n'est pas, à mes yeux, une langue de
communication universelle.

— Vous avez parfaitement raison », dit l'Allemand, et il ajouta à mi-voix : « vous voyez combien
était absurde la volonté allemande de dominer le
monde. »

Satisfaite d'elle-même, Brigitte monta dans sa
voiture et s'en fut chez Fauchon acheter une bouteille de vin. Elle chercha en vain une place de
stationnement : des files de voitures s'alignaient le
long des trottoirs, pare-chocs contre pare-chocs,
dans un rayon d'un kilomètre ; après avoir tourné un
quart d'heure, elle fut saisie d'un étonnement
indigné devant ce manque de places libres : elle
monta sur le trottoir et arrêta le moteur. Puis elle se
dirigea à pied vers le magasin. De loin, elle vit qu'il

203

s'y passait quelque chose d'étrange. En approchant, elle comprit :

L'intérieur et les abords de la célèbre épicerie, où tout coûte dix fois plus cher qu'ailleurs si bien que la clientèle se compose de gens pour qui payer est un plus grand plaisir que manger, étaient occupés par une centaine de personnes modestement vêtues, des chômeurs ; c'était une curieuse manifestation : ils n'étaient pas venus casser quoi que ce fût, ni proférer des menaces, ni crier des slogans ; ils étaient venus tout simplement mettre les richards dans l'embarras et leur gâcher le plaisir du bon vin et du caviar. De fait, les vendeurs comme les acheteurs avaient un sourire soudain intimidé et semblaient aussi incapables de vendre que d'acheter.

Brigitte se fraya un chemin à travers la foule et entra. Les chômeurs ne lui étaient pas antipathiques et elle n'avait rien non plus à reprocher aux dames en fourrure. D'une voix forte, elle demanda une bouteille de bordeaux. Sa détermination surprit la vendeuse et lui fit comprendre que les manifestants, dont la présence n'était nullement menaçante, ne devaient pas l'empêcher de servir la jeune cliente. Brigitte paya donc la bouteille et retourna à sa voiture, devant laquelle l'attendaient deux agents de police, stylo en main.

Elle se mit à les apostropher et, lorsqu'ils expliquèrent que le véhicule mal garé obstruait le trottoir, elle leur montra les voitures stationnant à la queue leu leu : « Voulez-vous me dire où j'aurais dû me garer ? cria-t-elle. S'il est permis aux gens

204

d'acheter des voitures, on doit leur garantir une place où les mettre, non ? Il faut être logique ! »

Je ne raconte tout cela que pour ce détail : en apostrophant les agents, Brigitte se rappela les chômeurs qui manifestaient devant l'épicerie et éprouva pour eux une brusque et forte sympathie : elle se sentait unie à eux dans un même combat. Cela lui rendit courage et elle haussa le ton ; les flics (aussi embarrassés que les dames en fourrure devant les chômeurs) ne purent que répéter bêtement, sans la moindre conviction, les mots « interdit », « pas permis », « discipline », « ordre » et finirent par la laisser partir sans dresser contravention.

Pendant cette algarade, Brigitte avait accompagné sa diatribe de rapides et brefs hochements de tête, tout en haussant les épaules et les sourcils. Quand, de retour à la maison, elle raconta l'incident à son père, sa tête décrivit exactement le même mouvement. Nous avons déjà rencontré ce geste : il exprime un étonnement indigné devant ceux qui prétendent nier nos droits les plus élémentaires. Appelons donc ce geste : *le geste de protestation contre les atteintes aux droits de l'homme.*

La notion de droits de l'homme date de deux siècles, mais n'a atteint l'apogée de sa gloire que dans la seconde moitié des années soixante-dix de notre siècle. C'est à cette époque qu'Alexandre Soljenitsyne fut banni de Russie : son extraordinaire personnage, paré d'une barbe et d'une paire de menottes, a hypnotisé les intellectuels occidentaux en mal de grands destins. Grâce à lui, avec cinquante

205

ans de retard, ils ont fini par reconnaître l'existence de camps de concentration dans la Russie communiste ; même les hommes de progrès ont admis, tout à coup, qu'emprisonner les gens pour ce qu'ils pensent n'était pas juste. Et pour conforter leur nouvelle attitude, ils ont trouvé un excellent argument : les communistes russes portaient atteinte aux droits de l'homme, solennellement proclamés par la Révolution française elle-même !

Ainsi, grâce à Soljenitsyne, l'expression « droits de l'homme » a-t-elle retrouvé sa place dans le vocabulaire de notre temps ; je ne connais pas un homme politique qui n'invoque dix fois par jour « la lutte pour les droits de l'homme » ou « les droits de l'homme qu'on a bafoués ». Mais comme en Occident on ne vit pas sous la menace des camps de concentration, comme on peut dire ou écrire n'importe quoi, à mesure que la lutte pour les droits de l'homme gagnait en popularité elle perdait tout contenu concret, pour devenir finalement l'attitude commune de tous à l'égard de tout, une sorte d'énergie transformant tous les désirs en droits. Le monde est devenu un droit de l'homme et tout s'est mué en droit : le désir d'amour en droit à l'amour, le désir de repos en droit au repos, le désir d'amitié en droit à l'amitié, le désir de rouler trop vite en droit de rouler trop vite, le désir de bonheur en droit au bonheur, le désir de publier un livre en droit de publier un livre, le désir de crier la nuit dans les rues en droit de crier la nuit dans les rues. Les chômeurs ont le droit d'occuper l'épicerie de luxe, les dames en fourrure ont le droit d'acheter du caviar, Brigitte a le droit de garer sa voiture sur le trottoir et tous, chômeurs, dames en fourrure, Brigitte, appartiennent à la même armée de combattants des droits de l'homme.

Assis dans un fauteuil en face de Brigitte, Paul la regardait avec amour hocher la tête de gauche à droite, à toute allure. Il savait qu'il plaisait à sa fille et cela lui importait plus que de plaire à sa femme. Car les yeux admiratifs de sa fille lui donnaient ce qu'Agnès ne pouvait lui donner : la preuve qu'il ne s'était pas aliéné la jeunesse, qu'il faisait toujours partie des jeunes. Deux heures à peine s'étaient écoulées depuis qu'Agnès, émue par son toussotement, lui avait caressé les cheveux. À cette caresse humiliante, combien il préférait les hochements de tête de Brigitte ! La présence de sa fille agissait sur lui comme un accumulateur d'énergie, où il puisait sa force.

Être absolument moderne

Ah, ce cher Paul qui voulait provoquer Grizzly et le faire enrager, en tirant un trait sur l'Histoire, sur Beethoven, sur Picasso... Il se confond dans mon esprit avec Jaromil, le personnage d'un roman dont j'ai achevé la rédaction voici tout juste vingt ans et dont on me verra, au cours d'un prochain chapitre, déposer un exemplaire dans un bistrot de Montparnasse à l'intention du professeur Avenarius.

Nous sommes à Prague, en 1948 ; Jaromil, âgé de dix-huit ans, est amoureux à mort de la poésie moderne, de Desnos, d'Eluard, de Breton, de Vitezslav Nezval ; à leur exemple, il s'est fait un slogan de la phrase écrite par Rimbaud dans *Une saison en enfer* : « Il faut être absolument moderne. » Or ce qui à Prague s'est soudain révélé absolument moderne, c'est la révolution socialiste, qui immédiatement et brutalement a condamné l'art moderne dont Jaromil était amoureux à mort. Alors mon héros, devant quelques amis (non moins amoureux à mort de l'art moderne), a sarcastiquement renié tout ce qu'il aimait (tout ce qu'il aimait vraiment et de tout cœur) pour ne pas trahir le grand commandement d' « être absolument moderne ». Dans son reniement, il a mis toute la rage, toute la passion d'un puceau désireux d'entrer par un acte brutal dans la vie adulte ; et ses amis, voyant avec quelle opiniâtreté il reniait tout ce qu'il avait de plus cher, tout ce pour quoi il avait vécu et voulait vivre, le voyant renier Picasso et Dali, Breton et Rimbaud, voyant qu'il les reniait au nom de Lénine et de l'Armée rouge (qui à ce moment-là représentaient le sommet de la modernité), ses amis en eurent la gorge serrée et furent d'abord stupéfaits, puis écœurés et pour finir horrifiés. Le spectacle de ce puceau rallié à ce qui se déclarait moderne, et s'y ralliant non par lâcheté (pour servir sa carrière) mais par courage, en homme qui sacrifie avec douleur ce qu'il aime, oui, ce spectacle avait vraiment quelque chose d'horrible (préfigurant l'horrible de l'imminente terreur, l'horrible des emprisonnements et des pendaisons). Peut-être quelqu'un s'est-il dit alors, en l'observant : « Jaromil est l'allié de ses fossoyeurs. »

Bien sûr, Paul et Jaromil ne se ressemblent pas du tout. Leur seul point commun est justement la conviction passionnée qu'« il faut être absolument moderne ». « Absolument moderne » est une notion dont le contenu est changeant et insaisissable. En 1872, Rimbaud n'imaginait certes pas sous ces mots des millions de bustes de Lénine et de Staline ; il imaginait encore moins les films publicitaires, les photos en couleurs ou le visage extasié d'un chanteur rock. Mais peu importe, car être *absolument* moderne signifie : ne jamais remettre en question le contenu du moderne, se mettre à son service comme on est au service de l'absolu, c'est-à-dire sans avoir de doutes.

Tout comme Jaromil, Paul savait que la modernité de demain diffère de celle d'aujourd'hui et que pour l'*impératif* éternel du moderne il faut savoir trahir son *contenu* provisoire, de même que pour le *slogan* rimbaldien il faut savoir trahir les *vers* de Rimbaud. Dans le Paris de 1968, en adoptant une terminologie bien plus radicale encore que Jaromil dans la Prague de 1948, les étudiants ont refusé le monde tel qu'il est, le monde superficiel du confort, du marché, de la publicité, le monde de la stupide culture de masse qui farcit de mélodrames la tête des gens, le monde des conventions, le monde du père. À cette époque, Paul a passé quelques jours sur les barricades et sa voix a retenti aussi résolument que celle de Jaromil vingt ans plus tôt ; rien ne pouvait le faire fléchir ; appuyé sur le bras que lui offrait la révolte estudiantine, il s'éloignait du monde des pères pour devenir, à trente-cinq ans, enfin adulte.

Puis le temps a passé, sa fille a grandi et s'est sentie à l'aise dans le monde tel qu'il est, dans le monde de la télévision, du rock, de la publicité, de la culture de masse et de ses mélodrames, dans le monde des chanteurs, des voitures, de la mode, des épiceries de luxe et des élégants industriels promus au rang de stars. Capable, autrefois, de défendre opiniâtrement ses positions contre les professeurs, contre les flics, contre les préfets et les ministres, Paul ne savait pas du tout les défendre contre sa fille, qui aimait s'asseoir sur ses genoux et ne se hâtait nullement de quitter le monde du père pour entrer dans l'âge adulte. Au contraire, elle voulait rester le plus longtemps possible sous le même toit que son tolérant papa, qui (presque attendri) lui permettait de coucher tous les samedis avec son petit ami à côté de la chambre des parents.

Que signifie être absolument moderne quand on n'est plus jeune et qu'on a une fille tout à fait différente de ce qu'on était à son âge ? Paul a trouvé sans peine la réponse : être absolument moderne signifie, en pareil cas, s'identifier absolument à sa fille.

J'imagine Paul, en compagnie d'Agnès et de Brigitte, assis à la table du dîner. Brigitte, à demi tournée sur sa chaise, mastique en regardant l'écran de la télévision. Aucun des trois ne dit mot, parce que la télévision est forte. Paul a toujours en tête la funeste remarque de Grizzly, qui l'a qualifié d'allié de ses propres fossoyeurs. Puis le rire de Brigitte interrompt le cours de ses pensées : sur l'écran défile une publicité : un enfant nu, âgé d'un an à peine, se lève de son pot de chambre en tirant derrière lui le rouleau de papier hygiénique dont la blancheur se déploie comme la traîne majestueuse d'une robe de mariée. Or Paul se rappelle avoir récemment constaté, avec surprise, que Brigitte n'a jamais lu aucun poème de Rimbaud. Vu à quel point lui-même à l'âge de Brigitte a aimé Rimbaud, il peut la tenir à juste titre pour son fossoyeur.

Il éprouve quelque mélancolie à entendre le rire franc de sa fille, qui ignore le grand poète et se régale d'inepties télévisées. Puis il s'interroge : en fait, pourquoi avait-il tellement aimé Rimbaud ? comment en était-il arrivé à cet amour ? avait-il été

211

ensorcelé par ses poèmes ? Non. Rimbaud se confondait alors dans son esprit avec Trotsky, avec Breton, avec Mao, avec Castro, pour former un unique amalgame révolutionnaire. Ce qu'il a d'abord connu de Rimbaud, c'est le slogan ressassé par tout le monde : *changer la vie*. (Comme si, pour formuler pareille banalité, on avait eu besoin d'un poète de génie...) Sans doute Paul a-t-il lu par la suite des vers de Rimbaud ; il en connaissait certains par cœur et les aimait. Mais jamais il n'a lu tous les poèmes : seuls lui ont plu ceux dont lui avait parlé son entourage qui en avait parlé grâce à la recommandation d'un autre entourage. Rimbaud n'a donc pas été son amour esthétique et peut-être n'a-t-il jamais connu aucun amour esthétique. Il s'était enrôlé sous la bannière de Rimbaud comme on s'enrôle sous un drapeau, comme on adhère à un parti politique, comme on devient supporter d'une équipe de football. En réalité, qu'est-ce que les vers de Rimbaud lui ont apporté ? Rien que la fierté d'être de ceux qui aiment les vers de Rimbaud.

Paul en revenait toujours à sa récente conversation avec Grizzly : oui, il exagérait, il se laissait entraîner par les paradoxes, il provoquait Grizzly et tous les autres, mais somme toute ne disait-il pas la vérité ? Ce que Grizzly appelle avec tant de respect « la culture », n'est-ce pas notre chimère, quelque chose de beau et de précieux, certes, mais qui nous importe beaucoup moins que nous n'osons l'avouer ?

Quelques jours plus tôt, Paul avait développé devant Brigitte, en s'efforçant de reprendre les mêmes termes, les réflexions qui avaient choqué Grizzly. Il voulait connaître les réactions de sa fille. Non seulement elle ne fut pas scandalisée par les formules provocantes, mais elle fut disposée à aller beaucoup plus loin. Voilà qui importait à Paul. Car il s'attachait de plus en plus à sa fille et, depuis quelques années, lui demandait son avis sur tous les problèmes qu'il rencontrait. Peut-être le fit-il, au début, dans un souci pédagogique, pour la contraindre à s'occuper de choses sérieuses, mais bientôt les rôles se renversèrent subrepticement : il ne ressemblait plus à un maître encourageant par ses questions une élève timide, mais à un homme peu sûr de lui qui consulte une voyante.

On n'exige pas d'une voyante qu'elle possède une grande sagesse (Paul ne se fait pas trop d'illusions sur les talents ni sur les connaissances de sa fille), mais qu'elle soit reliée par des conduits invisibles à un réservoir de sagesse situé en dehors d'elle. Quand Brigitte lui exposait ses opinions, il ne les attribuait pas à l'originalité personnelle de sa fille, mais à la grande sagesse collective des jeunes qui s'exprimait par sa bouche; aussi l'écoutait-il avec une confiance sans cesse croissante.

Agnès s'était levée de table et ramassait les assiettes pour les emporter dans la cuisine, Brigitte avait tourné sa chaise faisant désormais face à l'écran, et Paul restait à table, seul. Il songea à un jeu de société auquel jouaient ses parents. Dix personnes tournent autour de dix chaises et, à un signal, doivent toutes s'asseoir. Chaque chaise porte une inscription. Sur celle qui lui échoit, on peut lire : *Brillant allié de ses fossoyeurs*. Il sait que le jeu est terminé et que sur cette chaise il restera assis à jamais.

Que faire ? Rien. D'ailleurs, pourquoi un homme ne serait-il pas l'allié de ses fossoyeurs ? Devrait-il se battre avec eux à coups de poing ? Pour qu'ils crachent sur son cercueil ?

De nouveau, il entendit le rire de Brigitte et une autre définition lui vint aussitôt à l'esprit, la plus paradoxale, la plus radicale. Elle lui plut au point de lui faire oublier sa tristesse. Voici cette définition : être absolument moderne, c'est être l'allié de ses propres fossoyeurs.

Être victime de sa gloire

Dire à Bernard « épouse-moi ! » était, en tout état de cause, une erreur ; le lui dire après qu'il eut été promu âne intégral, c'était une faute grande comme le Mont-Blanc. Car il faut tenir compte d'une circonstance qui, de prime abord, paraît tout à fait improbable, mais dont le rappel est nécessaire si l'on veut comprendre Bernard : à part une rougeole d'enfant, il n'avait jamais été malade, la seule mort qu'il eût vue de près était celle du lévrier de son père et, hormis quelques mauvaises notes aux examens, il n'avait connu aucun échec ; il avait vécu dans la certitude d'être, par nature, voué au bonheur et sympathique à tout le monde. Sa promotion au grade d'âne était le premier coup du sort qui l'eût frappé.

Une bizarre coïncidence se produisit alors. Les imagologues, vers le même moment, lancèrent une vaste campagne publicitaire pour la station de radio de Bernard, si bien que le portrait en couleurs de l'équipe de rédaction s'étala sur de grandes affiches placardées dans toute la France : ils étaient tous sur fond de ciel bleu, en chemise blanche, manches retroussées et bouche ouverte : ils riaient. En se promenant dans Paris, Bernard se sentit d'abord bouleversé d'orgueil. Mais, au bout d'une semaine ou deux de gloire immaculée, l'ogre ventripotent vint lui remettre, avec le sourire, un tube en carton. Si cela s'était passé plus tôt, quand le portrait géant ne s'offrait pas encore au monde entier, sans doute Bernard eût-il un peu mieux supporté le choc. Mais la gloire de la photo vint donner à la honte du diplôme une sorte de résonance ; elle l'amplifia.

Lire dans *Le Monde* qu'un inconnu, un certain Bernard Bertrand, a été promu âne intégral est une chose ; c'en est une autre d'apprendre la promotion d'un homme dont la photo s'étale sur tous les murs. La gloire ajoute à tout ce qui nous arrive un écho centuplé. Il n'est guère plaisant de se promener dans le monde en traînant derrière soi un écho. Bernard comprit soudain sa vulnérabilité toute récente et songea que la gloire était, très exactement, ce qu'il n'avait jamais ambitionné. Bien entendu, il avait désiré le succès, mais succès et gloire sont des choses différentes. La gloire signifie que nombre de gens vous connaissent sans que vous les connaissiez ; ils se croient tout permis à votre égard, veulent tout savoir de vous et se comportent comme si vous leur apparteniez. Acteurs, chanteurs, hommes politiques éprouvent certainement une sorte de volupté à s'offrir ainsi aux autres. Mais cette volupté, Bernard ne la désirait pas. Tout récemment, en interviewant un acteur dont le fils était mêlé à une sombre affaire, il s'était délecté à voir comment la gloire de cet homme devenait son talon d'Achille, son point faible, sa tare, la crinière par où le saisir, le secouer sans plus le lâcher. Bernard voulait être celui qui pose les questions, et non celui qui est forcé de répondre. Or la gloire appartient à qui répond, non à qui interroge. L'homme qui répond est sous la lumière des projecteurs, l'homme qui interroge est filmé de dos. C'est Nixon et non Woodward qui apparaît en pleine lumière. Bernard ne désire pas la gloire de celui sur qui sont braqués les projecteurs, mais le pouvoir de celui qui se tient dans la pénombre. Il désire la force du chasseur qui tue un tigre, non la gloire du tigre admiré de ceux qui s'en serviront comme descente de lit.

Mais la gloire n'est pas le propre des gens célèbres. Chacun connaît une fois au moins sa petite gloire et éprouve au moins pour un moment la même chose que Greta Garbo, Nixon ou un tigre écorché. La bouche ouverte de Bernard riait sur tous les murs de la ville et il se sentait cloué au pilori : tout le monde le voyait, l'examinait, le jugeait. Quand Laura lui dit « Bernard, épouse-moi ! », il l'imagina au pilori à ses côtés. Et soudain (jamais cela ne s'était produit auparavant), elle lui parut vieille, désagréablement extravagante et légèrement ridicule.

Tout cela était d'autant plus bête que jamais il n'avait eu autant besoin d'elle. L'amour le plus salutaire restait toujours pour lui l'amour d'une femme plus âgée, à condition que cet amour devienne encore plus secret et que cette femme montre encore plus de sagesse et de discrétion. Si au lieu de lui proposer stupidement le mariage, Laura avait décidé de faire de leur amour un luxueux château éloigné de la vie publique, elle n'aurait pas eu à craindre de perdre Bernard. Mais en voyant la photo géante à chaque coin de rue, Laura l'avait mise en relation avec la nouvelle attitude de son amant, avec ses silences, avec son air distrait, et en avait conclu sans hésiter que le succès avait envoyé sur son chemin une autre femme qui occupait toutes ses pensées. Et comme Laura ne voulait pas se rendre sans combat, elle était passée à l'attaque.

Vous comprenez maintenant pourquoi Bernard reculait. Quand l'un attaque, l'autre recule, c'est la règle. Le repli, comme chacun sait, est la manœuvre de guerre la plus difficile. Bernard l'exécuta avec la précision d'un mathématicien : alors qu'il passait naguère quatre nuits par semaine chez Laura, il se limita à deux ; alors qu'il partait avec elle tous les week-ends, il ne lui consacra plus qu'un dimanche sur deux et se prépara à de nouvelles restrictions. Il se faisait l'effet d'un pilote de vaisseau cosmique qui, en rentrant dans la stratosphère, doit brusquement freiner. Il freinait donc, avec prudence et détermination, cependant que sa gracieuse et maternelle amante disparaissait sous ses yeux. À sa place, il y avait une femme querelleuse, dépourvue de sagesse comme de maturité et déplaisamment active.

Grizzly lui dit un jour : « J'ai fait la connaissance de ta fiancée. »

Bernard rougit de honte.

Grizzly continua : « Elle m'a parlé d'un malentendu entre vous. C'est une femme sympathique. Sois gentil avec elle. »

Bernard pâlit de rage. Sachant Grizzly incapable de tenir sa langue, il était sûr que toute la station connaissait maintenant l'identité de sa maîtresse. Une liaison avec une femme plus âgée lui avait paru jusqu'alors une charmante perversion, presque une audace ; mais à présent il comprenait que ses collègues n'y verraient qu'une nouvelle confirmation de son asinité.

« Pourquoi vas-tu te plaindre à des étrangers ?

— À des étrangers ? De qui parles-tu ?

— De Grizzly.

— Je le croyais ton ami !

— Même s'il était mon ami, pourquoi lui raconter notre vie intime ? »

Elle répondit tristement : « Je ne cache pas mon amour pour toi. Faut-il que je le taise ? Tu as peut-être honte de moi ? »

Bernard ne répondit rien. Oui, il avait honte d'elle. Il avait honte d'elle, même s'il était heureux en sa compagnie. Mais il n'était heureux en sa compagnie que dans les moments où il oubliait qu'il avait honte d'elle.

À bord du vaisseau cosmique de l'amour, Laura supportait très mal la décélération.

« Qu'as-tu ? Je t'en prie, explique-moi.

— Je n'ai rien.

— Tu as changé.

— J'ai besoin d'être seul.

— Il s'est passé quelque chose ?

— J'ai des soucis.

— Si tu as des soucis, raison de plus pour ne pas rester seul. C'est lorsqu'on a des soucis qu'on a besoin de l'autre. »

Un vendredi, il s'en alla à sa maison de campagne sans l'inviter. Pourtant, le samedi, elle débarqua chez lui. Elle savait qu'elle n'aurait pas dû agir ainsi, mais depuis longtemps elle avait coutume de faire ce qu'il ne fallait pas et elle en était même fière, car c'est pour cela que les hommes l'admiraient et Bernard plus que tout autre. Parfois, au milieu d'un concert ou d'un spectacle qui lui déplaisait, elle se levait en signe de protestation et s'en allait ostensiblement et à grand bruit, sous le regard désapprobateur des voisins offusqués. Un jour, Bernard avait chargé la fille de la concierge de remettre à Laura, dans sa boutique, une lettre impatiemment attendue ; emportée par la joie, elle prit sur un rayon une toque de fourrure, qui coûtait au moins deux mille francs, et la donna à cette adolescente de seize ans. Une autre fois, elle était allée passer deux jours avec Bernard au bord de la mer, dans une villa de location ; pour le punir de je ne sais quoi, elle passa tout l'après-midi à jouer avec un gamin de douze ans, fils d'un pêcheur, leur voisin, comme si elle avait oublié jusqu'à l'existence de son amant. L'étonnant est que Bernard, alors même qu'il se sentait blessé, finit par voir dans son comportement une ensorcelante spontanéité (« Pour ce gamin, j'ai failli oublier le monde entier ! »), jointe à une féminité désarmante (n'était-elle pas *maternellement* attendrie par un enfant ?), et toute colère disparut dès le lendemain, quand elle oublia le fils du pêcheur pour s'occuper de lui. Sous le regard amoureux et admiratif de Bernard, ses idées capricieuses s'épanouissaient avec exubérance, on pourrait dire qu'elles fleurissaient comme des roses ; ses actes incongrus, ses mots irréfléchis apparaissaient à Laura comme la marque de son originalité, comme la grâce de son moi, et elle était heureuse.

Quand Bernard commença de lui échapper, son extravagance ne disparut pas mais perdit aussitôt son caractère heureux et naturel. Le jour où elle décida d'aller chez lui sans y être invitée, elle savait que cela ne lui vaudrait, cette fois, aucune admiration et elle entra dans la maison avec une anxiété qui fit que l'effronterie de son comportement, effronterie naguère innocente et même charmante, devint agressive et crispée. Elle s'en rendait compte et ne pouvait pardonner à Bernard de la priver du plaisir que tout récemment encore elle éprouvait à être elle-même, plaisir qui subitement se révéla fragile, sans racines et entièrement dépendant de Bernard, de son amour et de son admiration. Mais elle n'en fut que plus poussée à agir excentriquement, déraisonnablement, et à provoquer sa méchanceté ; elle désirait déclencher une explosion, avec le vague et secret espoir qu'après la tempête les nuages se dissiperaient et que tout redeviendrait comme avant.

« Me voilà, dit-elle en riant, j'espère que cela te fait plaisir.

— Oui, cela me fait plaisir. Mais je suis ici pour travailler.

— Je ne vais pas te déranger dans ton travail. Je ne demande rien. Je veux seulement être avec toi. T'ai-je jamais dérangé dans ton travail ? »

Il ne répondit pas.

« Après tout, je t'ai souvent accompagné à la campagne quand tu préparais tes émissions. T'ai-je jamais dérangé ? »

Il ne répondit pas.

« T'ai-je dérangé ? »

Rien à faire. Il devait répondre : « Non, tu ne m'as pas dérangé.

— Alors pourquoi est-ce que je te dérange maintenant ?

— Tu ne me déranges pas.

— Ne mens pas ! Tâche de te comporter en homme et trouve au moins le courage de me dire que je t'agace terriblement, en arrivant sans invitation. Je ne supporte pas les lâches. J'aimerais mieux que tu me dises de déguerpir. Dis-le ! »

Embarrassé, il haussa les épaules.

« Pourquoi es-tu lâche ? »

De nouveau, il haussa les épaules.

« Ne hausse pas les épaules ! »

L'envie le prit de les hausser encore, pour la troisième fois, mais il ne le fit pas.

« Qu'as-tu ? Je t'en prie, explique-moi.

— Je n'ai rien.

— Tu as changé.

— Laura ! J'ai des soucis ! dit-il en élevant le ton.

— Moi aussi j'ai des soucis ! » répondit-elle, en élevant le ton à son tour.

Il savait qu'il se comportait bêtement, comme un gamin réprimandé par sa maman, et il la haïssait. Que devait-il faire ? Il savait être aimable avec les femmes, amusant, peut-être même séduisant, mais il ne savait pas être méchant avec elles, cela personne ne le lui avait appris, au contraire, tout le monde lui avait fourré dans la tête qu'avec elles il ne faut jamais être méchant. Comment un homme doit-il se comporter envers une femme qui arrive chez lui sans y être invitée ? Quelle est l'université où l'on peut apprendre ces choses-là ?

Renonçant à lui répondre, il passa dans la pièce voisine, s'allongea sur le sofa et prit un livre au hasard. C'était un roman policier en édition de poche. Couché sur le dos, il tenait le livre ouvert au-dessus de sa poitrine ; il faisait semblant de lire. Au

223

bout d'une minute, elle entra et s'assit dans un fauteuil en face de lui. Puis elle demanda, en observant la photo en couleurs qui ornait la couverture du livre : « Comment peux-tu lire une chose pareille ? »

Surpris, il tourna la tête vers elle.

« Cette couverture ! » dit Laura.

Il ne comprenait toujours pas.

« Comment peux-tu me mettre sous le nez une couverture d'aussi mauvais goût ? Si tu tiens à lire ce livre en ma présence, fais-moi le plaisir d'arracher sa couverture. »

Bernard ne répondit rien, arracha la couverture, la lui tendit et se replongea dans le livre.

Laura avait envie de crier. Elle aurait dû se lever, songea-t-elle, partir et ne plus jamais le revoir. Ou bien, elle aurait dû écarter le livre de quelques centimètres et lui cracher au visage. Mais elle n'eut le courage de faire ni l'un ni l'autre. Elle préféra se jeter sur lui (le livre tomba sur le tapis) et, en le couvrant de baisers furieux, elle posait ses mains sur tout son corps.

Bernard n'avait pas la moindre envie de faire l'amour. Mais s'il avait osé refuser la discussion, il ne savait pas refuser l'appel érotique. En quoi il ressemblait, d'ailleurs, à tous les hommes de tous les temps. Quel homme osera dire : « Bas les pattes ! » à une femme qui, amoureusement, lui glisse la main dans l'entrejambe ? Voilà comment le même Bernard, qui avec un souverain mépris venait d'arracher la couverture d'un livre pour la tendre à l'amante

humiliée, réagit soudain docilement à ses attouche-
ments et l'embrassa en déboutonnant son pantalon.

Mais elle non plus ne désirait pas faire l'amour.
Ce qui l'avait lancée vers lui, c'était le désespoir de
ne savoir que faire, et la nécessité de faire quelque
chose. Ses caresses impatientes et passionnées exprimaient le désir aveugle d'une action, le désir muet
d'un mot. Quand ils commencèrent à s'aimer, elle
s'efforça de rendre leur étreinte plus sauvage que
jamais, aussi grandiose qu'un incendie. Mais comment y arriver pendant un coït silencieux (car ils
s'aimaient toujours en silence, à part quelques mots
lyriques murmurés à bout de souffle)? Oui, comment y arriver? par mouvements rapides et vigou-
reux? par augmentation du volume sonore des
soupirs? par alternance des postures? Faute de
connaître d'autres méthodes, elle utilisa ces trois-là.
En particulier, et de sa propre initiative, elle changeait à tout moment de position : tantôt se mettant à
quatre pattes, tantôt s'asseyant à califourchon sur
lui, tantôt inventant des postures d'une nouveauté
radicale et d'une difficulté extrême, qu'ils n'avaient
jamais essayées.

Cette performance physique inattendue, Bernard l'interpréta comme un défi qu'il ne pouvait
manquer de relever. Il retrouvait son ancienne
anxiété de jeune homme qui craint qu'on puisse
sous-estimer son talent et sa maturité érotiques.
Cette anxiété rendait à Laura le pouvoir qu'elle avait
perdu depuis quelque temps et sur lequel leur
relation s'était autrefois fondée : le pouvoir d'une

femme plus âgée que son partenaire. De nouveau, il éprouvait la désagréable impression que Laura était plus expérimentée, qu'elle savait ce qu'il ne savait pas, qu'elle pouvait le comparer aux autres et le juger. Il mettait donc un zèle exceptionnel à effectuer les mouvements requis et, au moindre signe de Laura indiquant qu'elle voulait se mettre autrement, il réagissait avec docilité et promptitude comme un soldat à l'exercice. Cette gymnastique amoureuse exigeait tant d'application qu'il n'avait même pas le temps de se demander s'il était ou non excité, ni s'il éprouvait quelque chose qui pût s'appeler volupté.

Elle ne se souciait pas davantage du plaisir ni de l'excitation. Je ne te lâche pas, se disait-elle, je ne me laisse pas évincer, je lutterai pour te garder. Alors son sexe, en se mouvant vers le haut et vers le bas, se transforma en une machine de guerre qu'elle mettait en marche et dirigeait. Cette arme était la dernière, se disait-elle, la seule qui lui restât, mais toute-puissante. Au rythme de ses mouvements, elle répétait pour elle-même, comme un *ostinato* de basse dans un morceau de musique : *je lutterai, je lutterai, je lutterai*, et elle croyait à sa victoire.

Il suffit d'ouvrir un dictionnaire. Lutter signifie opposer sa volonté à celle d'un autre, afin de le briser, de le mettre à genoux, de le tuer éventuellement. « La vie est un combat », voilà une expression qui, prononcée pour la première fois, a dû être proférée comme un soupir mélancolique et résigné. Notre siècle d'optimisme et de massacres est parvenu à transformer cette horrible formule en une joyeuse chansonnette. Peut-être direz-vous que s'il est horrible, parfois, de lutter *contre* quelqu'un, lutter *pour* quelque chose est noble et beau. Sans doute, il est beau de mettre ses efforts au service du bonheur (de l'amour, de la justice, et cætera), mais si vous aimez désigner vos efforts par le mot *lutte*, cela implique que dans votre noble effort se cache le désir de jeter quelqu'un à terre. La lutte *pour* est indissociable de la lutte *contre* et, pendant la lutte, les lutteurs oublient toujours la préposition pour au profit de la préposition contre.

Le sexe de Laura se mouvait puissamment vers le haut et vers le bas. Laura luttait. Elle aimait et luttait. Elle luttait pour Bernard. Mais contre qui? Contre celui qu'elle tenait embrassé, puis repoussait pour le contraindre à changer de position. Cette performance épuisante sur le sofa et sur le tapis qui les faisait transpirer et qui leur coupait le souffle ressemblait à la pantomime d'une lutte implacable : elle attaquait et il se défendait, elle donnait les ordres et il obéissait.

Le professeur Avenarius

Le professeur Avenarius descendit l'avenue du Maine, contourna la gare Montparnasse et décida, comme rien ne le pressait, de traverser les Galeries Lafayette. Au rayon pour dames, il se retrouva au milieu des mannequins de cire, vêtus à la dernière mode, qui l'observaient de partout. Avenarius aimait leur compagnie. Il trouvait un attrait particulier à ces femmes qui se figeaient dans une folle gesticulation et dont la bouche grande ouverte exprimait non pas le rire (les lèvres n'étaient pas étirées), mais le saisissement. Dans l'imagination du professeur Avenarius, toutes ces femmes pétrifiées venaient d'apercevoir la superbe érection de son membre, qui non seulement était gigantesque, mais se distinguait des pénis ordinaires par la tête de diable cornu qui en ornait l'extrémité. À côté de celles qui marquaient un effroi admiratif, d'autres arrondissaient en cul de poule leurs lèvres vermeilles, entre lesquelles une langue pouvait pointer à tout moment pour inviter Avenarius à un baiser sensuel. Et puis il y avait une troisième catégorie de femmes, celles dont les lèvres dessinaient un sourire rêveur. Leurs yeux mi-clos ne laissaient aucune place au doute : elles venaient de savourer longuement, silencieusement, la volupté du coït.

La splendide sexualité que ces mannequins propageaient dans l'air comme des rayons d'énergie nucléaire ne trouvait aucun écho chez personne : les gens circulaient parmi les marchandises, fatigués, grisâtres, blasés, hargneux et parfaitement indifférents au sexe ; seul le professeur Avenarius était heureux quand il passait par là, persuadé d'être à la tête d'une gigantesque partouze.

Hélas, les plus belles choses ont une fin : le professeur Avenarius sortit du grand magasin et, pour éviter le flot de voitures sur le boulevard, se dirigea vers l'escalier menant aux souterrains du métro. Familier des lieux, il ne fut pas surpris par le spectacle. Dans le couloir s'installait toujours la même équipe. Deux clochards cuvaient leur vin ; sans lâcher sa bouteille de rouge, l'un d'eux interpellait parfois les passants pour solliciter avec indolence, en affichant un sourire désarmant, une contribution pour une nouvelle bouteille. Un jeune homme assis par terre, le dos au mur, gardait le visage enfoui entre ses mains ; devant lui, une inscription à la craie disait qu'il venait de sortir de taule, ne pouvait trouver d'emploi et avait faim. Enfin, debout près du mur (en face de l'homme sorti de taule), se tenait un musicien fatigué ; à ses pieds étaient posés, d'un côté un chapeau avec quelques pièces de monnaie au fond, de l'autre côté une trompette.

Il n'y avait rien là que de normal, seul un détail inhabituel attira l'attention du professeur Avenarius. À mi-chemin exactement entre l'homme sorti de taule et les deux clochards ivres, non pas près du mur mais au milieu du couloir, se tenait une dame plutôt jolie, qui n'avait pas dépassé les quarante ans ; elle avait à la main une tirelire rouge, qu'elle tendait aux passants avec un sourire rayonnant de féminité ; sur la tirelire, on pouvait lire une inscription : *aidez les lépreux*. Par l'élégance de ses vêtements, elle contrastait avec le décor, et son enthousiasme éclairait comme une lanterne la pénombre du couloir. De toute évidence, sa présence agaçait les mendiants, habitués à passer là leur journée de travail, et la trompette déposée aux pieds du musicien exprimait avec éloquence la capitulation devant une concurrence déloyale.

Chaque fois que la dame captait un regard, elle articulait avec netteté, mais d'une voix presque inaudible pour forcer le passant à lire sur ses lèvres : « Les lépreux ! » Le professeur Avenarius lui aussi s'apprêtait à déchiffrer ces mots sur sa bouche, mais la femme en l'apercevant ne prononça que « lé » et laissa « preux » en suspens, parce qu'elle l'avait reconnu. Avenarius la reconnut à son tour, sans pouvoir s'expliquer sa présence en ces lieux. Il monta l'escalier en courant et sortit sur l'autre côté du boulevard.

Là, il comprit qu'il avait emprunté en vain les couloirs souterrains, car la circulation était bloquée : de la Coupole à la rue de Rennes, une foule de manifestants avançait sur toute la largeur de la chaussée. Comme ils avaient tous le visage basané, le professeur Avenarius crut à une protestation des Arabes contre le racisme. Sans se soucier d'eux, il parcourut quelques dizaines de mètres et poussa la porte d'un bistrot ; le patron lui dit : « Monsieur Kundera sera en retard. Voilà le livre qu'il a laissé pour vous distraire en l'attendant », et il lui tendit mon roman *La vie est ailleurs,* dans l'édition bon marché qui s'appelle Folio.

Le professeur Avenarius empocha le livre sans lui prêter la moindre attention, parce qu'à ce moment précis la femme à la tirelire rouge lui était revenue à l'esprit et il désirait la revoir. « Je reviens tout de suite », dit-il en sortant.

D'après les inscriptions sur les banderoles, il finit par comprendre que ce n'étaient pas des Arabes qui défilaient, mais des Turcs, et qu'ils ne protestaient pas contre le racisme français, mais contre la bulgarisation d'une minorité turque en Bulgarie. Les manifestants levaient le poing, d'un geste toutefois un peu las parce que l'indifférence sans limites des Parisiens déambulant sur les trottoirs les avait conduits au bord du désespoir. Mais dès qu'ils virent le ventre superbe et menaçant d'un homme qui marchait sur le trottoir dans la même direction et levait le poing en criant avec eux « À bas les Russes ! À bas les Bulgares ! », ils se sentirent puissamment revigorés et les slogans s'envolèrent de plus belle au-dessus du boulevard.

À l'entrée du métro, près de l'escalier qu'il avait monté quelques minutes plus tôt, Avenarius vit deux laideronnes occupées à distribuer des tracts. Pour en apprendre davantage sur la lutte antibulgare, il demanda à l'une d'elles : « Vous êtes tur-

231

que ? — Dieu m'en préserve ! », répliqua la femme comme s'il l'avait accusée de quelque chose d'abominable. « Nous n'avons rien à voir avec cette manif ! Nous sommes là pour lutter contre le racisme ! » Avenarius prit un tract à chacune et se heurta au sourire d'un jeune homme, nonchalamment accoudé à la balustrade du métro. Lui aussi tendait un tract, d'un air joyeusement provocant.

« C'est contre quoi ? demanda le professeur Avenarius.

— C'est pour la liberté du peuple kanak. »

Le professeur Avenarius descendit donc au sous-sol avec trois tracts ; dès l'entrée, il constata que l'atmosphère des catacombes avait changé ; fatigue et ennui s'étaient envolés, il se passait quelque chose : Avenarius entendit la voix enjouée de la trompette, des applaudissements, des rires. Puis il vit toute la scène : la femme à la tirelire rouge était toujours là, mais entourée des deux clochards : le premier avait saisi la main gauche restée libre, le second serrait légèrement le bras droit qui tenait la tirelire. Celui qui avait pris la main effectuait des petits pas de danse, trois en avant, trois en arrière. Celui qui soutenait le coude tendait aux passants le chapeau du musicien, en criant : « Pour les lépreux ! Pour l'Afrique ! » et le musicien à côté de lui soufflait dans sa trompette, soufflait à perdre haleine, ah, il soufflait comme jamais ; un attroupement se formait, les gens souriaient, amusés, en jetant au fond du chapeau des pièces de monnaie, voire des billets, tandis que le clochard les remerciait : « Ah, que la France est généreuse ! Merci ! Merci pour les lépreux qui sans la France crèveraient comme de pauvres bêtes ! Ah, que la France est généreuse ! »

La dame ne savait que faire ; tantôt elle essayait de se dégager, tantôt les applaudissements l'encourageaient à effectuer des petits pas de danse, en avant et en arrière. Vint le moment où le clochard voulut la faire pivoter vers lui, pour danser avec elle corps contre corps. Elle sentit une forte odeur d'alcool et se défendit maladroitement, la peur et l'angoisse inscrites sur son visage.

L'homme sorti de prison se leva soudain et se mit à gesticuler, comme pour avertir les clochards d'un péril. Deux flics approchaient. En les apercevant, le professeur Avenarius entra lui-même dans la danse : il laissait osciller de gauche à droite son ventre énorme, lançait les bras en avant, tour à tour, à demi fléchis, souriait à la cantonade et répandait autour de lui une indicible atmosphère d'insouciance et de paix. Quand les flics arrivèrent à leur hauteur, il adressa à la dame à la tirelire un sourire de connivence et se mit à battre des mains au rythme de la trompette et de ses pas. L'œil morne, les flics se retournèrent vers lui et poursuivirent leur ronde.

Ravi d'un tel succès, Avenarius redoubla d'entrain et, avec une légèreté insoupçonnée, il tournoya sur place, bondit en avant et en arrière, lança haut la jambe et imita avec ses mains le geste d'une danseuse de cancan qui se retrousse. Cela donna aussitôt une idée à celui des clochards qui tenait la dame par le coude ; il se baissa et saisit l'ourlet de sa jupe. Elle voulait se défendre, mais ne pouvait quitter des yeux l'homme ventru qui la regardait avec un sourire encourageant ; quand elle essaya de lui rendre son sourire, le clochard releva la jupe jusqu'à la taille, dévoilant les jambes nues et la culotte verte (bien assortie à la jupe rose). De nouveau, elle voulut se défendre, mais elle était réduite à l'impuissance : une de ses mains tenait la tirelire (bien que personne n'y ait jeté un seul centime, elle l'empoignait fermement comme si son honneur, le sens de sa vie, son âme peut-être, avaient été enfermés à l'intérieur), l'autre main était immobilisée par le clochard. Si on lui avait ligoté les bras pour la violer, sa situation n'aurait pas été pire. Le clochard retroussa très haut la jupe, en criant : « Pour les lépreux ! Pour l'Afrique ! », et sur le visage de la dame coulèrent des larmes d'humiliation. Toutefois, refusant de paraître humiliée (une humiliation avouée est une humiliation redoublée), elle s'efforça de sourire comme si tout se passait avec son consentement et dans l'intérêt de l'Afrique ; elle alla même jusqu'à lancer en l'air une jambe, jolie, quoique un peu courte.

Une terrible puanteur frappa alors ses narines : l'haleine du clochard puait autant que ses vêtements qui, portés jour et nuit pendant des années, avaient fini par s'incruster dans sa peau (s'il avait été victime d'un accident, toute une équipe chirurgicale aurait dû gratter ces hardes pendant une heure avant de le poser sur la table d'opération) ; elle n'en pouvait plus : dans un dernier effort, elle s'arracha à son étreinte et, pressant la tirelire sur sa poitrine, courut vers le professeur Avenarius. Il ouvrit les bras et l'enlaça. Serrée contre lui, elle tremblait et sanglotait. Il la calma rapidement, la prit par la main et la conduisit hors du métro.

« Laura, tu maigris, dit Agnès d'un air soucieux, pendant le déjeuner qu'elle prenait avec sa sœur au restaurant.

— Je perds l'appétit. Je vomis tout », répondit Laura en avalant une gorgée de l'eau minérale qu'elle avait commandée au lieu du vin habituel. « Elle est trop forte, ajouta-t-elle.

— L'eau minérale ?

— Il faut que je la coupe d'eau plate.

— Laura !... » Agnès voulait protester, mais elle se contenta de dire : « Ne te tourmente pas ainsi.

— Tout est perdu, Agnès.

— Mais qu'y a-t-il de changé entre vous ?

— Tout. Et pourtant, nous faisons l'amour comme jamais auparavant. Comme deux fous.

— Alors qu'est-ce qui a changé, si vous faites l'amour comme des fous ?

— Ce sont les seuls moments où j'ai la certitude qu'il est avec moi. Dès que nous cessons de faire l'amour, ses pensées s'en vont ailleurs. Nous aurions beau faire l'amour cent fois plus souvent, c'est foutu. Parce que faire l'amour ne représente pas grand-chose. Ce n'est pas ce qui m'importe. L'important, c'est qu'il pense à moi. J'ai eu beaucoup d'hommes dans ma vie, aucun ne sait plus rien de moi, je ne sais plus rien d'eux et je me demande :

pourquoi ai-je vécu, si personne ne doit garder la moindre trace de moi ? Que reste-t-il de ma vie ? Rien, Agnès, rien ! Mais ces deux dernières années, j'ai été vraiment heureuse en sachant que Bernard pensait à moi, que j'habitais sa tête, que je vivais en lui. Car la vraie vie, pour moi, c'est ça : vivre dans les pensées de l'autre. Sans ça, je suis une morte, tout en vivant.

— Mais quand tu es seule à la maison et que tu écoutes un disque, est-ce que ton Mahler ne t'offre pas une sorte de petit bonheur élémentaire, pour lequel ça vaut la peine de vivre ? Cela ne te suffit pas ?

— Agnès, tu dis des bêtises et tu le sais. Mahler ne représente rien pour moi, mais rien du tout, si je suis seule. Mahler ne me donne du plaisir que si je suis avec Bernard, ou si je sais qu'il pense à moi. Quand il n'est pas là, je n'ai même pas la force de faire mon lit. Je n'ai pas même envie de me laver, ni de changer de sous-vêtements.

— Laura ! Ton Bernard n'est pas unique au monde !

— Il l'est, répondit Laura. Pourquoi veux-tu que je me raconte des histoires ? Bernard est ma dernière chance. Je n'ai plus vingt ans, ni trente. Après Bernard, c'est le désert. »

Elle but une gorgée d'eau minérale et répéta : « Cette eau est trop forte. » Puis elle appela le garçon pour demander une carafe d'eau.

« Dans un mois, il ira passer quinze jours à la Martinique, poursuivit-elle. J'ai déjà fait deux voyages avec lui là-bas. Cette fois, il m'a prévenue qu'il irait seul. Je n'ai rien pu manger pendant deux jours. Mais je sais ce que je vais faire. »

La carafe d'eau apparut sur la table et Laura, sous les yeux étonnés du garçon, en versa dans son verre d'eau minérale ; puis elle répéta : « Oui, je sais ce que je vais faire. »

Elle se tut comme si elle voulait, par ce silence, inciter sa sœur à l'interroger. Agnès le comprit et fit exprès de ne poser aucune question. Mais comme le silence se prolongeait, elle capitula : « Qu'est-ce que tu vas faire ? »

Laura répondit qu'au cours des dernières semaines elle avait consulté cinq médecins au moins pour se faire prescrire par chacun des barbituriques.

Depuis que Laura complétait ses habituelles plaintes par des allusions au suicide, Agnès se sentait lasse et abattue. Maintes fois déjà, elle avait opposé à sa sœur des arguments logiques ou sentimentaux ; elle l'assurait de son amour (« tu ne peux pas me faire ça à *moi* ! »), mais sans le moindre résultat : Laura se remettait à parler de suicide, comme si elle n'avait rien entendu.

« Je partirai pour la Martinique une semaine avant lui, poursuivit-elle. J'ai une clé. La villa est vide. Je m'arrangerai pour qu'il me trouve là-bas. Et pour qu'il ne puisse plus jamais m'oublier. »

Sachant Laura capable de commettre des actes déraisonnables, Agnès prit peur en entendant la phrase « je m'arrangerai pour qu'il me trouve là-bas » : elle imaginait le corps immobile de Laura au milieu du salon de la villa tropicale et cette image, elle s'en rendit compte avec effroi, était parfaitement vraisemblable, concevable, ressemblait à Laura.

Aimer quelqu'un, pour Laura, signifiait lui faire don de son corps : le lui apporter, comme elle avait fait apporter à sa sœur le piano blanc ; le déposer au milieu de son appartement : me voici, voici mes cinquante-sept kilos, voici ma chair et mes os, ils sont pour toi et c'est chez toi que je les abandonne. Cette offrande était pour elle un geste érotique, parce qu'à ses yeux le corps n'était pas sexuel seulement dans les moments exceptionnels de l'excitation, mais, comme je l'ai dit, sexuel dès le début, a priori, constamment et entièrement, en surface comme à l'intérieur, pendant le sommeil, pendant la veille, et même après la mort.

Pour Agnès, l'érotisme se limitait à l'instant d'excitation où le corps devient désirable et beau. Seul cet instant justifiait et rachetait le corps ; une fois éteint cet éclairage artificiel, le corps redevenait un mécanisme malpropre dont elle devait assurer l'entretien. C'est pourquoi Agnès n'aurait jamais pu dire « je m'arrangerai pour qu'il me trouve là-bas ». Elle aurait été horrifiée à l'idée que l'homme aimé la vît comme un simple corps privé de sexe, dénué de tout sortilège, le visage convulsé, dans une attitude qu'elle n'aurait plus été en mesure de contrôler. Elle aurait eu honte. La pudeur l'aurait empêchée de devenir volontairement cadavre.

Mais Agnès savait que sa sœur était différente : exposer son corps sans vie dans le salon d'un amant, une telle idée découlait de la relation de Laura au corps et de sa façon d'aimer. C'est pourquoi Agnès prit peur. Se penchant par-dessus la table, elle prit sa sœur par la main.

« Comprends-moi, disait Laura à mi-voix. Tu as Paul. Le meilleur homme que tu puisses souhaiter. J'ai Bernard. Dès lors que Bernard me quitte, je n'ai plus rien et je n'aurai plus personne. Et tu sais que je ne me contente pas de peu ! Je ne vais pas regarder la misère de ma propre vie. Je me fais une trop haute idée de la vie. Je veux que la vie me donne tout, ou bien je pars. Tu me comprends. Tu es ma sœur. »

Il y eut un moment de silence, Agnès cherchant confusément à formuler sa réponse. Elle était fatiguée. Le même dialogue se répétait semaine après semaine et tout ce qu'Agnès pouvait dire se révélait inefficace. Soudain, dans ce moment de fatigue et d'impuissance vinrent résonner des mots tout à fait invraisemblables :

« Le vieux Bertrand Bertrand a de nouveau tempêté à l'Assemblée contre la vague de suicides ! C'est lui le propriétaire de la villa à la Martinique. Imagine le plaisir que je vais lui faire ! » dit Laura en éclatant de rire.

Bien que névrotique et forcé, ce rire fut pour Agnès un allié inattendu. Elle se mit à rire aussi, et leur rire perdit bientôt tout ce qu'il avait de crispé, c'était soudain un vrai rire, un rire de soulagement, les deux sœurs riaient aux larmes, sachant bien qu'elles s'aimaient et que Laura ne se suiciderait pas. Elles parlaient toutes deux en même temps, sans se lâcher la main, et ce qu'elles disaient c'étaient des paroles d'amour derrière lesquelles transparaissaient une villa dans un jardin en Suisse et un geste de la main lancée à la verticale comme un ballon multicolore, comme une invitation au voyage, comme la promesse d'un avenir ineffable, promesse qui n'avait pas été tenue mais dont l'écho restait toujours pour elles aussi captivant.

Quand le moment de vertige fut passé, Agnès dit : « Laura, il ne faut pas faire de bêtises. Aucun homme ne mérite que tu souffres pour lui. Pense à moi, pense que je t'aime. »

Et Laura dit : « Pourtant, je voudrais faire quelque chose, je voudrais tant faire quelque chose.

— Quelque chose ? Quelle chose ? »

Laura regarda sa sœur au fond des yeux en haussant les épaules, comme pour admettre que le contenu de la « chose » ne lui apparaissait pas encore clairement. Puis elle renversa légèrement la tête, voila son visage d'un vague sourire mélancolique, toucha du bout des doigts le creux de sa poitrine et, tout en répétant « quelque chose », lança les bras en avant.

Agnès fut soulagée : sans doute ne pouvait-elle rien imaginer de concret sous cette « chose », mais le geste de Laura ne laissait aucune place au doute : la « chose » visait des lointains sublimes, elle ne pouvait rien avoir de commun avec un cadavre allongé sur le plancher d'un salon tropical.

241

Quelques jours plus tard, Laura se rendit à l'Association France-Afrique, que présidait le père de Bernard, et se porta volontaire pour collecter dans la rue de l'argent pour les lépreux.

Le geste du désir d'immortalité

Le premier amour de Bettina fut son frère Clemens, futur grand poète romantique, puis comme nous le savons elle tomba amoureuse de Goethe, adora Beethoven, aima son mari Achim von Arnim, grand poète lui aussi, ensuite elle s'éprit du comte Hermann von Pückler-Muskau qui, sans être un grand poète, écrivait des livres (c'est à lui, d'ailleurs, qu'elle dédia la *Correspondance de Goethe avec une enfant*), puis vers la cinquantaine elle nourrit un sentiment érotico-maternel pour deux jeunes hommes, Philipp Nathusius et Julius Döring, qui sans écrire de livres échangèrent des lettres avec elle (correspondance qu'elle publia en partie), elle admira Karl Marx et le contraignit un jour, alors qu'elle se trouvait en visite chez sa fiancée Jenny, à l'accompagner dans une longue promenade nocturne (Marx n'avait aucune envie de se promener, il préférait la compagnie de Jenny à celle de Bettina ; toutefois, même celui qui était capable de mettre le monde sens dessus dessous était incapable de résister à la femme qui avait tutoyé Goethe), elle eut un faible pour Franz Liszt, mais très furtivement parce qu'elle se déclara bientôt dégoûtée par l'intérêt exclusif de Liszt pour sa propre gloire, elle essaya passionnément d'aider le peintre Karl Blechen atteint d'une maladie mentale (elle méprisait sa femme autant que jadis madame Goethe), elle entama une correspondance avec Charles-Alexandre, héritier du trône de Saxe-Weimar, elle écrivit pour le roi de Prusse Frédéric-Guillaume *Le livre du roi*, où elle exposait les devoirs d'un roi envers ses sujets, après quoi elle publia *Le livre des pauvres*, où était décrite la terrible misère du peuple, elle s'adressa de nouveau au roi pour l'inviter à libérer Wilhelm Friedrich Schloeffel, accusé de fomenter un complot communiste, peu après elle intervint auprès de lui en faveur de Ludwik Mieroslawski, l'un des dirigeants de la révolution polonaise, qui dans une prison prussienne attendait d'être exécuté. Le dernier homme qu'elle adora, elle ne l'a jamais rencontré : ce fut Sandor Petöfi, le poète hongrois mort à vingt-six ans dans les rangs de l'armée insurrectionnelle de 1848. Ainsi fit-elle connaître au monde entier non seulement un grand poète (elle l'appelait *Sonnengott*, « dieu du soleil »), mais avec lui sa patrie dont l'Europe en ce temps-là ignorait presque l'existence. Si l'on se rappelle que les intellectuels hongrois se sont donné le nom de « Cercle Petöfi », quand en 1956 ils se sont dressés contre l'Empire russe en déclenchant le premier grand soulèvement anti-stalinien, on constate que, par ses amours, Bettina est présente sur le vaste champ de l'histoire européenne, depuis le XVIIIe siècle jusqu'à la moitié du nôtre. Courageuse, opiniâtre Bettina : la fée de l'Histoire, sa prêtresse. Et je dis prêtresse à juste titre, parce que l'Histoire était pour elle (tous ses amis employaient la même métaphore) « l'incarnation de Dieu ».

Parfois ses amis lui reprochaient de ne pas penser assez à sa famille, à sa situation matérielle, et de se sacrifier aux autres sans compter.

« Ce que vous dites là ne m'intéresse pas. Je ne suis pas une comptable. Voilà ce que je suis, moi ! » répondait-elle, le bout des doigts sur sa poitrine, exactement entre les seins. Puis elle rejetait légèrement la tête en arrière et, le visage voilé d'un sourire, elle lançait brusquement, mais avec élégance, ses bras en avant. Au début du mouvement, les phalanges restaient en contact ; les bras ne s'écartaient qu'en fin de course et les paumes s'ouvraient largement.

Non, vous ne vous trompez pas. Laura a eu le même geste au chapitre précédent, quand elle déclarait vouloir faire « quelque chose ». Rappelons la situation :

Quand Agnès a dit : « Laura, il ne faut pas faire de bêtises. Aucun homme ne mérite que tu souffres pour lui. Pense à moi, pense que je t'aime », Laura a répondu : « Pourtant, je voudrais faire quelque chose, je voudrais tant faire quelque chose ! »

En disant cela, elle rêvait confusément de coucher avec un autre homme. L'idée lui en était déjà venue souvent et n'était nullement en contradiction avec son désir de suicide. C'étaient deux réactions extrêmes, mais parfaitement légitimes chez une femme humiliée. Son vague rêve d'infidélité fut brutalement interrompu par la fâcheuse intervention d'Agnès, qui voulait tirer les choses au clair :

« Quelque chose ? Quelle chose ? »

Comprenant qu'il eût été ridicule d'évoquer l'infidélité juste après le suicide, Laura s'est sentie embarrassée et s'est contentée de répéter une fois encore son « quelque chose ». Et comme le regard d'Agnès exigeait une réponse plus précise, elle s'est efforcée de donner, au moins par un geste, un certain sens à cette expression si imprécise : elle a posé ses mains sur sa poitrine, puis les a lancées en avant.

Comment l'idée lui est-elle venue d'accomplir ce geste ? Difficile à dire. Elle ne l'avait jamais fait précédemment. Un inconnu a dû le lui souffler, comme on souffle à un acteur le texte qu'il a oublié. Bien que n'exprimant rien de concret, le geste faisait comprendre que « faire quelque chose » signifie se sacrifier, s'offrir au monde, envoyer son âme vers les lointains bleutés, telle une blanche colombe.

Quelques instants auparavant, le projet d'aller dans le métro avec une tirelire lui était certainement étranger, et de toute évidence Laura ne l'aurait jamais conçu si elle n'avait posé ses doigts entre ses seins et lancé ses bras en avant. Ce geste semblait doté d'une volonté propre : il commandait, elle suivait.

Les gestes de Laura et de Bettina sont identiques et il y a certainement aussi un lien entre le désir de Laura d'aider les nègres dans les pays lointains et les efforts de Bettina pour sauver le Polonais condamné à mort. Pourtant, la comparaison semble incongrue. Je ne saurais imaginer Bettina von Arnim mendiant dans le métro avec une tirelire. Bettina n'avait aucun

246

goût pour les bonnes œuvres. Elle n'était pas une riche oisive qui, afin d'occuper ses journées, aurait organisé des collectes pour les pauvres. Elle traitait durement les domestiques, au point de s'attirer les réprimandes de son mari (« les serviteurs aussi ont une âme », lui rappela-t-il dans une lettre). Ce qui l'incitait à agir n'était pas la passion de la bienfaisance, mais le désir d'entrer en contact direct et personnel avec Dieu, qu'elle croyait incarné dans l'Histoire. Toutes ses amours pour les hommes célèbres (les autres ne l'intéressaient pas) n'étaient qu'un trampoline sur lequel elle se laissait tomber de tout son poids pour rebondir très haut, jusqu'à ce firmament où (incarné dans l'Histoire) siégeait son Dieu.

Oui, tout cela est vrai. Mais attention ! Laura non plus ne ressemblait pas aux bonnes dames qui président les associations caritatives. Elle n'avait pas pour habitude de faire l'aumône aux mendiants. Quand elle passait à leur hauteur, à deux ou trois mètres à peine, elle ne les voyait pas. Elle était atteinte de presbytie spirituelle. Les nègres qui perdent leur chair par lambeaux, à quatre mille kilomètres d'elle, lui étaient donc plus proches. Ils se trouvaient exactement à cet endroit de l'horizon où le geste de ses bras envoyait son âme douloureuse.

Pourtant, entre un Polonais condamné à mort et les nègres lépreux, il y a une différence ! Ce qui, chez Bettina, était une intervention dans l'Histoire est devenu chez Laura un simple acte de charité.

Mais Laura n'y est pour rien. L'Histoire mondiale, avec ses révolutions, ses utopies, ses espérances, ses horreurs, a déserté l'Europe et n'y a laissé que nostalgie. Voilà justement pourquoi le Français a internationalisé la charité. Ce n'est pas l'amour chrétien du prochain (comme chez les Américains, par exemple) qui l'incite aux bonnes œuvres, mais la nostalgie de cette Histoire perdue, le désir de la rappeler à lui et d'y être présent au moins sous forme de tirelire rouge destinée aux collectes pour les nègres.

Appelons le geste de Bettina et de Laura *geste du désir d'immortalité*. Aspirant à la grande immortalité, Bettina veut dire : je refuse de disparaître avec le présent et ses soucis, je veux me dépasser moi-même, faire partie de l'Histoire parce que l'Histoire est la mémoire éternelle. Même si elle n'aspire qu'à la petite immortalité, Laura veut la même chose : se dépasser elle-même et dépasser le moment malheureux qu'elle traverse, faire « quelque chose » pour rester dans la mémoire de tous ceux qui l'ont connue.

L'ambiguïté

Dans son enfance, Brigitte aimait déjà s'asseoir sur les genoux de son père, mais il me semble qu'à dix-huit ans elle y prenait plus de plaisir encore. Agnès n'y trouvait rien à redire : Brigitte se glissait souvent dans leur lit (par exemple, quand ils veillaient devant la télévision) et entre eux trois régnait une plus grande intimité physique que, jadis, entre Agnès et ses propres parents. Agnès n'en mesurait pas moins toute l'ambiguïté de ce tableau : une grande jeune fille, à la poitrine opulente et à la croupe rebondie, assise sur les genoux d'un bel homme encore plein de vigueur, effleure de cette poitrine expansive les épaules et le visage de l'homme, et l'appelle « papa ».

Ils invitèrent un soir une joyeuse bande d'amis, parmi lesquels Laura. Dans un moment d'euphorie, Brigitte s'étant assise sur les genoux de son père, Laura dit : « Je veux en faire autant ! » Brigitte lui céda un genou et toutes deux se retrouvèrent à califourchon sur les cuisses de Paul.

La situation nous rappelle une fois de plus Bettina, puisque c'est grâce à elle et à personne d'autre que s'asseoir sur les genoux s'érigea en modèle d'ambiguïté érotique. J'ai dit que Bettina avait traversé le champ de bataille amoureux de sa vie, abritée derrière le bouclier de l'enfance. Elle

249

avait porté devant elle ce bouclier jusqu'à sa cinquantième année, pour l'échanger contre un bouclier de mère et prendre à son tour les jeunes gens sur ses genoux ; à nouveau, la situation était merveilleusement ambiguë : il est interdit de soupçonner une mère d'avoir des visées sexuelles sur son fils, et c'est pour cela que l'image d'un jeune homme assis sur les genoux d'une femme mûre (ne serait-ce que métaphoriquement) est pleine de significations érotiques d'autant plus fortes qu'elles sont embrumées.

J'ose affirmer qu'il n'y a pas d'érotisme authentique sans art de l'ambiguïté ; plus l'ambiguïté est puissante, plus vive est l'excitation. Qui ne se souvient d'avoir joué, dans son enfance, au sublime jeu du docteur ? La fillette s'allonge par terre et le petit garçon la déshabille sous prétexte de visite médicale. La fillette se montre docile, car celui qui l'observe n'est pas un petit garçon curieux, mais un expert sérieux qui se préoccupe de sa santé. La charge érotique de cette situation est aussi immense que mystérieuse ; tous deux en ont le souffle coupé. D'autant plus coupé que le petit garçon ne cessera à aucun moment d'être un médecin et, en ôtant à la fillette sa culotte, il la vouvoiera.

Ce moment béni de la vie enfantine évoque en moi un souvenir plus beau encore, celui d'une ville tchèque de province où une jeune femme revint s'installer en 1969, après un séjour à Paris. Partie en 1967 faire ses études en France, elle retrouva deux ans après son pays occupé par l'armée russe ; les gens avaient peur de tout et leur seul désir était d'être ailleurs, quelque part où fût la liberté, où fût l'Europe. Pendant deux ans, la jeune Tchèque avait assidûment fréquenté les séminaires qu'il fallait, en ce temps-là, fréquenter assidûment si l'on prétendait s'installer au cœur de la vie intellectuelle ; elle y avait appris que dans la prime enfance, avant le stade œdipien, on traverse ce que le célèbre psychanalyste appelait le *stade du miroir*, l'idée étant qu'avant de se confronter au corps de la mère et du père on découvre son propre corps. En rentrant au pays, la jeune Tchèque se dit que nombre de ses compatriotes, à leur grand dam, avaient précisément sauté ce stade dans leur évolution personnelle. Auréolée du prestige de Paris et de ses fameux séminaires, elle constitua un cercle de jeunes femmes. Elle leur donnait des cours théoriques, auxquels personne ne comprenait rien, et les initiait à des exercices pratiques, aussi simples que la théorie était complexe : toutes se mettaient nues et chacune s'examinait devant une grande glace, puis elles s'y scrutaient toutes ensemble avec une extrême attention, enfin elles s'observaient dans des miroirs de poche que chacune tendait à l'autre de manière à lui montrer ce que jamais elle n'avait vu. Pas un instant, la monitrice n'interrompait son discours théorique, dont la fascinante opacité les transportait loin de l'occupation russe, loin de leur province, en leur procurant de surcroît une excitation, mystérieuse et sans nom, dont elles se gardaient bien de parler. Sans doute la monitrice n'était-elle pas seulement une disciple du grand Lacan, mais aussi une les-

251

bienne ; je ne crois pas, cependant, qu'il y eût dans le cercle beaucoup de lesbiennes convaincues. Et de toutes ces femmes, je l'avoue, celle qui occupe le plus ma rêverie est une jeune fille tout innocente pour qui rien d'autre n'existait au monde, pendant les séances, que le ténébreux discours de Lacan mal traduit en tchèque. Ah, ces réunions scientifiques de femmes nues, ces séances dans un appartement de la petite ville tchèque, tandis que les patrouilles russes faisaient leurs rondes, ah combien elles étaient plus excitantes que les orgies où chacun s'efforce d'accomplir les gestes requis, où tout est convenu et n'a qu'un seul sens, lamentablement unique ! Mais hâtons-nous de quitter la petite ville tchèque, et revenons aux genoux de Paul : Laura est assise sur l'un ; sur l'autre, imaginons à présent, pour des raisons expérimentales, non pas Brigitte mais sa mère :

Pour Laura, c'est une agréable sensation que de mettre son derrière en contact avec les cuisses d'un homme secrètement désiré ; la sensation est d'autant plus émoustillante qu'elle ne s'est pas installée sur Paul en qualité de maîtresse, mais de belle-sœur, avec le plein accord de l'épouse. Laura est la toxicomane de l'ambiguïté.

Pour Agnès, la situation n'a rien d'excitant, mais elle ne peut chasser une phrase ridicule qui lui trotte par la tête : « Sur chaque genou de Paul est assis un anus de femme ! Sur chaque genou de Paul est assis un anus de femme ! » Agnès est l'observateur lucide de l'ambiguïté.

Et Paul ? Il a le verbe haut, il plaisante en levant tour à tour chaque genou, pour bien convaincre les deux sœurs de son enjouement de tonton, toujours prêt à se transformer en cheval de course pour le plaisir de ses petites nièces. Paul est le nigaud de l'ambiguïté.

Au plus fort de ses chagrins d'amour, Laura demandait souvent conseil à Paul et le rencontrait dans différents cafés. Remarquons que le suicide était absent de leurs conversations. Laura avait prié Agnès de tenir secrets ses projets morbides, qu'elle-même n'évoquait jamais devant Paul. Ainsi l'image trop brutale de la mort ne déchirait-elle pas le délicat tissu de la belle tristesse ambiante et, assis l'un en face de l'autre, par moments Paul et Laura se touchaient. Paul lui pressait la main ou l'épaule comme pour lui redonner force et confiance, car Laura aimait Bernard, et celui qui aime mérite qu'on lui prête appui.

J'allais dire qu'à ces moments-là il la regardait dans les yeux, mais ce ne serait pas exact puisque Laura se remit alors à porter ses lunettes noires ; Paul en connaissait la raison : elle ne voulait pas montrer ses paupières bouffies de larmes. Soudain, les lunettes se chargeaient de multiples significations : elles prêtaient à Laura une élégance presque sévère, presque inaccessible ; mais elles désignaient en même temps quelque chose de très charnel, de très sensuel : un œil mouillé de pleurs, un œil soudain devenu orifice du corps, une de ces neuf belles portes du corps féminin dont parle le célèbre poème d'Apollinaire, un orifice mouillé, caché derrière la feuille de vigne du verre fumé. L'idée de la larme derrière les lunettes fut si intense parfois, et la larme imaginée si brûlante, qu'elle se transforma en une vapeur qui les enveloppa tous les deux, les privant du jugement et de la vue.

Paul percevait cette vapeur. Mais en comprenait-il le sens ? Je ne crois pas. Figurons-nous cette situation : une fillette vient voir un petit garçon. Elle commence à se déshabiller en disant : « Docteur, il faut que vous m'examiniez. » Et voici que le petit garçon déclare : « Mais, ma petite fille ! Je ne suis pas médecin ! »

C'est précisément ainsi que Paul se comportait.

La voyante

Si Paul, dans sa discussion avec Grizzly, s'est donné l'air d'un brillant partisan de la frivolité, comment se fait-il qu'avec deux sœurs sur les genoux il ait été si peu frivole ? Voici l'explication : dans son idée, la frivolité était un bienfaisant clystère qu'il voulait appliquer à la culture, à la vie publique, à l'art, à la politique, un clystère bon pour Goethe et Napoléon, mais (veuillez le noter !) sûrement pas pour Laura et Bernard. La profonde méfiance qu'éprouvait Paul envers Beethoven et Rimbaud était rachetée par la confiance sans limites qu'il accordait à l'amour.

La notion d'amour était liée dans son esprit à l'image de l'océan, le plus tempétueux des éléments. Quand il se trouvait en vacances avec Agnès, il laissait grande ouverte la fenêtre de leur chambre d'hôtel, pour qu'à leurs halètements d'amour se joignît la voix des vagues et que leur passion se confondît avec cette grande voix. Tout en étant heureux avec sa femme, tout en l'aimant, il sentait dans un secret repli de son âme un léger, un timide désappointement à l'idée que son amour ne se fût jamais manifesté de façon un peu plus dramatique. Il enviait presque à Laura les obstacles qu'elle avait rencontrés sur son chemin parce que seuls les obstacles, selon lui, peuvent transformer l'amour en histoire d'amour. Aussi éprouvait-il pour elle un sentiment d'affectueuse solidarité, souffrant de ses tourments comme s'ils avaient été les siens.

Un jour, elle lui téléphona pour lui dire que Bernard irait quelques jours plus tard à la Martinique, dans la villa familiale, et qu'elle était décidée à le rejoindre bien qu'il ne l'eût pas invitée. Si elle le trouvait là-bas en compagnie d'une inconnue, tant pis. Au moins, tout serait clair.

Pour lui épargner des conflits inutiles, il essaya de la dissuader. Mais la conversation s'éternisait : Laura répétait toujours les mêmes arguments et Paul, résigné, s'apprêtait à lui dire : « Vas-y, puisque tu es si profondément convaincue que ta décision est la bonne ! » Mais sans lui en laisser le temps, Laura déclara : « Une seule chose pourrait m'empêcher de faire ce voyage : ton interdiction. »

Elle venait de lui signifier assez clairement ce qu'il devait dire pour la détourner de son projet, tout en préservant sa dignité de femme décidée à aller jusqu'au bout du désespoir et de la lutte. Souvenons-nous de sa première rencontre avec Paul ; elle avait alors entendu dans sa tête les mots exacts que Napoléon avait dits à Goethe : « Voilà un homme ! » Si Paul avait été vraiment un homme, il n'aurait pas hésité un instant à lui interdire ce voyage. Hélas, il n'était pas un homme, mais un homme à principes : depuis longtemps, il avait rayé le mot « interdire » de son vocabulaire et en était fier. Il protesta : « Tu sais que je n'interdis jamais rien à personne. »

Laura insista : « Mais je *veux* tes interdictions et tes ordres. Tu sais que personne d'autre n'a le droit de m'en donner. Je ferai ce que tu me diras. »

Paul se sentit embarrassé : il avait passé une heure à lui expliquer qu'elle ne devait pas partir, et depuis une heure elle affirmait le contraire. Pourquoi, au lieu de se laisser convaincre, demandait-elle une interdiction ? Il se tut.

« Tu as peur ? demanda-t-elle.

— Peur de quoi ?

— De m'imposer ta volonté.

— Si je n'ai pas pu te convaincre, je n'ai pas le droit de t'interdire quoi que ce soit.

— C'est bien ce que je disais : tu as peur.

— Je voulais te persuader par la raison. »

Elle rit : « Tu t'abrites derrière la raison parce que tu as peur de m'imposer ta volonté. Je te fais peur ! »

Son rire le plongea dans un embarras plus profond encore et il se hâta de mettre fin à la conversation : « Je vais y réfléchir. »

Puis il demanda à Agnès son opinion.

Elle dit : « Il ne faut pas qu'elle parte. Ce serait une bêtise monumentale. Si tu lui parles, fais tout pour l'empêcher de partir ! »

Mais l'opinion d'Agnès ne représentait pas grand-chose, le principal conseiller de Paul étant Brigitte.

Quand il lui expliqua dans quelle situation se trouvait sa tante, elle réagit aussitôt : « Et pourquoi n'irait-elle pas là-bas ? Il faut toujours faire ce dont on a envie.

— Mais suppose, objecta Paul, qu'elle trouve Bernard avec une femme. Elle fera un scandale terrible !

— Lui a-t-il dit qu'une femme l'accompagnerait ?

— Non.

— Il aurait dû. S'il ne l'a pas fait, c'est qu'il est lâche et elle n'a aucune raison de le ménager. Qu'at-elle à perdre, Laura ? Rien. »

Nous pouvons nous demander pourquoi Brigitte a donné à Paul précisément cet avis et pas un autre. Parce qu'elle se solidarisait avec Laura ? Je ne crois pas. Laura se comportait souvent comme si elle avait été la fille de Paul, ce que Brigitte trouvait ridicule et déplaisant. Elle n'avait pas la moindre envie de se solidariser avec sa tante ; son seul souci était de plaire à son père. Elle pressentait que Paul s'adressait à elle comme à une voyante et elle voulait consolider cette autorité magique. Supposant à juste titre que sa mère était hostile au voyage de Laura, elle voulut adopter l'attitude contraire, laisser parler par sa bouche la voix de la jeunesse et envoûter son père par un geste d'un courage irréfléchi.

Elle hochait rapidement la tête de gauche à droite, de droite à gauche, en haussant les épaules et les sourcils, et Paul, de nouveau, éprouvait l'exquise sensation d'avoir en sa fille un accumulateur où puiser de l'énergie. Peut-être, se dit-il, si Agnès avait eu l'habitude de le poursuivre, de pourchasser en avion ses maîtresses dans les îles lointaines, peut-être aurait-il été plus heureux. Toute sa vie, il avait désiré que la femme aimée fût prête à se cogner pour lui la tête contre les murs, à hurler de désespoir ou à bondir de joie dans l'appartement. Il se dit que Laura comme Brigitte étaient du côté du courage et de la folie, et que sans un grain de folie la vie ne méritait pas d'être vécue. Que Laura se laissât donc conduire par la voix du cœur ! Pourquoi tourner et retourner chacun de nos actes sur la poêle de la raison, comme une crêpe ?

« N'oublie tout de même pas, objecta-t-il encore, que Laura est une femme sensible. Ce voyage ne peut que la faire souffrir !

— À sa place, moi je partirais, et personne ne pourrait me retenir », dit Brigitte d'un ton sans réplique.

Puis Laura rappela Paul au téléphone. Pour couper court, il lui dit d'emblée : « J'ai beaucoup réfléchi et mon avis est que tu dois faire exactement ce dont tu as envie. Si tu veux partir, pars !

— J'étais presque décidée à renoncer. Ce voyage t'inspirait tant de méfiance. Mais puisque cette fois tu l'approuves, je pars demain. »

Ce fut pour Paul une douche froide. Il comprit que Laura, sans ses encouragements, ne serait jamais partie pour la Martinique. Mais il était incapable de rien ajouter ; la conversation en resta là.

Le lendemain, un avion emportait Laura au-dessus de l'Atlantique, et Paul se sentit personnellement responsable d'un voyage qu'en son for intérieur, tout comme Agnès, il tenait pour un parfait non-sens.

Le suicide

Deux jours s'étaient écoulés depuis qu'elle était montée dans l'avion. À six heures du matin, le téléphone sonna. C'était Laura. Elle annonça à sa sœur et à son beau-frère qu'à la Martinique il était minuit. Sa voix avait une gaieté forcée, d'où Agnès conclut aussitôt que les choses tournaient mal.

Elle ne se trompait pas : en apercevant Laura dans l'allée bordée de cocotiers qui menait à sa villa, Bernard avait pâli de colère et lui avait dit avec sévérité : « Je t'avais demandé de ne pas venir. » Elle tenta de se justifier, mais sans un mot il jeta deux chemises dans un sac, monta dans sa voiture et s'en alla. Demeurée seule, elle erra dans la maison et découvrit dans une armoire son maillot de bain rouge oublié lors d'un précédent séjour.

« Seul ce maillot m'attendait. Rien que ce maillot », dit-elle en passant du rire aux larmes. Elle poursuivit en pleurant : « C'était ignoble. J'ai vomi. Puis j'ai décidé de rester. C'est dans cette villa que tout prendra fin. À son retour, Bernard me trouvera ici dans ce maillot. »

La voix de Laura résonnait dans leur chambre ; ils l'entendaient tous les deux, mais ils n'avaient qu'un seul combiné qu'ils se passaient l'un à l'autre.

« Je t'en prie, disait Agnès, calme-toi, surtout calme-toi. Essaie de garder ton sang-froid. »

Laura rit de nouveau : « Quand je pense qu'avant de partir j'ai acheté vingt boîtes de barbituriques et que je les ai toutes oubliées à Paris. J'étais si nerveuse.

— Tant mieux, tant mieux, dit Agnès, qui éprouva sur le coup un véritable soulagement.

— Mais ici, dans un tiroir, j'ai trouvé un revolver », poursuivit Laura en riant de plus belle : « Bernard doit craindre pour sa vie ! Il a peur d'être attaqué par les Noirs ! J'y vois un signe.

— Quel signe !

— Qu'il a laissé ce revolver pour moi.

— Tu es folle ! Il ne t'a rien laissé ! Il ne s'attendait pas à ton arrivée !

— Il ne l'a sûrement pas laissé exprès. Mais il a acheté un revolver que personne d'autre que moi n'utilisera. Il l'a donc laissé pour moi. »

Agnès éprouvait de nouveau un désespérant sentiment d'impuissance. « Je t'en prie, dit-elle, remets ce revolver à sa place.

— Je ne sais pas m'en servir. Mais Paul... Paul, tu m'entends ? »

Paul reprit l'appareil. « Oui.

— Paul, je suis heureuse d'entendre ta voix.

— Moi aussi, Laura, mais je t'en prie...

— Je sais, Paul, mais je n'en peux plus... », et elle éclata en sanglots.

Il y eut un silence.

Puis Laura reprit : « Le revolver est devant moi. Je ne peux pas le quitter des yeux.

— Remets-le donc à sa place, dit Paul.

— Paul, tu as fait ton service militaire.

— Bien sûr.

— Tu es officier !

— Sous-lieutenant.

— Cela veut dire que tu sais te servir d'un revolver. »

Paul se sentit embarrassé. Mais il dut répondre : « Oui.

— Comment voit-on qu'un revolver est chargé ?

— Si le coup part, c'est qu'il était chargé.

— Si je presse la détente, le coup partira ?

— C'est possible.

— Comment ça, possible ?

— Si le cran de sûreté est enlevé, le coup partira.

— Et comment voit-on qu'il est enlevé ?

— Mais enfin, tu ne vas quand même pas lui expliquer comment se tuer ! » cria Agnès et elle arracha l'appareil des mains de Paul.

Laura poursuivit : « Je veux seulement savoir comment on s'en sert. Au fond, tout le monde devrait savoir utiliser un revolver. Comment enlève-t-on le cran de sûreté ?

— Ça suffit, dit Agnès, plus un mot sur ce revolver. Remets-le où il était. Assez ! Assez plaisanté ! »

Laura eut soudain une autre voix, une voix grave : « Agnès ! Je ne plaisante pas ! » et elle éclata de nouveau en sanglots.

La conversation n'en finissait pas ; Agnès et Paul répétaient les mêmes phrases, assuraient Laura de leur amour, la suppliaient de rester avec eux, de ne plus les quitter, si bien qu'elle promit enfin de remettre le revolver dans le tiroir et d'aller se coucher.

En raccrochant, ils étaient si épuisés qu'ils restèrent longtemps sans pouvoir dire un seul mot.

Puis Agnès dit : « Pourquoi fait-elle ça ! Pourquoi fait-elle ça ! »

Et Paul dit : « C'est ma faute. C'est moi qui l'ai envoyée là-bas.

— Elle serait partie de toute façon. »

Paul hocha la tête : « Non. Elle était prête à rester. J'ai commis la plus grande bêtise de ma vie. »

Agnès voulait épargner à Paul ce sentiment de culpabilité. Non par compassion, mais plutôt par jalousie : elle ne voulait pas qu'il se sentît responsable de Laura à ce point, ni que mentalement il se liât autant à elle. C'est pourquoi elle dit : « Comment peux-tu être si sûr qu'elle a trouvé un revolver ? »

Paul ne comprit pas tout de suite. « Que veux-tu dire ?

— Qu'il n'y a peut-être pas de revolver du tout.

— Agnès ! Elle ne joue pas la comédie ! Ça se sent ! »

Agnès essaya de formuler plus prudemment ses soupçons : « Peut-être a-t-elle un revolver. Mais il n'est pas impossible non plus qu'elle ait des barbituriques, et qu'elle parle du revolver uniquement pour nous égarer. On ne peut pas exclure non plus qu'elle n'ait ni barbituriques ni revolver, et qu'elle veuille nous tourmenter.

— Agnès, dit Paul, tu es méchante. »

Le reproche de Paul réveilla sa vigilance : depuis quelque temps, sans même s'en douter, il était plus proche de Laura que d'Agnès ; il pensait à elle, lui prêtait attention, était aux petits soins, se montrait ému par elle, et Agnès, soudain, fut forcée d'imaginer qu'il la comparait à sa sœur et qu'elle-même, dans cette comparaison, apparaissait comme la moins sensible des deux.

Elle essaya de se défendre : « Je ne suis pas méchante. Je veux seulement dire que Laura est prête à tout pour attirer l'attention. C'est normal, puisqu'elle souffre. Tout le monde a tendance à rire de ses chagrins d'amour et à hausser les épaules. Quand elle saisit un revolver, personne ne peut plus rire.

— Et si son désir d'attirer l'attention la menait jusqu'au suicide ? Ce n'est pas possible ?

— Si », admit Agnès, et un long silence angoissé s'abattit de nouveau sur eux.

Puis Agnès dit : « Moi aussi, je peux comprendre qu'on veuille en finir. Qu'on ne puisse plus supporter la souffrance. Ni la méchanceté des gens. Qu'on veuille s'en aller, s'en aller pour toujours. Chacun a le droit de se tuer. C'est notre liberté. Je n'ai rien contre le suicide tant que c'est une façon de s'en aller. »

Elle s'arrêta une seconde, ne voulant rien ajouter, mais elle était trop rageusement hostile aux agissements de sa sœur pour ne pas poursuivre : « Mais son cas est différent. Elle ne veut pas *s'en aller*. Elle pense au suicide parce que c'est pour elle une façon de *rester*. De rester avec lui. De rester avec nous. De s'inscrire pour toujours dans notre mémoire. De s'abattre de tout son long dans notre vie. De nous écraser.

— Tu es injuste, dit Paul, elle souffre.

— Je sais », dit Agnès, et elle se mit à pleurer. Elle imagina sa sœur morte et tout ce qu'elle venait de dire lui apparut mesquin et vil et inexcusable.

« Et si elle a promis de ranger le revolver seulement pour nous rassurer ? » dit-elle en composant le numéro de la villa martiniquaise ; comme personne ne répondait, ils sentirent la sueur perler à leur front ; ils savaient qu'ils ne pourraient raccrocher et écouteraient indéfiniment la sonnerie qui signifiait la mort de Laura. Enfin, ils entendirent sa voix étrangement sèche. Ils lui demandèrent où elle était passée : « Dans la pièce à côté », dit-elle. Agnès et Paul parlaient en même temps dans l'appareil. Ils racontèrent l'angoisse qui les avait incités à la rappeler. Ils l'assurèrent à maintes reprises de leur amour et de la hâte qu'ils avaient de la revoir à Paris.

Ils partirent en retard pour leur travail et ne pensèrent qu'à elle toute la journée. Le soir ils l'appelèrent de nouveau, de nouveau l'entretien dura une heure, de nouveau ils l'assurèrent de leur amour et de leur impatience.

Quelques jours plus tard, elle sonna à la porte. Paul était seul à la maison. Debout sur le seuil, elle portait les lunettes noires. Elle tomba dans ses bras. Ils passèrent au salon, s'assirent dans un fauteuil face à face , mais elle était si agitée qu'elle se leva au bout de quelques instants et se mit à arpenter la pièce. Fébrilement, elle parla. Alors il se leva à son tour, arpenta la pièce lui aussi et parla.

Il parla avec mépris de son ancien élève, de son protégé, de son ami. Cela pouvait se justifier, bien sûr, par le souci d'atténuer chez Laura la douleur d'une séparation. Mais il était lui-même étonné de constater à quel point il pensait sincèrement et sérieusement tout ce qu'il disait : Bernard était un enfant gâté ; un gosse de riches ; un arrogant.

Accoudée à la cheminée, Laura regardait Paul. Et Paul, soudain, s'aperçut qu'elle ne portait plus de lunettes. Elle les tenait à la main et fixait sur Paul des yeux gonflés, mouillés. Il comprit que Laura, depuis un moment, ne l'écoutait plus.

Il se tut. Un grand silence envahit le salon, telle une force inexplicable qui l'incita à se rapprocher d'elle. « Paul, dit-elle, pourquoi ne nous sommes-nous pas rencontrés plus tôt, toi et moi ? Avant tous les autres... »

Ces mots se répandirent entre eux comme un brouillard. Paul pénétra dans cette nappe en tendant le bras, comme quelqu'un qui avance à tâtons ; sa main effleura Laura. Laura poussa un soupir et laissa la main de Paul sur sa peau. Puis elle fit un pas de côté et remit ses lunettes. Ce geste dissipa le brouillard et ils se retrouvèrent l'un en face de l'autre comme belle-sœur et beau-frère.

Quelques instants plus tard, Agnès revint de son travail et entra dans le salon.

En revoyant pour la première fois Laura depuis son retour de la Martinique, Agnès, au lieu de la prendre dans ses bras comme une rescapée, garda une surprenante froideur. Elle ne voyait pas sa sœur, elle voyait les lunettes noires, ce masque tragique qui voulait dicter le ton des retrouvailles. « Laura, dit-elle comme si elle n'avait pas remarqué ce masque, tu as terriblement maigri. » Elle ne s'approcha d'elle qu'ensuite et, suivant la coutume française entre personnes de connaissance, l'embrassa légèrement sur les deux joues.

Étant donné que c'étaient là les premiers mots prononcés depuis ces jours dramatiques, on admettra qu'ils étaient inconvenants. Ils n'avaient pour objet ni la vie, ni la mort, ni l'amour, mais la digestion. En soi, cela n'était pas trop grave, puisque Laura aimait parler de son corps et le considérait comme une métaphore de ses sentiments. Ce qui était bien pire c'était que cette phrase avait été dite sans la moindre sollicitude, sans aucune admiration mélancolique pour les tourments responsables de l'amaigrissement de Laura, mais avec une lassitude et un dégoût évidents.

Bien sûr, Laura avait parfaitement enregistré le ton adopté par Agnès et compris sa signification. Mais en feignant, à son tour, d'ignorer ce que sa

sœur pensait, elle répondit d'une voix souffrante :
« Oui. J'ai perdu sept kilos. »

Agnès voulut s'écrier : « Assez ! Assez ! Tout
cela n'a que trop duré ! Arrête ! », mais elle se
domina et ne dit rien.

Laura leva la main : « Regarde, ce n'est plus un
bras, c'est une tige... Je ne peux plus mettre une
jupe. Je flotte dans tous mes vêtements. Je saigne
aussi du nez... », et comme pour illustrer ce qu'elle
venait de dire, elle penchait la tête en arrière et
respirait longuement par le nez.

Agnès contempla ce corps amaigri avec un
dégoût qu'elle ne pouvait maîtriser et pensa : où
sont passés les sept kilos que Laura a perdus ?
comme une énergie qui se consume, se sont-ils
dissous dans l'azur ? ou bien sont-ils partis en
excréments dans les égouts ? où sont passés les sept
kilos de l'irremplaçable corps de Laura ?

Entre-temps, Laura avait ôté ses lunettes noires,
pour les poser sur la cheminée où elle se tenait
accoudée. Elle tourna vers sa sœur ses yeux gonflés
de larmes, comme elle les avait tournés un moment
plus tôt vers Paul.

Quand elle ôta ses lunettes, ce fut comme si elle
avait mis son visage à nu. Comme si elle s'était
déshabillée. Mais non pas à la manière dont une
femme se déshabille devant un amant, plutôt comme
devant un médecin à qui elle délègue la responsabilité de son corps.

Incapable d'arrêter les phrases qui tournaient
dans sa tête, Agnès les dit à haute voix : « Assez !

Arrête. Nous sommes tous à bout. Tu te sépareras de Bernard comme des millions de femmes se sont séparées de millions d'hommes sans pour autant menacer de se tuer. »

Après plusieurs semaines d'interminables conversations, au cours desquelles Agnès jurait à sa sœur tout son amour, une telle explosion, pourrait-on croire, aurait dû surprendre Laura, mais, curieusement, elle ne la surprit pas ; Laura réagit aux paroles d'Agnès comme si elle les avait attendues depuis longtemps. C'est avec le plus grand calme qu'elle répondit : « Je vais te dire ce que je pense. Tu ne sais rien de l'amour, tu n'en as jamais rien su, tu n'en sauras jamais rien. L'amour n'a jamais été ton point fort. »

Laura savait en quoi sa sœur était vulnérable et Agnès prit peur ; elle comprit que Laura ne parlait ainsi que parce que Paul était présent. Soudain tout était clair, il ne s'agissait plus de Bernard : tout ce drame suicidaire ne le concernait en rien ; selon toute probabilité, il n'en serait jamais informé ; le drame ne s'adressait qu'à Paul et à Agnès. Et elle se dit encore : si l'on commence à lutter, on met en mouvement une force qui ne s'arrête pas au premier objectif : derrière le premier objectif qu'était pour Laura Bernard, il y en avait encore d'autres.

Il n'était plus possible d'esquiver la lutte. Agnès dit : « Si tu as perdu sept kilos à cause de Bernard, c'est une preuve d'amour, matérielle et irréfutable. Pourtant, j'ai peine à te comprendre. Si j'aime quelqu'un, je lui veux du bien. Si je déteste quelqu'un, je lui veux du mal. Toi, depuis des semaines et des semaines, tu tortures Bernard et tu nous tortures aussi. Quel rapport avec l'amour ? Aucun. »

Représentons-nous le salon comme une scène de théâtre : à l'extrême droite, la cheminée, à gauche une bibliothèque qui borde la scène. Au milieu, dans le fond, un sofa, une table basse et deux fauteuils. Paul est debout au milieu du salon, Laura se tient près de la cheminée et regarde fixement Agnès, à deux pas de distance. Les yeux gonflés de Laura accusent sa sœur de cruauté, d'incompréhension, de froideur. Au fur et à mesure qu'Agnès parle, Laura recule vers le milieu de la pièce, vers l'endroit où se tient Paul, comme pour signifier par ce retrait son étonnement apeuré devant l'injuste attaque de sa sœur.

Parvenue à deux pas de Paul, elle s'arrêta en répétant : « Tu ne sais rien du tout de l'amour. »

Agnès avança et vint occuper la place que sa sœur venait de quitter près de la cheminée. Elle dit : « Je sais très bien ce qu'est l'amour. En amour, l'important est celui qu'on aime. C'est de lui qu'il s'agit, de rien d'autre. Et je me demande ce qu'est l'amour pour une femme qui ne sait voir qu'elle-même. Autrement dit, je me demande quel sens a le mot amour pour une femme absolument égocentrique.

— Se demander ce qu'est l'amour n'a aucun sens, ma chère sœur, dit Laura. L'amour est ce qu'il est, voilà tout. On le vit ou on ne le vit pas. L'amour est une aile qui bat dans ma poitrine comme dans une cage, et qui m'incite à faire des choses qui te semblent déraisonnables. C'est ce qui ne t'est jamais arrivé. Je ne sais voir que moi-même, dis-tu. Mais je vois clair en toi, et jusqu'au fond. Quand tu m'as assurée de ton amour, ces derniers temps, je savais parfaitement que dans ta bouche ce mot n'avait aucun sens. Ce n'était qu'une ruse. Un argument pour me calmer. Pour m'empêcher de troubler ta quiétude. Je te connais, ma sœur : toute ta vie, tu t'es trouvée de l'autre côté de l'amour. Tout à fait de l'autre côté. Au-delà de l'amour. »

En parlant d'amour, les deux femmes se déchiraient à belles dents. Et l'homme qui se trouvait avec elles en était désespéré. Il voulait dire quelque chose pour atténuer la tension insupportable : « Nous sommes tous les trois à bout. Nous aurions besoin, tous les trois, de partir au loin, quelque part, et d'oublier Bernard. »

Mais Bernard était déjà irrévocablement oublié, et l'intervention de Paul eut pour seul effet de substituer le silence à la dispute ; dans ce silence ne passait aucune compassion, aucun souvenir complice, pas la moindre ombre de solidarité entre les deux sœurs.

Ne quittons pas des yeux l'ensemble de la scène : à droite, appuyée à la cheminée, se tenait Agnès ; au milieu du salon, tournée vers sa sœur, se tenait Laura, à deux pas de Paul. De la main, il fit un signe d'impuissance désespérée devant la haine qui avait si absurdement explosé entre deux femmes qu'il aimait. Comme s'il voulait, pour marquer sa réprobation, s'éloigner d'elles le plus possible, il fit volte-face et se dirigea vers la bibliothèque. Il s'y adossa, tourna la tête vers la fenêtre et essaya de ne plus les voir.

Agnès aperçut les lunettes noires posées sur la cheminée et les saisit machinalement. Elle les examina avec rancune, comme si elle tenait dans les mains les grosses larmes noires de sa sœur. Elle éprouvait de la répugnance pour tout ce qui provenait du corps de Laura, et ces grosses larmes de verre lui apparaissaient comme une des sécrétions de ce corps.

Laura vit les lunettes entre les mains d'Agnès. Ces lunettes, soudain, lui manquaient. Elle avait besoin d'un bouclier, d'un voile pour couvrir son visage devant la haine de sa sœur. Mais en même temps elle n'avait pas la force de faire quatre pas, d'aller jusqu'à sa sœur-ennemie et de les reprendre. Elle avait peur d'Agnès. Elle s'identifia donc, avec une sorte de passion masochiste, à la vulnérable nudité de son visage sur lequel s'imprimaient toutes les traces de ses souffrances. Elle savait bien que son corps, les propos qu'elle tenait sur lui, sur les sept kilos perdus, agaçaient Agnès au plus haut point, elle le savait instinctivement, intuitivement, et c'est précisément pour cela, par défi, par révolte, qu'elle voulut alors se faire corps autant que possible, n'être plus rien d'autre qu'un corps, un corps abandonné et rejeté. Elle voulait déposer ce corps au milieu de leur salon et le laisser là. Le laisser là, lourd et immobile. Et les obliger, s'ils n'en voulaient pas chez eux, à prendre ce corps, son corps, l'un par les poignets, l'autre par les pieds, pour le déposer sur le trottoir comme on dépose secrètement, la nuit, un vieux matelas usé.

Agnès était debout près de la cheminée, les lunettes noires à la main. Au milieu de la pièce, Laura regardait sa sœur et continuait de s'éloigner d'elle à reculons. Puis, elle fit un dernier pas et son dos s'appuya sur le corps de Paul, étroitement, très étroitement, Paul étant adossé à la bibliothèque. Laura plaqua ses mains sur les cuisses de Paul, fermement. Penchant la tête en arrière, elle l'appuya sur la poitrine de Paul.

Agnès est à un bout de la pièce, les lunettes noires à la main ; à l'autre bout, en face et loin d'elle, Laura et Paul, comme une statue, restent immobiles, pétrifiés. Personne ne dit rien. Un temps s'écoule avant qu'Agnès n'écarte son pouce de son index. Les lunettes noires, ce symbole du chagrin, ces larmes métamorphosées, tombent sur les dalles qui entourent la cheminée et volent en éclats.

QUATRIÈME PARTIE

HOMO SENTIMENTALIS

1

Au cours de l'éternel procès intenté à Goethe, on a prononcé contre lui d'innombrables réquisitoires et fourni d'innombrables témoignages sur l'affaire Bettina. Pour ne pas lasser le lecteur avec une énumération d'insignifiances, je ne retiendrai que trois témoignages qui me semblent capitaux.

Premièrement : le témoignage de Rainer Maria Rilke, le plus grand poète allemand après Goethe.

Deuxièmement : le témoignage de Romain Rolland, l'un des romanciers les plus lus entre l'Oural et l'Atlantique dans les années vingt et trente, qui jouissait de surcroît d'une remarquable autorité d'homme de progrès, antifasciste, humaniste, pacifiste et ami de la Révolution.

Troisièmement : le témoignage du poète Paul Eluard, excellent représentant de ce qu'on a appelé l' « avant-garde », grand chantre de l'amour ou plutôt, selon sa propre expression, de l'amour-poésie, puisque ces deux notions (comme en témoigne l'un de ses plus beaux recueils, intitulé précisément *L'amour la poésie*) se confondaient dans son esprit en une seule.

2

Appelé comme témoin à l'éternel procès, Rilke emploie exactement les mêmes termes que dans son plus célèbre ouvrage en prose, édité en 1910 : *Les cahiers de Malte Laurids Brigge*, où il adressait à Bettina cette longue apostrophe :

« Comment est-il possible que tous ne parlent pas encore de ton amour ? Qu'est-il arrivé depuis de plus mémorable ? Qu'est-ce donc qui les occupe ? Toi-même, tu connaissais la valeur de ton amour, tu le disais à haute voix à ton plus grand poète, afin qu'il le rendît humain ; car cet amour était encore élément. Mais le poète, en t'écrivant, en a dissuadé les hommes. Tous ont lu ses réponses et les croient davantage, parce que le poète leur est plus intelligible que la nature. Mais peut-être comprendront-ils un jour qu'ici était la limite de sa grandeur. Cette aimante (*diese Liebende*) lui a été imposée (*auferlegt*, ce qui signifie « imposé » comme est imposé un devoir ou un examen) et il a échoué (*er hat sie nicht bestanden*, ce qui signifie, précisément : il n'a pas réussi à passer l'examen qu'était pour lui Bettina). Que veut dire qu'il n'a pu payer son amour de retour (*erwidern*) ? Un tel amour n'a pas besoin d'être payé de retour, il contient en lui-même le cri d'appel et la réponse ; il s'exauce lui-même. Mais le poète aurait dû s'humilier devant cet amour, dans toute sa magnificence, et ce qu'il dictait, l'écrire à deux mains comme Jean à Patmos, à genoux. Il n'y avait pas d'autre choix en présence de cette voix qui « exerçait le ministère des anges » (*die « das Amt der Engel verrichtete »*), qui était venue l'envelopper et l'entraîner vers l'éternité. C'était là le char pour son voyage embrasé à travers les cieux. C'était là qu'était préparé à sa mort le sombre mythe (*der dunkle Mythos*) qu'il laissa vide. »

3

Le témoignage de Romain Rolland porte sur la relation entre Goethe, Beethoven et Bettina. Le romancier l'a expliqué en détail dans l'essai *Goethe et Beethoven*, publié à Paris en 1930. Tout en nuançant son attitude, il ne cache pas que sa sympathie va surtout à Bettina : c'est à peu près comme elle qu'il interprète les événements. Goethe l'afflige, même s'il ne nie pas sa grandeur : la prudence, tant esthétique que politique, sied mal aux génies. Et Christiane ? Ah, mieux vaut ne pas parler d'elle, c'est une « nullité d'esprit ».

Ce point de vue, je le répète, est exprimé avec subtilité et avec un sens de la mesure. Les épigones sont toujours plus radicaux que leurs inspirateurs. J'ai entre les mains une riche biographie de Beethoven, publiée en France dans les années soixante. Là, on parle carrément de la « lâcheté » de Goethe, de sa « servilité », de sa « peur sénile devant toute nouveauté », et cætera, et cætera. En revanche, Bettina est dotée d' « une qualité de clairvoyance et d'une puissance de divination qui lui conféraient presque les dimensions du génie ». Et Christiane, comme d'habitude, n'est qu'une pauvre « volumineuse épouse ».

4

Même s'ils se rangent du côté de Bettina, Rilke et Rolland parlent de Goethe avec respect. Dans *Les sentiers et les routes de la poésie*, textes écrits en 1949 (c'est-à-dire, soyons justes à son égard, au moment le moins heureux de sa carrière de poète, alors qu'il est furieusement partisan de Staline), Paul Eluard, en véritable Saint-Just de l'amour-poésie, se montre beaucoup plus dur :

« Goethe, dans son journal, ne signale sa première entrevue avec Bettina Brentano que par ces mots : " Mamsel Brentano ". Le prestigieux poète, l'auteur de *Werther* préférait la paix de son ménage aux délires actifs de la passion. Et toute l'imagination, tout le talent aussi de Bettina ne l'auront pas dérangé de son rêve olympien. Si Goethe avait cédé, son chant peut-être serait-il descendu vers la terre, mais nous ne l'en aimerions pas moins, car il n'aurait probablement pas pu se résoudre à son rôle de courtisan et n'aurait pas contaminé son peuple en le persuadant qu'une injustice est préférable à un désordre. »

5

« Cette aimante lui a été imposée », écrit Rilke et nous pouvons nous demander : que signifie cette forme grammaticale passive ? Autrement dit : cette aimante, *qui* la lui a imposée ?

La même question nous vient à l'esprit quand nous lisons, dans une lettre écrite à Goethe par Bettina le 15 juin 1807 : « Je ne dois pas avoir peur de m'adonner à ce sentiment, parce que ce n'est pas moi qui l'ai planté dans mon cœur. »

Qui donc le lui a planté ? Goethe ? Ce n'est certainement pas ce que Bettina voulait dire. Celui qui lui a planté l'amour dans le cœur était quelqu'un de supérieur à elle et de supérieur à Goethe : sinon Dieu, du moins l'un des anges dont parle Rilke.

Parvenus à ce point, nous pouvons prendre la défense de Goethe : si quelqu'un (Dieu ou un ange) a planté un sentiment dans le cœur de Bettina, il va de soi qu'elle obéira à ce sentiment : il est dans *son* cœur, c'est *son* sentiment à elle. Mais personne, semble-t-il, n'a planté de sentiment dans le cœur de Goethe. Bettina lui a été « imposée ». Prescrite comme un devoir. *Auferlegt.* Dès lors, comment Rilke peut-il reprocher à Goethe de résister à un devoir qu'on lui a imposé contre sa volonté et, pour ainsi dire, sans crier gare ? Pourquoi devrait-il tomber à genoux et écrire « à deux mains » ce que lui « dictait » une voix venue des hauteurs ?

Faute de pouvoir répondre rationnellement à cette question, je suis contraint de recourir à une comparaison : imaginons Simon pêchant dans le lac de Tibériade. Jésus s'approche et lui demande de laisser ses filets pour le suivre. Et Simon dit : « Fiche-moi la paix. Je préfère mes filets et mes poissons. » Un tel Simon se transformerait aussitôt en personnage comique, en Falstaff de l'Évangile : c'est ainsi que Goethe est devenu, aux yeux de Rilke, un Falstaff de l'amour.

Rilke dit de l'amour de Bettina : « Cet amour n'a pas besoin d'être payé de retour, il contient en lui-même le cri d'appel et la réponse ; il s'exauce lui-même. » L'amour planté dans le cœur des humains par un jardinier des anges n'a besoin d'aucun objet, d'aucun écho, d'aucune « *Gegen-Liebe* » (contre-amour, amour payé de retour), comme disait Bettina. L'aimé (Goethe, par exemple) n'est ni la cause ni le but de l'amour.

À l'époque de sa correspondance avec Goethe, Bettina adressait des lettres d'amour à Arnim aussi. Elle écrit dans l'une d'elles : « L'amour véritable (*die wahre Liebe*) est incapable d'infidélité. » Cet amour qui ne se soucie pas d'être payé de retour (« *die Liebe ohne Gegen-Liebe* ») « cherche l'aimé sous toutes les métamorphoses ».

Si l'amour avait été planté dans le cœur de Bettina non par un jardinier angélique, mais par Goethe ou par Arnim, un amour pour Goethe ou pour Arnim se serait épanoui en elle, amour inimitable, non-interchangeable, destiné à celui qui l'avait planté, à celui qui était aimé, et donc amour qui ne connaît pas de métamorphoses. On pourrait définir un tel amour comme une *relation* : une relation privilégiée entre deux personnes.

En revanche, ce que Bettina appelle « *wahre*

Liebe » (amour véritable) n'est pas l'amour-relation, mais l'*amour-sentiment* : la flamme qu'une main céleste allume dans l'âme d'un homme ; la torche à la lumière de laquelle l'aimant « cherche l'aimé sous toutes les métamorphoses ». Un tel amour (l'amour-sentiment) ne connaît pas l'infidélité, car même si l'objet change, l'amour reste la même flamme, allumée par la même main céleste.

À ce point de notre réflexion, peut-être pouvons-nous commencer à comprendre pourquoi, dans sa volumineuse correspondance, Bettina pose si peu de questions à Goethe. Mon Dieu, imaginez qu'on vous ait permis d'échanger des lettres avec lui ! Sur quoi ne l'auriez-vous pas interrogé ! Sur tous ses livres. Sur les livres écrits par ses contemporains. Sur la poésie. Sur la prose. Sur la peinture. Sur l'Allemagne. Sur l'Europe. Sur la science et sur la technique. Vous l'auriez poussé dans ses derniers retranchements et amené à préciser ses attitudes. Vous vous seriez disputé avec lui, pour le contraindre à formuler ce qu'il n'avait jamais dit jusqu'alors.

Or Bettina ne discute pas avec Goethe. Pas même sur l'art. À une seule exception près : elle lui expose ses idées sur la musique. Mais c'est elle qui donne des leçons ! Elle sait bien que Goethe ne partage pas ses avis. Alors pourquoi ne lui demande-t-elle pas les raisons de son désaccord ? Si elle avait su poser des questions, les réponses de Goethe nous auraient fourni la première critique, avant la lettre, du romantisme en musique !

Mais non, nous ne trouverons rien de tel dans

cette vaste correspondance ; elle ne nous apprend
pas grand-chose sur Goethe, tout simplement parce
que Bettina s'intéressait à Goethe beaucoup moins
qu'on ne croit ; la cause et le sens de son amour
n'étaient pas Goethe, mais l'amour.

7

La civilisation européenne est censée être fondée sur la raison. Mais on pourrait dire tout aussi bien que l'Europe est une civilisation du sentiment ; elle a donné naissance au type humain que j'aimerais appeler l'homme sentimental : *homo sentimentalis*.

À ses fidèles, la religion juive prescrit une loi. Celle-ci se veut rationnellement accessible (le talmud est un perpétuel raisonnement sur les prescriptions bibliques) ; elle n'exige des croyants ni sens mystérieux du surnaturel, ni exaltation particulière, ni feu mystique embrasant l'âme. Le critère du bien et du mal est objectif : c'est la loi écrite, qu'il s'agit de comprendre et d'observer.

Ce critère, le christianisme l'a mis sens dessus dessous : *Aime Dieu et fais ce que voudras !*, dit saint Augustin. Transféré dans l'âme de l'individu, le critère du bien et du mal est devenu subjectif. Si l'âme d'Untel est pleine d'amour, tout va pour le mieux : cet homme est bon et tout ce qu'il fait est bon.

Bettina pense comme saint Augustin lorsqu'elle écrit à Arnim : « J'ai trouvé un beau proverbe : le véritable amour a toujours raison, même s'il a tort. Luther, quant à lui, dit dans une lettre : le véritable amour a souvent tort. Cela ne me paraît pas aussi bon que mon proverbe. Ailleurs, Luther disait pourtant : l'amour précède tout, même le sacrifice, même la prière. J'en conclus que l'amour est la vertu suprême. L'amour nous fait perdre conscience (*macht bewusstlos*) du terrestre et nous remplit du céleste ; ainsi l'amour nous débarrasse-t-il de toute culpabilité (*macht unschuldig*). »

Sur cette conviction que l'amour innocente l'homme repose l'originalité du droit européen et de sa théorie de la culpabilité, qui prend en considération les sentiments de l'accusé : quand vous tuez quelqu'un de sang-froid, pour de l'argent, vous n'avez aucune excuse ; si vous le tuez parce qu'il vous a offensé, votre colère vous vaudra des circonstances atténuantes et la peine infligée sera moindre ; enfin, si vous êtes poussé au meurtre par un sentiment d'amour blessé, par une jalousie, le jury sympathisera avec vous, et Paul, en tant qu'avocat chargé de vous défendre, exigera la peine maximale pour la victime.

8

Il faut définir l'homo sentimentalis non pas comme une personne qui éprouve des sentiments (car nous sommes tous capables d'en éprouver), mais comme une personne qui les a érigés en valeurs. Dès que le sentiment est considéré comme une valeur, tout le monde veut le ressentir ; et comme nous sommes tous fiers de nos valeurs, la tentation est grande d'exhiber nos sentiments.

Cette transformation du sentiment en valeur s'est produite en Europe vers le XIIe siècle : quand ils chantaient leur immense passion pour une noble dame, pour une bien-aimée inaccessible, les troubadours paraissaient si admirables et si beaux que tout un chacun, à leur exemple, voulut se vanter d'être la proie de quelque indomptable mouvement du cœur.

Personne n'a pénétré l'homo sentimentalis avec plus de perspicacité que Cervantès. Don Quichotte décide d'aimer une certaine dame, Dulcinée, bien qu'il la connaisse à peine (il n'y a rien là qui doive nous surprendre : quand il s'agit de la « *wahre Liebe* », de l'amour véritable, nous savons déjà que l'aimé n'importe guère). Au chapitre vingt-cinq de la première partie, il se retire en compagnie de Sancho dans les montagnes désertes, là où il veut lui montrer la grandeur de sa passion. Mais comment prouver qu'une flamme brûle dans mon âme ? Et comment le prouver, de surcroît, à un être aussi naïf et fruste que Sancho ? Alors, sur le sentier escarpé, Don Quichotte se déshabille, ne garde que sa chemise et, pour exhiber à son valet l'immensité de son sentiment, il se met à faire devant lui des sauts en l'air avec culbutes. Chaque fois qu'il se retrouve tête en bas, la chemise lui glisse sur les épaules et Sancho aperçoit son sexe qui ballotte. Le chaste petit membre du chevalier offre un spectacle si risiblement triste, si déchirant, que même Sancho, avec son âme rustaude, n'y tient plus, il enfourche Rossinante et s'enfuit à toute allure.

À la mort de son père, Agnès dut établir le programme du service funèbre. Elle souhaitait que la cérémonie se déroulât sans discours, avec pour musique l'*Adagio* de la dixième symphonie de Mahler, que son père aimait particulièrement. Mais cette musique était affreusement triste et Agnès craignait de ne pouvoir retenir ses larmes pendant la cérémonie. Trouvant inadmissible de sangloter publiquement, elle mit sur son électrophone un enregistrement de l'*Adagio* et écouta. Une fois, puis deux, puis trois. La musique évoquait le souvenir de son père et elle pleura. Mais quand l'*Adagio* résonna pour la huitième ou neuvième fois dans la pièce, le pouvoir de la musique s'émoussa et, à la treizième audition, Agnès ne fut pas plus émue que si l'on avait joué devant elle l'hymne national du Paraguay. Grâce à cet entraînement, elle ne pleura pas aux funérailles.

Le sentiment, par définition, surgit en nous à

notre insu et souvent à notre corps défendant. Dès que nous *voulons* l'éprouver (dès que nous *décidons* de l'éprouver, comme Don Quichotte a décidé d'aimer Dulcinée), le sentiment n'est plus sentiment mais imitation de sentiment, son exhibition. Ce qu'on appelle couramment hystérie. C'est pourquoi l'homo sentimentalis (autrement dit, celui qui a érigé le sentiment en valeur) est en réalité identique à l'*homo hystericus*.

Ce qui ne veut pas dire que l'homme qui imite un sentiment ne l'éprouve pas. L'acteur qui joue le rôle du vieux roi Lear ressent sur scène, face aux spectateurs, l'authentique tristesse d'un homme abandonné et trahi, mais cette tristesse s'évapore au moment même où la représentation s'achève. C'est pourquoi l'homo sentimentalis, aussitôt après nous avoir éblouis par ses grands sentiments, nous déconcerte par son inexplicable indifférence.

9

Don Quichotte était puceau. Bettina avait vingt-cinq ans lorsqu'elle sentit pour la première fois la main d'un homme sur son sein, dans la chambre d'hôtel de Teplitz où elle se trouvait seule avec Goethe. Et Goethe, si j'en crois ses biographes, ne connut l'amour physique que pendant son fameux voyage en Italie, alors qu'il était déjà presque quadragénaire. Peu après, à Weimar, il rencontra une ouvrière de vingt-trois ans dont il fit sa première maîtresse permanente. C'était Christiane Vulpius qui, après plusieurs années de vie commune, devint en 1806 son épouse et qui, un jour de la mémorable année 1811, jeta à terre les lunettes de Bettina. Elle était fidèlement dévouée à son mari (elle le protégea de son corps, dit-on, face aux soudards de Napoléon) et certainement excellente amante, comme en témoigne l'enjouement de Goethe qui l'appelait « *mein Bettschatz* », expression que l'on pourrait traduire par « trésor de mon lit ».

Pourtant, dans l'hagiographie de Goethe, Christiane se trouve au-delà de l'amour. Le XIXe siècle (mais aussi le nôtre, dont l'âme reste toujours captive du siècle précédent) a refusé de faire entrer Christiane dans la galerie des amours de Goethe, à côté de Charlotte (celle qui devait servir de modèle à la Lotte de *Werther*), de Frédérique, de Lili, de

Bettina ou d'Ulrike. C'est parce qu'elle était son épouse, direz-vous, et nous avons pris l'habitude de considérer le mariage comme quelque chose d'anti-poétique. Mais je crois que la vraie raison est plus profonde : le public a refusé de voir en Christiane un amour de Goethe tout simplement parce que Goethe couchait avec elle. Car le trésor de l'amour et le trésor du lit apparaissaient comme deux choses incompatibles. Si les écrivains du XIXe siècle aimaient conclure leurs romans par des mariages, ce n'était pas pour protéger l'histoire d'amour d'un ennui matrimonial. Non, c'était pour la protéger du coït.

Les grandes histoires d'amour européennes se déroulent dans un espace extra-coïtal : l'histoire de la princesse de Clèves, celle de Paul et Virginie, le roman de Fromentin dont le héros, Dominique, aime toute sa vie une seule femme qu'il n'embrasse jamais, et bien sûr l'histoire de Werther, et celle de Victoria de Hamsun, et celle de Pierre et Luce, ces personnages de Romain Rolland qui ont fait pleurer en leur temps les lectrices de l'Europe entière. Dans *L'idiot*, Dostoïevski a laissé Nastassia Philippovna coucher avec le premier marchand venu, mais quand il s'est agi de passion véritable, c'est-à-dire quand Nastassia s'est trouvée entre le prince Mychkine et Rogojine, leurs sexes se sont dissous dans les trois grands cœurs comme des morceaux de sucre dans trois tasses de thé. L'amour d'Anna Karénine et de Vronski a pris fin avec leur premier acte sexuel, il n'a plus été que sa propre décrépitude et nous ne savons même pas pourquoi : faisaient-ils l'amour si lamentablement ? ou s'aimaient-ils au contraire avec tant de panache que la puissance de la volupté fit naître en eux le sentiment de péché ? Quelle que soit la réponse, nous parvenons toujours à la même conclusion : après l'amour pré-coïtal, il n'y avait plus de grand amour, et il ne pouvait plus y en avoir.

Cela ne signifie nullement que l'amour extra-coïtal fût innocent, angélique, enfantin, pur : au contraire, il recelait tout ce qu'on peut imaginer d'infernal en ce bas monde. Nastassia Philippovna a pu coucher en toute quiétude avec de vulgaires ploutocrates ; mais dès sa rencontre avec Mychkine et Rogojine, dont les sexes, comme je l'ai dit, se sont dissous dans le grand samovar du sentiment, elle entre dans une zone de catastrophes et c'en est fait d'elle. Rappelez-vous aussi cette scène superbe du *Dominique* de Fromentin : les deux amoureux, qui se sont aimés pendant des années sans se toucher, vont faire une promenade à cheval et la tendre, la fine, la délicate Madeleine a la cruauté inattendue de lancer sa monture dans un galop effréné, sachant bien que Dominique est un piètre cavalier et risque fort de se tuer. L'amour extra-coïtal : une marmite sur le feu, dans laquelle le sentiment, parvenu au point d'ébullition, se transforme en passion et fait tressauter le couvercle qui se met à danser comme un fou.

La notion européenne de l'amour s'enracine dans le sol extra-coïtal. Le XXe siècle, qui se vante d'avoir libéré la sexualité et aime se moquer des sentiments romantiques, n'a su donner à la notion d'amour aucun sens nouveau (c'est un des naufrages de ce siècle) de sorte qu'un jeune Européen, lorsqu'il prononce mentalement ce grand mot, se trouve ramené sur les ailes de l'enchantement, qu'il le veuille ou non, au point exact où Werther a vécu son amour pour Lotte et où Dominique a failli tomber de cheval.

10

Il est significatif que Rilke, admirateur de Bettina, ait admiré aussi la Russie, au point de la considérer pendant quelque temps comme sa patrie spirituelle. Car la Russie est, par excellence, le pays de la sentimentalité chrétienne. Elle a été préservée du rationalisme de la scolastique médiévale, elle n'a pas connu de Renaissance. Les Temps modernes, fondés sur la pensée critique cartésienne, l'ont atteinte avec un ou deux siècles de retard. L'homo sentimentalis n'a donc pas trouvé en Russie de contrepoids suffisant et il y est devenu sa propre hyperbole, que l'on appelle communément l'*âme slave*.

La Russie et la France sont deux pôles de l'Europe qui exerceront l'un sur l'autre une éternelle attirance. La France est un vieux pays fatigué où les sentiments ne survivent qu'en tant que formes. Pour conclure une lettre, un Français vous écrit : « Veuillez agréer, cher Monsieur, l'assurance de mes sentiments distingués. » Quand j'ai reçu pour la première fois une telle lettre, signée par une secrétaire des Éditions Gallimard, je vivais encore à Prague. De joie, j'ai sauté au plafond : à Paris, il y a une femme qui m'aime ! Elle a réussi, dans les dernières lignes d'une lettre officielle, à glisser une déclaration d'amour ! Non seulement elle éprouve pour moi des sentiments, mais elle souligne expressément qu'ils sont distingués ! Jamais une Tchèque ne m'a rien dit de pareil !

Bien plus tard, quand je me suis installé à Paris, on m'a expliqué que la pratique épistolaire offre tout un éventail sémantique de formules de politesse ; elles permettent à un Français de choisir, avec une précision de pharmacien, le sentiment qu'il veut, sans l'éprouver, exprimer au destinataire ; dans ce très large choix, les « sentiments distingués » représentent le plus bas degré de la politesse administrative, confinant presque au mépris.

Ô France ! Tu es le pays de la Forme, comme la Russie est le pays du Sentiment ! C'est pourquoi un Français, perpétuellement frustré de ne sentir aucune flamme brûler dans sa poitrine, contemple avec envie et nostalgie le pays de Dostoïevski, où les hommes tendent aux autres hommes des lèvres fraternelles, prêts à égorger quiconque refusera de les embrasser. (S'ils égorgent, d'ailleurs, il faut aussitôt le leur pardonner, car ils ont agi sous l'emprise de l'amour blessé, et Bettina nous a appris que l'amour disculpe celui qui aime. Cent vingt avocats parisiens, au moins, seraient prêts à louer un train pour Moscou, afin de défendre l'assassin sentimental. Ils ne seront pas poussés par quelque sentiment de compassion (sentiment trop exotique, peu pratiqué dans leur pays), mais par les principes abstraits qui sont leur unique passion. L'assassin russe, qui ne sait rien de tout cela, se précipitera après l'acquittement sur son défenseur français pour le serrer dans ses bras et baiser ses lèvres. Effrayé, le Français reculera, le Russe offensé le poignardera, et toute l'histoire se répétera comme la comptine du chien et du boudin.)

11

Ah, les Russes...

Alors que je vivais encore à Prague, on racontait cette histoire drôle sur l'âme russe. Avec une consternante rapidité, un Tchèque séduit une Russe. Après le coït, elle lui dit avec un infini mépris : « Mon corps, tu l'as eu. Mon âme, tu ne l'auras jamais ! »

Belle anecdote. Bettina a écrit à Goethe cinquante-deux lettres. Le mot âme s'y trouve cinquante fois, le mot cœur cent dix-neuf fois. Il est rare que le mot cœur soit utilisé au sens anatomique littéral (« mon cœur a battu ») ; plus souvent il est employé par synecdoque, pour désigner la poitrine (« je voudrais te serrer sur mon cœur »), mais dans la plupart des cas il signifie la même chose que le mot âme : le *moi sensible*.

Je pense, donc je suis est un propos d'intellectuel qui sous-estime les maux de dents. *Je sens, donc je suis* est une vérité de portée beaucoup plus générale et qui concerne tout être vivant. Mon moi ne se distingue pas essentiellement du vôtre par la pensée. Beaucoup de gens, peu d'idées : nous pensons tous à peu près la même chose en transmettant, en empruntant, en volant nos idées l'un à l'autre. Mais si quelqu'un me marche sur le pied, c'est moi seul qui sens la douleur. Le fondement du moi n'est pas la pensée mais la souffrance, sentiment le plus élémentaire de tous. Dans la souffrance, même un chat ne peut douter de son moi unique et non interchangeable. Quand la souffrance se fait aiguë, le monde s'évanouit et chacun de nous reste seul avec lui-même. La souffrance est la Grande École de l'égocentrisme.

« N'avez-vous pas un profond mépris à mon égard ? » demande Hippolyte au prince Mychkine.

« Pourquoi ? Serait-ce parce que vous avez souffert et souffrez plus que nous ? »

« Non, mais parce que je suis indigne de ma souffrance. »

Je suis indigne de ma souffrance. Grande formule. Elle implique que la souffrance est non seulement le fondement du moi, son unique preuve ontologique indubitable, mais aussi, de tous les sentiments, le plus digne de respect : la valeur des valeurs. C'est pourquoi Mychkine admire toutes les femmes qui souffrent. En voyant pour la première fois la photo de Nastassia Philippovna, il dit : « Cette femme a dû beaucoup souffrir. » Ces mots stipulent d'emblée, avant même que nous puissions la voir en personne, que Nastassia Philippovna se situe au-dessus de tous les autres. « Je ne suis rien, mais vous, vous avez souffert », dit, ensorcelé, Mychkine à Nastassia dans le quinzième chapitre de la première partie, et dès lors il est perdu.

J'ai dit que Mychkine admire toutes les femmes qui souffrent, mais l'inverse n'est pas moins vrai : dès qu'une femme lui plaît, il l'imagine en train de souffrir. Et comme il ne sait pas tenir sa langue, il s'empresse de le lui raconter. C'est là, d'ailleurs, une excellente méthode de séduction (dommage que le prince ne sache pas en tirer meilleur parti), parce que si nous disons à une femme « vous avez beaucoup souffert », c'est comme si nous parlions directement à son âme, comme si nous caressions cette âme et l'exaltions. Toute femme, en pareille circonstance, est prête à nous dire : « Tu n'as pas encore mon corps, mais mon âme est déjà à toi ! »

Sous le regard de Mychkine, l'âme ne cesse de croître, elle ressemble à un gigantesque champignon, aussi haut qu'une maison de cinq étages, elle ressemble à une montgolfière qui à tout moment peut s'envoler dans le ciel avec son équipage. Voilà ce que j'appelle l'*hypertrophie de l'âme*.

12

Quand Goethe a reçu de Bettina le projet de statue, il a senti, si vous vous en souvenez, une larme dans son œil ; il était alors sûr que son for le plus intérieur lui faisait ainsi connaître la vérité : Bettina l'aimait réellement et il était injuste à son égard. Il comprit seulement plus tard que la larme ne lui révélait aucune vérité surprenante sur le dévouement de Bettina, mais tout au plus une banale vérité sur sa vanité propre. Il eut honte de s'être fait avoir par la démagogie de sa larme : en effet, à partir de la cinquantaine, il avait eu de longues expériences avec elle : chaque fois que quelqu'un faisait son éloge, ou quand lui-même sentait une bouffée d'autosatisfaction devant une belle ou bonne action qu'il avait entreprise, il avait les larmes aux yeux. Qu'est-ce qu'une larme ? se demandait souvent Goethe, et jamais il ne trouvait la réponse. Une chose pourtant lui était claire : trop, trop souvent, la larme naissait de l'émotion suscitée chez Goethe par la vue de Goethe.

Une semaine environ après l'horrible mort d'Agnès, Laura rendit visite à Paul, accablé de douleur.

« Paul, dit-elle, nous voilà seuls au monde. »

Paul sentit les larmes lui monter aux yeux et détourna la tête pour dissimuler sa peine.

302

C'est précisément ce mouvement de tête qui incita Laura à lui prendre fermement le bras : « Paul, ne pleure pas ! »

La regardant à travers ses larmes, il constata qu'elle aussi avait les yeux mouillés. Il sourit. « C'est plutôt toi qui pleures, dit-il d'une voix chevrotante.

— Si tu as besoin de quoi que ce soit, Paul, tu sais que je suis ici, que je suis entièrement avec toi. »

Et Paul lui répondit : « Je le sais. »

La larme dans l'œil de Laura était celle de l'émotion que suscitait chez Laura la vue d'une Laura décidée à faire le sacrifice de sa vie, en restant aux côtés du mari de sa sœur disparue.

La larme dans l'œil de Paul était celle de l'émotion que suscitait chez Paul la fidélité d'un Paul incapable de vivre avec une autre femme que l'ombre même de sa compagne disparue, son imitation, sa sœur.

Et puis, un jour, ils s'allongèrent dans un large lit et la larme (la miséricorde de la larme) emporta leur dernier soupçon d'avoir peut-être trahi la morte.

L'art millénaire de l'ambiguïté érotique vint à leur secours : ils étaient couchés l'un à côté de l'autre non pas comme des époux, mais comme frère et sœur. Pour Paul, Laura avait été tabou ; jamais il ne lui avait associé d'image sexuelle, pas même dans les recoins de sa pensée. Il se sentait pour elle comme un frère, désormais chargé de remplacer sa sœur. Ce sentiment, d'abord, lui rendit moralement plus facile d'aller au lit avec elle, puis le remplit d'une excitation tout à fait inconnue : ils savaient tout l'un de l'autre (comme un frère et une sœur) et ce qui les séparait n'était pas l'inconnu, mais l'interdiction ; une interdiction vieille de vingt ans et qui, avec le temps, devenait de plus en plus inviolable. Rien n'était plus proche que le corps de l'autre. Rien n'était plus interdit que le corps de l'autre. Avec une excitante sensation d'inceste (et les larmes aux yeux), il se mit à lui faire l'amour et l'aima sauvagement, comme de sa vie il n'avait aimé personne.

13

Du point de vue de l'architecture, il y a eu des civilisations supérieures à celle de l'Europe, et la tragédie antique restera à jamais indépassable. Mais aucune civilisation n'a réussi à créer à partir des sons ce miracle qu'est l'histoire millénaire de la musique européenne, avec toute sa richesse de formes et de styles ! L'Europe : grande musique et homo sentimentalis. Deux jumeaux couchés côte à côte dans le même berceau.

La musique n'a pas seulement enseigné à l'Européen la sensibilité, mais aussi la faculté de vénérer les sentiments et le moi sensible. Vous connaissez cette situation : sur l'estrade, le violoniste ferme les yeux et, longuement, fait résonner les deux premières notes. À son tour, l'auditeur ferme les yeux et, sentant son âme lui dilater la poitrine, il soupire : « Que c'est beau ! » Pourtant, il a entendu deux simples notes, qui en elles-mêmes ne peuvent contenir aucune pensée du compositeur, aucun dessein créatif, donc aucun art ni aucune beauté. Mais ces notes ont touché le cœur de l'auditeur, imposant silence à sa raison ainsi qu'à son jugement esthétique. Un simple son musical agit sur nous à peu près de la même façon que le regard de Mychkine fixé sur une femme. La musique : une pompe à gonfler l'âme. Les âmes hypertrophiées, transformées en énormes ballons, planent sous le plafond de la salle de concert et s'entrechoquent dans une incroyable bousculade.

Laura aimait sincèrement et profondément la musique ; dans son amour pour Mahler, je perçois une signification précise : Mahler est le dernier grand compositeur qui s'adresse encore naïvement et directement à l'*homo sentimentalis*. Après Mahler, le sentiment en musique devient suspect ; Debussy veut nous charmer, non pas nous émouvoir, et Stravinski a honte des sentiments. Mahler est pour Laura le *dernier compositeur* et quand, de la chambre de Brigitte, elle entend monter les vociférations du rock, son amour blessé pour la musique européenne en train de disparaître sous les coups des guitares électriques la met en fureur ; aussi adresse-t-elle à Paul un ultimatum : soit Mahler, soit le rock ; ce qui veut dire : ou moi, ou Brigitte.

Mais comment choisir entre deux musiques également mal-aimées ? Le rock est pour Paul trop bruyant (comme Goethe, il a l'oreille délicate) et la musique romantique éveille en lui une sensation d'angoisse. Un jour, pendant la guerre, alors qu'autour de lui tout le monde était terrifié par la marche menaçante de l'Histoire, au lieu de tangos et de valses la radio se mit à diffuser les accords en mineur d'une musique triste et solennelle ; dans la mémoire de l'enfant, ces accords en mineur se gravèrent à jamais comme des messagers de catastrophes. Plus tard, il comprit que le pathos de la musique romantique unit toute l'Europe : on l'entend chaque fois qu'un homme d'État est assassiné ou une guerre déclarée, chaque fois qu'il faut farcir de gloire la tête des gens pour qu'ils se laissent tuer plus volontiers. Les nations qui s'entre-déchiraient débordaient d'une émotion fraternellement identique en entendant le vacarme de la *Marche funèbre* de Chopin ou de la *Symphonie héroïque* de Beethoven. Ah, si cela ne tenait qu'à Paul, le monde se passerait bien tant du rock que de Mahler. Mais les deux femmes ne lui laissaient pas d'échappatoire. Elles le forçaient à choisir : entre deux musiques, entre deux femmes. Et il ne savait que faire car, ces femmes, il les aimait l'une et l'autre.

Elles, en revanche, se détestaient. Avec une torturante tristesse, Brigitte regardait le piano blanc qui pendant des années avait servi de vide-poches ; il lui rappelait Agnès qui, par amour pour sa sœur, l'avait suppliée d'apprendre à jouer. À peine Agnès fut-elle morte que le piano revêcut et résonna chaque jour. Par le déchaînement du rock, Brigitte désirait venger sa mère trahie et chasser l'intruse. Quand elle comprit que Laura resterait, c'est elle qui s'en alla. Le rock se tut. Le disque tournait sur la platine, les trombones de Mahler résonnaient dans l'appartement et déchiraient le cœur de Paul effondré par l'absence de Brigitte. Laura prit la tête de Paul et le regarda dans les yeux. « Je voudrais te donner un enfant », dit-elle. Tous deux savaient que depuis longtemps les médecins la mettaient en garde contre une nouvelle grossesse. C'est pourquoi elle ajouta : « Je subirai toutes les opérations nécessaires. »

Vint l'été. Laura ferma la boutique et tous deux partirent pour quinze jours à la mer. Les vagues se brisaient sur le rivage et emplissaient de leur cri la poitrine de Paul. C'était la seule musique qu'il aimât avec passion. Heureux et étonné, il voyait Laura se confondre avec cette musique ; elle était la seule femme dans sa vie qui fût pour lui comme l'océan ; la seule qui fût océan.

14

Romain Rolland, témoin de l'accusation à l'éternel procès intenté à Goethe, se distinguait par deux qualités : c'était un adorateur des femmes (« elle était femme et c'est pourquoi nous l'aimons », dit-il de Bettina) et il avait le désir enthousiaste d'avancer avec le progrès (ce qui signifiait pour lui : avec la Russie communiste et avec la Révolution). Curieusement, cet adorateur de la féminité vouait la même adoration à Beethoven, parce qu'il avait refusé de saluer les femmes. Tel est bien le fond de l'affaire, si nous avons compris ce qui a dû se passer dans la ville d'eaux de Teplitz : Beethoven, le chapeau vissé sur la tête et les mains derrière le dos, marche face à l'impératrice et à sa cour qui ne comprenait certainement pas que des hommes mais aussi des femmes. Ne pas les saluer aurait été une goujaterie sans pareille ! C'est impensable : bien qu'original et bourru, Beethoven ne s'est jamais conduit comme un mufle envers les femmes ! Toute cette anecdote est une sottise flagrante : si elle a pu être accueillie et répandue avec candeur, c'est parce que les gens (et même un romancier, ce qui est une honte !) ont perdu tout sens du réel.

On m'objectera qu'il est abusif d'examiner la vraisemblance d'une anecdote qui, de toute évidence, n'est pas un témoignage, mais une allégorie.

Soit ; considérons donc l'allégorie comme allégorie, oublions les circonstances de sa naissance (elles demeureront toujours obscures), oublions le sens partisan dont tel ou tel a voulu la revêtir, et tentons de saisir sa signification, pour ainsi dire, objective :

Que signifie le chapeau de Beethoven profondément enfoncé sur son front ? Que Beethoven méprise l'aristocratie , parce qu'elle est réactionnaire et injuste, tandis que le chapeau dans l'humble main de Goethe implore le monde de demeurer tel qu'il est ? Oui, telle est l'interprétation communément admise, mais elle est difficile à défendre : comme Goethe, Beethoven fut obligé de négocier avec son époque un modus vivendi pour lui-même et pour sa musique ; aussi dédiait-il ses sonates tantôt à un prince, tantôt à un autre et, pour célébrer les vainqueurs de Napoléon réunis à Vienne, il n'hésita pas à composer une cantate où le chœur criait les mots « Que le monde soit de nouveau tel qu'il était ! » ; il alla jusqu'à écrire une polonaise pour l'impératrice de Russie, comme s'il avait voulu déposer symboliquement la malheureuse Pologne (cette Pologne pour laquelle, une trentaine d'années plus tard, Bettina allait si courageusement se battre) aux pieds de son usurpateur.

Si donc, sur notre tableau allégorique, Beethoven croise un groupe d'aristocrates sans ôter son chapeau, cela ne peut pas signifier que les aristocrates soient de méprisables réactionnaires et lui, un révolutionnaire admirable ; cela signifie que ceux qui *créent* (des statues, des poèmes, des symphonies)

310

méritent plus de respect que ceux qui *gouvernent* (des domestiques, des fonctionnaires ou des peuples). Que la création représente plus que le pouvoir, l'art plus que la politique. Que les œuvres sont immortelles, non les guerres ni les bals des princes.

(D'ailleurs, Goethe devait être du même avis, sauf qu'il estimait inutile de donner à savoir cette désagréable vérité aux maîtres du monde de leur vivant. Il était sûr que dans l'au-delà ils le salueraient les premiers, et cette certitude lui suffisait.)

L'allégorie est claire et pourtant on l'interprète toujours à contresens : ceux qui, devant le tableau allégorique, se hâtent d'applaudir Beethoven, ne comprennent rien à son orgueil ; ce sont le plus souvent des gens obnubilés par la politique, les mêmes qui préfèrent Lénine, Castro, Kennedy ou Mitterrand à Picasso ou Fellini. Romain Rolland lui-même aurait certainement ôté son chapeau beaucoup plus bas que Goethe s'il avait vu, dans l'allée de Teplitz, Staline s'approcher de lui.

15

Le respect de Romain Rolland pour la féminité me paraît un peu bizarre. Lui qui admirait Bettina pour la simple raison qu'elle était femme (« elle était femme et c'est pour cela que nous l'aimons »), n'a rien trouvé d'admirable en Christiane qui, pourtant, à n'en pas douter, était femme aussi ! Il dit de Bettina qu'elle a un « cœur tendre et fou », qu'elle est « folle et sage », « follement vive et rieuse », et encore à plusieurs reprises « folle ». Or nous savons que pour l'homo sentimentalis les mots « fou », « folle », « folie » (qui, en français, ont une résonance plus poétique encore que dans les autres langues !) signifient l'exaltation du sentiment libéré de toute censure (« les délires actifs de la passion », comme dit Eluard) et se prononcent par conséquent avec une admiration émue. De Christiane, en revanche, l'adorateur des femmes et du prolétariat ne parle jamais sans accoler à son nom, contre toutes les règles de la galanterie, les adjectifs « jalouse », « rouge et épaisse », « grasse », « importune », « curieuse » et, à longueur de pages, « grosse ».

Curieusement, l'ami des femmes et du prolétariat, le messager de l'égalité et de la fraternité, ne manifeste aucune émotion à l'idée que Christiane était une ancienne ouvrière et que Goethe avait fait preuve d'un courage hors du commun en vivant ouvertement avec elle, puis en l'épousant. Il avait dû affronter non seulement les calomnies des salons de Weimar, mais aussi la désapprobation de ses amis intellectuels, Herder et Schiller, qui la regardaient de haut. Je ne suis pas surpris d'apprendre que le Weimar des aristocrates ait applaudi au mot de Bettina, qualifiant madame Goethe de grosse saucisse. Mais je suis surpris de voir applaudir l'ami des femmes et de la classe ouvrière. Comment a-t-il pu se sentir si proche de la jeune patricienne, qui devant une femme simple exhibait malicieusement sa culture ? Et comment se fait-il que Christiane, qui buvait, dansait, grossissait allégrement sans se soucier de sa ligne, n'ait jamais eu droit au divin qualificatif de « folle » et n'ait été, pour l'ami du prolétariat, qu'une « importune » ?

Comment se fait-il que l'ami du prolétariat n'ait pas eu l'idée de transformer la scène des lunettes cassées en un tableau allégorique où une femme du peuple inflige une juste punition à l'arrogante intellectuelle, et où Goethe, prenant la défense de son épouse, fonce, tête droite (et sans chapeau !), sur l'armée de la noblesse et de ses détestables préjugés ?

Bien sûr, une telle allégorie n'eût pas été moins sotte que la précédente. Néanmoins, la question demeure : pourquoi l'ami du prolétariat et des femmes a-t-il préféré une sottise allégorique à une autre ? Pourquoi a-t-il préféré Bettina à Christiane ?

Cette question mène au cœur de la chose.

Le chapitre suivant fournira la réponse :

16

Goethe exhortait Bettina (dans une lettre non datée) à « sortir d'elle-même ». Aujourd'hui, nous dirions qu'il lui reprochait son égocentrisme. Mais en avait-il le droit ? Qui avait pris fait et cause pour les patriotes du Tyrol ? Qui avait défendu la mémoire de Petöfi et la vie du condamné Mieroslawski ? Elle ou lui ? Qui pensait constamment aux autres ? Lequel des deux était prêt au sacrifice ?

Bettina. Sans aucun doute. Mais la remarque de Goethe n'en est pas pour autant invalidée. Car Bettina n'est jamais sortie de son moi. Où qu'elle soit allée, son moi a flotté derrière elle comme un drapeau. Ce qui l'a incitée à prendre fait et cause pour les montagnards du Tyrol, ce ne sont pas les montagnards, mais la captivante image de Bettina passionnée pour la lutte des montagnards du Tyrol. Ce qui l'a incitée à aimer Goethe, ce n'est pas Goethe, mais la séduisante image de l'enfant Bettina amoureuse du vieux poète.

Souvenons-nous de son geste, que j'ai appelé geste du désir d'immortalité : elle a d'abord posé les doigts sur un point situé entre ses deux seins, comme pour indiquer le centre même de ce qu'on dénomme le moi. Puis elle a lancé ses mains en avant, comme pour projeter ce moi très loin, par-delà l'horizon, vers l'immensité. Le geste du désir d'immortalité ne connaît que deux points de repère : le moi, ici, et l'horizon là-bas, au loin ; et deux notions seulement : l'absolu qu'est le moi et l'absolu du monde. Ce geste n'a donc rien de commun avec l'amour, puisque l'autre, le prochain, tout homme qui se trouve entre ces deux pôles extrêmes (le monde et le moi), est exclu d'avance du jeu, omis, non vu.

Le garçon qui s'inscrit à vingt ans au parti communiste ou qui, fusil au poing, s'en va rejoindre la guérilla dans les montagnes, est fasciné par sa propre image de révolutionnaire : c'est elle qui le distingue de tous les autres, c'est elle qui le fait devenir lui-même. À l'origine de sa lutte se trouve un amour exacerbé et insatisfait de son moi, auquel il désire donner des contours bien nets, avant de l'envoyer (en accomplissant le geste du désir d'immortalité, tel que je l'ai décrit) sur la grande scène de l'Histoire où convergent des milliers de regards ; et nous savons, par l'exemple de Mychkine et de Nastassia Philippovna, que sous les regards intensément braqués sur elle l'âme ne cesse de croître, d'enfler, de prendre du volume, pour s'envoler enfin vers le firmament comme un aérostat magnifiquement illuminé.

Ce qui incite les gens à lever le poing, à saisir un fusil, à défendre ensemble de justes ou d'injustes causes, ce n'est pas la raison, mais l'âme hypertrophiée. C'est elle, le carburant sans lequel le moteur de l'Histoire n'aurait pu tourner et faute de quoi l'Europe serait restée couchée sur la pelouse, à regarder paresseusement les nuages qui flottent au ciel.

Christiane ne souffrait d'aucune hypertrophie de l'âme et ne désirait nullement s'exhiber sur la grande scène de l'Histoire. Je la soupçonne d'avoir préféré s'allonger sur la pelouse, pour regarder les nuages flotter dans le ciel. (Je la soupçonne même d'avoir, en de tels moments, été heureuse ; idée déplaisante pour l'homme à l'âme hypertrophiée qui, consumé par les flammes de son moi, n'est jamais heureux.) Romain Rolland, l'ami du progrès et des larmes, n'a donc pas hésité un seul instant lorsque, entre Christiane et Bettina, il lui a fallu choisir.

17

En se promenant sur les sentiers de l'au-delà, Hemingway aperçut au loin un jeune homme qui venait à sa rencontre ; il était élégamment vêtu et se tenait très droit. À mesure que cet élégant se rapprochait, Hemingway pouvait distinguer sur ses lèvres un sourire léger et espiègle. Lorsqu'il ne fut plus qu'à quelques pas, le jeune homme ralentit l'allure, comme pour donner à Hemingway une dernière chance de le reconnaître.

« Johann ! » s'écria Hemingway, étonné.

Goethe sourit avec satisfaction, fier de son excellent effet scénique. N'oublions pas que, ayant longtemps dirigé un théâtre, il savait ménager ses effets. Puis il prit son ami par le bras (intéressant : bien que plus jeune en ce moment, il continuait de se comporter envers Hemingway avec l'aimable indulgence d'un aîné) et l'entraîna dans une longue promenade.

« Johann, dit Hemingway, vous êtes aujourd'hui beau comme un dieu ! » La beauté de son ami lui faisait sincèrement plaisir et il eut un rire heureux : « Mais que sont devenues vos pantoufles ? Et votre visière verte, où est-elle passée ? » Et quand il cessa de rire : « Voilà comment vous devriez vous présenter à l'éternel procès. Écraser les juges non pas sous vos arguments, mais par votre beauté !

— Vous savez qu'à l'éternel procès, je n'ai jamais dit un seul mot. C'était par mépris. Mais je n'ai pu m'empêcher d'y aller et de les écouter. Je le regrette.

— Que voulez-vous ? On vous a condamné à l'immortalité pour vous punir d'avoir écrit des livres. Vous me l'avez expliqué vous-même. »

Goethe haussa les épaules et dit avec un certain orgueil : « En un sens, il se peut que nos livres soient immortels. Peut-être. » Après une pause, il ajouta à mi-voix, d'un ton grave : « Mais pas nous.

— Au contraire ! protesta Hemingway avec amertume. Nos livres, il est probable qu'on cessera bientôt de les lire. De votre *Faust* ne restera qu'un opéra bébête de Gounod. Et aussi, peut-être, ce vers où il est question de l'éternel féminin qui nous entraîne quelque part...

— " Das Ewigweibliche zieht uns hinan ", récita Goethe.

— C'est ça. Mais sur les moindres détails de votre vie, les hommes ne cesseront jamais leur bavardage.

— Vous n'avez toujours pas compris que les personnages dont ils parlent n'ont rien à voir avec nous ?

— N'allez pas prétendre, Johann, qu'il n'y a aucun rapport entre vous et le Goethe dont tout le monde parle, et sur qui tout le monde écrit. J'admets que vous n'êtes pas tout à fait identique à l'image qui est restée de vous. J'admets que vous

318

y êtes passablement déformé. Mais, pourtant, vous y êtes présent.

— Non, je ne suis pas présent en cette image, dit Goethe avec beaucoup de fermeté. Et je vous dirai encore plus. Dans mes livres non plus, je ne suis pas présent. Celui qui n'est pas ne peut être présent.

— Ce langage est trop philosophique pour moi.

— Oubliez un instant que vous êtes américain et faites travailler votre cerveau : celui qui n'est pas, ne peut être présent. Est-ce si compliqué ? Dès l'instant de ma mort, j'ai abandonné tous les lieux que j'occupais. Même mes livres. Ces livres restent au monde sans moi. Personne ne m'y trouvera plus. Car on ne peut trouver qui n'est pas.

— Je voudrais bien vous croire, reprit Hemingway, mais dites-moi : si votre image n'a rien de commun avec vous, pourquoi lui avez-vous consacré tant de soins de votre vivant ? Pourquoi avez-vous invité Eckermann chez vous ? Pourquoi vous êtes-vous mis à écrire *Poésie et Vérité* ?

— Ernest, résignez-vous à admettre que j'ai été aussi saugrenu que vous. Le souci de sa propre image, voilà l'incorrigible immaturité de l'homme. Il est si difficile de rester indifférent à son image ! Une telle indifférence dépasse les forces humaines. L'homme ne la conquiert qu'après sa mort. Et encore, pas tout de suite. Longtemps après sa mort. Vous n'en êtes pas encore là. Vous n'êtes toujours pas adulte. Et pourtant, vous êtes mort... depuis combien de temps déjà ?

— Vingt-sept ans, dit Hemingway.

— C'est bien peu. Il vous faut attendre encore vingt ou trente ans, au moins. Alors seulement vous comprendrez, peut-être, que l'homme est mortel et vous saurez en tirer toutes les conséquences. Impossible d'y parvenir plus tôt. Quelque temps avant ma mort, j'ai prétendu sentir en moi une telle force créatrice que sa totale disparition m'apparaissait impossible. Et je croyais, bien sûr, laisser de moi une image qui serait mon prolongement. Oui, j'ai été comme vous. Même après la mort, il m'a été difficile de me résigner à n'être plus. C'est très bizarre, vous savez. Être mortel est l'expérience humaine la plus élémentaire, et pourtant l'homme n'a jamais été en mesure de l'accepter, de la comprendre, de se comporter en conséquence. L'homme ne sait pas être mortel. Et quand il est mort, il ne sait même pas être mort.

— Et vous, vous croyez que vous savez être mort ? » demanda Hemingway pour atténuer la gravité du moment. « Vous croyez vraiment que la meilleure manière d'être mort soit de perdre votre temps à bavarder avec moi ?

— Ne faites pas l'andouille, Ernest, dit Goethe. Vous savez bien que nous ne sommes en ce moment que la fantaisie frivole d'un romancier qui nous fait dire ce que lui-même veut dire et ce que nous n'aurions probablement jamais dit. Mais passons. Avez-vous remarqué l'aspect que j'ai pris aujourd'hui ?

— Je vous l'ai dit, juste après vous avoir reconnu ! Vous êtes beau comme un dieu !

— Voilà comment j'étais, à l'époque où toute l'Allemagne voyait en moi un implacable séducteur », dit Goethe sur un ton presque solennel. Puis il ajouta, ému : « J'ai voulu que vous gardiez de moi cette image, au cours de vos prochaines années. »

Hemingway le dévisagea avec une soudaine et tendre indulgence : « Et vous, Johann, quel est votre âge *post mortem* ?

— Cent cinquante-six ans, répondit Goethe avec une certaine pudeur.

— Et vous n'avez toujours pas appris à être mort ? »

Goethe sourit : « Je sais, Ernest. J'agis un peu en contradiction avec ce que je viens de vous dire. Si je me suis laissé aller à cette vanité enfantine, c'est parce que nous nous voyons aujourd'hui pour la dernière fois. » Puis, lentement, en homme qui désormais ne fera plus aucune déclaration, il prononça ces mots : « Car j'ai compris, une fois pour toutes, que l'éternel procès est une connerie. J'ai décidé de profiter enfin de mon état de mort pour, si vous me passez cette expression inexacte, aller dormir. Pour savourer la volupté du non-être total, dont mon grand ennemi Novalis disait qu'il a une couleur bleutée. »

CINQUIÈME PARTIE

LE HASARD

1

Après le déjeuner, elle remonta dans sa chambre. C'était un dimanche, l'hôtel n'attendait aucun nouveau client, personne ne la pressait de vider les lieux ; le grand lit était resté défait, tel qu'elle l'avait laissé le matin. Ce spectacle la remplit de félicité : elle avait passé là deux nuits toute seule, sans entendre d'autre bruit que sa propre respiration, couchée de biais d'un angle à l'autre, comme si elle avait voulu étreindre toute cette surface rectangulaire qui n'appartenait qu'à son corps et à son sommeil.

Dans la valise ouverte sur la table, tout était déjà en place : sur la jupe pliée reposaient, en édition brochée, les poèmes de Rimbaud. Elle les avait emportés parce que au cours des dernières semaines elle avait beaucoup pensé à Paul. Avant que Brigitte ne vînt au monde, elle montait souvent derrière lui sur une grosse motocyclette et ils parcouraient toute la France. Dans son souvenir, cette période et cette moto se confondaient avec Rimbaud : c'était leur poète.

Ces poèmes à demi oubliés, elle les avait pris comme elle eût pris un vieux journal intime, curieuse de voir si les annotations jaunies par le temps lui paraîtraient émouvantes, ridicules, fascinantes ou sans aucune importance. Les vers étaient toujours aussi beaux, mais sur un point ils la surprirent : ils n'avaient rien à voir avec la grande moto qu'elle chevauchait jadis avec Paul. Le monde de la poésie de Rimbaud était bien plus proche des contemporains de Goethe que des contemporains de Brigitte. Rimbaud, qui avait enjoint au monde entier d'être absolument moderne, était un poète de la nature, un vagabond, ses poèmes contenaient des mots que l'homme d'aujourd'hui a oubliés ou qui ne lui procurent plus aucun plaisir : grillons, ormeaux, cresson, noisetiers, tilleuls, bruyère, chêne, chers corbeaux délicieux, excréments chauds de vieux colombiers ; et des chemins, des chemins surtout : *Par les soirs bleus d'été, j'irai dans les sentiers, picoté par les blés, fouler l'herbe menue... Je ne parlerai pas, je ne penserai rien... et j'irai loin, bien loin, comme un bohémien, par la Nature, — heureux comme avec une femme...*

Elle ferma la valise. Puis elle sortit dans le couloir, descendit en courant devant l'hôtel, jeta la valise sur le siège arrière et s'assit au volant.

2

Il était deux heures et demie et il lui fallait partir sans délai, car elle n'aimait pas conduire la nuit. Mais elle ne se décidait pas à tourner la clef de contact. Tel un amant qui n'a pas eu le temps d'exprimer ce qu'il a dans le cœur, le paysage autour d'elle l'empêchait de s'en aller. Elle descendit de voiture. Les montagnes l'encerclaient ; celles de gauche étaient illuminées de couleurs vives et la blancheur des glaciers étincelait au-dessus de leurs verts contours ; celles de droite s'enveloppaient dans un brouillard jaunâtre qui ne laissait apparaître que leur silhouette. C'étaient deux éclairages entièrement différents ; deux mondes différents. Elle tourna la tête de gauche à droite, de droite à gauche et décida de faire une dernière promenade. Et elle prit un chemin qui s'élevant progressivement entre les prés conduisait vers les forêts.

Son voyage avec Paul dans les Alpes, sur la grosse motocyclette, remontait à presque vingt-cinq ans déjà. Paul aimait la mer, les montagnes ne le touchaient pas. Elle voulait lui faire aimer son monde ; elle voulait qu'il s'extasiât devant les arbres et les prés. La moto était arrêtée sur le bord de la route, et Paul disait :

« Un pré n'est rien d'autre qu'un champ de souffrance. Dans cette belle verdure, un être meurt à chaque seconde, les fourmis dévorent vivants les vers de terre, les oiseaux sont à l'affût en plein ciel, guettant une belette ou un rat. Tu vois ce chat noir, immobile entre les herbes ? Il n'attend qu'une occasion de tuer. Je trouve répugnant le respect ingénu qu'on porte à la nature. Crois-tu que, dans les mâchoires d'un tigre, une biche soit moins épouvantée que tu ne le serais toi-même ? Si les gens racontent qu'un animal ne peut souffrir autant qu'un homme, c'est parce qu'ils ne pourraient supporter l'idée de vivre au milieu d'une nature qui n'est qu'atrocité, rien qu'atrocité. »

Paul était heureux de voir l'homme recouvrir peu à peu toute la terre de béton. Pour lui, c'était comme si l'on avait emmuré vive une féroce meurtrière. Agnès le comprenait trop bien pour s'offusquer de ce dégoût de la nature, motivé, pour ainsi dire, par sa bonté et son sens de la justice.

Mais peut-être était-ce plutôt la jalousie assez banale d'un mari s'efforçant d'arracher une fois pour toutes l'épouse au père. Car c'est de son père qu'Agnès tenait l'amour de la nature. En sa compagnie, elle avait parcouru des kilomètres et des kilomètres de chemins, en s'émerveillant du silence des bois.

Un jour, des amis l'avaient promenée en voiture dans la nature américaine. C'était un royaume d'arbres, infini et inaccessible, entrecoupé de longues routes. Le silence de ces forêts lui avait paru aussi hostile et étranger que le vacarme de New York. Dans les bois qu'aime Agnès, les chemins se ramifient en petits chemins, puis en sentiers ; sur les sentiers vont les forestiers. Le long des chemins il y a des bancs, d'où l'on voit le paysage, plein de moutons et de vaches qui broutent. C'est l'Europe, c'est le cœur de l'Europe, les Alpes.

3

Depuis huit jours, j'avais déchiré mes bottines
Aux cailloux des chemins...

écrit Rimbaud.

Chemin : bande de terre sur laquelle on marche
à pied. La route se distingue du chemin non
seulement parce qu'on la parcourt en voiture, mais
en ce qu'elle est une simple ligne reliant un point à
un autre. La route n'a par elle-même aucun sens ;
seuls en ont un les deux points qu'elle relie. Le
chemin est un hommage à l'espace. Chaque tronçon
du chemin est en lui-même doté d'un sens et nous
invite à la halte. La route est une triomphale
dévalorisation de l'espace, qui aujourd'hui n'est plus
rien d'autre qu'une entrave aux mouvements de
l'homme, une perte de temps.

Avant même de disparaître du paysage, les
chemins ont disparu de l'âme humaine : l'homme
n'a plus le désir de cheminer et d'en tirer une
jouissance. Sa vie non plus, il ne la voit pas comme
un chemin, mais comme une route : comme une
ligne menant d'un point à un autre, du grade de
capitaine au grade de général, du statut d'épouse au
statut de veuve. Le temps de vivre s'est réduit à un
simple obstacle qu'il faut surmonter à une vitesse
toujours croissante.

Le chemin et la route impliquent aussi deux notions de la beauté. Quand Paul déclare qu'il y a un beau paysage à tel endroit, cela veut dire : si tu arrêtes là ta voiture, tu verras un beau château du XVIIe siècle flanqué d'un parc ; ou bien : il y a là un lac, et des cygnes nageant sur sa surface miroitante qui se perd dans le lointain.

Dans le monde des routes, un beau paysage signifie : un îlot de beauté, relié par une longue ligne à d'autres îlots de beauté.

Dans le monde des chemins, la beauté est continue et toujours changeante ; à chaque pas, elle nous dit « Arrête-toi ! ».

Le monde des chemins était le monde du père. Le monde des routes était le monde du mari. Et l'histoire d'Agnès s'achève en boucle : du monde des chemins au monde des routes, et maintenant à nouveau au point de départ. Car Agnès s'installe en Suisse. Sa décision est désormais prise, et c'est pourquoi depuis deux semaies elle se sent si continûment, si follement heureuse.

4

L'après-midi était déjà fort avancé lorsqu'elle revint à sa voiture. Au moment précis où elle glissait la clef dans la serrure, le professeur Avenarius, en slip de bain, s'approcha du petit bassin où je l'attendais dans l'eau chaude, fouetté par les violents remous qui jaillissaient des parois immergées.

C'est ainsi que les événements se synchronisent. Chaque fois qu'une chose se passe à l'endroit Z, une autre se produit aussi aux endroits A, B, C, D, E. « Et au moment précis où... » est une des formules magiques que l'on trouve dans tous les romans, une formule qui nous ensorcelle à la lecture des *Trois Mousquetaires*, le roman préféré du professeur Avenarius, auquel je dis en guise de salut : « En ce moment précis, tandis que tu entres dans le bassin, l'héroïne de mon roman a enfin tourné la clef de contact et prend la route de Paris.

— Merveilleuse coïncidence, dit le professeur Avenarius avec une visible satisfaction, et il se plongea dans l'eau.

— Évidemment, il se produit dans le monde, à chaque seconde, des milliards de coïncidences de ce genre. Je rêve d'écrire là-dessus un grand livre : une Théorie du hasard. Première partie : le hasard régissant les coïncidences. La classification de divers types de coïncidences. Par exemple : " au moment précis où le professeur Avenarius entra dans le bassin pour exposer son dos aux remous, dans le jardin public de Chicago une feuille morte tomba d'un châtaignier ". Voilà une coïncidence d'événements, mais elle n'a aucun sens. Dans ma classification, je l'appelle *coïncidence muette*. Mais imagine que je dise : " au moment précis où la *première* feuille morte tombait dans la ville de Chicago, le professeur Avenarius entrait dans le bassin pour se faire masser le dos ". La phrase devient mélancolique, parce que nous voyons le professeur Avenarius comme un messager de l'automne, et l'eau dans laquelle il se trempe nous apparaît salée de larmes. La coïncidence a insufflé à l'événement une signification imprévue, c'est pourquoi je l'appelle *coïncidence poétique*. Mais je peux dire aussi, comme je l'ai fait en t'apercevant : " le professeur Avenarius plongea dans le bassin au moment précis où Agnès, quelque part dans les Alpes, mettait sa voiture en route ". Cette coïncidence-là ne peut être dite poétique, parce qu'elle ne donne aucun sens particulier à ton entrée dans le bassin, mais c'est une coïncidence très précieuse quand même, que j'appelle *contrapuntique*. C'est comme si deux mélodies s'unissaient en une même composition. Je connais cela depuis l'enfance. Un garçon chantait une chansonnette, un autre une autre chansonnette, et elles s'accordaient toutes les deux ! Mais il y a encore un autre type de coïncidence : " le professeur Avenarius s'engouffra dans le métro à Montparnasse au moment précis où s'y trouvait une belle dame portant une tirelire rouge ". Nous avons là une coïncidence *génératrice d'histoire*, particulièrement chère aux romanciers. »

Je marquai alors une pause, espérant l'inciter à m'en dire davantage sur la rencontre dans le métro ; mais il se contenta d'onduler du dos, pour bien exposer son lumbago au massage de l'eau pulsée, et fit mine de n'être en rien concerné par le dernier exemple que j'avais pris.

« Je ne peux me défaire de l'idée, dit-il, que dans la vie humaine la coïncidence n'est pas régie par le calcul des probabilités. Je veux dire par là que nous sommes souvent confrontés à des hasards si improbables qu'ils n'ont aucune justification mathématique. Récemment, alors que je marchais dans Paris, dans une rue insignifiante d'un quartier insignifiant, je suis tombé sur une femme de Hambourg que je voyais presque tous les jours il y a vingt-cinq ans, et qu'ensuite j'avais complètement perdue de vue. Je suivais cette rue-là parce que, par erreur, j'étais descendu du métro une station avant la mienne. Quant à la femme, elle était venue passer trois jours à Paris et s'était égarée. Il y avait une probabilité de un sur un milliard que nous nous rencontrions !

— Quelle méthode adoptes-tu, pour calculer la probabilité des rencontres humaines ?

— Connaîtrais-tu une méthode ?

— Non. Et je le regrette, répondis-je. C'est curieux, mais la vie humaine n'a jamais été soumise à une enquête mathématique. Prenons pour exemple le temps. Je rêve de faire cette expérience : appliquer des électrodes sur la tête d'un homme et calculer quel pourcentage de sa vie il consacre au présent, quel pourcentage aux souvenirs, quel pourcentage au futur. Nous pourrions découvrir ainsi ce qu'est l'homme dans son rapport au temps. Ce qu'est le temps humain. Et nous pourrions définir à coup sûr trois types humains fondamentaux, selon l'aspect du temps qui serait dominant pour chacun. J'en reviens aux hasards. Que peut-on dire de sérieux sur les hasards de la vie, sans une recherche mathématique ? Seulement voilà, il n'y a pas de mathématique existentielle.

— Mathématique existentielle. Excellente trouvaille », dit Avenarius perdu dans sa méditation. Puis il dit : « De toute façon, qu'elle ait eu une chance sur un million ou sur un billion de se produire, la rencontre était parfaitement improbable, et cette improbabilité même fait tout son prix. Car la mathématique existentielle, qui n'existe pas, poserait à peu près cette équation : la valeur d'un hasard est égale à son degré d'improbabilité.

— Rencontrer inopinément, en plein Paris, une belle femme qu'on n'a pas vue depuis des années... dis-je d'un air rêveur.

— Je me demande sur quoi tu te fondes pour décréter qu'elle était belle. Elle tenait les vestiaires dans une brasserie qu'en ce temps-là je fréquentais tous les jours, et elle était venue à Paris avec un groupe de retraités pour une excursion de trois jours. En nous reconnaissant, nous nous sommes dévisagés avec embarras. Et même avec un certain désespoir, le même qu'éprouverait un jeune cul-de-jatte en gagnant une bicyclette à la tombola. Nous avions l'impression, tous les deux, d'avoir reçu en cadeau une coïncidence fort précieuse mais parfaitement inutilisable. Quelqu'un semblait s'être moqué de nous et nous avons eu honte l'un devant l'autre.

— Ce type de coïncidence, on pourrait le qualifier de *morbide*, dis-je. Mais je me pose en vain la question : dans quelle catégorie classer le hasard à la suite duquel Bernard Bertrand a reçu son diplôme d'âne intégral ? »

Avenarius répondit de son air le plus autoritaire : « Si Bernard Bertrand a été promu âne intégral, c'est parce qu'il est un âne intégral. Le hasard n'a rien à voir en l'occurrence. Il y avait là une absolue nécessité. Même les lois d'airain de l'Histoire dont parle Marx ne s'imposent pas avec plus de nécessité que ce diplôme. »

Et comme si ma question l'avait agacé, il redressa dans l'eau toute sa menaçante stature. Je me redressai aussi et nous allâmes nous asseoir au bar, de l'autre côté de la salle.

5

Nous avions commandé deux verres de vin et avalé une première gorgée. Avenarius reprit : « Tu sais bien, pourtant, que chacun de mes actes est un acte de guerre contre Diabolum.

— Bien sûr que je le sais, répondis-je. D'où ma question : pourquoi t'acharner contre Bernard Bertrand précisément ?

— Tu n'y comprends rien », dit Avenarius, apparemment las de voir que je ne saisissais toujours pas ce qu'il m'avait maintes fois expliqué. « Contre Diabolum, il n'existe aucune lutte efficace ni rationnelle. Marx a essayé, tous les révolutionnaires ont essayé, et en fin de compte Diabolum s'est approprié toutes les organisations initialement destinées à l'anéantir. Tout mon passé de révolutionnaire a abouti à une désillusion et aujourd'hui seule m'importe cette question : que peut encore faire celui qui a compris l'impossibilité de toute lutte organisée, rationnelle et efficace contre Diabolum ? Il n'a que deux solutions : ou bien il se résigne et cesse alors d'être lui-même, ou bien il continue de cultiver son intime besoin de révolte, et le manifeste de temps à autre. Non pour changer le monde, comme Marx le souhaitait jadis, à juste titre et vainement, mais poussé par un intime impératif moral. J'ai souvent pensé à toi ces derniers temps. Il est important pour toi aussi d'exprimer une révolte, pas seulement par des romans qui ne peuvent t'apporter aucune satisfaction, mais par l'action ! Je veux qu'aujourd'hui tu me rejoignes enfin !

— Mais je ne comprends toujours pas, répondis-je, pourquoi un intime impératif moral t'a poussé à attaquer un malheureux présentateur de radio. Quelles raisons objectives t'y ont conduit ? Pourquoi l'as-tu pris, lui plutôt qu'un autre, comme symbole de l'ânerie ?

— Je t'interdis d'employer ce stupide mot de symbole ! dit Avenarius en haussant le ton. Voilà bien la mentalité des organisations terroristes ! Voilà la mentalité des politiciens d'aujourd'hui qui ne sont que des jongleurs de symboles ! Je méprise tout autant ceux qui accrochent un drapeau à leur fenêtre que ceux qui le brûlent sur les places. Bernard, à mes yeux, n'a rien d'un symbole. Rien n'est pour moi plus concret que lui ! Je l'entends parler tous les matins ! C'est son discours qui inaugure ma journée ! Il me tape sur les nerfs avec sa voix efféminée, son affectation et ses plaisanteries idiotes ! Tout ce qu'il raconte me paraît insupportable ! Des raisons objectives ? Je ne sais pas ce que cela veut dire ! Je l'ai promu âne intégral, inspiré par ma liberté personnelle la plus extravagante, la plus malveillante, la plus capricieuse !

— Voilà ce que je voulais t'entendre dire. Tu n'as pas agi en Dieu de la nécessité, mais en Dieu du hasard.

— Hasard ou nécessité, il me plaît de paraître

338

Dieu à tes yeux, répondit Avenarius d'une voix radoucie. Mais je ne comprends pas pourquoi mon choix t'étonne tellement. Un type qui plaisante bêtement avec ses auditeurs et qui mène campagne contre l'euthanasie est incontestablement un âne intégral, et je ne vois vraiment pas qui pourrait me contredire. »

Les derniers mots d'Avenarius m'avaient pétrifié : « Tu confonds Bernard Bertrand avec Bertrand Bertrand !

— Je pense au Bernard Bertrand qui parle à la radio et qui lutte contre le suicide et la bière !

— Mais ce sont deux personnes différentes ! Le père et le fils ! Comment as-tu pu confondre en une seule personne un rédacteur de radio et un député ? Ton erreur est le parfait exemple de ce que nous appelions tout à l'heure une coïncidence morbide. »

Avenarius fut un instant dans l'embarras. Mais il ne tarda pas à se reprendre et dit : « Je crains que tu ne t'embrouilles toi-même dans ta théorie de la coïncidence. Mon erreur n'a rien de morbide. De toute évidence, elle ressemble au contraire à ce que tu appelais coïncidence poétique. Le père et le fils sont devenus un âne à deux têtes. Même la vieille mythologie grecque n'a pas inventé d'animal aussi splendide ! »

Après avoir vidé nos verres, nous allâmes nous rhabiller dans les vestiaires, d'où je téléphonai au restaurant pour réserver une table.

6

Le professeur Avenarius était en train d'enfiler une chaussette quand Agnès se remémora cette phrase : « Une femme préfère toujours son enfant à son mari. » Agnès avait entendu sa mère le lui dire (dans des circonstances oubliées depuis) alors qu'elle avait douze, treize ans. Le sens de cette phrase ne s'éclaire que si nous lui consacrons un moment de réflexion : dire que nous aimons A plus que B, ce n'est pas comparer deux niveaux d'amour, cela veut dire que B n'est pas aimé. Car si nous aimons quelqu'un, nous ne pouvons le comparer. L'aimé est incomparable. Même dans le cas où nous aimons à la fois A et B, il nous est impossible de les comparer, sinon nous cessons aussitôt d'aimer l'un des deux. Et si nous déclarons publiquement préférer l'un à l'autre, il ne s'agit pas pour nous d'avouer à tout le monde notre amour pour A (car il nous suffirait alors de dire « j'aime A ! »), il s'agit de faire comprendre, avec discrétion mais clarté, que B nous est totalement indifférent.

La petite Agnès était bien sûr incapable d'une telle analyse. Sa mère comptait certainement là-dessus ; elle éprouvait le besoin de se confier, mais voulait éviter en même temps de se faire pleinement comprendre. Or, bien qu'incapable de tout saisir, l'enfant devina que la remarque était défavorable à son père. À son père qu'elle aimait ! Aussi ne se sentit-elle nullement flattée d'être l'objet d'une préférence, mais peinée que l'on fît du tort à l'aimé.

La phrase demeura gravée dans sa mémoire ; Agnès essayait d'imaginer ce que signifiait concrètement aimer quelqu'un davantage et l'autre moins ; au lit, elle s'emmitouflait dans sa couverture et voyait cette scène devant ses yeux : son père se tient debout, donnant la main à ses deux filles. En face s'est aligné un peloton d'exécution qui n'attend plus qu'un ordre : en joue ! feu ! La mère est allée implorer la grâce du général ennemi, qui lui a accordé le droit d'épargner deux des trois condamnés. Aussi accourt-elle juste avant que le commandant ne donne l'ordre de tirer, elle arrache ses filles des mains du père et, pleine de hâte épouvantée, les emmène. Entraînée par la mère, Agnès tourne la tête vers son père ; elle se retourne si obstinément, si opiniâtrement, qu'elle sent une crampe à la nuque ; elle voit que son père les suit tristement des yeux, sans la moindre protestation : il est résigné au choix de la mère, sachant que l'amour maternel l'emporte sur l'amour conjugal et que c'est à lui de mourir.

Parfois, elle imaginait le général ennemi autorisant la mère à sauver un seul condamné. Elle ne doutait pas une seconde que la mère ne sauverait Laura. Elle s'imaginait seule à côté du père, face aux fusils des soldats. Elle lui serrait la main. En cet instant, Agnès ne se souciait pas du tout de sa mère ni de sa sœur, elle ne les regardait pas, tout en sachant qu'elles s'éloignaient rapidement et que ni l'une ni l'autre ne se retournait ! Agnès s'emmitouflait dans sa couverture sur le petit lit, des larmes brûlantes lui montaient aux yeux et elle se sentait pleine d'un bonheur indicible, parce qu'elle tenait son père par la main, parce qu'elle était avec lui et qu'ils allaient mourir ensemble.

7

Sans doute Agnès aurait-elle oublié la scène de l'exécution, si la dispute n'avait pas éclaté entre les deux sœurs, le jour où elles aperçurent leur père penché sur un tas de photos déchirées. En regardant Laura crier, elle se rappela que cette même Laura l'avait laissée seule avec le père devant le peloton d'exécution et s'était éloignée *sans se retourner*. Elle comprit soudain que leur désaccord était plus profond qu'elle ne l'avait cru ; c'est pourquoi elle ne refit jamais allusion à cette dispute, comme si elle avait craint de mettre un nom sur ce qui devait rester innommé, de réveiller ce qui devait rester endormi.

Alors, quand sa sœur était partie en pleurant de rage, la laissant seule avec le père, elle éprouva pour la première fois une étrange sensation de fatigue en constatant avec surprise (les constatations les plus banales sont toujours les plus surprenantes) qu'elle aurait la même sœur toute sa vie. Elle pouvait changer d'amis, changer d'amants, elle pouvait divorcer de Paul si elle voulait, mais elle ne pouvait en aucun cas changer de sœur. Dans sa vie, Laura était une constante et c'était d'autant plus fatigant pour Agnès que leurs rapports, depuis le début, ressemblaient à une course-poursuite : Agnès courait devant, sa sœur suivait.

Elle avait parfois l'impression d'être le personnage d'un conte de fées qu'elle connaissait depuis l'enfance : la princesse tente d'échapper, sur un cheval, à un méchant persécuteur ; elle a en main une brosse, un peigne et un ruban. Quand elle jette derrière elle la brosse, une épaisse forêt s'élève entre elle et le méchant. Elle gagne ainsi du temps, mais le méchant reparaît bientôt ; elle jette le peigne, qui se change aussitôt en rochers pointus. Et lorsqu'il est de nouveau sur ses talons, elle dénoue le ruban, qui s'étale comme un large fleuve.

Puis, Agnès n'avait eu en main qu'un dernier objet : les lunettes noires. Elle les avait jetées à terre, et les éclats de verre tranchants la séparaient de son persécuteur.

Mais elle a désormais les mains vides et sait que Laura est la plus forte. Elle est plus forte parce qu'elle a fait de sa faiblesse une arme et une supériorité morale : on est injuste avec elle, son amant l'abandonne, elle souffre, elle tente de se suicider ; tandis qu'Agnès, qui vit un mariage heureux, jette à terre les lunettes de sa sœur, l'humilie et lui ferme sa porte. Oui, depuis l'affaire des lunettes brisées, elles ont passé neuf mois sans se voir. Et Agnès sait que Paul, sans le lui dire, la désapprouve. Il a de la peine pour Laura. La course approche de la fin. Agnès sent le souffle de sa sœur juste derrière elle et se sait battue.

Sa fatigue est de plus en plus grande. Elle n'a plus la moindre envie de courir. Elle n'est pas une athlète. Elle n'a jamais cherché la compétition. Elle n'a pas choisi sa sœur. Elle ne voulait être ni son modèle, ni sa rivale. Dans la vie d'Agnès, cette sœur est aussi fortuite que la forme de ses oreilles. Agnès n'a pas plus choisi sa sœur que la forme de ses oreilles et doit traîner derrière elle, toute sa vie, un non-sens du hasard.

Quand elle était petite, son père lui avait appris à jouer aux échecs. Un des coups du jeu l'avait enchantée, celui que les spécialistes appellent le roque : le joueur déplace deux pièces à la fois : il place la tour à côté de la case du roi et fait passer le roi de l'autre côté de la tour. Cette manœuvre lui plaisait fort : l'ennemi rassemble toutes ses forces pour attaquer le roi et, tout à coup, le roi disparaît sous ses yeux : il déménage. Toute sa vie, Agnès avait rêvé d'un tel coup, et elle en rêvait de plus en plus à mesure qu'augmentait sa fatigue.

8

Depuis que son père était mort en lui laissant de l'argent en Suisse, elle s'y rendait deux ou trois fois par an, toujours dans le même hôtel, et essayait d'imaginer qu'elle resterait dans les Alpes à jamais : pourrait-elle vivre sans Paul et sans Brigitte ? Comment savoir ? La solitude des trois jours qu'elle avait l'habitude de passer à l'hôtel, cette « solitude expérimentale », ne lui apprenait pas grand-chose. « S'en aller ! » résonnait en elle comme la plus belle des tentations. Mais si elle s'en était allée pour de bon, ne l'aurait-elle pas aussitôt regretté ? Il est vrai qu'elle désirait la solitude, mais en même temps elle aimait son mari et sa fille et se faisait du souci pour eux. Elle aurait exigé de leurs nouvelles, elle aurait éprouvé le besoin de savoir s'ils se portaient bien. Mais comment faire pour rester seule, loin d'eux, tout en étant informée de leurs faits et gestes ? Et comment organiser sa nouvelle vie ? Chercher un autre emploi ? Entreprise difficile. Ne rien faire ? Oui, c'était tentant, mais n'aurait-elle pas eu la soudaine impression d'une mise à la retraite ? À la réflexion, son projet de « s'en aller » lui paraissait de plus en plus artificiel, forcé, irréalisable, semblable à l'une de ces illusions utopiques dont on se berce lorsqu'on sait bien au fond de soi qu'on ne peut rien faire et qu'on ne fera rien.

Et puis la solution était un jour venue de l'extérieur, à la fois la plus inattendue et la plus banale. Son employeur avait créé une filiale à Berne et, comme il était notoire qu'Agnès parlait l'allemand aussi bien que le français, on lui avait demandé si elle accepterait de diriger là-bas des travaux de recherche. La sachant mariée, on ne comptait pas trop sur son accord ; elle les surprit tous : elle répondit « oui » sans hésitation ; et elle se surprit elle-même : ce « oui », qu'elle avait prononcé sans réflexion préalable, prouvait que son désir n'était pas une comédie qu'elle s'était jouée à elle-même, par coquetterie et sans y croire, mais quelque chose de réel et de sérieux.

Ce désir avait avidement saisi l'occasion de se transformer enfin, de rêve romantique qu'il était, en quelque chose de tout à fait prosaïque : un facteur de promotion professionnelle. En acceptant l'offre qu'on lui faisait, Agnès s'était comportée comme n'importe quelle femme ambitieuse, si bien que nul ne pouvait découvrir ni soupçonner ses véritables motivations personnelles. Dès lors tout fut clair pour elle ; plus besoin de tests ni d'expérimentations, il n'était plus nécessaire d'imaginer « ce qui se passerait s'il arrivait... ». Ce qu'elle désirait était soudain là et elle fut surprise d'en éprouver une joie si pure et sans mélange.

C'était une joie si violente qu'Agnès se sentit honteuse et coupable. Elle ne trouva pas le courage de parler à Paul de sa décision. Aussi se rendit-elle une dernière fois à son hôtel dans les Alpes.

(Désormais, elle aurait un appartement bien à elle : soit aux abords de Berne, soit plus loin, en montagne.) Pendant ces deux jours, elle voulait réfléchir à un moyen de tout dire à Brigitte et à Paul, afin d'apparaître à leurs yeux comme une femme ambitieuse et émancipée, passionnée par son métier et sa réussite, alors qu'elle ne l'avait jamais été.

9

Il faisait déjà nuit ; phares allumés, Agnès franchit la frontière suisse et s'engagea sur l'autoroute française qui lui avait toujours fait peur ; disciplinés, les bons Suisses respectaient les règlements, tandis que les Français manifestaient, par de petits mouvements de tête horizontaux, leur indignation devant quiconque prétendait nier leur droit à la vitesse, et transformaient leurs randonnées en célébration orgiaque des droits de l'homme.

Sentant venir la faim, elle décida qu'elle allait s'arrêter à un restaurant ou à un motel, au bord de l'autoroute, pour dîner. Sur sa gauche, trois grosses motos la doublèrent dans un vacarme d'enfer ; à la lumière des phares, les pilotes apparaissaient dans une tenue semblable au scaphandre des astronautes, ce qui leur donnait l'aspect de créatures extraterrestres et inhumaines.

À ce moment précis, alors qu'un serveur se penchait sur notre table, ramassant nos assiettes à hors-d'œuvre vides, j'étais en train de raconter à Avenarius : « Juste le matin où j'ai commencé à écrire la troisième partie de mon roman, j'ai entendu à la radio une nouvelle que je n'arrive pas à oublier. Une jeune fille est sortie en pleine nuit sur une route, et s'est assise, tournant le dos aux voitures. La tête entre les genoux, elle attendait la mort. Le conducteur de la première voiture a fait un écart à la dernière seconde et s'est tué avec sa femme et ses deux enfants. Une deuxième voiture, elle aussi, a fini dans le fossé. Puis une troisième. La jeune fille n'a rien eu. Elle s'est relevée, est partie, et personne n'a jamais su qui c'était. »

Avenarius dit : « Quelles raisons, à ton avis, peuvent inciter une jeune fille à s'asseoir sur une route en pleine nuit pour se faire écraser ?

— Je n'en sais rien, dis-je. Mais je parie qu'elle avait une raison dérisoire. Ou plutôt une raison qui, de l'extérieur, nous semblerait dérisoire et tout à fait déraisonnable.

— Pourquoi ? » demanda Avenarius.

Je haussai les épaules : « Je ne peux imaginer aucune raison majeure, comme par exemple une maladie incurable ou la mort d'un être cher, pour se suicider d'une façon aussi horrible. En pareil cas, personne ne choisirait cette fin affreuse, entraînant dans la mort d'autres personnes ! Seule une raison dépourvue de raison peut conduire à cette horreur déraisonnable. Dans toutes les langues qui proviennent du latin, le mot raison (*ratio, reason, ragione*) a deux sens : avant de désigner la cause il désigne la faculté de réflexion. Aussi la raison en tant que cause est-elle toujours perçue comme rationnelle. Une raison dont la rationalité n'est pas transparente paraît incapable de causer un effet. Or, en allemand, la raison en tant que cause se dit *Grund*, mot qui n'a rien à voir avec la *ratio* latine et qui désigne d'abord le sol, puis un fondement. Du point de vue de la

350

ratio latine, le comportement de la fille assise sur la route semble absurde, démesuré, sans raison, pourtant il a sa raison, c'est-à-dire son fondement, son Grund. Tout au fond de chacun de nous est inscrit un Grund qui est la cause permanente de nos actes, qui est le sol sur lequel croît notre destin. J'essaye de saisir chez chacun de mes personnages son Grund et je suis de plus en plus convaincu qu'il a le caractère d'une métaphore.

— Ton idée m'échappe, dit Avenarius.

— Dommage, c'est l'idée la plus importante qui me soit jamais venue à l'esprit. »

À cet instant le garçon arriva avec notre plat de canard. Le fumet était délicieux et il nous fit oublier complètement les propos que nous venions de tenir.

Ce n'est qu'au bout d'un moment qu'Avenarius rompit le silence : « Qu'es-tu en train d'écrire, au juste ?

— Ce n'est pas racontable.

— Dommage.

— Pourquoi dommage ? C'est une chance. De nos jours, on se jette sur tout ce qui a pu être écrit pour le transformer en film, en dramatique de télévision ou en bande dessinée. Puisque l'essentiel, dans un roman, est ce qu'on ne peut dire que par un roman, dans toute adaptation ne reste que l'inessentiel. Quiconque est assez fou pour écrire encore des romans aujourd'hui doit, s'il veut assurer leur protection, les écrire de telle manière qu'on ne puisse pas les adapter, autrement dit qu'on ne puisse pas les raconter. »

Il n'était pas de cet avis : « Je peux te raconter avec le plus grand plaisir *Les Trois Mousquetaires* d'Alexandre Dumas, quand tu veux, et de bout en bout !

— Je suis comme toi, j'aime Alexandre Dumas, dis-je. Pourtant, je regrette que presque tous les romans écrits à ce jour soient trop obéissants à la règle de l'unité d'action. Je veux dire qu'ils sont tous fondés sur un seul enchaînement causal d'actions et d'événements. Ces romans ressemblent à une rue étroite, le long de laquelle on pourchasse les personnages à coups de fouet. La tension dramatique, c'est la véritable malédiction du roman parce qu'elle transforme tout, même les plus belles pages, même les scènes et les observations les plus surprenantes, en une simple étape menant au dénouement final, où se concentre le sens de tout ce qui précède. Dévoré par le feu de sa propre tension, le roman se consume comme une botte de paille.

— À t'écouter, dit timidement le professeur Avenarius, je crains que ton roman ne soit ennuyeux.

— Faut-il, alors, trouver ennuyeux tout ce qui n'est pas course frénétique vers le dénouement final ? En dégustant cette exquise cuisse de canard, est-ce que tu t'ennuies ? Te hâtes-tu vers le but ? Au contraire, tu veux que le canard entre en toi le plus lentement possible et que sa saveur s'éternise. Le roman ne doit pas ressembler à une course cycliste, mais à un banquet où l'on passe quantité de plats. J'attends impatiemment la sixième partie. Un nouveau personnage va surgir dans mon roman. Et à la fin de cette sixième partie, il s'en ira comme il était venu, sans laisser de trace. Il n'est la cause de rien et ne produit aucun effet. C'est justement ce qui me plaît. Ce sera un roman dans le roman, et l'histoire érotique la plus triste que j'aie jamais écrite. Même toi, elle t'attristera. »

Avenarius garda un silence embarrassé, puis me demanda gentiment : « Et quel sera le titre de ton roman ?

— L'Insoutenable Légèreté de l'être.

— Mais ce titre est déjà pris.

— Oui, par moi ! Mais à l'époque, je m'étais trompé de titre. Il devrait appartenir au roman que j'écris en ce moment. »

Nous gardâmes le silence, attentifs au seul goût du vin et du canard.

Tout en mâchant, Avenarius déclara : « À mon avis, tu travailles trop. Tu devrais prendre soin de ta santé. »

Je savais bien où Avenarius voulait en venir, mais je fis semblant de rien et savourai mon vin en silence.

10

Après un long moment, Avenarius répéta : « Je crois que tu travailles trop. Tu devrais prendre soin de ta santé.

— J'en prends soin, répondis-je. Je vais régulièrement faire des poids et haltères.

— C'est dangereux. Tu risques une attaque.

— C'est bien ce que je redoute, dis-je, et je me rappelai Robert Musil.

— C'est la course que tu devrais pratiquer. La course nocturne. Je vais te montrer quelque chose », dit-il d'un air mystérieux en déboutonnant sa veste. Fixé autour de sa poitrine et de son imposante bedaine, je vis un curieux système qui rappelait de loin le harnachement d'un cheval. En bas et à droite, la ceinture portait une lanière d'où pendait, menaçant, un grand couteau de cuisine.

Je le félicitai de son équipement, mais pour détourner la conversation d'un sujet que je ne connaissais que trop, je l'orientai sur la seule affaire qui me tenait à cœur et dont j'étais curieux d'apprendre un peu plus : « Quand tu as rencontré Laura dans le couloir du métro, elle t'a reconnu et tu l'as reconnue.

— Oui, dit Avenarius.

— J'aimerais savoir comment vous aviez fait connaissance.

— Tu t'intéresses à des bêtises et les choses sérieuses t'ennuient, dit-il d'un air assez déçu, en reboutonnant sa veste. Tu ressembles à une vieille concierge. »

Je haussai les épaules.

Il poursuivit : « Tout ça n'est pas très intéressant. Avant que je ne remette son diplôme à l'âne intégral, on avait placardé sa photo dans les rues. Voulant le voir en chair et en os, j'étais allé l'attendre dans le hall, au siège de la radio. Quand il est sorti de l'ascenseur, une femme a couru vers lui et l'a embrassé. Par la suite, il m'est arrivé de les suivre, et mon regard a quelquefois croisé celui de la femme, de sorte que ma tête a dû lui sembler familière, alors même qu'elle ne savait pas qui j'étais.

— Elle te plaisait ? »

Avenarius baissa la voix : « Je dois t'avouer que, sans mon intérêt pour elle, je n'aurais peut-être jamais réalisé mon projet de diplôme. Des projets de ce genre, j'en ai des milliers, qui le plus souvent restent à l'état de rêves.

— Oui, je sais, approuvai-je.

— Mais quand un homme s'intéresse à une femme, il fait tout son possible pour entrer, au moins indirectement, en contact avec elle, pour toucher de loin son monde et le mettre en branle.

— Bref, si Bernard est devenu un âne intégral, c'est parce que Laura te plaisait.

— Tu n'as peut-être pas tort », dit Avenarius d'un air pensif et il ajouta : « Il y a quelque chose, chez cette femme, qui fait d'elle une victime désignée.

Voilà précisément ce qui m'attirait vers elle. Quand je l'ai vue entre les bras de deux clochards ivres et puants, j'ai été enthousiasmé ! Quel moment inoubliable !

— Bon, jusqu'ici je connais ton histoire. Mais je voudrais savoir ce qui s'est passé ensuite.

— Elle a un derrière absolument extraordinaire, poursuivit Avenarius sans se soucier de ma demande. Quand elle allait à l'école, ses camarades devaient le lui pincer. J'imagine que chaque fois elle poussait un cri aigu, de sa voix de soprano. Ces cris étaient une délicieuse anticipation de ses jouissances futures.

— Oui, parlons-en. Raconte-moi tout ce qui s'est passé, quand tu l'as entraînée hors du métro comme un sauveur providentiel. »

Avenarius fit semblant de n'avoir rien entendu. « Aux yeux d'un esthète, poursuivit-il, son derrière doit sembler trop volumineux et un peu bas, ce qui est d'autant plus gênant que son âme désire s'envoler vers les hauteurs. Mais dans cette contradiction se résume pour moi toute la condition humaine : la tête est pleine de rêves, et le derrière telle une ancre nous retient au sol. »

Les derniers mots d'Avenarius, Dieu sait pourquoi, avaient une résonance mélancolique, peut-être parce que nos assiettes étaient vides et qu'il ne restait plus de traces de canard. De nouveau, le garçon se penchait pour débarrasser la table. Avenarius leva la tête vers lui : « Auriez-vous un bout de papier ? »

Le garçon lui tendit un ticket de caisse, Avenarius sortit son stylo et traça ce dessin :

Puis il dit : « Voilà Laura : sa tête pleine de rêves regarde vers le ciel. Mais son corps est attiré vers la terre : le derrière et les seins, eux aussi assez lourds, regardent vers le bas. »

« C'est curieux », dis-je, et je traçai un dessin à côté du sien :

« Qui est-ce ? demanda Avenarius.

— Sa sœur Agnès : chez elle, le corps s'élève comme une flamme. Mais la tête reste toujours légèrement baissée : une tête sceptique qui regarde la terre.

— Je préfère Laura », dit Avenarius d'une voix ferme, puis il ajouta : « Mais ce que je préfère à tout, ce sont mes courses nocturnes. Tu aimes l'église de Saint-Germain-des-Prés ? »

Je fis signe que oui.

« Et pourtant, tu ne l'as jamais vraiment vue.

— Je ne te suis pas, dis-je.

— Il y a quelque temps, je descendais la rue de Rennes en direction du boulevard, en comptant le nombre de fois où j'avais le temps de lever les yeux vers Saint-Germain sans être bousculé par un piéton trop pressé, ou renversé par une voiture. Je suis arrivé à un total de sept coups d'œil, qui m'ont valu un bleu au bras gauche, parce qu'un jeune impatient m'a donné un coup de coude. Une huitième occasion m'a été accordée quand je me suis planté, tête en l'air, juste devant l'entrée de l'église. Mais je ne pouvais voir que la façade, dans une perspective de contre-plongée très déformante. De ces regards fugaces ou déformés, est resté dans ma mémoire un signe approximatif qui ressemble aussi peu à l'église que Laura à mon petit dessin fait de deux flèches. L'église Saint-Germain a disparu, et toutes les églises de toutes les villes ont disparu, comme la lune quand elle s'éclipse. En envahissant les rues, les voitures ont réduit les trottoirs, où s'entassent les passants. S'ils veulent se regarder, ils voient les voitures en toile de fond ; s'ils veulent regarder la maison d'en face, ils voient les voitures au premier plan ; il n'existe pas un seul angle d'où l'on ne voie les voitures, au fond, devant, sur les côtés. Leur vacarme omniprésent, tel un acide, dévore tout moment de contemplation. À cause des voitures, l'ancienne beauté des villes est devenue invisible. Je ne suis pas comme ces stupides moralisateurs qui s'indignent devant les dix mille morts annuels sur les routes. Au moins, ça fait baisser le nombre des automobilistes. Mais je m'insurge contre le fait que les voitures ont éclipsé les cathédrales. »

Le professeur Avenarius se tut, puis dit : « Je vais bien prendre un peu de fromage. »

11

Les fromages me firent oublier l'église, et le vin évoqua en moi l'image sensuelle de deux flèches superposées : « Je suis sûr que tu l'as raccompagnée et qu'elle t'a invité à monter dans son appartement. Elle t'a confié qu'elle était la femme la plus malheureuse du monde. Au même moment, son corps fondait sous tes caresses, il était sans défense et ne pouvait plus retenir ni les larmes ni l'urine.

— Ni les larmes ni l'urine ! s'exclama Avenarius. Quelle splendide vision !

— Puis tu lui as fait l'amour, elle te regardait en face et secouait la tête en répétant : ce n'est pas vous que j'aime ! Ce n'est pas vous que j'aime !

— Ce que tu dis là est très excitant, dit Avenarius, mais de qui parles-tu ?

— De Laura ! »

Il m'interrompit : « Il faut absolument que tu prennes de l'exercice. La course nocturne est la seule chose qui puisse te distraire de tes fantaisies érotiques.

— Je suis moins bien armé que toi, dis-je, faisant allusion à son harnachement. Tu sais bien que sans équipement adéquat, il est vain de se lancer dans une pareille entreprise.

— N'aie crainte. L'équipement n'a pas tellement d'importance. Je m'en suis moi-même passé, au début. Tout ça, dit-il en montrant sa poitrine, c'est un raffinement qui m'a demandé bien des années de mise au point, et j'étais moins poussé par un besoin pratique que par un certain désir de perfection, purement esthétique et presque inutile. Pour le moment, tu peux te contenter d'un couteau en poche. Seul importe le respect de cette règle : l'avant droit pour la première voiture, l'avant gauche pour la seconde, l'arrière droit pour la troisième et, pour la quatrième...

— ... l'arrière gauche...

— Erreur ! » dit Avenarius en éclatant de rire, tel un méchant maître d'école que réjouit une bourde de son élève : « Pour la quatrième, tous les quatre ! »

Je ris un moment avec lui et Avenarius continua : « Je sais que depuis quelque temps, les mathématiques t'obsèdent, de sorte que tu devrais apprécier cette régularité géométrique. Je me l'impose comme une règle inconditionnelle dont le sens est double : d'une part, elle entraîne la police sur une fausse piste, puisque l'étrange disposition des pneus crevés, apparemment chargée d'une signification particulière, apparaît comme un message, comme un code que les flics s'efforceront en vain de déchiffrer ; mais surtout : en respectant cette géométrie, nous introduisons dans notre action destructrice un principe de beauté mathématique, et nous nous distinguons radicalement des vandales qui rayent les voitures avec un clou et chient sur le toit. C'est en Allemagne, il y a bien longtemps, que j'ai

361

mis au point les détails de ma méthode, à une époque où je croyais encore possible d'organiser la résistance à Diabolum. Je fréquentais une association d'écologistes. Pour ces gens-là, le mal suprême que provoque Diabolum est la destruction de la nature. Pourquoi pas, même ainsi on peut comprendre Diabolum. J'avais de la sympathie pour les écologistes. Je leur ai proposé de créer des équipes chargées de crever les pneus pendant la nuit. Si mon plan avait été appliqué, je t'assure qu'il n'y aurait plus eu de voitures. Au bout d'un mois, cinq équipes de trois hommes en auraient rendu l'usage impossible dans une ville de taille moyenne ! Je leur ai exposé mon plan jusqu'au dernier détail, tout le monde aurait pu apprendre de moi comment on mène une action subversive, parfaitement efficace, indéchiffrable par la police. Mais ces crétins m'ont pris pour un provocateur ! Ils m'ont sifflé, ils m'ont menacé du poing ! Deux semaines plus tard, ils ont pris leurs grosses motos, leurs petites voitures et sont allés manifester, quelque part dans la forêt, contre la construction d'une centrale nucléaire. Ils ont détruit quantité d'arbres et laissé derrière eux, pendant quatre mois, une puanteur insupportable. Alors j'ai compris que, depuis longtemps déjà, ils faisaient partie intégrante de Diabolum, et c'en est fini de mes efforts pour essayer de transformer le monde. Aujourd'hui, je ne recours plus aux vieilles pratiques révolutionnaires que pour mon plaisir purement égoïste. Courir de nuit par les rues en crevant les pneus, c'est pour l'âme une joie fabuleuse et pour le corps un excellent exercice. Une fois de plus, je te le recommande vivement. Tu dormiras mieux. Et tu ne penseras plus à Laura.

— Une chose m'intrigue. Ta femme croit-elle vraiment que tu sors la nuit pour aller crever des pneus ? Ne soupçonne-t-elle pas que tu cherches, sous ce prétexte, à couvrir des aventures galantes ?

— Tu oublies un détail. Je ronfle. Cela me vaut de dormir dans une chambre à l'écart. Je suis le maître absolu de mes nuits. »

Il souriait et j'avais grande envie d'accepter son invitation et de lui promettre de l'accompagner : d'une part son entreprise me semblait louable, d'autre part je portais beaucoup d'affection à mon ami et voulais lui faire plaisir. Mais sans me laisser le temps d'ouvrir la bouche, il appela bruyamment le serveur et lui demanda l'addition, si bien que la conversation bifurqua vers un autre sujet.

12

Comme elle ne se sentait tentée par aucun des restaurants qu'elle apercevait au bord de l'autoroute, elle les dépassait sans s'arrêter et sa fatigue augmentait avec sa faim. Il était déjà très tard lorsqu'elle freina devant un motel.

Il n'y avait personne dans la salle, sinon une mère et son fils de six ans, qui tantôt venait s'installer à table, tantôt courait en rond tout en poussant des glapissements.

Elle commanda le menu le plus simple et remarqua une figurine posée au milieu de la table. C'était un petit bonhomme en caoutchouc, une figurine publicitaire. Le bonhomme avait le corps grand, les jambes courtes et un nez vert et monstrueux qui lui descendait jusqu'au nombril. Amusant, se dit-elle, et retournant la figurine entre ses mains elle l'observa longuement.

Elle imagina qu'on donnait vie au petit bonhomme. Une fois doté d'une âme, sans doute éprouverait-il une vive douleur si quelqu'un, comme Agnès en ce moment, s'amusait à tordre son nez vert et caoutchouteux. Bientôt naîtrait en lui la peur des hommes, car tout le monde voudrait faire joujou avec ce nez ridicule, et la vie du petit bonhomme ne serait plus que peur et souffrance.

Éprouverait-il un respect sacré pour son Créa-

teur ? Lui saurait-il gré de lui avoir donné la vie ?
Lui adresserait-il des prières ? Un jour, quelqu'un
lui tendrait un miroir, et dès lors il désirerait cacher
son visage dans ses mains, parce qu'il aurait affreusement honte devant les gens. Mais il ne pourrait pas
le cacher parce que son Créateur l'a fabriqué de telle
sorte qu'il ne peut bouger les mains.

Agnès se disait : il est curieux de penser que le
petit bonhomme aurait honte. Est-ce qu'il est responsable de son nez vert ? Ne hausserait-il pas plutôt
les épaules avec indifférence ? Non, il ne hausserait
pas les épaules. Il aurait honte. Quand l'homme
découvre pour la première fois son moi physique, ce
n'est ni l'indifférence ni la colère qu'il ressent
d'abord et surtout, mais la honte : une honte
fondamentale qui avec des hauts et des bas, même
émoussée par le temps, l'accompagnera toute sa vie.

Quand Agnès avait seize ans, des amis de ses
parents l'hébergèrent chez eux ; au milieu de la nuit,
elle eut ses règles et tacha le drap de sang. Au petit
matin, en constatant cela, elle fut prise de panique.
A pas de loup, elle alla dans la salle de bains, puis
frotta le drap avec une serviette trempée dans de
l'eau savonneuse ; non seulement la tache s'agrandit,
mais Agnès salit aussi le matelas ; elle se sentit
mortellement honteuse.

Pourquoi avait-elle honte ? Les femmes n'ont-
elles pas toutes un cycle menstruel ? Agnès avait-elle
inventé les organes féminins ? En était-elle responsable ? Certes non. Mais la responsabilité n'a rien à
voir avec la honte. Si Agnès avait renversé de

l'encre, par exemple, abîmant la nappe et le tapis de ses hôtes, cela aurait été gênant et désagréable, mais elle n'aurait pas eu honte. La honte n'a pas pour fondement une faute que nous aurions commise, mais l'humiliation que nous éprouvons à être ce que nous sommes sans l'avoir choisi, et la sensation insupportable que cette humiliation est visible de partout.

Rien d'étonnant si le bonhomme au long nez vert a honte de son visage. Mais que dire alors du père d'Agnès ? Lui, pourtant, il était beau !

Oui, il l'était. Mais qu'est-ce que la beauté, d'un point de vue mathématique ? Il y a beauté quand un exemplaire est aussi ressemblant que possible au prototype originel. Imaginons qu'on ait mis dans l'ordinateur les dimensions minimale et maximale de toutes les parties du corps : entre trois et sept centimètres pour la longueur du nez, entre trois et huit pour la hauteur du front, et ainsi de suite. Est laid l'homme dont le front mesure six centimètres et le nez trois seulement. Laideur : poésie capricieuse du hasard. Chez un bel homme, le jeu des hasards a choisi une moyenne de toutes les mesures. Beauté : prosaïsme du juste milieu. Dans la beauté, plus encore que dans la laideur, se manifeste le caractère non individuel, non personnel du visage. Sur son visage, le bel homme voit le projet technique originel, tel que l'a dessiné l'auteur du prototype, et il a peine à croire que ce qu'il voit soit un moi inimitable. De sorte qu'il a honte, tout comme le bonhomme au long nez vert.

366

Alors que son père était mourant, Agnès se tenait assise sur le bord du lit. Avant d'entrer dans la phase finale de l'agonie, il lui dit : « Ne me regarde plus », et ce furent les dernières paroles qu'elle reçut de lui, son dernier message.

Elle obéit ; inclinant la tête vers le sol, fermant les yeux, elle lui prit seulement la main et la serra ; elle le laissa s'en aller, lentement et sans être vu, dans le monde où il n'y a plus de visages.

13

Elle paya l'addition et se dirigea vers sa voiture. Le petit braillard du restaurant se précipita à sa rencontre. Il s'accroupit devant elle, le bras tendu, comme s'il était armé d'un pistolet automatique. En imitant les détonations : « Bang, bang, bang ! », il la criblait de balles imaginaires.

Elle s'arrêta à sa hauteur et dit d'une voix tranquille : « Es-tu idiot ? »

Il cessa de tirer et la dévisagea de ses grands yeux enfantins.

Elle répéta : « Oui, bien sûr, tu es idiot. »

Une moue pleurnicharde déforma le visage du gamin : « Je vais le dire à ma maman ! »

— Vas-y ! Va cafarder ! » dit Agnès. Elle s'assit au volant et partit à toute allure.

Elle était heureuse de n'avoir pas rencontré la mère. Elle l'imaginait criant, hochant rapidement la tête de droite à gauche, haussant les épaules et les sourcils pour défendre l'enfant offensé. Bien sûr, les droits de l'enfant sont au-dessus de tous les autres droits. En fait, pourquoi leur mère préférait-elle Laura à Agnès, quand le général ennemi ne lui accordait la grâce que d'un seul des trois condamnés ? La réponse était claire : elle préférait Laura parce que Laura était plus jeune. Dans la hiérarchie des âges, le nouveau-né est au sommet, viennent ensuite l'enfant, puis l'adolescent, et alors seulement l'homme adulte. Quant au vieillard, il reste au plus près du sol, tout en bas de cette pyramide des valeurs.

Et le mort ? Le mort est sous terre. Donc plus bas encore que le vieillard. Un vieillard se voit encore reconnaître tous les droits de l'homme. Le mort, au contraire, les perd à l'instant même de son décès. Aucune loi ne le protège plus de la calomnie, sa vie privée a cessé d'être privée ; les lettres que lui ont écrites ses amours, l'album de souvenirs que lui a légué sa mère, rien de tout cela, rien, plus rien ne lui appartient.

Peu à peu, au cours des années qui précédèrent sa mort, le père avait tout détruit derrière lui : il n'avait pas même laissé de vêtements dans l'armoire, aucun manuscrit, aucune note de cours, aucune lettre. Il avait effacé ses traces, sans que personne ne le sût. Une fois seulement, par hasard, on l'avait surpris devant ces photos déchirées. Mais cela ne l'avait pas empêché de les détruire. Il n'en resta pas une seule.

C'est contre cela que Laura protestait. Elle combattait pour les droits des vivants, contre les exigences injustifiées des morts. Car le visage qui disparaîtra demain sous la terre ou dans le feu n'appartient pas au futur mort, mais seulement aux vivants, qui sont affamés et ont besoin de manger les morts, leurs lettres, leurs biens, leurs photos, leurs anciennes amours, leurs secrets.

Mais le père, se dit Agnès, leur avait échappé à tous.

Elle pensait à lui et souriait. Et soudain, l'idée lui vint qu'il avait été son unique amour. Oui, c'était tout à fait clair : son père avait été son unique amour.

Au même moment, de grosses motos la doublèrent de nouveau à une vitesse folle ; la lumière de ses phares éclairait des silhouettes penchées sur les guidons et chargées de toute l'agressivité dont tremblait la nuit. C'était le monde qu'elle voulait fuir, fuir à jamais, si bien qu'elle décida de quitter l'autoroute à la bifurcation suivante, pour rouler sur une route moins encombrée.

14

Nous nous retrouvions dans une avenue de Paris pleine de lumières et de bruit, et nous nous dirigions vers la Mercedes d'Avenarius garée quelques rues plus loin. De nouveau, nous songions à la jeune fille qui s'était assise une nuit sur la chaussée, la tête enfouie dans les mains, et avait attendu le choc d'une voiture.

« J'ai essayé de t'expliquer, dis-je, que tout au fond de chacun de nous se trouve, en tant que cause de ses actes, ce que les Allemands appellent Grund, un fondement ; un code qui contient l'essence de notre destin ; et que ce code, selon moi, a le caractère d'une métaphore. La fille dont nous parlons demeure incompréhensible si l'on ne recourt pas à une image. Par exemple : elle marche dans la vie comme dans une vallée ; à chaque instant, elle croise quelqu'un et lui adresse la parole ; mais les gens la regardent sans comprendre et passent leur chemin, parce qu'elle s'exprime d'une voix si faible que personne ne l'entend. Voilà comment je me la représente et je suis certain que c'est ainsi qu'elle se voit aussi : comme une femme qui marche dans une vallée, au milieu de gens qui ne l'entendent pas. Ou bien, une autre image : elle est allée chez le dentiste, la salle d'attente est bondée ; un nouveau patient arrive, il va droit au fauteuil dans lequel elle s'est installée et s'assied sur ses genoux ; il ne l'a pas fait exprès mais, tout simplement, ce fauteuil lui a paru libre ; elle proteste, le repousse des bras, s'écrie : " Enfin, monsieur ! Vous ne voyez pas que la place est prise ! C'est moi qui suis assise ici ! ", mais l'homme ne l'entend pas, il s'est confortablement installé sur elle et bavarde joyeusement avec un de ceux qui attendent leur tour. Ces deux images, ces deux métaphores, la définissent et me permettent de la comprendre. Son désir de suicide n'était causé par rien d'extérieur. Il a été planté dans le sol de son être, il a lentement poussé en elle et s'est épanoui comme une fleur noire.

— Admettons, dit Avenarius. Mais il te reste pourtant à expliquer pourquoi elle a décidé de se faire tuer ce jour-là et pas un autre.

— Comment expliquer l'éclosion d'une fleur tel jour plutôt que tel autre ? Son temps est venu. Le désir de s'autodétruire avait lentement poussé en elle et, un beau jour, elle ne résista plus. Les injustices qu'elle avait subies étaient, j'imagine, plutôt légères : les gens ne répondaient pas à son salut ; personne ne lui souriait ; alors qu'elle faisait la queue au bureau de poste, une grosse dame lui avait donné une bourrade et était passée devant ; elle était vendeuse dans un grand magasin et son chef de rayon l'avait accusée de ne pas bien traiter les clients. Mille fois, elle avait voulu se révolter, pousser des cris de protestation, mais sans jamais s'y décider, parce qu'elle n'avait qu'un filet de voix qui se brisait sous l'effet de la colère. Plus faible que les autres, elle subissait des offenses continuelles. Quand le mal s'abat sur l'homme, il le répercute sur les autres. C'est ce qu'on appelle dispute, bagarre, vengeance. Mais le faible n'a pas la force de répercuter le mal qui s'abat sur lui, sa propre faiblesse l'humilie et le mortifie, devant elle il reste absolument sans défense. Il n'a plus qu'à détruire sa faiblesse en se détruisant lui-même. Et c'est ainsi que la fille s'est mise à rêver sa propre mort. »

Avenarius, cherchant sa Mercedes, s'aperçut qu'il s'était trompé de rue. Nous fîmes demi-tour.

Je repris : « La mort, telle qu'elle la désirait, ne ressemblait pas à une disparition, mais à un rejet. À un rejet de soi-même. Aucune journée de sa vie, aucun des mots qu'elle avait dits ne l'avait satisfaite. Elle se portait elle-même à travers la vie comme un fardeau monstrueux, qu'elle détestait et dont elle ne pouvait se débarrasser. C'est pourquoi elle désirait se rejeter elle-même, se rejeter comme on jette un papier froissé, comme on jette une pomme pourrie. Elle désirait se rejeter comme si celle qui jetait et celle qui était rejetée étaient deux personnes différentes. Elle imagina qu'elle se pousserait elle-même par la fenêtre. Mais l'idée était ridicule, parce qu'elle habitait au premier étage, et le grand magasin où elle travaillait, situé au rez-de-chaussée, n'avait pas de fenêtres. Elle désirait mourir, mourir terrassée par un poing brutal qui ferait entendre un bruit, comme lorsqu'on écrase les élytres d'un hanneton. C'était un désir très physique d'être écrasée, comme lorsqu'on éprouve le besoin d'appuyer fortement sa paume sur un endroit du corps qui fait mal. »

Parvenus devant la somptueuse Mercedes d'Avenarius, nous nous arrêtâmes.

« Telle que tu la décris, dit Avenarius, on aurait presque de la sympathie pour elle.

— Je sais ce que tu veux dire : Si elle n'avait pas provoqué la mort d'autres personnes. Mais cela aussi s'exprime dans ces deux métaphores que je t'ai données d'elle. Lorsqu'elle adressait la parole à quelqu'un, personne ne l'entendait. Elle était en train de perdre le monde. Quand je dis monde, je pense à cette partie de l'univers qui répond à nos appels (ne serait-ce que par un écho à peine perceptible) et dont nous-mêmes entendons l'appel. Pour elle, le monde peu à peu devenait muet et cessait d'être son monde. Elle restait entièrement enfermée en elle-même et dans son tourment. Aurait-elle pu, au moins, être arrachée à son enfermement par le spectacle du tourment des autres ? Non. Car les tourments des autres advenaient dans le monde qu'elle avait perdu, qui n'était plus le sien. Si la planète Mars n'est que souffrance, si même ses pierres hurlent de douleur, cela ne nous émeut guère, parce que Mars n'appartient pas à notre monde. L'homme qui s'est détaché du monde est insensible à la douleur du monde. Le seul événement qui l'a, pour un instant, arrachée à son tourment, c'est la maladie et la mort de son petit chien. La voisine s'était indignée : cette fille n'a aucune compassion pour les gens, mais elle pleure sur son chien. Si elle pleurait son chien, c'est que ce

374

chien faisait partie de son monde, et sa voisine pas
du tout ; le chien répondait à sa voix, les gens ne
répondaient pas. »

Nous gardâmes le silence, songeant à la malheureuse, puis Avenarius ouvrit la portière de sa voiture
et me fit un signe d'encouragement : « Viens ! Je
t'emmène ! Je te prête des baskets et un couteau ! »

Je savais que si je n'allais pas avec lui crever des
pneus, il ne trouverait pas d'autre complice et
resterait seul, comme exilé dans sa bizarrerie. J'avais
follement envie de l'accompagner, mais j'étais pares-
seux, je sentais venir de loin une vague envie de
dormir, et courir après minuit dans les rues m'apparaissait comme un sacrifice impensable.

« Je rentre. J'ai envie d'aller à pied », dis-je en
lui tendant la main.

Il s'en fut. Je suivis des yeux sa Mercedes, en
éprouvant des remords à l'idée d'avoir trahi un ami.
Puis je pris le chemin de la maison et bientôt mes
pensées revinrent à cette fille, en qui le désir de se
détruire s'était épanoui comme une fleur noire.

Je me dis : et un jour, après le travail, au lieu de
rentrer à la maison elle a marché hors de la ville. Elle
ne voyait rien autour d'elle, elle ne savait pas si
c'était l'été, l'automne ou l'hiver, si elle longeait un
rivage ou une usine ; en effet, il y avait bien
longtemps qu'elle ne vivait plus en ce monde ; elle
n'avait d'autre monde que son âme.

15

Elle ne voyait rien autour d'elle, elle ne savait pas si c'était l'été, l'automne ou l'hiver, si elle longeait un rivage ou une usine, elle marchait, et si elle marchait c'était parce que l'âme, lorsque l'inquiétude la travaille, exige le mouvement, ne peut tenir en place, car lorsqu'elle se tient immobile la douleur se fait terrible. Comme lorsque vous avez très mal aux dents : quelque chose vous pousse à tourner en rond, d'un bout à l'autre de la chambre ; il n'y a aucune raison rationnelle à cela, puisque le mouvement ne peut diminuer la douleur mais, sans que vous sachiez pourquoi, la dent malade vous implore de rester en mouvement.

La jeune fille marchait donc et arriva à une grande autoroute, où les voitures filaient l'une derrière l'autre, elle marchait sur le bas-côté, de borne en borne, sans rien percevoir, scrutant seulement le fond de son âme qui lui renvoyait toujours les mêmes images d'humiliation. Elle ne pouvait en détacher son regard ; de temps en temps seulement, lorsque passait en vrombissant une moto dont la pétarade lui blessait les tympans, elle se rendait compte que le monde extérieur existait ; mais ce monde n'avait aucune signification, c'était un pur espace vide sans autre intérêt que de lui permettre de marcher, de déplacer son âme endolorie d'un endroit à un autre dans l'espoir d'atténuer sa souffrance.

Depuis longtemps déjà, elle songeait à se faire écraser par une voiture. Mais les voitures roulaient à toute allure et elle en avait peur, elles avaient mille fois plus de force qu'elle ; elle ne voyait pas où trouver le courage de se jeter sous leurs roues. Il lui aurait fallu se jeter *sur* elles, *contre* elles, et pour cela les forces lui manquaient, comme elles lui manquaient lorsqu'elle voulait crier contre son chef de rayon qui lui faisait d'injustes reproches.

Elle était partie au crépuscule, maintenant la nuit était tombée. Ses pieds étaient meurtris et elle se savait trop faible pour aller bien loin. En cet instant de fatigue, elle vit le mot *Dijon* sur un grand panneau lumineux.

Du même coup, la fatigue fut oubliée. Comme si ce mot lui rappelait quelque chose. Elle s'efforça de saisir un souvenir fugace : il s'agissait d'un Dijonnais, ou bien on lui avait raconté quelque chose d'amusant qui s'était passé à Dijon. Soudain, elle se persuada qu'il faisait bon vivre dans cette ville, que ses habitants n'étaient pas comme les gens qu'elle avait connus jusqu'alors. Ce fut comme une musique de danse qui aurait retenti au milieu du désert. Ce fut comme une source d'eau argentée qui aurait jailli dans un cimetière.

Oui, elle irait à Dijon ! Elle se mit à faire signe aux voitures. Mais les voitures passaient sans s'arrêter, en l'aveuglant de leurs phares. La même situation se répétait toujours, à laquelle il ne lui était pas donné d'échapper : elle s'adresse à quelqu'un, elle l'appelle, lui parle, lui crie quelque chose, mais personne ne l'entend.

Depuis une bonne demi-heure, elle levait en vain le bras : les voitures ne s'arrêtaient pas. La ville illuminée, la joyeuse ville de Dijon, l'orchestre de danse au milieu du désert, replongea dans les ténèbres. Le monde se retirait à nouveau d'elle et elle retournait au fond de son âme, qu'entourait seulement le vide.

Puis elle parvint en un point où se détachait de l'autoroute une route plus petite. Elle s'arrêta : non, les bolides de l'autoroute ne servaient à rien : ils ne pouvaient ni l'écraser, ni la conduire à Dijon. Elle quitta l'autoroute et prit la petite route plus calme.

16

Comment vivre dans un monde avec lequel on n'est pas d'accord ? Comment vivre avec les hommes, quand on ne fait siens ni leurs tourments ni leurs joies ? Quand on sait ne pas être des leurs ?

Au volant de sa voiture, Agnès songeait : l'amour ou le couvent. L'amour ou le couvent : deux moyens pour l'homme de refuser l'ordinateur divin, de lui échapper.

L'amour : jadis, Agnès avait imaginé cette sorte d'examen : on vous demande si, après la mort, vous souhaitez vous éveiller à une vie nouvelle. Si vous aimez vraiment, vous n'acceptez qu'à la condition de vous retrouver avec la personne que vous avez aimée. La vie n'est pour vous une valeur qu'au conditionnel, et ne vaut que dans la mesure où elle vous permet de vivre votre amour. La personne aimée représente pour vous plus que toute la Création, plus que la vie. Voilà, bien entendu, un blasphème moqueur à l'égard de l'ordinateur divin, lequel se considère comme le sommet de toutes choses et le détenteur du sens de l'être.

Mais la plupart des gens n'ont pas connu l'amour, et parmi ceux qui croient le connaître bien peu passeraient avec succès l'examen inventé par Agnès ; ils courraient derrière la promesse d'une autre vie sans poser la moindre condition ; ils préféreraient la vie à l'amour et retomberaient, de leur plein gré, dans la toile d'araignée du Créateur.

S'il n'est pas donné à l'homme de vivre avec la personne aimée et de subordonner tout à l'amour, il lui reste un autre moyen d'échapper au Créateur : s'en aller dans un couvent. Agnès se rappelle une phrase : « Il se retira à la chartreuse de Parme. » Au cours du texte, il n'a jusque-là été question d'aucune chartreuse, mais cette seule phrase, à la dernière page, est pourtant si importante que Stendhal en tire le titre de son roman ; car la finalité de toutes les aventures de Fabrice del Dongo était la chartreuse : le lieu détourné du monde et des hommes.

Entraient au couvent, autrefois, les personnes qui étaient en désaccord avec le monde et qui ne faisaient leurs ni ses tourments ni ses joies. Mais comme notre siècle refuse de reconnaître aux gens le droit d'être en désaccord avec le monde, c'en est fait des couvents où pouvait se réfugier un Fabrice. Il n'existe plus de lieux détournés du monde et des hommes. Seul en demeure le souvenir : l'idéal du couvent, le rêve du couvent. La chartreuse. Il se retira à la chartreuse de Parme. Mirage du couvent. C'était pour ce mirage que, depuis sept ans déjà, Agnès se rendait en Suisse. Pour sa chartreuse, la chartreuse des chemins détournés du monde.

Elle se rappela un moment étrange vécu ce jour même, en fin d'après-midi, alors qu'elle était allée se promener une dernière fois dans la campagne. Parvenue à un ruisseau, elle s'était allongée dans l'herbe. Longtemps, elle était restée étendue là, croyant sentir le courant la traverser, emportant toute souffrance et toute saleté : son moi. Étrange, inoubliable moment : elle avait oublié son moi, elle avait perdu son moi, elle en était libérée ; et là il y avait le bonheur.

Ce souvenir fit naître en elle une pensée vague, fugace, et pourtant si importante (la plus importante de toutes, peut-être) qu'Agnès tenta de la saisir avec des mots :

Ce qui est insoutenable dans la vie, ce n'est pas d'*être*, mais d'*être son moi*. Grâce à son ordinateur, le Créateur a fait entrer dans le monde des milliards de moi, et leurs vies. Mais à côté de toutes ces vies on peut imaginer un être plus élémentaire, qui existait avant que le Créateur ne se mît à créer, un être sur lequel il n'a exercé ni n'exerce aucune influence. Étendue dans l'herbe, traversée par le chant monotone du ruisseau qui entraînait son moi, la saleté de son moi, Agnès participait de cet être élémentaire qui se manifeste dans la voix du temps qui court et dans le bleu du ciel ; elle savait, désormais, qu'il n'y a rien de plus beau.

La départementale où elle roule maintenant est calme ; lointaines, infiniment lointaines, les étoiles scintillent. Agnès se dit :

Vivre, il n'y a là aucun bonheur. Vivre : porter de par le monde son moi douloureux.

Mais être, être est bonheur. Être : se transformer en fontaine, vasque de pierre dans laquelle l'univers descend comme une pluie tiède.

17

La jeune fille marcha longtemps encore, les pieds meurtris, titubante, puis s'assit sur l'asphalte au milieu de la partie droite de la route. Elle avait la tête rentrée dans les épaules, le nez sur les genoux, et arrondissant le dos elle le sentait brûler à l'idée qu'elle l'exposait au métal, à la tôle, au choc. Elle se pelotonnait, creusant encore sa pauvre et maigre poitrine où s'élevait, amère, la flamme du moi endolori qui l'empêchait de penser à autre chose qu'à elle-même. Elle désirait être écrasée sous le choc, et que cette flamme s'éteigne.

En entendant approcher une voiture, elle se pelotonna encore plus, le bruit devint insupportable, mais au lieu de l'impact attendu elle ne sentit sur sa droite qu'un violent souffle, qui la fit légèrement pivoter sur elle-même. Il y eut un crissement de pneus, puis un énorme fracas ; elle ne vit rien, parce qu'elle garda les yeux fermés et le visage enfoui entre ses genoux, tout au plus fut-elle ébahie de se trouver encore en vie et assise comme auparavant.

De nouveau, elle perçut le bruit d'un moteur qui se rapprochait ; cette fois elle fut plaquée au sol et le choc se fit entendre tout près, aussitôt suivi d'un cri, d'un cri indescriptible, d'un cri épouvantable qui la fit bondir sur ses pieds. Elle resta debout au milieu de la route déserte ; à deux cents mètres environ elle vit des flammes, tandis que d'un point plus proche montait toujours, du fossé vers le ciel sombre, le même cri épouvantable.

Ce cri était si insistant et si affreux que le monde autour d'elle, le monde qu'elle avait perdu, redevint réel, multicolore, aveuglant, sonore. Debout au milieu de la chaussée, elle écarta les bras et éprouva subitement la sensation d'être grande, d'être puissante, d'être forte ; le monde, ce monde perdu qui refusait de l'entendre, revenait à elle en criant, et c'était si beau et si terrible qu'elle voulut crier à son tour, mais en vain, car sa voix s'était éteinte dans sa gorge et elle ne pouvait la réveiller.

Une troisième voiture l'aveugla de ses phares. Elle aurait voulu se mettre à l'abri, mais ne savait de quel côté sauter ; elle entendit un crissement de pneus, la voiture l'évita et il y eut le choc. Alors, le cri qu'elle avait dans la gorge se réveilla enfin. Du fossé, toujours au même endroit, montait un hurlement ininterrompu, auquel, enfin, elle se mit à répondre.

Puis elle tourna le dos et s'enfuit. Elle s'enfuit en hurlant, fascinée que sa voix si faible pût pousser un tel cri. À l'endroit où la départementale rejoignait l'autoroute se dressait une borne téléphonique. La jeune fille décrocha l'appareil : « Allô ! allô ! » À l'autre bout du fil, une voix répondit. « Il y a un accident ! » dit-elle. La voix lui demanda où, mais ne pouvant le préciser elle raccrocha et repartit en courant vers la ville qu'elle avait quittée l'après-midi.

18

Quelques heures plus tôt, Avenarius m'avait expliqué avec insistance la nécessité de suivre un ordre strict dans la crevaison des pneus : d'abord l'avant droit, puis l'avant gauche, puis l'arrière droit, puis tous les quatre. Mais ce n'était qu'une théorie, destinée à épater l'auditoire des écologistes ou un ami trop crédule. En réalité, Avenarius procédait sans aucun système. Il courait dans la rue et de temps à autre, au gré de sa fantaisie, sortait son couteau pour le plonger dans le pneu le plus proche.

Au restaurant, il m'avait expliqué qu'il faut après chaque coup remettre le couteau sous sa veste, le raccrocher à la ceinture et continuer à courir les mains libres. D'une part on est plus à l'aise pour courir, d'autre part on assure sa sécurité : mieux vaut ne pas risquer de se faire voir un couteau à la main. Aussi le coup doit-il être violent et bref, ne pas prendre plus de quelques secondes.

Mais hélas, autant Avenarius était dogmatique en théorie, autant en pratique il se montrait négligent, sans méthode et dangereusement enclin à prendre ses aises. Après avoir crevé deux pneus (au lieu de quatre) dans une rue déserte, il se redressa et se remit à courir en brandissant le couteau, au mépris de toutes les règles de sécurité. La voiture vers laquelle il se dirigeait à présent était garée au coin de la rue. Il tendit le bras alors qu'il se trouvait encore à quatre ou cinq mètres de l'objectif (encore une entorse aux règles : c'était prématuré !) et à l'instant même son oreille droite perçut un cri. Une femme le dévisageait, pétrifiée de terreur. Elle avait dû surgir à l'angle au moment précis où Avenarius, lancé vers sa cible, concentrait toute son attention sur le bord du trottoir. Ils restèrent plantés l'un devant l'autre et, comme Avenarius n'était pas moins paralysé par le saisissement, son bras levé s'immobilisa. Sans pouvoir quitter des yeux ce couteau brandi, la femme poussa un nouveau hurlement. Avenarius reprit enfin ses esprits et raccrocha le couteau à la ceinture, sous sa veste. Pour tranquilliser la femme, il sourit et lui demanda : « Quelle heure est-il ? »

Comme si cette question l'avait encore plus effrayée que le couteau, la femme poussa un troisième cri de terreur.

Tandis que survenaient quelques noctambules, Avenarius commit une erreur fatale. S'il avait ressorti son couteau et l'avait brandi d'un air féroce, la femme aurait retrouvé ses moyens et aurait couru, entraînant à sa suite tous les passants occasionnels. Mais comme il s'était mis en tête d'agir comme si de rien n'était, il répéta avec urbanité : « Auriez-vous l'amabilité de me dire l'heure ? »

Voyant que les passants s'approchaient et qu'Avenarius n'avait pas de mauvaises intentions, la femme poussa pour la quatrième fois un terrible hurlement, puis d'une voix forte se plaignit, en prenant à témoin tous ceux qui pouvaient l'entendre : « Il m'a menacée d'un couteau ! Il voulait me violer ! »

Dans un geste qui exprimait une parfaite innocence, Avenarius écarta les bras : « Mon seul désir, dit-il, était de connaître l'heure exacte. »

Du cercle qui s'était formé autour d'eux se détacha un petit homme en uniforme, un agent de police. Il demanda ce qui se passait. La femme répéta qu'Avenarius avait voulu la violer.

Le petit homme s'approcha timidement d'Avenarius qui, redressant sa taille majestueuse, déclara d'une voix puissante : « Je suis le professeur Avenarius ! »

Ces mots, comme la dignité avec laquelle ils avaient été proférés, firent grande impression sur l'agent de police ; il semblait tout disposé à demander aux gens de se disperser et à laisser Avenarius partir.

Mais la femme, toute frayeur dissipée, se fit agressive : « Et quand bien même vous seriez le professeur Kapilarius, cria-t-elle, vous m'avez menacée d'un couteau ! »

Quelques mètres plus loin, une porte s'ouvrit et un homme sortit dans la rue. Il marchait bizarrement, comme un somnambule, et il s'arrêta au moment où Avenarius expliquait d'une voix ferme : « Je n'ai rien fait d'autre que prier madame de me dire l'heure. »

La femme, comme si elle avait senti que la dignité d'Avenarius lui gagnait la sympathie des badauds, cria à l'agent : « Il porte un couteau sous sa veste ! Il l'a caché sous sa veste ! Un énorme couteau ! Il suffit de le fouiller ! »

L'agent haussa les épaules et demanda à Avenarius, en s'excusant presque : « Auriez-vous l'obligeance de déboutonner votre veste ? »

Avenarius demeura un instant interdit. Puis il comprit qu'il n'avait pas le choix. Lentement, il déboutonna sa veste et l'ouvrit, révélant à tout le monde, et l'ingénieux système de ceintures qui lui enserrait la poitrine et l'effrayant couteau de cuisine suspendu à une lanière.

Les badauds poussèrent un soupir de stupéfaction, tandis que le somnambule s'approchait d'Avenarius pour lui dire : « Je suis avocat. Pour le cas où vous auriez besoin de mon aide, voici ma carte. Un mot seulement. Vous n'êtes nullement obligé de répondre à leurs questions. Vous pouvez, dès le début de l'enquête, exiger la présence d'un avocat. »

Avenarius prit la carte et la glissa dans sa poche. L'agent le saisit par le bras et se tourna vers les gens : « Circulez ! circulez ! »

Avenarius n'opposa pas de résistance. Il se savait en état d'arrestation. Depuis qu'ils avaient vu le grand couteau de cuisine suspendu sur sa bedaine, les gens ne lui témoignaient plus aucune sympathie. Il chercha des yeux l'homme qui lui avait dit être avocat et lui avait donné sa carte. Mais l'homme s'éloignait sans se retourner : il se dirigeait vers une voiture en stationnement, puis met-

388

tait la clef dans la serrure. Avenarius eut le temps de le voir hésiter et s'agenouiller près d'une roue.

À cet instant, l'agent saisit vigoureusement Avenarius par le bras et l'entraîna à l'écart.

Près de sa voiture, l'homme poussa un soupir : « Mon Dieu ! » et tout son corps fut bientôt secoué de sanglots.

19

Il remonta chez lui en larmes et se précipita sur le téléphone. Il voulait appeler un taxi. Dans l'appareil, une voix extraordinairement douce lui dit : « Taxis parisiens. Un moment, je vous prie, restez en ligne... », puis une musique se fit entendre dans l'écouteur, un joyeux chœur de femmes avec batterie ; au bout d'un long moment, la musique s'interrompit et la voix douce le pria de nouveau de rester en ligne. Il avait envie de hurler qu'il n'avait pas la patience d'attendre, que sa femme était en train de mourir, mais il savait que crier n'avait pas de sens, car la voix au bout du fil était enregistrée sur cassette et personne n'aurait entendu ses protestations. Puis la musique retentit de plus belle, chœur de femmes, piaillements, batterie, et après une longue attente il entendit une vraie voix de femme, qu'il reconnut immédiatement comme telle car elle n'était plus douce du tout, mais fort désagréable et impatiente. Lorsqu'il dit qu'il avait besoin d'un taxi pour se faire conduire à plusieurs centaines de kilomètres de Paris, la voix répondit non aussitôt, et lorsqu'il tenta d'expliquer qu'il avait désespérément besoin d'un taxi, de nouveau retentit à son oreille la joyeuse musique, la batterie, les piaillements de femmes, puis au bout d'un long moment la douce voix enregistrée l'invita à rester patiemment en ligne.

Il raccrocha et composa le numéro de son assistant. Mais au lieu de l'assistant, il eut au bout du fil sa voix enregistrée : une voix enjouée, mutine, déformée par le sourire : « Je suis heureux que vous vous soyez enfin souvenu de mon existence. Vous ne pouvez pas savoir combien je regrette de ne pouvoir vous parler, mais si vous me laissez votre numéro de téléphone, je vous rappellerai avec joie dès que possible... »

« Le con », dit-il en raccrochant.

Pourquoi Brigitte n'est-elle pas à la maison ? Elle devrait être rentrée depuis longtemps, se disait-il pour la centième fois, et il alla jeter un coup d'œil dans sa chambre, tout en sachant qu'il ne l'y trouverait pas.

À qui d'autre faire appel ? À Laura ? Elle n'aurait certainement pas hésité à lui prêter sa voiture, mais elle aurait insisté pour l'accompagner ; et à cela il ne pouvait consentir : Agnès avait rompu avec sa sœur, et Paul ne voulait rien faire contre son gré.

Il se souvint alors de Bernard. Les raisons de leur brouille lui parurent soudain ridiculement futiles. Il composa son numéro. Bernard était là. Paul lui demanda de lui prêter sa voiture, Agnès avait capoté dans un fossé, les urgences venaient de le prévenir.

« J'arrive tout de suite », dit Bernard, et Paul en cet instant se sentit plein d'amour pour son vieil ami. Il aurait voulu l'embrasser et pleurer sur sa poitrine.

Il était heureux que Brigitte ne fût pas à la maison. Il espérait ne pas la voir arriver, afin de se rendre seul auprès d'Agnès. Soudain, tout avait disparu, sa belle-sœur, sa fille, le monde entier, seuls restaient Agnès et lui ; il ne voulait pas de tiers entre eux. Agnès, il n'en doutait pas, était en train de mourir. Si elle n'avait pas été dans un état désespéré, on ne l'aurait pas appelé en pleine nuit d'un hôpital de province. Son unique souci, désormais, était d'arriver à temps. De l'embrasser une fois encore. Son désir de l'embrasser se fit obsédant. Il désirait un baiser, le dernier baiser, le baiser terminal qui lui permettrait de capturer, comme dans un filet, ce visage qui allait disparaître et dont ne resterait que le souvenir.

Il n'y avait plus qu'à attendre. Paul se mit à ranger son bureau, s'étonnant aussitôt de pouvoir se consacrer, en un pareil moment, à une activité aussi insignifiante. En quoi importait-il que sa table fût en ordre ou non ? Et pourquoi avoir donné dans la rue, quelques minutes plus tôt, sa carte de visite à un inconnu ? Mais il ne pouvait s'arrêter : il arrangea ses livres sur un coin de la table, roula en boule les enveloppes des vieilles lettres et les jeta au panier. C'est bien ainsi, se dit-il, que l'homme agit quand il est frappé par un malheur : il se comporte en somnambule. La force d'inertie du quotidien cherche à le maintenir sur les rails de la vie.

Il consulta sa montre. Les pneus crevés lui avaient déjà fait perdre une petite demi-heure. Dépêche-toi, dépêche-toi, soufflait-il à Bernard, je ne veux pas que Brigitte me trouve ici, je veux partir seul et arriver à temps.

Mais il n'avait pas de chance. Brigitte rentra à la maison juste avant Bernard. Les deux anciens amis s'étreignirent, Bernard retourna chez lui et Paul monta dans la voiture de Brigitte. Elle lui céda le volant et ils partirent à toute allure.

20

Agnès voyait une silhouette dressée au milieu de la route, une jeune fille brusquement éclairée par un puissant projecteur, bras écartés comme au ballet ; et c'était comme l'apparition d'une danseuse tirant le rideau sur le spectacle, car il n'y avait plus rien ensuite, et de toute la représentation, oubliée d'un seul coup, ne restait que cette image finale. Puis elle n'éprouva plus que fatigue, une fatigue si immense, pareille à un puits profond, que les médecins et les infirmières la croyaient sans connaissance alors qu'elle sentait et comprenait, avec une surprenante lucidité, qu'elle était en train de mourir. Elle réussit même à s'étonner vaguement de n'éprouver aucune nostalgie, aucun regret, aucun sentiment d'horreur, rien de ce qu'elle avait jusqu'à ce jour associé à l'idée de la mort.

Puis elle vit qu'une infirmière se penchait pour lui chuchoter : « Votre mari est en route. Il vient vous voir. Votre époux. »

Agnès sourit. Mais pourquoi avait-elle souri ? Quelque chose lui revint en mémoire de ce spectacle oublié : oui, elle était mariée. Puis émergea aussi un nom : Paul ! Oui, Paul. Paul. Paul. Son sourire était celui des soudaines retrouvailles avec un mot perdu. Comme lorsqu'on vous tend l'ours en peluche que vous n'avez pas vu depuis cinquante ans, et que vous le reconnaissez.

Paul, se répétait-elle en souriant. Le sourire resta sur ses lèvres, même quand elle en eut oublié la cause. Elle était fatiguée et tout la fatiguait. Surtout, elle n'avait la force de supporter aucun regard. Elle gardait les yeux fermés, pour ne rien voir ni personne. Importunée et gênée par tout ce qui se passait autour d'elle, elle désirait qu'il ne se passât rien.

Puis elle se rappela : Paul. Que disait donc l'infirmière ? Qu'il arrivait ? Le souvenir du spectacle oublié, du spectacle qu'avait été sa vie, devint tout à coup plus clair. Paul. Paul arrive ! En cet instant elle désira violemment, passionnément, qu'il ne la vît plus. Elle était fatiguée, elle ne voulait aucun regard. Elle ne voulait pas du regard de Paul. Elle ne voulait pas qu'il la vît mourir. Elle devait se hâter.

Une dernière fois, la situation fondamentale de sa vie se répéta encore : elle court, on la poursuit. Paul la poursuit. Et désormais, elle n'a plus rien entre les mains. Ni brosse, ni peigne, ni ruban. Elle est désarmée. Elle est nue, à peine couverte d'une sorte de linceul blanc d'hôpital. La voilà entrée dans la dernière ligne droite, où rien ne peut plus lui venir en aide, où elle ne peut plus compter que sur la vitesse de sa course. Qui sera le plus rapide ? Paul ou elle ? Sa mort ou l'arrivée de Paul ?

La fatigue se fit encore plus profonde, et Agnès eut l'impression de s'éloigner à toute allure, comme si l'on avait tiré le lit en arrière. Elle ouvrit les yeux et vit une infirmière en blouse blanche. À quoi ressemblait son visage ? Agnès ne le distinguait plus. Et ces mots lui revinrent en mémoire : « Là-bas, il n'y a pas de visages. »

21

En s'approchant du lit, Paul vit le corps recou-
vert d'un drap jusqu'au-dessus de la tête. Une
femme en blouse blanche leur annonça : « Il y a un
quart d'heure qu'elle est morte. »

Le peu de temps qui le séparait des derniers
instants d'Agnès exacerba son désespoir. Il l'avait
manquée de quinze minutes. À quinze minutes près,
il avait manqué l'accomplissement de sa propre vie
qui, soudain, resta interrompue et absurdement
tronquée. Il lui semblait que, durant toute leur vie
commune, elle n'avait jamais été vraiment à lui,
qu'il ne l'avait jamais possédée ; que pour accomplir
et achever l'histoire de leur amour, il lui manquait
un dernier baiser ; un dernier baiser pour retenir,
par ses lèvres, Agnès vivante ; pour la maintenir
entre ses lèvres.

La femme en blouse blanche souleva le drap. Il
vit le visage familier, pâle et beau, et pourtant tout à
fait différent : les lèvres, bien que toujours paisibles,
dessinaient une ligne qu'il n'avait jamais connue. Il
ne comprenait pas l'expression de ce visage. Il était
incapable de se pencher sur elle et de l'embrasser.

À côté de lui, Brigitte éclata en sanglots et se mit
à trembler, la tête posée sur la poitrine de Paul.

Il regarda le visage aux paupières fermées : ce
n'était pas à Paul que s'adressait cet étrange sourire

qu'il n'avait jamais vu ; ce sourire s'adressait à quelqu'un que Paul ne connaissait pas ; il lui était inintelligible.

La femme en blouse blanche saisit brusquement Paul par le bras ; il était sur le point de s'évanouir.

SIXIÈME PARTIE

LE CADRAN

1

À peine né, l'enfant se met à sucer le téton de maman. Quand maman le sèvre, il suce son pouce.

Un jour, Rubens demanda à une dame : « Pourquoi laissez-vous votre fils sucer son pouce ? Il a déjà dix ans ! » Elle se fâcha : « Je me garderai bien de le lui interdire. Cela prolonge son contact avec le sein maternel ! Voudriez-vous le traumatiser ? »

Ainsi l'enfant suce-t-il son pouce jusqu'à treize ans, âge auquel il passe en douceur du pouce à la cigarette.

Faisant plus tard l'amour à cette mère qui défendait le droit de son gamin à la succion, Rubens lui posa son propre pouce sur les lèvres ; tournant lentement la tête de droite et de gauche, elle se mit à le lécher. Les yeux fermés, elle s'imaginait prise par deux hommes.

Cette petite histoire marque une date importante pour Rubens, parce qu'elle lui a fait découvrir un moyen de tester les femmes : il leur posait le pouce sur les lèvres et observait leur réaction. Celles qui le léchaient étaient, indubitablement, attirées par l'amour pluriel. Celles que le pouce laissait indifférentes étaient sans espoir sourdes aux tentations perverses.

Une des femmes dont les penchants orgiaques avaient été dévoilés par le « test du pouce » aimait réellement Rubens. Après l'amour, elle saisit son pouce pour y déposer un baiser maladroit, qui voulait dire : à présent, je veux que ton pouce redevienne pouce, car après tout ce que j'ai imaginé, je suis heureuse d'être ici avec toi, seule à seul.

Les métamorphoses du pouce. Ou encore : comment les aiguilles se meuvent sur le cadran de la vie.

2

Sur le cadran d'une horloge, les aiguilles tournent en rond. Le zodiaque aussi, tel que le dessine un astrologue, a l'aspect d'un cadran. L'horoscope, c'est une horloge. Que l'on croie ou non aux prédictions astrologiques, l'horoscope est une métaphore de la vie et, en tant que telle, il recèle une grande sagesse.

Comment un astrologue dessine-t-il votre horoscope ? Il trace un cercle, image de la sphère céleste, et le divise en douze secteurs représentant chacun un signe : le Bélier, le Taureau, les Gémeaux, et cætera. Dans ce cercle-zodiaque, il inscrit ensuite les symboles graphiques du Soleil, de la Lune et des sept planètes aux endroits précis où ces astres se trouvaient au moment de votre naissance. Comme si, sur un cadran d'horloge régulièrement divisé en douze heures, il inscrivait irrégulièrement neuf chiffres supplémentaires. Neuf aiguilles parcourent ce cadran : ce sont aussi le Soleil, la Lune et les planètes, mais tels qu'ils tournent dans le ciel tout au long de votre vie. Chaque planète-aiguille se trouve donc sans cesse dans un nouveau rapport avec les planètes-chiffres, ces points immobiles de votre horoscope.

La configuration singulière que formaient les planètes à l'instant de votre naissance est le thème permanent de votre vie, sa définition algébrique, l'empreinte digitale de votre personnalité ; les astres immobilisés sur votre horoscope forment l'un avec l'autre des angles dont la valeur en degrés a une signification précise (positive, négative, neutre) : imaginez, par exemple, que votre Vénus amoureuse se trouve en conflit avec votre Mars agressif ; que le Soleil de votre personnalité soit fortifié par sa conjonction avec l'énergique et aventureux Uranus ; que la sexualité symbolisée par la Lune soit soutenue par l'astre délirant qu'est Neptune, et ainsi de suite. Mais pendant leur trajet, les aiguilles des astres vont toucher chacun des points immobiles de l'horoscope, mettant ainsi en jeu (affaiblissant, fortifiant, menaçant) les diverses composantes de votre thème vital. Telle est bien la vie : elle ne ressemble pas au roman picaresque où le héros, d'un chapitre à l'autre, est surpris par des événements toujours nouveaux, sans nul dénominateur commun ; elle ressemble à la composition que les musiciens appellent *thème avec variations*.

Uranus marche dans le ciel d'un pas relativement lent. Il met sept ans à traverser un signe. Supposons qu'il se trouve aujourd'hui dans un rapport dramatique avec le Soleil immobile de votre horoscope (disons qu'ils sont distants de 90 degrés) : vous vivrez une année difficile ; dans vingt et un ans, la situation se répétera (Uranus se trouvant alors à 180 degrés de votre Soleil, ce qui implique la même signification néfaste), mais la répétition ne sera qu'apparente, parce que cette année-là, au moment même où Uranus attaquera votre Soleil, Saturne dans le ciel se trouvera avec la Vénus de votre horoscope dans une relation si harmonieuse que l'orage passera près de vous sur la pointe des pieds. Comme si une même maladie vous frappait, mais cette fois vous seriez soigné dans un hôpital fabuleux où, à la place d'impatientes infirmières, il y aurait des anges.

L'astrologie, paraît-il, nous enseigne le fatalisme : tu n'échapperas pas à ton destin ! Selon moi, l'astrologie (entendez bien, l'astrologie comme métaphore de la vie) dit quelque chose de plus subtil : tu n'échapperas pas au *thème de ta vie* ! Cela veut dire, par exemple, qu'il serait chimérique de prétendre fonder au milieu de votre vie une « vie nouvelle », sans rapport avec la précédente, en repartant de zéro, comme on dit. Votre vie sera toujours construite avec les mêmes matériaux, les mêmes briques, les mêmes problèmes, et ce que vous pourriez prendre d'abord pour une « vie nouvelle » apparaîtra bientôt comme une simple variation du déjà vécu.

L'horoscope ressemble à une horloge, et l'horloge est l'école de la finitude : dès qu'une aiguille a décrit un cercle, pour revenir à l'endroit d'où elle est partie, une phase s'achève. Sur le cadran de l'horoscope, neuf aiguilles tournent à des vitesses différentes, marquant à tout instant la fin d'une phase et le début d'une autre. Dans sa jeunesse, l'homme n'est pas en mesure de percevoir le temps comme un cercle, mais seulement comme un chemin qui le mène tout droit vers des horizons toujours divers ; il ne se doute pas encore que sa vie ne contient qu'un seul thème ; il s'en rendra compte plus tard, lorsque la vie composera ses premières variations.

Rubens avait à peu près quatorze ans quand une petite fille, qui devait avoir la moitié de son âge, l'arrêta dans la rue pour lui demander : « S'il vous plaît, monsieur, avez-vous l'heure ? » C'était la première fois qu'une inconnue le vouvoyait et l'appelait monsieur. Il en fut transporté et crut voir s'ouvrir une nouvelle étape dans sa vie. Puis il oublia complètement cet épisode, jusqu'au jour où une jolie femme lui dit : « Ne pensiez-vous pas vous aussi, quand vous étiez jeune... » C'était la première fois qu'une femme s'adressait à sa jeunesse comme on s'adresse au passé. En cet instant lui revint à l'esprit l'image de la petite fille qui lui avait jadis demandé l'heure, et il comprit qu'entre ces deux figures féminines existait une parenté. C'étaient des figures en elles-mêmes insignifiantes, rencontrées par hasard, et pourtant, dès qu'il les mit en relation, elles apparurent comme deux événements décisifs sur le cadran de sa vie.

Je le dirai autrement : imaginons le cadran de la vie de Rubens sur une gigantesque horloge médiévale, celle de Prague par exemple, sur la place de la Vieille Ville que j'ai mille fois traversée jadis. L'horloge sonne et, au-dessus du cadran, une petite fenêtre s'ouvre ; en sort une marionnette, une petite fille de sept ans qui demande quelle heure il est. Puis quand la même aiguille, très lentement, après bien

406

des années, atteint le chiffre suivant, les cloches se mettent à sonner, la petite fenêtre se rouvre, et en sort une autre marionnette : une jeune femme qui dit : « Quand vous étiez jeune... »

3

Quand il était très jeune, il n'osait jamais avouer à une femme ses fantaisies érotiques. Il se croyait tenu de transformer toute son énergie amoureuse en un exploit physique stupéfiant sur le corps féminin. Ses partenaires, non moins jeunes, partageaient d'ailleurs cet avis. Il se souvient vaguement que l'une d'elles, désignons-la par la lettre A, s'était pendant l'amour subitement arc-boutée sur les coudes et les chevilles, en s'incurvant comme un pont ; comme il était couché sur elle, il avait perdu l'équilibre et failli tomber du lit. Ce geste sportif était, pour Rubens, riche de significations passionnelles dont il fut reconnaissant à son amie. Il vivait sa première période : la *période du mutisme athlétique*.

Ce mutisme, il le perdit peu à peu par la suite ; il s'estima très audacieux le jour où, pour la première fois, il désigna à haute voix devant une jeune fille certaine partie de son corps. L'audace, à vrai dire, était moindre qu'il ne pensait, car l'expression employée était un tendre diminutif ou une périphrase poétique. Pourtant, il était transporté par son propre courage (surpris aussi de voir que la jeune fille ne lui imposait pas silence) et il se mit à inventer les métaphores les plus alambiquées pour parler, par un détour poétique, de l'acte sexuel. C'était sa seconde période : la *période des métaphores*.

À l'époque, il sortait avec B. Après l'habituel prélude verbal (très métaphorique !), ils firent l'amour. Se sentant sur le point de jouir, elle prononça soudain une phrase où son propre sexe était désigné par un terme sans équivoque, et non métaphorique. C'était la première fois qu'il entendait ce mot-là dans la bouche d'une femme (autre date importante sur le cadran, soit dit en passant). Surpris, ébloui, il comprit que ce terme brutal a beaucoup plus de charme et de force explosive que toutes les métaphores jamais inventées.

Quelque temps plus tard, C l'invita chez elle. Cette femme était de quinze ans son aînée. Avant le rendez-vous, il répéta devant son ami M toutes les sublimes obscénités (non, plus de métaphores !) qu'il se proposait de dire à la dame C pendant le coït. Ce fut un étrange ratage : avant qu'il n'eût trouvé le courage nécessaire, c'est elle qui les proféra. De nouveau, il fut stupéfait. Non seulement l'audace de sa partenaire avait devancé la sienne mais, chose plus étrange encore, elle avait employé littéralement les mêmes tournures qu'il avait passé plusieurs jours à mettre au point. Cette coïncidence l'enthousiasma. Il la porta au compte d'une sorte de télépathie érotique, ou de mystérieuse parenté d'âmes. C'est ainsi qu'il entra progressivement dans sa troisième période : la *période de la vérité obscène*.

La quatrième période fut étroitement liée à son ami M : la *période du téléphone arabe*. On appelait téléphone arabe un jeu auquel il avait beaucoup joué entre cinq et sept ans : les enfants se tenant assis côte à côte, le premier chuchotait une longue phrase au second qui la chuchotait au troisième, lequel la répétait au quatrième, et ainsi de suite jusqu'au dernier qui la prononçait à voix haute, d'où un rire général devant la différence entre la phrase initiale et son ultime transformation. Adultes, Rubens et M jouaient au téléphone arabe en susurrant à leurs maîtresses des phrases obscènes, extraordinairement sophistiquées ; sans se douter qu'elles participaient au jeu, les femmes les répercutaient. Et comme Rubens et M avaient quelques maîtresses communes (ou des amantes qu'ils se repassaient discrètement), ils pouvaient s'envoyer par leur intermédiaire de joyeux signes d'amitié. Un jour, une femme lui chuchota pendant l'amour une phrase si tarabiscotée, si improbable, que Rubens reconnut aussitôt une malicieuse trouvaille de son ami et ne put se retenir ; la femme prit son rire étouffé pour une convulsion amoureuse et, encouragée, répéta la phrase ; la troisième fois, elle la cria, si bien qu'au-dessus de leurs corps en pleine copulation, Rubens aperçut le fantôme de son ami riant aux éclats.

Alors il se rappela la jeune B qui, vers la fin de la période des métaphores, avait inopinément employé un mot obscène. Avec le recul, une question lui vint à l'esprit : ce mot, l'avait-elle prononcé pour la première fois ? Il n'en doutait pas à l'époque. Il pensait qu'elle était amoureuse de lui, il la soupçonnait de vouloir l'épouser et de ne connaître aucun autre homme. À présent, il comprenait qu'un homme avait dû d'abord lui apprendre (je dirai même, l'entraîner) à prononcer ce mot avant qu'elle ne pût le dire à Rubens. Oui, avec le recul des années, grâce à l'expérience du téléphone arabe, il se rendait compte qu'à l'époque où elle lui jurait fidélité, B avait à coup sûr un autre amant.

L'expérience du téléphone arabe le transforma : il perdit la sensation (sensation à laquelle nous succombons tous) que l'amour physique est un moment d'intimité totale pendant lequel deux corps solitaires se serrent l'un contre l'autre, dans un monde transformé en désert infini. Il savait désormais qu'un tel moment ne procure guère de solitude. Même dans la foule des Champs-Élysées, il était plus intimement seul que dans l'étreinte de l'amante la plus secrète. Car la période du téléphone arabe est la période sociale de l'amour : tout le monde participe, par la vertu de quelques mots, à l'étreinte de deux êtres ; la société alimente sans cesse le marché des images lubriques et assure leur diffusion et leur échange. Il avança alors la définition suivante de la nation : communauté d'individus dont la vie érotique est liée par le même téléphone arabe.

Mais il rencontra ensuite la jeune D, de toutes ses femmes la plus verbale. Dès leur deuxième rencontre, elle s'avoua fanatiquement onaniste, et capable de parvenir à la jouissance en se récitant des contes de fées. « Des contes de fées ? Lesquels ? Raconte ! » et il se mit à lui faire l'amour. Elle raconta : une piscine, des cabines, des trous percés dans la cloison de bois, les regards qu'elle sentait sur

411

sa peau lorsqu'elle se déshabillait, la porte qui s'ouvrait subitement, quatre hommes sur le seuil, et ainsi de suite, et ainsi de suite ; le conte de fées était beau, était banal, et Rubens n'avait qu'à se louer de sa partenaire.

Mais une chose étrange lui était arrivée entre-temps : quand il rencontrait d'autres femmes, il trouvait dans leur imaginaire les fragments de ces longs contes de fées que D lui avait récités pendant l'amour. Il rencontrait souvent le même mot, la même tournure, bien que ces mots et cette tournure fussent tout à fait inhabituels. Le grand monologue de D était un miroir où se reflétaient toutes les femmes qu'il avait connues, c'était une vaste ency-clopédie, un Larousse en huit volumes d'images et de tournures lascives. D'abord, il interpréta le monologue de D selon le principe du téléphone arabe : par l'intermédiaire de centaines d'amants, toute la nation apportait dans la tête de son amie, comme dans une ruche, les images lubriques buti-nées aux quatre coins du pays. Mais il constata plus tard que l'explication n'était pas vraisemblable. Certains fragments du grand monologue de D se retrouvaient chez des femmes dont il savait, avec certitude, qu'elles n'avaient pu entrer indirectement en contact avec D, aucun amant commun n'ayant pu jouer entre elles le rôle de coursier.

Rubens se souvint alors de son aventure avec C : il avait préparé pour elle des phrases lascives, mais c'est elle qui les avait dites. À l'époque, il se disait que c'était de la télépathie. Or C avait-elle vraiment lu ces phrases dans la tête de Rubens ? Plus probablement, elle les avait dans sa tête à elle bien avant de le connaître. Mais comment pouvaient-ils avoir tous les deux les mêmes phrases en tête ? C'est qu'elles devaient avoir une source commune. L'idée vint alors à Rubens qu'un seul et même flot traverse tous les hommes et toutes les femmes, une même rivière souterraine charriant des images érotiques. Chaque individu reçoit son lot d'images non pas d'un amant ou d'une amante, comme dans le jeu du téléphone arabe, mais de ce flot impersonnel (transpersonnel ou infra-personnel). Or, dire que la rivière qui nous traverse est impersonnelle, c'est dire qu'elle ne relève pas de nous, mais de celui qui nous a créés et qui l'a mise en nous ; c'est dire, en d'autres termes, qu'elle relève de Dieu, voire qu'elle est Dieu, ou l'un de ses avatars. Quand Rubens formula pour la première fois cette idée, elle lui parut blasphématoire, mais ensuite l'apparence de blasphème s'évapora et il plongea dans la rivière souterraine avec une sorte d'humilité religieuse : il sentait que dans ce flot nous sommes tous unis, non pas comme les membres d'une même nation, mais comme des enfants de Dieu ; chaque fois qu'il s'immergeait dans ce flot, il éprouvait la sensation de se confondre avec Dieu dans une sorte de fusion mystique. Oui, la cinquième période était la *période mystique*.

4

La vie de Rubens se réduit-elle donc à un récit d'amour physique ?

On peut en effet la comprendre ainsi ; et le jour où il en eut la révélation marque, lui aussi, une date importante sur le cadran.

Encore lycéen, il passait des heures au musée à regarder des tableaux, peignait à la maison des centaines de gouaches et se faisait une réputation parmi ses camarades grâce à ses caricatures des professeurs. Il les dessinait au crayon pour la revue ronéotypée des élèves, ou bien, à la récréation, les traçait à la craie sur le tableau noir, à la grande joie de la classe. Cette époque lui permit de découvrir ce qu'est la gloire : on le connaissait et l'admirait dans le lycée, et tout le monde, par plaisanterie, l'appelait Rubens. En souvenir de ces belles années (ses seules années de gloire), il avait gardé ce sobriquet toute sa vie et (avec une naïveté inattendue) en avait imposé l'usage à ses amis.

La gloire prit fin avec le baccalauréat. Il voulut poursuivre ses études à l'École des Beaux-Arts, mais échoua aux examens. Était-il moins bon que les autres ? Ou manquait-il de chance ? C'est curieux, à des questions aussi simples je ne sais pas répondre.

Avec indifférence, il se lança donc dans des études de droit, en imputant son échec à la petitesse de sa Suisse natale. Espérant réaliser ailleurs sa vocation de peintre, il tenta sa chance à deux reprises : d'abord en se présentant sans succès au concours de l'École des Beaux-Arts de Paris, puis en proposant ses dessins à diverses revues. Pourquoi les refusèrent-elles ? Les dessins étaient-ils mauvais ? Les destinataires étaient-ils bêtes ? Ou bien l'époque ne s'intéressait-elle plus au dessin ? Je peux tout au plus répéter que je n'ai pas de réponse à ces questions.

Lassé de ces échecs, il renonça. On peut en conclure, bien sûr (et il en était conscient), que sa passion pour le dessin et la peinture était moins intense qu'il ne l'avait cru : il s'était trompé, au lycée, en s'attribuant une vocation d'artiste. Cette découverte le déçut d'abord, mais bientôt, comme un défi, une apologie de la résignation résonna dans son âme : pourquoi serait-il obligé d'avoir de la passion pour la peinture ? Qu'y a-t-il de si louable dans la passion ? La plupart des mauvais tableaux, des mauvais poèmes ne sont-ils pas nés simplement parce que les artistes voient dans leur passion pour l'art quelque chose de sacré, une mission, un devoir (envers eux-mêmes, voire envers l'humanité) ? Son propre renoncement l'incitait à considérer artistes et écrivains comme des gens moins talentueux qu'ambitieux, et il évita désormais leur compagnie.

Son plus grand rival, N, un garçon du même âge, originaire de la même ville et ancien élève du même lycée, fut admis à l'École des Beaux-Arts et connut bientôt, de surcroît, un remarquable succès.

Au temps de leurs études secondaires, tout le monde croyait Rubens beaucoup plus doué que N. Cela veut-il dire que tout le monde se trompait ? Ou bien que le talent est quelque chose que l'on peut perdre chemin faisant ? Comme on s'en doute, il n'y a pas de réponse à ces questions. D'ailleurs, l'important n'est pas là : à l'époque où ses échecs l'incitaient à renoncer définitivement à la peinture (époque des premiers succès de N), Rubens avait une liaison avec une fille très jeune et très belle, tandis que N épousait une riche demoiselle, si laide qu'en sa présence Rubens en avait le souffle coupé. Il lui semblait que cette coïncidence était comme le signe du destin, lui indiquant où se situe le centre de gravité de sa vie : non pas dans la vie publique mais dans la vie privée, non pas dans la poursuite d'une carrière mais dans le succès auprès des femmes. Et soudain, ce qui la veille encore paraissait une défaite se révéla une surprenante victoire : oui, il renonçait à la gloire, à la lutte pour la reconnaissance (lutte vaine et triste), afin de se consacrer à la vie même. Il ne se demanda même pas pourquoi, au juste, les femmes seraient la « vie même ». Cela lui semblait évident et indubitable. Il était certain d'avoir choisi une meilleure voie que son condisciple flanqué d'un laideron. Dans ces conditions, sa jeune et belle amie n'incarnait pas seulement pour lui une promesse de bonheur, mais surtout son triomphe et son orgueil. Pour confirmer cette victoire inattendue, pour la marquer du sceau de l'irrévocable, il épousa la belle, persuadé de susciter l'envie générale.

5

Les femmes représentent pour Rubens la « vie même » et pourtant il n'a rien de plus pressé que d'épouser sa belle, et ainsi, du même coup, de renoncer aux femmes. Voilà un comportement illogique, mais tout à fait courant. Rubens avait vingt-quatre ans. Il venait d'entrer dans la période de la vérité obscène (c'était donc à l'époque où il connaissait depuis peu la fille B et la dame C), mais ses expériences n'infirmaient pas sa conviction qu'au-dessus de l'amour physique, il y a l'amour tout court, le grand amour, valeur suprême dont il avait beaucoup entendu parler, dont il avait beaucoup rêvé, mais dont il ne savait rien. Il n'en doutait pas : l'amour est le couronnement de la vie (de cette « vie même » qu'il avait préférée à sa carrière) et il faut donc l'accueillir à bras ouverts et sans compromis.

Comme je viens de le dire, les aiguilles de son cadran sexuel marquaient alors l'heure de la vérité obscène, mais en tombant amoureux Rubens régressa aussitôt vers les stades précédents : au lit, il restait muet ou débitait à sa fiancée de tendres métaphores, persuadé que l'obscénité les aurait transportés tous deux hors du territoire de l'amour.

Je le dirai autrement : son amour pour la belle le ramena à l'état de puceau ; car en prononçant le mot « amour », comme je l'ai dit en une autre occasion,

417

tout Européen retourne, sur les ailes de l'enchante-ment, à l'état pré-coïtal (ou extra-coïtal), à l'endroit où avait souffert le jeune Werther et où Dominique, dans le roman de Fromentin, avait failli tomber de cheval. Au moment où il rencontra la belle, Rubens était donc prêt à poser sur le feu la marmite avec le sentiment et à attendre le moment où l'ébullition transformerait le sentiment en passion. Ce qui compliquait un peu les choses, c'était la liaison qu'il entretenait dans une autre ville avec une amie (appelons-la E), de trois ans son aînée, qu'il avait connue bien avant sa belle et qu'il fréquenta quel-ques mois encore. Il ne cessa de la voir que le jour où il décida de se marier. Leur rupture ne fut pas provoquée par un refroidissement spontané des sentiments de Rubens à son égard (on verra bientôt à quel point il l'aimait), mais par sa conviction d'être entré dans une phase de la vie, imposante et solennelle, où la fidélité est censée sanctifier l'amour. Pourtant, une semaine avant le jour prévu pour son mariage (dont l'opportunité suscitait quand même en lui quelques doutes), il éprouva pour E, quittée sans la moindre explication, une insoutenable nostalgie. Comme il n'avait jamais appelé amour sa relation avec elle, il fut surpris de la désirer si ardemment, de tout son cœur, de toute sa tête, de tout son corps. N'y tenant plus, il alla la rejoindre. Une semaine durant, il se laissa humilier dans l'espoir de faire l'amour avec elle, il la pria, la supplia, l'accabla de sa tendresse, de sa tristesse, de son insistance, mais elle ne lui offrit que la vue de son visage désolé ; son corps, il ne put même pas le toucher.

Frustré et attristé, il rentra chez lui le matin même du jour des noces. Il se saoula pendant le banquet et, le soir, il conduisit la jeune mariée dans leur appartement. En lui faisant l'amour, aveuglé qu'il était par l'ivresse et la nostalgie, il l'appela par le nom de son ancienne amie. Catastrophe ! Jamais il n'oubliera les grands yeux braqués sur lui avec un étonnement horrifié ! En cet instant où tout s'écroulait, il pensa que l'amie délaissée s'était vengée et avait miné son mariage dès le premier jour. Peut-être comprit-il aussi, en cet instant si bref, l'invraisemblance de ce qui s'était passé, la bêtise grotesque de son lapsus, la bêtise qui rendrait encore plus insupportable l'échec inévitable de son mariage. Ce furent trois ou quatre affreuses secondes pendant lesquelles il resta coi ; puis, soudain, il se mit à crier : « Ève ! Élisabeth ! Ingrid ! », et, incapable de se rappeler d'autres prénoms féminins, il répéta : « Ingrid ! Élisabeth ! Oui, tu es pour moi toutes les femmes ! Toutes les femmes du monde ! Ève ! Clara ! Julie ! Tu es toutes les femmes ! Tu es la femme au pluriel ! Ingrid ! Gretchen ! Toutes les femmes du monde sont en toi, tu portes tous leurs noms !... » et il accéléra les mouvements de l'amour, en véritable athlète du sexe ; après quelques secondes, il put constater que les yeux exorbités de son épouse reprenaient leur aspect habituel et que son corps pétrifié reprenait le rythme avec une rassurante régularité.

La manière dont il échappa au désastre peut paraître à peine croyable, et l'on s'étonne, sans doute, que la jeune mariée ait pris au sérieux une aussi folle comédie. Mais n'oublions pas qu'ils vivaient tous deux sous l'emprise de la pensée précoïtale, qui apparente l'amour à l'absolu. Quel est le critère de l'amour propre à cette période virginale ? Il est purement quantitatif : l'amour est un sentiment très, très, très, très grand. Le faux amour est un sentiment petit, l'amour vrai (die wahre Liebe !) est un très grand sentiment. Mais, du point de vue de l'absolu, tout amour n'est-il pas petit ? Certes. C'est pourquoi l'amour, afin de prouver qu'il est vrai, veut échapper au raisonnable, veut ignorer toute mesure, veut sortir de la vraisemblance, veut se transformer en « délires actifs de la passion » (n'oublions pas Eluard !), en d'autres termes, veut être fou ! L'invraisemblance d'un geste excessif ne peut donc apporter que des avantages. Pour un observateur extérieur, la manière dont Rubens est sorti de son pétrin n'est ni élégante ni convaincante, mais en l'occurrence c'était la seule qui lui permît d'éviter la catastrophe ; en agissant comme un fou, Rubens s'est réclamé de l'absolu, de l'absolu fou de l'amour ; et cela l'a sauvé.

6

Si, en présence de sa très jeune épouse, Rubens est redevenu un athlète lyrique de l'amour, cela ne veut pas dire qu'il avait renoncé une fois pour toutes aux jeux lubriques, mais qu'il voulait mettre la lubricité elle-même au service de l'amour. Il s'imaginait qu'il allait vivre avec une seule femme, dans une extase monogame, toutes les expériences qu'il aurait pu connaître avec une centaine d'autres. Une question restait à résoudre : à quelle cadence l'aventure de la sensualité devait-elle progresser sur le chemin de l'amour ? Comme le chemin de l'amour devait être long, très long, sans fin si possible, il se donna pour principe : freiner le temps, ne rien précipiter.

Disons qu'il se représentait l'avenir sexuel avec sa belle comme l'escalade d'une haute montagne. S'il avait atteint le sommet dès le premier jour, qu'aurait-il fait le lendemain ? Il fallait donc planifier l'ascension, de manière qu'elle occupât toute une vie. Aussi faisait-il l'amour à sa femme avec passion, certes, avec ferveur, mais classiquement pour ainsi dire, en évitant les perversités qui l'attiraient (avec elle plus encore qu'avec n'importe quelle autre), mais qu'il remettait à plus tard.

Il n'avait pas imaginé que pût arriver ce qui arriva : ils cessèrent de s'entendre, ils se tapaient sur les nerfs, ils se disputaient le pouvoir dans le couple,

elle réclamait plus d'espace pour son épanouisse-
ment personnel, il se fâchait qu'elle ne voulût pas lui
cuire les œufs, et avant d'avoir compris ce qui leur
arrivait ils se retrouvèrent divorcés. Le grand sentiment, sur lequel il avait prétendu fonder toute sa
vie, disparut si vite que Rubens douta de l'avoir
jamais éprouvé. Cette évaporation du sentiment
(évaporation subite, rapide, facile !) fut pour lui
quelque chose de vertigineux et d'incroyable qui le
fascina plus encore que l'extase amoureuse vécue
deux ans auparavant.

Si le bilan sentimental de son mariage était nul,
le bilan érotique l'était à plus forte raison. À cause
du lent tempo qu'il s'était imposé, il n'avait pratiqué
avec cette superbe créature que des jeux érotiques
assez naïfs, médiocrement excitants. Non seulement
il n'avait pas atteint le sommet de la montagne, mais
il n'était même pas parvenu au premier belvédère.
Aussi voulut-il revoir la belle après le divorce (elle ne
s'y opposa pas : depuis qu'ils ne se disputaient plus
le pouvoir, elle reprenait goût à leurs rencontres),
afin de mettre vite en œuvre quelques-unes, au
moins, des petites perversions qu'il avait tenues en
réserve pour l'avenir. Mais il ne mit presque rien en
œuvre, parce qu'il choisit, cette fois, un tempo trop
rapide, et la jeune divorcée (qu'il voulait faire passer
d'un seul coup au stade de la vérité obscène)
interpréta son impatiente sensualité comme une
preuve de cynisme et de carence amoureuse, si bien
que leurs relations post-matrimoniales prirent rapidement fin.

Le mariage n'ayant été, dans sa vie, qu'une simple parenthèse, je suis tenté de dire que Rubens revint exactement au point où il se trouvait avant de rencontrer sa future épouse ; mais ce serait faux. Après le gonflement du sentiment amoureux, il vécut son dégonflement si incroyablement indolore et a-dramatique comme une révélation choquante : il se trouvait définitivement *au-delà de l'amour*.

7

Le grand amour qui l'avait ébloui deux ans plus tôt lui fit oublier la peinture. Mais quand il referma la parenthèse du mariage et constata avec un mélancolique dépit qu'il se trouvait au-delà de l'amour, son renoncement à l'art lui apparut soudain comme une capitulation injustifiable.

Il se remit à esquisser, dans son carnet, les tableaux qu'il désirait peindre. Mais pour constater bientôt qu'aucun retour en arrière n'était possible. Lycéen, il s'imaginait que tous les peintres du monde avançaient sur le même grand chemin : c'était une voie royale qui menait de la peinture gothique aux grands Italiens de la Renaissance, puis aux Hollandais, ensuite à Delacroix, de Delacroix à Manet, de Manet à Monet, de Bonnard (ah, combien il aimait Bonnard !) à Matisse, de Cézanne à Picasso. Sur cette voie, les peintres n'avançaient pas en troupe comme des soldats, non, chacun marchait seul, mais les découvertes des uns inspiraient les autres et tous étaient conscients de se frayer un passage vers un inconnu qui était leur but commun et qui les unissait. Puis, tout à coup, le chemin disparut. C'était comme la fin d'un beau rêve : pendant quelques instants, on cherche encore les images pâlies, avant de comprendre qu'on ne peut faire revenir les rêves. Disparu, le chemin perdurait pourtant dans l'âme des peintres, en tant que désir inextinguible d' « aller de l'avant ». Mais où est l' « avant » s'il n'y a plus de chemin ? Dans quelle direction chercher l' « avant » perdu ? Chez les peintres, le désir d' « aller de l'avant » devint névrose ; ils se mettaient tous à courir dans tous les sens, se croisant sans cesse les uns les autres comme des passants agités sur la même place d'une même ville. Tous voulaient se distinguer et chacun s'évertuait à redécouvrir une découverte que l'autre n'avait pas redécouverte. Heureusement, bientôt apparurent des gens (non plus des peintres, mais des marchands, des organisateurs d'expositions flanqués de leurs agents et de leurs conseillers en publicité) qui mirent de l'ordre dans ce chaos, et décidèrent quelle découverte il fallait redécouvrir telle ou telle année. Cette remise en ordre favorisa la vente de tableaux contemporains : ils s'entassèrent soudain dans les salons des mêmes nantis qui, une décennie plus tôt, se moquaient de Picasso ou de Dali, et que Rubens pour cette raison méprisait passionnément. Les nantis avaient décidé d'être modernes et Rubens poussa un « ouf », soulagé de n'être pas peintre.

Un jour, à New York, il visita le Musée d'Art Moderne. Au premier étage on exposait Matisse, Braque, Picasso, Miró, Dali, Ernst ; Rubens fut enchanté : les coups de pinceau sur les toiles exprimaient un plaisir frénétique. Tantôt la réalité subissait un viol grandiose, comme une femme agressée par un faune, tantôt elle affrontait le peintre comme un taureau le torero. Mais à l'étage supérieur, réservé à la peinture plus récente, Rubens se retrouva en plein désert : nulle trace des joyeux coups de pinceau ; nulle trace de plaisir ; disparus, les toreros et les taureaux ; les toiles avaient banni le réel, quand elles ne l'imitaient pas avec une obtuse et cynique fidélité. Entre les deux étages coulait le Léthé, le fleuve de la mort et de l'oubli. Rubens se dit alors que s'il avait fini par renoncer à la peinture, c'était pour une raison plus profonde, peut-être, que le simple manque de talent ou de persévérance : sur le cadran de la peinture européenne, les aiguilles marquaient minuit.

Transplanté au XIXᵉ siècle, que ferait un alchimiste de génie ? Que deviendrait Christophe Colomb aujourd'hui que des centaines de transporteurs assurent les liaisons maritimes ? Qu'écrirait Shakespeare à une époque où le théâtre n'existe pas encore ou n'existe plus ?

Ces questions ne sont pas purement rhétoriques. Quand un homme est doué pour une activité dont l'horloge a sonné la minuit (ou n'a pas encore sonné la première heure), qu'advient-il de son talent ? Va-t-il se transformer ? Va-t-il s'adapter ? Christophe Colomb deviendra-t-il directeur d'une société de transports ? Shakespeare écrira-t-il des scénarios pour Hollywood ? Picasso produira-t-il des bandes dessinées ? Ou bien tous ces grands talents se retireront-ils du monde, s'en iront-ils, pour ainsi dire, dans quelque couvent de l'Histoire, pleins de déception cosmique d'être nés au mauvais moment, hors de l'époque à laquelle ils étaient destinés, hors du cadran qui marquait leur temps ? Abandonne-ront-ils leur talent intempestif comme Rimbaud qui, à dix-neuf ans, a abandonné la poésie ?

À ces questions-là non plus, ni vous, ni moi, ni Rubens n'obtiendrons de réponse. Le Rubens de mon roman était-il un grand peintre virtuel ? Ou bien n'avait-il aucun talent ? A-t-il abandonné ses pinceaux parce que les forces lui ont manqué ou, tout au contraire, parce qu'il a eu la force de percevoir lucidement la vanité de la peinture ? Souvent, bien sûr, il pensait à Rimbaud, auquel en son for intérieur il aimait se comparer (bien qu'avec timidité et ironie). Non seulement Rimbaud a abandonné la poésie radicalement et sans pitié, mais son activité ultérieure en est la sarcastique négation : on dit qu'il se livrait en Afrique au trafic d'armes, voire à la traite des nègres. Même si la seconde affirmation n'est qu'une calomnieuse légende, elle exprime bien, par hyperbole, la violence autodes-tructrice, la passion, la rage avec lesquelles Rimbaud s'est coupé de son passé de poète. Si Rubens a été de plus en plus attiré par le monde des spéculateurs et des financiers, c'est peut-être aussi parce qu'il voyait dans cette activité (à tort ou à raison) le contraire même de ses rêves d'artiste. Le jour où son condisci-ple N devint célèbre, Rubens vendit une toile jadis reçue de lui en cadeau. Non seulement cette vente lui rapporta quelque argent, mais elle lui révéla un bon moyen de gagner sa vie : vendre aux nantis (qu'il méprisait) les œuvres des peintres contempo-rains (qu'il n'estimait pas).

Bien des gens gagnent leur vie en vendant des tableaux, sans avoir honte le moins du monde d'exercer un tel métier. Vélasquez, Vermeer, Rembrandt n'ont-ils pas été marchands de tableaux, eux aussi ? Rubens le sait, bien sûr. Mais s'il est prêt à se comparer au Rimbaud marchand d'esclaves, il ne se comparera jamais aux grands peintres marchands de tableaux. Jamais Rubens ne doutera de la totale inutilité de son travail. Au début, il en fut attristé et se reprocha son immoralisme. Mais il finit par se dire : au fond, que signifie « être utile » ? La somme de l'utilité de tous les humains de tous les temps se trouve entièrement contenue dans le monde tel qu'il est aujourd'hui. Par conséquent : rien de plus moral que d'être inutile.

8

Douze ans environ après son divorce, F vint le voir. Elle lui raconta sa visite chez un monsieur : d'abord, il l'avait priée d'attendre une bonne dizaine de minutes au salon, sous prétexte d'une importante conversation téléphonique à terminer dans la pièce voisine. Peut-être faisait-il plutôt semblant de téléphoner, pour lui permettre de feuilleter entre-temps des revues pornographiques disposées sur une table basse, devant le fauteuil qu'il lui avait désigné. F conclut son récit par cette remarque : « Si j'avais été plus jeune, il m'aurait eue. Si j'avais eu dix-sept ans. C'est l'âge des fantaisies les plus folles, l'âge où l'on ne sait résister à rien... »

Rubens l'avait écoutée plutôt distraitement, mais les derniers mots le tirèrent de son indifférence. Désormais, il en irait toujours ainsi : quelqu'un prononcerait devant lui une phrase qui le prendrait par surprise, comme un reproche lui rappelant quelque chose qu'il avait manqué, manqué irrévocablement. Quand F parla de ses dix-sept ans et de l'incapacité où elle était alors de résister aux tentations, il se rappela sa jeune épouse, qui avait dix-sept ans elle aussi à l'époque de leur première rencontre. Il se souvint d'un hôtel de province, où il se trouvait avec elle quelque temps avant le mariage. Ils faisaient l'amour dans une chambre voisine de celle qu'occupait un ami. « Il nous entend ! », avait chuchoté plusieurs fois la future épouse. À présent (assis en face de F qui lui racontait les tentations de ses dix-sept ans), Rubens se rendait compte que cette nuit-là elle avait poussé des soupirs plus forts que d'habitude, qu'elle avait même crié, et qu'elle avait donc crié exprès pour être entendue de l'ami. Les jours suivants, elle avait souvent évoqué cette nuit : « Crois-tu vraiment qu'il ne nous a pas entendus ? » À l'époque, il avait vu dans cette question l'expression de sa pudeur effarouchée, et il avait tenté de l'apaiser (une pareille naïveté le faisait maintenant rougir jusqu'aux oreilles !), en l'assurant que l'ami passait pour dormir comme un loir.

En regardant F, il songeait qu'il n'avait pas particulièrement envie de lui faire l'amour en présence d'une autre femme ou d'un autre homme. Mais comment était-il possible que le souvenir de sa femme, soupirant et criant quatorze ans plus tôt en pensant à l'ami couché derrière la cloison, comment était-il possible que ce souvenir, après tant d'années, lui fît monter le sang à la tête ?

Il se dit : l'amour à trois, à quatre, ne peut être excitant qu'en présence d'une femme aimée. Seul l'amour est capable d'éveiller l'étonnement, l'excitation horrifiée, devant le corps d'une femme qu'un homme étreint. La vieille devise moralisatrice selon laquelle le contact sexuel sans amour n'a pas de sens se trouvait soudain justifiée et prenait une signification nouvelle.

9

Le lendemain, il prit l'avion pour Rome où il lui fallait régler quelques affaires. Vers quatre heures, il était libre. Plein d'une indéracinable nostalgie, il songeait à son ancienne épouse, mais pas seulement à elle ; toutes les femmes qu'il avait connues défilaient devant ses yeux et il lui semblait qu'il les avait toutes manquées, qu'il avait vécu avec elles beaucoup moins qu'il n'aurait pu et n'aurait dû. Pour se débarrasser de cette nostalgie, de cette insatisfaction, il se rendit à la pinacothèque du palais Barberini (dans toutes les villes, il visitait les pinacothèques), puis il se dirigea vers l'escalier de la place d'Espagne et monta à la Villa Borghèse. Sur des socles, jalonnant les longues allées du parc, étaient posés des bustes en marbre d'Italiens célèbres. Leur visage, immobilisé dans une grimace finale, était exposé comme un résumé de leur vie. Rubens avait toujours été sensible à l'aspect comique des statues. Il sourit. Puis il se rappela les contes de fées de son enfance : un magicien envoûte les gens au cours d'un banquet ; tous gardent la posture qu'ils avaient en cet instant : la bouche ouverte, le visage déformé par la mastication, un os rongé à la main. Un autre souvenir : aux rescapés de Sodome, Dieu a interdit de se retourner, sous peine d'être changés en statues de sel. Cette histoire de la Bible illustre sans équivoque qu'il n'y a pas pire châtiment, pire horreur que de transformer un instant en éternité, d'arracher l'homme au temps et à son mouvement continu. Perdu dans ces pensées (oubliées l'instant d'après), il la vit soudain ! Non, ce n'était pas sa femme (celle qui poussait des soupirs, se sachant entendue par un ami dans la pièce voisine), c'était quelqu'un d'autre.

Tout se joua en une fraction de seconde. Il ne la reconnut qu'au dernier moment, alors qu'elle parvenait à sa hauteur et que le pas suivant les aurait définitivement éloignés l'un de l'autre. Avec une exceptionnelle promptitude il s'arrêta net, se retourna (elle réagit aussitôt) et lui adressa la parole.

Il avait l'impression que c'était elle qu'il avait désirée pendant des années, qu'il avait cherchée dans le monde entier. À cent mètres de là se trouvait un café dont les tables étaient rangées à l'ombre des arbres, sous le ciel magnifiquement bleu. Ils s'assirent face à face.

Elle portait des lunettes noires. Il les prit entre deux doigts, les lui ôta délicatement et les posa sur la table. Elle ne se défendit pas.

« C'est à cause de ces lunettes, dit-il, que j'ai failli ne pas vous reconnaître. »

Ils burent de l'eau minérale, sans pouvoir se quitter des yeux. Elle était à Rome avec son mari et ne disposait plus que d'une heure. Il savait que si les circonstances l'avaient permis, ils auraient fait l'amour le jour même, à cette minute même.

Comment s'appelait-elle ? Quel était son prénom ? Il l'avait oublié et jugea impossible de le lui demander. Il lui raconta (avec une entière sincérité) que, pendant tout le temps de leur séparation, il avait eu l'impression de l'attendre. Comment lui avouer alors qu'il ne connaissait pas son nom ?

Il dit : « Savez-vous comment nous vous appelions ?

— Non.

— La luthiste.

— Pourquoi la luthiste ?

— Parce que vous étiez délicate comme un luth. C'est moi qui ai inventé ce nom pour vous. »

Oui, c'est lui qui l'avait inventé. Non pas à l'époque où il avait fait, très brièvement, sa connaissance, mais à présent, dans le parc de la Villa Borghèse, parce qu'il avait besoin d'un nom pour lui parler ; et parce qu'il la trouvait délicate et élégante et douce comme un luth.

10

Que savait-il d'elle ? Peu de chose. Il se rappelait vaguement l'avoir aperçue sur un court de tennis (peut-être avait-il vingt-sept ans, elle dix de moins) et l'avoir invitée un jour dans une boîte de nuit. On pratiquait alors une danse où l'homme et la femme restent à un pas l'un de l'autre, se tortillent et lancent chaque bras tour à tour en direction du partenaire. C'est avec ce mouvement qu'elle s'était inscrite dans sa mémoire. Qu'avait-elle de si étrange ? Ceci surtout : elle ne regardait pas Rubens. Où donc regardait-elle ? Dans le vide. Tous les danseurs fléchissaient à demi les bras et les lançaient en avant tour à tour. Elle aussi effectuait ce mouvement, mais d'une manière un peu différente : en lançant un bras vers l'avant, elle lui faisait décrire une courbe : vers la gauche avec le bras droit, vers la droite avec le bras gauche. Comme si elle avait voulu dissimuler son visage derrière ces mouvements circulaires. Comme si elle avait voulu l'effacer. La danse était alors tenue pour relativement impudique, et c'était comme si la jeune fille avait désiré danser impudiquement tout en cachant son impudeur. Rubens fut sous le charme ! Comme s'il n'avait jamais rien vu de plus tendre, de plus beau, de plus excitant. Puis ce fut un tango et les couples s'enlacèrent. Ne pouvant résister à une impulsion subite, il lui posa une main sur le sein. Il eut peur. Qu'allait-elle faire ? Elle ne fit rien. Elle continua à danser, la main de Rubens posée sur son sein, en regardant droit devant elle. D'une voix presque tremblante, il lui demanda : « Quelqu'un a-t-il déjà touché votre sein ? » D'une voix non moins tremblante (c'était vraiment comme si l'on avait effleuré les cordes d'un luth), elle répondit : « Non. » La main toujours posée sur son sein, il perçut ce « non » comme le plus beau mot du monde et fut transporté : il lui semblait voir la pudeur ; la voir de tout près, la voir exister ; il eut l'impression de pouvoir toucher cette pudeur (du reste, il la touchait pour de bon, car la pudeur de la jeune fille s'était retirée tout entière en son sein, avait investi son sein, s'était transformée en sein).

Pourquoi l'avait-il perdue de vue ? Il se creusait la tête sans trouver de réponse. Il ne s'en souvenait plus.

11

Arthur Schnitzler, le romancier viennois du tournant du siècle, a publié sous le titre *Mademoiselle Else* une nouvelle remarquable. L'héroïne est une jeune fille dont le père s'est endetté au point de risquer la ruine. Le créancier promet d'effacer les dettes du père, à condition que sa fille se montre nue devant lui. Après un long combat intérieur, Else consent, mais sa pudeur est telle que l'exhibition de sa nudité lui fait perdre la raison, et elle meurt. Évitons tout malentendu : il ne s'agit pas d'un conte moralisateur, dirigé contre un méchant richard vicieux ! Non, il s'agit d'une nouvelle érotique qui tient en haleine ; elle nous fait comprendre le pouvoir qu'avait jadis la nudité : pour le créancier, elle signifiait une énorme somme d'argent, et pour la jeune fille une pudeur infinie qui faisait naître une excitation confinant à la mort.

Sur le cadran de l'Europe, la nouvelle de Schnitzler marque un moment important : les tabous érotiques étaient encore puissants à la fin du puritain XIXᵉ siècle, mais le relâchement des mœurs suscitait déjà un désir, non moins puissant, de surmonter ces tabous. Pudeur et impudeur se recoupaient en un point où leurs forces étaient égales. Ce fut un moment d'extraordinaire tension érotique. Vienne le vécut au tournant du siècle. Ce moment ne reviendra plus.

La pudeur signifie que nous nous défendons de ce que nous voulons, tout en éprouvant de la honte à vouloir ce dont nous nous défendons. Rubens appartenait à la dernière génération européenne élevée dans la pudeur. C'est pourquoi il fut si excité de poser la main sur le sein de la jeune fille et de mettre ainsi sa pudeur en marche. Un jour, au lycée, il s'était secrètement faufilé dans un couloir et, par une fenêtre, avait pu voir les filles de sa classe, seins nus, attendant de passer la radio pulmonaire. L'une d'elles l'aperçut et poussa un cri. Les autres se couvrirent à la hâte de leurs manteaux et s'élancèrent dans le couloir à sa poursuite. Il vécut un moment de terreur ; soudain, ce n'étaient plus des camarades de classe, des copines prêtes à plaisanter et à flirter. Sur leur visage se lisait une réelle méchanceté multipliée par leur nombre, une méchanceté collective décidée à lui donner la chasse. Il s'échappa, mais elles n'abandonnèrent pas la poursuite et le dénoncèrent à la direction du lycée. Il récolta un blâme devant toute la classe. Avec un mépris non feint, le directeur le qualifia de voyeur.

Il avait à peu près quarante ans lorsque les femmes laissèrent leurs soutiens-gorge dans un tiroir et, allongées sur les plages, montrèrent leurs seins au monde entier. Il se promenait sur le rivage et évitait de regarder leur nudité inattendue, parce que le vieil impératif s'était enraciné en lui : ne pas blesser la pudeur d'une femme. Quand il croisait une femme de sa connaissance, par exemple l'épouse d'un collègue, qui était sans soutien-gorge, il constatait avec surprise que ce n'était pas elle qui avait honte, mais lui. Embarrassé, il ne savait où poser les yeux. Il essayait de ne pas regarder ses seins, mais c'était impossible, car on perçoit les seins nus d'une femme alors même qu'on regarde ses mains ou ses yeux. Aussi tentait-il de regarder leurs seins avec autant de naturel que s'il avait regardé un front ou un genou. Mais ce n'était pas facile, précisément parce que les seins ne sont ni un front ni un genou. Quoi qu'il fît, il lui semblait que ces seins nus se plaignaient de lui, qu'ils l'accusaient de ne pas être suffisamment d'accord avec leur nudité. Et il avait l'impression très forte que les femmes rencontrées sur la plage étaient celles qui, vingt ans plus tôt, l'avaient dénoncé au directeur pour voyeurisme : tout aussi méchantes, elles exigeaient de lui, avec la même agressivité multipliée par leur nombre, qu'il reconnût leur droit de se montrer nues.

Finalement, tant bien que mal, il se réconcilia avec les seins nus, mais sans pouvoir se défaire du sentiment qu'une chose grave venait de se produire : sur le cadran de l'Europe, l'heure avait sonné : la pudeur avait disparu. Et non seulement elle avait disparu, mais elle avait disparu si facilement, en une seule nuit, qu'on pouvait penser qu'elle n'avait jamais existé. Qu'elle n'était qu'une simple invention des hommes se trouvant en face d'une femme. Que la pudeur n'était qu'un mirage des hommes. Leur rêve érotique.

12

Après son divorce, comme je l'ai dit, Rubens se retrouva définitivement « au-delà de l'amour ». Cette formule lui plaisait. Souvent il se répétait (tantôt avec mélancolie, tantôt joyeusement) : j'aurai vécu ma vie « au-delà de l'amour ».

Mais le territoire qu'il appelait « au-delà de l'amour » ne ressemblait pas à l'arrière-cour ombreuse et négligée d'un magnifique palais (palais de l'amour), non, il était vaste et riche, infiniment varié et plus étendu, plus beau peut-être que le palais de l'amour lui-même. Parmi les nombreuses femmes qui l'habitaient, certaines lui étaient indifférentes, d'autres l'amusaient, mais il y en avait aussi dont il était amoureux. Il faut comprendre cette apparente contradiction : au-delà de l'amour, l'amour existe.

En effet, si Rubens repoussait « au-delà de l'amour » ses aventures amoureuses, ce n'était pas par insensibilité, mais parce qu'il entendait les limiter à la simple sphère érotique, leur interdire la moindre influence sur le cours de sa vie. Toutes les définitions de l'amour auront toujours un point commun : l'amour est quelque chose d'essentiel, il transforme la vie en destin : les histoires qui se déroulent « au-delà de l'amour », si belles qu'elles puissent être, ont en conséquence et nécessairement un caractère épisodique.

Mais je répète : quoique bannies « au-delà de l'amour », dans le territoire de l'épisodique, certaines des femmes de Rubens suscitaient en lui de la tendresse, d'autres l'obsédaient, d'autres le rendaient jaloux. C'est dire que les amours existaient même « au-delà de l'amour », et comme dans l' « au-delà de l'amour » le mot « amour » était interdit, toutes ces amours étaient en fait secrètes et donc encore plus captivantes.

Dans le café de la Villa Borghèse, assis en face de celle qu'il appelait la luthiste, il comprit immédiatement qu'elle serait pour lui une « aimée au-delà de l'amour ». Il savait que la vie de cette jeune femme, son mariage, sa famille, ses soucis ne l'intéresseraient pas, il savait qu'ils se verraient très rarement, mais il savait aussi qu'il éprouverait pour elle une extraordinaire tendresse.

« Je me rappelle, dit-il, un autre nom que je vous donnais. Je vous appelais la vierge gothique.

— Moi, une vierge gothique ? »

Jamais il ne l'avait appelée ainsi. L'idée lui en était venue un instant plus tôt, alors qu'ils parcouraient côte à côte la centaine de mètres qui les séparaient du café. La jeune femme avait évoqué en lui le souvenir des tableaux gothiques qu'il avait contemplés au palais Barberini avant leur rencontre.

Il poursuivit : « Chez les peintres gothiques, les femmes ont le ventre légèrement saillant et la tête inclinée vers le sol. Vous avez l'allure d'une jeune vierge gothique. D'une luthiste dans un orchestre d'anges. Vos seins se tournent vers le ciel, votre ventre se tourne vers le ciel, mais votre tête, comme si elle connaissait la vanité de toutes choses, s'incline vers la poussière. »

Ils s'en retournèrent par l'allée où ils s'étaient rencontrés. Les têtes coupées des morts illustres, déposées sur les socles, les regardaient pleines d'arrogance.

À l'entrée du parc, ils prirent congé : il fut convenu que Rubens viendrait la voir à Paris : elle lui donna son nom (le nom de son mari), son numéro de téléphone, et précisa les heures où elle était seule à la maison ; puis elle reprit en souriant ses lunettes noires : « À présent, est-ce que je peux les remettre ?

— Oui », répondit Rubens, et il la suivit long-temps des yeux tandis qu'elle s'éloignait.

13

Le douloureux désir éprouvé la veille de leur rencontre, à l'idée que sa jeune épouse lui avait échappé à jamais, se changea en obsession pour la luthiste. Les jours suivants, il ne cessa de penser à elle. Il chercha dans sa mémoire tout ce qui lui restait d'elle, sans rien trouver d'autre que le souvenir de cette unique soirée en boîte. Cent fois, il évoqua la même image : au milieu des couples de danseurs, elle lui faisait face, à un pas de distance. Elle regardait dans le vide. Comme si elle ne voulait rien voir du monde extérieur et ne se concentrer que sur elle-même. Comme s'il y avait, à un pas de distance, non pas Rubens mais un grand miroir dans lequel elle s'observait. Elle observait ses hanches, projetées en avant tour à tour, elle observait ses mains qui effectuaient en même temps des mouvements circulaires devant ses seins et son visage, comme pour les cacher ou les effacer. Comme si elle les effaçait et les faisait réapparaître en se regardant dans le miroir imaginaire, excitée par sa propre pudeur. Ses mouvements de danse, c'était une *pantomime de la pudeur* : ils ne cessaient de faire référence à sa nudité cachée.

Une semaine après leur rencontre à Rome, ils avaient rendez-vous dans le hall d'un grand hôtel parisien plein de Japonais dont la présence leur

442

donna une agréable impression d'anonymat et de déracinement. Après avoir refermé la porte de la chambre, il s'approcha d'elle et lui posa une main sur le sein : « C'est ainsi que je vous ai touchée, le soir où nous sommes allés danser. Vous en souvenez-vous ?

— Oui », dit-elle, et c'était comme un choc léger sur le bois d'un luth.

Avait-elle honte, comme elle avait eu honte quinze ans plus tôt ? Et, quinze ans plus tôt, avait-elle eu honte ? Bettina eut-elle honte, à Teplitz, quand Goethe lui toucha le sein ? La pudeur de Bettina n'était-elle qu'un rêve de Goethe ? La pudeur de la luthiste n'était-elle qu'un rêve de Rubens ? Toujours est-il que cette pudeur, même irréelle, même réduite au souvenir d'une pudeur imaginaire, était là, avec eux, dans la chambre d'hôtel, les envoûtait par sa magie et donnait un sens à tout ce qu'ils faisaient. Il déshabilla la luthiste comme s'ils venaient de quitter la boîte de nuit de leur jeunesse. Pendant l'amour, il la voyait danser : elle dissimulait son visage avec les gestes de ses mains et s'observait dans un grand miroir imaginaire.

Avec avidité, ils se laissèrent porter par ce flot qui traverse hommes et femmes, par ce flot mystique des images obscènes où toutes les femmes se ressemblent mais où les mêmes gestes et les mêmes mots reçoivent de chaque visage singulier un singulier pouvoir de fascination. Rubens écoutait la luthiste, écoutait ses propres paroles, regardait le délicat visage de la vierge gothique, ses chastes lèvres articulant des mots grossiers, et il se sentait de plus en plus ivre.

Le temps grammatical de leur imagination érotique était le futur : tu me feras, nous allons organiser... Ce futur transforme la rêverie en une perpétuelle promesse (qui, une fois les amants dégrisés, n'est plus valable mais qui, n'étant jamais oubliée, redevient sans cesse promesse). Il était donc inévitable qu'un jour, dans le hall de l'hôtel, il l'attendît en compagnie de son ami M. Ils montèrent avec elle dans la chambre, ils burent et parlèrent, puis se mirent à la déshabiller. Lorsqu'ils lui ôtèrent son soutien-gorge, elle porta les mains à sa poitrine, essayant de se couvrir les seins. Ils la conduisirent alors (elle n'avait plus que son slip) devant une glace (une glace vissée sur la porte d'un placard) : elle se tint debout entre eux deux, les paumes sur les seins, et se regarda, fascinée. Rubens constata que si M et lui ne regardaient qu'elle (son visage, ses mains couvrant sa poitrine), elle ne les voyait pas, regardant comme hypnotisée sa propre image.

14

L'épisode est une notion importante de la *Poéti-que* d'Aristote. Aristote n'aime pas l'épisode. De tous les événements, selon lui, les pires (du point de vue de la poésie) sont les événements épisodiques. N'étant pas une conséquence nécessaire de ce qui le précède et ne produisant aucun effet, l'épisode se trouve en dehors de l'enchaînement causal qu'est une histoire. Tel un hasard stérile, il peut être omis sans que le récit devienne incompréhensible ; dans la vie des personnages, il ne laisse aucune trace. Vous allez en métro rejoindre la femme de votre vie et, à la station qui précède la vôtre, une jeune inconnue qui se tient à côté de vous, prise d'un malaise subit, perd connaissance et s'écroule. Vous ne l'aviez même pas remarquée l'instant d'avant (car, enfin, vous avez rendez-vous avec la femme de votre vie et rien d'autre ne vous intéresse !), mais à présent vous êtes bien forcé de la relever et de la tenir quelques secondes dans vos bras, en attendant qu'elle rouvre les yeux. Vous l'installez sur la banquette qu'on vient de libérer et, comme la rame perd de la vitesse à l'approche de votre station, vous vous détachez impatiemment d'elle pour vous élancer vers la femme de votre vie. Et, dès ce moment, la jeune fille que l'instant d'avant vous avez tenue dans vos bras est oubliée. Voilà un épisode exemplaire. La

445

vie est aussi pleine d'épisodes qu'un matelas l'est de crins, mais le poète (selon Aristote) n'est pas un matelassier et il doit écarter de son récit tous les rembourrages bien que la vie réelle ne soit, peut-être, composée que de tels rembourrages.

Aux yeux de Goethe, sa rencontre avec Bettina était un épisode sans importance ; non seulement il occupait dans sa vie une place quantitativement minuscule, mais Goethe a tout fait pour l'empêcher d'y jouer un rôle de cause et l'a soigneusement tenu à l'écart de sa biographie. Or c'est là qu'apparaît la relativité de la notion d'épisode, cette relativité qu'Aristote n'a pas saisie : personne en effet ne peut garantir qu'un accident épisodique ne contienne pas une potentialité causale, susceptible de se réveiller un jour et de mettre en branle, inopinément, un cortège de conséquences. Un jour, ai-je dit, et ce jour peut arriver alors même que le personnage est mort, d'où le triomphe de Bettina qui est devenue partie intégrante de la vie de Goethe quand Goethe n'était plus en vie.

Nous pouvons donc compléter comme suit la définition d'Aristote : aucun épisode n'est a priori condamné à rester à jamais épisodique, puisque chaque événement, même le plus insignifiant, recèle la possibilité de devenir plus tard la cause d'autres événements, se transformant du même coup en une histoire, en une aventure. Les épisodes sont comme des mines. La plupart n'explosent jamais, pourtant un jour vient où le plus modeste vous sera fatal. Dans la rue, une jeune fille avancera face à vous, en vous jetant de loin un regard qui vous paraîtra un peu halluciné. Elle ralentira progressivement le pas, puis s'arrêtera : « Est-ce bien vous ? Voilà des années que je vous cherche ! » et elle se jettera à votre cou. C'est la jeune fille qui vous était tombée évanouie dans les bras le jour où vous alliez rejoindre la femme de votre vie, laquelle est devenue entre-temps votre épouse et la mère de votre enfant. Mais la jeune fille rencontrée par hasard dans la rue a décidé, depuis longtemps, de tomber amoureuse de son sauveur, et votre rencontre fortuite va lui apparaître comme un signe du destin. Elle vous téléphonera cinq fois par jour, elle vous écrira des lettres, elle ira trouver votre femme pour expliquer qu'elle vous aime et qu'elle a des droits sur vous, jusqu'au moment où la femme de votre vie perdra patience, de colère fera l'amour avec un éboueur et vous plaquera en emmenant votre enfant. Pour échapper à l'amoureuse, qui entre-temps a déballé dans votre appartement tout le contenu de ses armoires, vous irez chercher refuge de l'autre côté de l'océan, et c'est là que vous mourrez dans le désespoir et la misère. Si nos vies étaient éternelles comme celles des dieux antiques, la notion d'épisode perdrait son sens, car dans l'infini tout événement, même le plus négligeable, deviendrait un jour la cause d'un effet et se développerait en histoire.

La luthiste avec laquelle il a dansé à vingt-sept ans n'était pour Rubens qu'un simple épisode, un archiépisode, jusqu'au moment où il l'a revue quinze ans plus tard, par hasard, à la Villa Borghèse.

À ce moment-là, d'un épisode oublié est née soudain une petite histoire, mais même cette histoire, dans la vie de Rubens, est restée entièrement épisodique, sans la moindre chance de jamais faire partie de ce que l'on pourrait appeler sa biographie.

Biographie : suite d'événements que nous estimons importants pour notre vie. Mais qu'est-ce qui est important et qu'est-ce qui ne l'est pas ? Faute de le savoir (et l'idée ne nous vient même pas de nous poser une question aussi simple et aussi bête), nous acceptons comme important ce qui apparaît comme tel aux autres, par exemple à l'employeur qui nous fait remplir un questionnaire : date de naissance, profession des parents, niveau d'études, fonctions exercées, domiciles successifs (appartenance éventuelle au parti communiste, ajoutait-on dans ma vieille patrie), mariages, divorces, date de naissance des enfants, succès, échecs. C'est affreux, mais c'est ainsi : nous avons appris à regarder notre propre vie par les yeux des questionnaires administratifs ou policiers. C'est déjà une petite révolte que d'insérer dans notre biographie une autre femme que notre épouse légitime ; et encore, une telle exception n'est admise que si cette femme a joué dans notre vie un rôle particulièrement dramatique, ce que Rubens n'aurait pas pu dire de la luthiste. D'ailleurs, par son apparence comme par son comportement, la luthiste correspondait à l'image d'une femme-épisode ; elle était élégante mais discrète, belle sans éblouir, portée à l'amour physique mais en même temps timide ; jamais elle n'importunait Rubens par des confidences sur sa vie privée, mais elle se gardait aussi de dramatiser la discrétion de son silence pour le transformer en troublant mystère. C'était une vraie princesse de l'épisode.

La rencontre de la luthiste et de deux hommes dans un grand hôtel parisien était exaltante. Ont-ils alors fait l'amour tous les trois ? N'oublions pas que la luthiste était devenue pour Rubens une « aimée au-delà de l'amour » ; l'ancien impératif se réveilla, qui lui ordonnait de ralentir le cours des événements pour que l'amour ne perde pas trop vite sa charge sexuelle. Avant de la guider vers le lit, il fit signe à son ami de quitter discrètement la chambre.

Pendant l'amour, le futur grammatical transforma donc une nouvelle fois leurs paroles en promesse qui, cependant, ne s'accomplit jamais : peu après, l'ami M disparut de son horizon et l'exaltante rencontre de deux hommes et une femme demeura un épisode sans suite. Rubens voyait la luthiste deux ou trois fois par an, lorsqu'il avait l'occasion de se rendre à Paris. Puis l'occasion ne se présenta plus et, de nouveau, la luthiste disparut presque entièrement de sa mémoire.

15

Les années passèrent et, un jour, il s'assit avec un collègue dans un café de la ville où il demeurait, au pied des Alpes suisses. À la table d'en face, il remarqua une jeune fille qui l'observait. Jolie, la bouche large et sensuelle (qu'il aurait volontiers comparée à une bouche de grenouille, si l'on pouvait dire que les grenouilles sont belles), elle lui parut être celle qu'il avait toujours désirée. Même à trois ou quatre mètres de distance, son corps lui semblait être d'un contact agréable et il le préférait, en cet instant, au corps de toutes les autres femmes. Elle le regardait si intensément que, sans plus écouter son collègue, il se laissa captiver et songea douloureusement que quelques minutes plus tard, en sortant du café, il perdrait cette femme à jamais.

Mais il ne la perdit pas, car lorsqu'ils se levèrent de table elle se leva à son tour et, comme eux, se dirigea vers l'immeuble d'en face où l'on allait sous peu vendre des tableaux aux enchères. En traversant la rue, ils furent pendant un instant si près l'un de l'autre qu'il ne put s'empêcher de lui adresser la parole. Elle réagit comme si elle attendait cela et engagea la conversation avec Rubens sans prêter attention à son collègue qui, embarrassé, les suivit en silence dans la salle des ventes. À la fin des enchères, ils se retrouvèrent seuls dans le même café. Ne disposant plus que d'une demi-heure, ils se hâtèrent de dire tout ce qu'ils avaient à se dire. Mais ce qu'ils avaient à se dire n'était pas grand-chose, et la demi-heure le surprit par sa longueur. La fille était une étudiante australienne, elle avait un quart de sang noir (ce qui ne se voyait guère, mais elle aimait d'autant plus en parler), elle étudiait la sémiologie de la peinture sous la direction d'un professeur de Zurich et, en Australie, elle avait pendant quelque temps gagné sa vie en dansant à demi nue dans une boîte. Toutes ces informations étaient intéressantes, mais donnaient à Rubens une forte impression d'étrangeté (pourquoi danser seins nus en Australie ? pourquoi étudier en Suisse la sémiologie de la peinture ? qu'est-ce au juste que la sémiologie ?), à tel point qu'au lieu d'éveiller sa curiosité, elles le fatiguèrent d'avance comme des obstacles à surmonter. Aussi fut-il heureux de voir la demi-heure s'achever enfin ; immédiatement, son enthousiasme se raviva (car elle n'avait pas cessé de lui plaire) et ils se donnèrent rendez-vous pour le lendemain.

C'est alors que tout alla de travers : il se réveilla avec la migraine, le facteur lui apporta deux lettres désagréables, en téléphonant à un bureau il dut subir la voix impatiente d'une femme qui refusait de comprendre sa demande. Dès que l'étudiante apparut sur le pas de sa porte, ses mauvais pressentiments se confirmèrent : pourquoi s'était-elle habillée tout autrement que la veille ? Aux pieds, d'énormes baskets grises ; au-dessus des baskets, d'épaisses chaussettes ; au-dessus des chaussettes, un pantalon qui, bizarrement, la faisait paraître plus petite ; au-dessus du pantalon, un blouson ; au-dessus du blouson, enfin, il put voir les lèvres de grenouille, toujours aussi attirantes mais à condition de faire abstraction de tout ce qui se trouvait plus bas.

L'inélégance d'une telle tenue n'était en soi pas bien grave (et ne changeait rien au fait que l'étudiante était jolie) ; ce qui inquiétait davantage Rubens, c'était sa propre perplexité : pourquoi une jeune fille qui va rejoindre un homme, avec lequel elle veut faire l'amour, ne s'habille-t-elle pas de manière à lui plaire ? laissait-elle entendre que la tenue vestimentaire est quelque chose d'extérieur, sans importance ? ou bien, au contraire, attribuait-elle de l'élégance à ses vêtements et une séduction à ses énormes baskets ? ou encore, n'avait-elle aucun égard pour l'homme qu'elle allait rencontrer ?

Afin, peut-être, d'obtenir son pardon au cas où leur rencontre ne tiendrait pas toutes ses promesses, il lui avoua avoir passé une mauvaise journée ; sur un ton qu'il s'efforçait de rendre badin, il énuméra tout ce qui depuis le matin lui était arrivé de fâcheux. Elle eut un large sourire : « L'amour est le meilleur antidote aux mauvais présages ! » Rubens fut intrigué par le mot « amour », dont il s'était déshabitué. Qu'entendait-elle par là ? L'acte d'amour physique ? Ou bien le sentiment amoureux ? Tandis qu'il y réfléchissait, elle se déshabilla dans un coin de la pièce et se glissa aussitôt dans le lit, abandonnant, sur une chaise, son pantalon de toile, et sous la chaise, ses énormes baskets avec les épaisses chaussettes à l'intérieur, ces baskets qui s'étaient arrêtées un instant chez Rubens au cours de leur longue pérégrination entre les universités australiennes et les villes d'Europe.

Ce fut un acte d'amour remarquablement paisible et silencieux. Je dirais que Rubens revint soudain au stade du mutisme athlétique, mais le mot « athlétique » serait un peu déplacé, puisque rien ne subsistait des ambitions du jeune homme d'autrefois soucieux de prouver une puissance physique et sexuelle ; l'activité à laquelle ils se livraient semblait avoir un caractère plus symbolique qu'athlétique. Seulement, Rubens n'avait pas la moindre idée de ce que leurs mouvements étaient censés symboliser : la tendresse ? l'amour ? la bonne santé ? la joie de vivre ? le vice ? l'amitié ? la foi en Dieu ? c'était peut-être une prière pour la longévité ? (La fille étudiait la sémiologie de la peinture ; mais n'aurait-elle pas dû l'éclairer plutôt sur la sémiologie du coït ?) Il faisait des mouvements vides et, pour la première fois de sa vie, il ne savait pas pourquoi il les faisait.

Pendant la pause (l'idée vint à Rubens que le professeur de sémiologie, lui aussi, devait certainement faire une pause de dix minutes au cours du séminaire), la fille prononça (d'une voix toujours aussi calme et sereine) une phrase qui de nouveau contenait l'incompréhensible mot « amour ». Rubens rêva : de superbes créatures féminines, venues du fond de l'espace, descendront sur la

453

Terre ; leur corps sera semblable à celui des Ter-
riennes, à ceci près qu'il sera parfait, puisque sur
leur planète d'origine la maladie est inconnue et le
corps exempt de défauts. Mais leur passé extrater-
restre restera à jamais ignoré des hommes de la
Terre, qui par conséquent ne comprendront rien à
leur psychologie ; ils ne pourront jamais prévoir
l'effet, sur elles, de ce qu'ils diront et feront ; ils ne
devineront jamais les sensations dissimulées derrière
leur visage. Avec des êtres à tel point inconnus, se
dit Rubens, il sera impossible de faire l'amour. Puis
il se reprit : notre sexualité est assez automatisée,
sans doute, pour nous permettre de copuler même
avec des femmes extra-terrestres, mais ce serait un
acte d'amour par-delà toute excitation, un simple
exercice physique aussi dépourvu de sentiment que
de lubricité.

La pause s'achevait, la seconde partie du séminaire allait commencer incessamment et Rubens
avait envie de dire quelque chose, quelque énormité,
pour la propulser hors de son équilibre, mais il
savait en même temps qu'il ne s'y déciderait pas. Il
se faisait l'effet d'un étranger contraint de se dispu-
ter avec quelqu'un dans une langue qu'il maîtrise
mal : il ne peut même pas crier une injure, car
l'adversaire lui demanderait naïvement : « Qu'est-ce
que vous avez voulu dire ? Je n'ai rien compris ! »
De sorte que Rubens ne dit aucune énormité et refit
l'amour avec une sérénité muette.

Quand il se retrouva avec elle dans la rue (sans
savoir s'il l'avait satisfaite ou déçue, mais elle

454

paraissait plutôt satisfaite), il avait pris la décision de ne plus la revoir ; sans doute en serait-elle blessée, et interpréterait-elle cette soudaine désaffection (après tout, elle avait dû remarquer à quel point elle l'avait ébloui la veille !) comme une défaite d'autant plus dure qu'inexplicable. Il savait que par sa faute les baskets de l'Australienne voyageraient désormais de par le monde d'un pas encore plus mélancolique. Il prit congé, et au moment où elle tournait le coin de la rue, il sentit s'abattre sur lui la puissante, la déchirante nostalgie de toutes les femmes qu'il avait eues dans sa vie. C'était brutal et inattendu comme une maladie qui, sans s'annoncer, éclate en une seule seconde.

Peu à peu, il comprit. Sur le cadran, l'aiguille atteignait un nouveau chiffre. Il entendit sonner l'heure et vit une petite fenêtre s'ouvrir sur une grande horloge médiévale d'où, mue par un mécanisme miraculeux, sortit une marionnette : c'était une jeune fille, chaussée de baskets énormes. Son apparition signifiait que le désir de Rubens venait de faire volte-face ; jamais plus il ne désirerait de nouvelles femmes ; il n'éprouverait du désir que pour des femmes qu'il avait déjà eues ; son désir, désormais, serait hanté par le passé.

En voyant de belles femmes dans la rue, il s'étonna de ne leur prêter aucune attention. Quelques-unes allaient jusqu'à se retourner sur son passage, mais je crois qu'il ne s'en rendait pas compte. Autrefois, il ne désirait que des femmes nouvelles. Il les désirait si impatiemment qu'avec certaines il ne fit l'amour qu'une fois. Comme pour expier cette obsession de la nouveauté, cette négligence envers tout ce qui était stable et constant, cette impatience insensée qui l'avait précipité en avant, il voulait se retourner, retrouver les femmes du passé, répéter leurs étreintes, aller jusqu'au bout, exploiter tout ce qui était resté inexploité. Il comprit que les grandes excitations se trouvaient désormais derrière lui et que, s'il voulait des excitations nouvelles, il lui faudrait aller les chercher dans le passé.

16

À ses débuts, il était pudique et s'arrangeait toujours pour faire l'amour dans l'obscurité. Dans l'obscurité, il gardait pourtant les yeux grands ouverts, afin d'entrevoir au moins quelque chose dès qu'un faible rayon filtrait à travers le store.

Par la suite, non seulement il s'habitua à la lumière, mais il l'exigea. S'il s'apercevait que sa partenaire avait les yeux fermés, il l'obligeait à les ouvrir.

Puis il constata un jour, avec surprise, qu'il faisait l'amour en pleine lumière, mais que ses yeux étaient fermés. En faisant l'amour, il plongeait dans les souvenirs.

Dans le noir, les yeux ouverts.

En pleine lumière, les yeux ouverts.

En pleine lumière, les yeux fermés.

Le cadran de la vie.

17

Il s'assit devant une feuille de papier et essaya d'inscrire dans une colonne le nom de ses maîtresses. Aussitôt, il enregistra une première défaite. Très rares étaient celles dont il se rappelait le nom aussi bien que le prénom, et dans certains cas il ne pouvait retrouver ni l'un ni l'autre. Les femmes étaient devenues (discrètement, imperceptiblement) des femmes sans nom. S'il avait échangé une correspondance avec elles, peut-être aurait-il gardé leur nom en mémoire, parce qu'il aurait été contraint de l'écrire souvent sur une enveloppe ; mais « au-delà de l'amour », on n'a pas coutume d'envoyer des lettres d'amour. S'il avait eu l'habitude d'appeler ces femmes par leur prénom, peut-être l'aurait-il retenu, mais depuis la mésaventure de sa nuit de noces il s'était imposé d'employer exclusivement de banals surnoms affectueux, que toute femme à tout moment peut accepter sans méfiance.

Il crayonna donc sur une demi-page (l'expérimentation n'exigeait pas une liste complète), en remplaçant souvent les noms par des marques distinctives (« taches de rousseur » ou « institutrice » et ainsi de suite), puis il tenta de reconstituer le curriculum vitæ de chacune. La défaite fut pire encore ! Il ne savait rien de leur vie ! Pour se simplifier la tâche, il se borna à une seule question :

qui étaient leurs parents ? À une exception près (il avait connu le père avant la fille), il n'en avait pas la moindre idée. Et pourtant, les parents avaient dû nécessairement occuper dans leur vie une place fondamentale ! Elles lui avaient certainement beaucoup parlé de leurs parents ! Quel prix attachait-il donc à la vie de ses amies, s'il n'était même pas capable d'en retenir les données les plus élémentaires ?

Il finit par admettre (non sans une certaine gêne) que les femmes n'avaient représenté pour lui qu'une simple expérience érotique. Cette expérience-là, du moins, il tenta alors de se la remémorer. Il s'arrêta par hasard sur une femme (sans nom) qu'il avait, sur sa feuille, désignée comme « la doctoresse ». La première fois qu'ils avaient fait l'amour, que s'était-il passé ? Il revit en imagination son appartement d'alors. À peine étaient-ils entrés qu'elle s'était dirigée vers le téléphone ; puis, devant Rubens, elle s'était excusée auprès de quelqu'un d'être prise ce soir-là par une obligation imprévue. Ils avaient ri de cette excuse et avaient fait l'amour. Curieusement, il entendait toujours ce rire, mais ne voyait plus rien du coït : où avait-il eu lieu ? sur le tapis ? dans le lit ? sur le sofa ? Comment était-elle pendant l'amour ? Et combien de fois s'étaient-ils rencontrés par la suite ? Trois fois ou trente fois ? Et dans quelles conditions avaient-ils cessé de se voir ? Se rappelait-il une seule bribe de leurs conversations, qui avaient bien dû occuper une vingtaine d'heures, sinon une centaine ? Très confusément, il se rappela qu'elle mentionnait souvent un fiancé (quant au contenu de ses informations, il l'avait oublié, bien sûr). Chose bizarre : le fiancé était le seul souvenir qu'il eût gardé. L'acte d'amour avait donc eu, pour lui, beaucoup moins d'importance que l'idée flatteuse et futile de cocufier un homme.

Avec envie, il pensa à Casanova. Non pas à ses exploits érotiques, dont nombre d'hommes sont après tout capables, mais à son incomparable mémoire. Près de cent trente femmes arrachées à l'oubli, avec leur nom, leur visage, leurs gestes, leurs propos ! Casanova : l'utopie de la mémoire. En comparaison, quel pauvre bilan que celui de Rubens ! Quand il avait, au début de l'âge adulte, renoncé à la peinture, il s'était consolé avec l'idée que la connaissance de la vie lui importait plus que la lutte pour le pouvoir. La vie de tous ses amis, lancés à la poursuite du succès, lui avait paru marquée autant par l'agressivité que par la monotonie et le vide. Il avait cru que les aventures érotiques le mèneraient au cœur de la vraie vie, de la vie réelle et pleine, riche et mystérieuse, attirante et concrète, qu'il désirait étreindre. Il voyait soudain son erreur : malgré toutes ses aventures amoureuses, il connaissait les êtres humains tout aussi mal qu'à quinze ans. Il s'était toujours flatté d'avoir intensément vécu ; mais l'expression « vivre intensément » était une pure abstraction ; en cherchant le contenu concret de cette « intensité », il ne découvrait qu'un désert où erre le vent.

L'aiguille de l'horloge lui a annoncé qu'il sera

désormais hanté par le passé. Mais comment être hanté par le passé, si l'on n'y voit qu'un désert où le vent pourchasse quelques lambeaux de souvenirs ? Cela veut-il dire qu'il sera hanté par quelques lambeaux ? Oui. On peut être hanté même par des lambeaux. D'ailleurs, n'exagérons pas : sans doute ne se rappelait-il rien d'intéressant sur le compte de la jeune doctoresse, mais d'autres femmes surgissaient devant ses yeux avec une insistante intensité.

Si je dis qu'elles surgissaient, comment imaginer ce surgissement ? Rubens découvrait une chose assez curieuse : la mémoire ne filme pas, la mémoire photographie. Ce qu'il avait gardé de toutes ces femmes, dans le meilleur des cas, c'étaient quelques photos mentales. Il ne voyait pas ses amies en mouvement continu ; même très brefs, les gestes ne lui apparaissaient pas dans leur durée, mais figés dans une fraction de seconde. Sa mémoire érotique lui offrait un petit album de photos porno, mais aucun film porno. Et quand je dis album, j'exagère, car somme toute Rubens n'avait gardé que sept ou huit photos ; ces photos étaient belles, elles le fascinaient, mais leur nombre était quand même fâcheusement restreint : sept ou huit fractions de secondes, voilà à quoi s'était réduite, dans son souvenir, la vie érotique à laquelle il avait jadis décidé de consacrer toutes ses forces et tout son talent.

J'imagine Rubens à sa table, la tête dans le creux de la main, semblable au penseur de Rodin. À quoi pense-t-il ? Résigné à l'idée que sa vie se réduit à l'expérience érotique, et celle-ci à sept images figées, à sept photographies, il voudrait au moins espérer qu'un coin de sa mémoire recèle encore quelque part une huitième photo, une neuvième, une dixième. Voilà pourquoi il se tient assis, la tête dans la main. Il évoque de nouveau les femmes, l'une après l'autre, en essayant de retrouver pour chacune une photo oubliée.

Au cours de cet exercice, il fait une autre constatation intéressante : il a eu des maîtresses particulièrement audacieuses dans leurs initiatives érotiques et très attirantes physiquement ; pourtant, elles n'ont laissé dans son âme que très peu de photos excitantes, ou pas de photo du tout. En plongeant à présent dans ses souvenirs, il est davantage attiré par des femmes dont l'initiative érotique était comme tamisée et l'apparence discrète : celles-là mêmes qu'à l'époque il avait plutôt sous-estimées. Comme si la mémoire (et l'oubli) avait effectué, depuis, une étonnante transmutation de toutes les valeurs, dépréciant dans sa vie érotique tout ce qui avait été voulu, intentionnel, ostentatoire, planifié, alors que les aventures imprévues et d'allure modeste devenaient dans son souvenir inestimables.

Il pense aux femmes que sa mémoire a ainsi valorisées : l'une d'elles a dû passer l'âge des désirs ; le mode de vie de quelques autres rend difficiles les retrouvailles. Mais il y a la luthiste. Huit ans déjà qu'il ne l'a vue. Trois photographies mentales lui apparaissent. Sur la première elle se tient debout, à un pas de lui, la main immobilisée au milieu du geste qui semble vouloir effacer son visage. La seconde photo saisit le moment où Rubens, la main posée sur son sein, lui demande si on l'a jamais touchée ainsi, et où elle répond « non » à mi-voix, en regardant devant elle. Enfin (cette photo est la plus fascinante), il la voit debout entre deux hommes devant une glace, couvrant des deux mains ses seins nus. Curieusement, sur les trois photos, son visage, beau et immobile, a le même regard : fixé devant elle, passant à côté de Rubens.

Il chercha aussitôt son numéro de téléphone, qu'il connaissait jadis par cœur. Elle lui parla comme s'ils s'étaient vus la veille. Il vint à Paris (cette fois aucune occasion ne s'était présentée, il ne venait que pour elle) et la revit dans le même hôtel où, plusieurs années auparavant, elle s'était tenue debout entre deux hommes, couvrant des deux mains ses seins nus.

18

La luthiste avait toujours la même silhouette, la même grâce dans les mouvements, et ses traits avaient gardé toute leur noblesse. Ceci pourtant avait changé : vue de très près, la peau avait perdu de sa fraîcheur. Rubens ne pouvait manquer de s'en apercevoir ; mais, curieusement, les moments où il le remarquait étaient très brefs, quelques secondes à peine ; aussitôt après, la luthiste regagnait à toute vitesse sa propre image, telle qu'elle se dessinait depuis longtemps dans le souvenir de Rubens ; elle *se cachait derrière son image*.

L'image : Rubens a toujours su ce que c'était. Abrité derrière le dos d'un camarade, il avait fait la caricature d'un professeur. Puis il avait levé les yeux : animé d'une perpétuelle mimique, le visage du professeur ne ressemblait pas au dessin. Pourtant, dès que le professeur fut sorti de son champ visuel, Rubens ne fut plus en mesure de l'imaginer (c'était encore vrai à présent) que sous l'aspect de cette caricature. Le professeur avait *disparu à jamais derrière son image*.

Lors d'une exposition organisée par un photographe célèbre, il avait vu la photo d'un homme qui, sur un trottoir, se relève le visage en sang. Photo inoubliable et énigmatique. Qui était cet homme ? Que lui était-il arrivé ? Peut-être un banal accident, songea Rubens : un faux pas, une chute; et la présence insoupçonnée du photographe. Sans se douter de rien, l'homme s'est relevé et s'est lavé la figure au bistrot d'en face, avant d'aller rejoindre sa femme. Au même instant, dans l'euphorie de sa propre naissance, *son image s'est séparée de lui* et a pris la direction opposée, pour vivre ses propres aventures, accomplir son propre destin.

On peut se cacher derrière son image, on peut disparaître à jamais derrière son image, on peut se séparer de son image : on n'est jamais sa propre image. C'est grâce à trois photos mentales que Rubens, huit ans après l'avoir vue pour la dernière fois, téléphona à la luthiste. Mais qui est la luthiste, en dehors de son image ? Il sait d'elle très peu de chose et ne veut pas en savoir davantage. J'imagine leur rencontre après une interruption de huit ans : il se tient assis en face d'elle, dans le hall d'un grand hôtel parisien. De quoi parlent-ils ? De tout, sauf de la vie qu'ils mènent. Car une connaissance mutuelle trop familière les rendrait étrangers l'un à l'autre, elle dresserait entre eux une barrière d'informations inutiles. Ils ne savent l'un de l'autre que le minimum nécessaire, presque fiers d'avoir caché leur vie dans la pénombre pour que leurs rencontres soient d'autant plus illuminées, arrachées au temps, coupées de tout contexte.

Il enveloppe la luthiste d'un regard tendre, heureux de constater qu'elle a certes un peu vieilli, mais reste toujours proche de son image. Avec une sorte de cynisme ému, il se dit : la valeur de la luthiste physiquement présente c'est son aptitude à toujours se confondre avec son image.

Et il attend, avec impatience, le moment où elle prêtera à cette image son corps vivant.

19

Comme autrefois, ils se rencontrèrent une, deux ou trois fois par an. Et les années passaient. Un jour, il l'appela pour lui annoncer sa venue à Paris deux semaines plus tard. Elle répondit qu'elle n'aurait pas de temps à lui consacrer.

« Je peux ajourner mon voyage d'une semaine, dit Rubens.

— Je n'aurai pas le temps non plus.

— Alors, dis-moi quand ?

— Pas maintenant, répondit-elle avec un embarras très perceptible, non, je ne pourrai pas avant longtemps…

— Il s'est passé quelque chose ?

— Non, rien. »

Ils se sentaient tous deux mal à l'aise. On aurait dit que la luthiste avait décidé de ne pas le revoir, mais n'osait pas le lui dire. En même temps, cette hypothèse était si improbable (aucune ombre ne gâchait jamais leurs belles rencontres) que Rubens lui posa d'autres questions, pour comprendre la raison de son refus. Mais comme leurs rapports reposaient depuis le début sur une totale absence d'agressivité, excluant même toute insistance, il s'interdisait de l'importuner, fût-ce par de simples questions.

Il mit donc fin à l'entretien, se contentant d'ajouter : « Pourrai-je te rappeler ?

— Bien sûr. Pourquoi pas ? » répondit-elle.

Il la rappela un mois plus tard : « Tu n'as toujours pas le temps de me voir ?

— Ne te fâche pas, dit-elle. Tu n'es pas en cause. »

Il lui posa la même question que précédemment : « Il s'est passé quelque chose ?

— Non, rien. »

Rubens se tut. Il ne savait que dire. « Tant pis », fit-il enfin, en souriant mélancoliquement dans l'écouteur.

« Tu n'y es pour rien, je t'assure. Tu n'es pas en cause. C'est de moi qu'il s'agit, pas de toi ! »

Il sembla à Rubens entrevoir dans ces derniers mots quelque espoir. « Mais alors, tout cela n'a aucun sens ! Il faut qu'on se voie !

— Non, dit-elle.

— Si j'étais certain que tu ne veuilles plus me voir, je ne dirais rien de plus. Mais tu dis qu'il s'agit de toi ! Que t'arrive-t-il ? Il faut qu'on se voie ! Il faut que je te parle ! »

À peine avait-il prononcé ces mots qu'il songea : mais non, c'est par tact qu'elle refusait de lui donner la vraie raison, presque trop simple : elle ne voulait plus de lui. C'est sa délicatesse qui la mettait dans l'embarras. Voilà pourquoi il ne devait pas insister. Il serait devenu importun et aurait enfreint leur accord tacite qui interdisait d'exprimer des désirs qui ne sont pas partagés.

Quand elle répéta « Non, je t'en prie », il n'insista donc plus.

468

En raccrochant, il se rappela tout à coup l'étudiante australienne aux énormes baskets. Elle était délaissée, elle aussi, pour des raisons qu'elle ne pouvait comprendre. Si l'occasion s'en était présentée, il l'aurait consolée de la même manière : « Tu n'y es pour rien. Tu n'es pas en cause. C'est de moi qu'il s'agit. » Il comprit que son histoire avec la luthiste était terminée et qu'il ne saurait jamais pourquoi. Il resterait dans l'ignorance, comme l'Australienne à la jolie bouche. Les chaussures de Rubens allaient désormais voyager de par le monde avec un peu plus de mélancolie qu'auparavant. Comme les grandes baskets de l'Australienne.

20

Période du mutisme athlétique, période des métaphores, période de la vérité obscène, période du téléphone arabe, période mystique, tout cela était loin derrière lui. Les aiguilles avaient fait le tour du cadran de sa vie sexuelle. Il se trouvait en dehors du temps de son cadran. Se trouver en dehors du cadran, cela ne signifie ni la fin ni la mort. Minuit a beau avoir déjà sonné sur le cadran de la peinture européenne, les peintres continuent de peindre. Quand on est en dehors du cadran, cela veut simplement dire qu'il ne se produira plus rien de neuf ni d'important. Rubens fréquentait encore des femmes, mais elles avaient perdu pour lui toute importance. Celle qu'il voyait le plus souvent était la jeune G, qui se distinguait par les gros mots dont elle aimait parsemer la conversation. De nombreuses femmes faisaient alors de même. C'était dans l'air du temps. Elles disaient merde, ça me fait chier, con, pour donner à entendre que loin d'appartenir à la vieille génération, conservatrice et bien élevée, elles étaient libres, émancipées, modernes. Il n'empêche que G, dès que Rubens l'eut touchée, leva au plafond des yeux chavirés et plongea dans un saint mutisme. Leurs étreintes étaient toujours longues, presque interminables, parce que G ne pouvait parvenir à l'orgasme, désiré avec avidité, qu'après de très longs efforts. Allongée sur le dos, la sueur au front et le corps en nage, elle travaillait. C'est ainsi, à peu près, que Rubens imaginait l'agonie : brûlé de fièvre, on désire ardemment en finir, mais la fin se dérobe, se dérobe obstinément. Les deux ou trois premières fois, il tenta de hâter la fin en susurrant à G une obscénité, mais comme elle détournait aussitôt la tête en signe de désapprobation, par la suite il garda le silence. Elle, au contraire (d'un ton mécontent et impatient), disait toujours au bout de vingt ou trente minutes : « Plus fort, plus fort, encore, encore ! » et à cet instant il s'apercevait qu'il n'en pouvait plus ; il lui avait fait l'amour trop longtemps et sur un rythme trop rapide pour pouvoir frapper à coups redoublés ; glissant alors sur le côté, il recourait à un expédient qui lui semblait à la fois un aveu d'échec et une virtuosité technique digne d'un brevet : enfonçant profondément la main dans son ventre, il effectuait avec les doigts de puissants mouvements de bas en haut ; un geyser jaillissait, c'était une inondation, elle l'embrassait et le couvrait de mots doux.

Leurs horloges intimes étaient déplorablement asynchrones : quand il était porté à la tendresse, elle sortait ses gros mots ; quand il voulait des gros mots, elle gardait un silence obstiné ; quand il avait besoin de silence et de sommeil, elle devenait tendre et bavarde.

Elle était jolie et tellement plus jeune que lui ! Rubens supposait (modestement) que ce n'était qu'à cause de son adresse manuelle qu'elle venait chaque fois qu'il l'appelait. Il éprouvait pour elle un sentiment de gratitude, parce que pendant les longs moments de transpiration et de silence qu'elle lui permettait de passer sur son corps, il pouvait rêver à loisir, les yeux fermés.

21

Rubens eut un jour entre les mains un vieux recueil de photos du président John Kennedy : rien que des photos en couleurs, une cinquantaine au moins, et sur toutes (sur toutes, sans exception !) le président riait. Il ne souriait pas, non, il riait ! Sa bouche était ouverte et découvrait les dents. Il n'y a là rien d'inhabituel, telles sont aujourd'hui les photos, mais Rubens resta tout de même interdit en constatant que Kennedy riait sur *toutes* les photos, que sa bouche n'était jamais fermée. Quelques jours plus tard, il se rendit à Florence. Debout devant le *David* de Michel-Ange, il se représenta ce visage de marbre aussi hilare que celui de Kennedy. David, ce parangon de la beauté masculine, eut soudain l'air d'un imbécile ! Dès lors, il prit l'habitude de plaquer mentalement une bouche rieuse sur les visages des tableaux célèbres ; ce fut une expérimentation intéressante : la grimace du rire était capable de détruire tous les tableaux ! Imaginez, au lieu de l'imperceptible sourire de la Joconde, un rire qui lui dénude les dents et les gencives !

Bien que familier des pinacothèques, auxquelles il consacrait l'essentiel de son temps, Rubens avait dû attendre les photos de Kennedy pour se rendre compte de cette simple évidence : depuis l'Antiquité jusqu'à Raphaël, peut-être jusqu'à Ingres, les grands peintres et sculpteurs ont évité de figurer le rire, et même le sourire. Il est vrai que les visages des statues étrusques sont tous souriants, mais ce sourire n'est pas une mimique, une réaction immédiate à une situation, c'est l'état durable du visage rayonnant d'éternelle béatitude. Pour les sculpteurs antiques comme pour les peintres des époques ultérieures, le beau visage n'était pensable que dans son immobilité.

Les visages ne perdaient leur immobilité, les bouches ne s'ouvraient que si le peintre voulait saisir le mal. Soit le mal de la douleur : des femmes penchées sur le cadavre de Jésus ; la bouche ouverte d'une mère sur *Le massacre des innocents* de Poussin. Soit le mal en tant que vice : *Adam et Ève* de Holbein. Ève a le visage bouffi, et la bouche entrouverte laisse voir les dents qui viennent de croquer la pomme. À côté d'elle, Adam est encore un homme d'avant le péché : il a le visage calme, la bouche close. Sur l'*Allégorie des vices* du Corrège, tout le monde sourit ! Pour exprimer le vice, le peintre a dû ébranler l'innocente tranquillité des visages, étirer les bouches, déformer les traits par le sourire. Un seul personnage rit sur ce tableau : un enfant ! Mais son rire n'est pas celui du bonheur, tel que l'exhibent les bambins sur les photos publicitaires pour une marque de chocolat ou de couches-culottes. Cet enfant rit parce qu'il est dépravé !

Le rire ne devient innocent que chez les Hollandais : le *Bouffon* de Hals, ou sa *Bohémienne*. Car les peintres de genre hollandais sont les premiers photographes ; les visages qu'ils peignent sont par-delà le beau et le laid. En s'attardant dans la salle des Hollandais, Rubens songeait à la luthiste et se disait : la luthiste n'est pas un modèle pour Frans Hals ; la luthiste est le modèle des grands peintres d'autrefois, qui cherchaient la beauté dans la surface immobile du visage. Puis quelques visiteurs le bousculèrent : toutes les pinacothèques du monde étaient pleines d'une foule de gens, comme jadis les jardins zoologiques ; les touristes en mal d'attractions regardaient les tableaux comme si c'étaient des fauves en cage. La peinture, se dit Rubens, n'est plus chez elle en ce siècle, pas plus que la luthiste ; la luthiste appartient au monde depuis longtemps révolu où la beauté ne riait pas.

Mais comment expliquer que les grands peintres aient exclu le rire du royaume de la beauté ? Rubens se dit : le visage est beau lorsqu'il reflète la présence d'une pensée, tandis que le moment du rire est un moment où l'on ne pense pas. Mais est-ce vrai ? Le rire n'est-il pas cet éclair de la réflexion en train de saisir le comique ? Non, se dit Rubens : à l'instant où il saisit le comique, l'homme ne rit pas ; le rire suit *immédiatement après*, comme une réaction physique, comme une convulsion où toute pensée est absente. Le rire est une convulsion du visage et dans la convulsion l'homme ne se domine pas, étant lui-même dominé par quelque chose qui n'est ni la volonté ni la raison. Voilà pourquoi le sculpteur antique ne représentait pas le rire. L'homme qui ne se domine pas (l'homme au-delà de la raison, au-delà de la volonté) ne pouvait être tenu pour beau.

Si notre époque, contredisant l'esprit des grands peintres, a fait du rire l'expression favorisée du visage, cela veut dire que l'absence de volonté et de raison est devenue l'état idéal de l'homme. On pourrait objecter que sur les portraits photographiques la convulsion est simulée, donc consciente et voulue : Kennedy riant devant l'objectif d'un photographe ne réagit nullement à une situation comique, mais ouvre très consciemment la bouche et découvre les dents. Mais cela prouve seulement que la convulsion du rire (l'au-delà de la raison et de la volonté) a été érigée par les hommes d'aujourd'hui en image idéale derrière laquelle ils ont choisi de se cacher.

Rubens pense : le rire est, de toutes les expressions du visage, la plus démocratique : l'immobilité du visage rend clairement discernable chacun des traits qui nous distinguent les uns des autres ; mais dans la convulsion, nous sommes tous pareils.

Un buste de Jules César se tordant de rire est impensable. Mais les présidents américains partent pour l'éternité cachés derrière la convulsion démocratique du rire.

22

Il revint à Rome. Au musée, il s'attarda longtemps dans la salle de la peinture gothique. Un
tableau le fascinait : une Crucifixion. Que voyait-il ?
À la place du Christ, il voyait une femme qu'on
s'apprêtait à mettre en croix. Comme le Christ, elle
n'avait d'autre vêtement qu'une étoffe blanche
autour des reins. Ses pieds prenaient appui sur une
saillie en bois, tandis que les bourreaux, avec
d'épaisses cordes, liaient ses chevilles au poteau.
Érigée au sommet d'un mont, la croix était visible de
partout. Alentour, une foule de soldats, de gens du
peuple et de badauds regardaient la femme exhibée.
C'était la luthiste. Sentant tous ces regards braqués
sur son corps, elle avait couvert ses seins de ses
paumes. À sa droite et à sa gauche étaient dressées
deux autres croix, portant chacune un larron. Le
premier se penchait vers elle, prenait une de ses
mains et, l'écartant lentement de sa poitrine, il lui
ouvrait le bras jusqu'à l'extrémité de la planche
transversale. Le second avait saisi l'autre main et
effectuait le même mouvement, au terme duquel la
luthiste avait les deux bras écartés. Pendant toute
l'opération, son visage demeurait immobile. Fixement, elle regardait quelque chose au loin. Rubens
savait que ce n'était pas l'horizon, mais un gigantesque miroir imaginaire installé en face d'elle, entre

ciel et terre. Elle y voyait son image, l'image d'une femme en croix, bras écartés et seins nus. Exposée à la foule immense, vociférante, bestiale, elle était excitée comme tous ces gens et s'observait comme ils l'observaient eux-mêmes.

Rubens ne pouvait détacher ses yeux d'un tel spectacle. Quand il y parvint enfin, il songea que ce moment devrait entrer dans l'histoire religieuse sous le nom *La vision de Rubens à Rome*. Jusqu'au soir, il demeura sous l'influence de cet instant mystique. Quatre ans déjà qu'il n'avait pas appelé la luthiste, mais cette fois il n'y tint plus. Dès son retour à l'hôtel, il décrocha le téléphone. À l'autre bout de la ligne une voix féminine se fit entendre, qu'il ne connaissait pas.

Il demanda sur un ton un peu hésitant : « Pourrais-je parler à madame… ? », et il donna le patronyme du mari.

« Oui, c'est moi », dit la voix.

Il prononça alors le prénom de la luthiste ; la voix féminine lui répondit que la femme qu'il appelait était morte.

« Morte ?

— Oui, Agnès est morte. Qui la demande ?

— Un ami.

— Puis-je savoir qui vous êtes ?

— Non », et il raccrocha.

23

Au cinéma, quand quelqu'un meurt, une musique élégiaque retentit aussitôt, mais dans nos vies, quand meurt quelqu'un que nous avons connu, aucune musique ne se fait entendre. Très rares sont les décès qui peuvent nous bouleverser profondément : deux ou trois au cours d'une vie, guère davantage. La mort d'une femme qui n'était qu'un épisode surprit Rubens et l'attrista, mais ne le bouleversa pas, d'autant que cette femme était sortie de sa vie quatre ans plus tôt et qu'il avait alors dû s'y résigner.

Si elle ne rendit pas la luthiste plus absente qu'elle ne l'était, cette mort, pourtant, changea tout. Chaque fois qu'il pensait à elle, Rubens ne pouvait s'empêcher de se demander ce que son corps était devenu. L'avait-on déposé dans un cercueil et mis en terre ? L'avait-on incinéré ? Il évoquait son visage immobile avec les grands yeux qui se regardaient dans un miroir imaginaire. Il voyait les paupières en train de se fermer lentement : soudain, c'était un visage mort. Du fait même que ce visage était si paisible, le passage de la vie à la non-vie était imperceptible, harmonieux, beau. Mais Rubens imagina ensuite ce qu'il était advenu de ce visage. Et ce fut affreux.

G vint le voir. Comme toujours, ils se livrèrent à

leurs étreintes silencieuses, et comme toujours pendant ces moments interminables, la luthiste surgit dans son esprit : comme toujours, elle se tenait devant la glace, les seins nus, et se contemplait d'un regard immobile. Rubens songea soudain qu'elle était morte depuis deux ou trois ans peut-être ; que les cheveux s'étaient déjà décollés du crâne et que les orbites s'étaient creusées. Il voulait se débarrasser de cette image, sinon il n'aurait pu continuer à faire l'amour. Il chassa le souvenir de la luthiste, décidé à se concentrer sur G, sur son souffle qui s'accélérait, mais ses pensées refusaient d'obéir et, comme exprès, lui mettaient sous les yeux ce qu'il ne voulait pas voir. Et lorsqu'elles se décidèrent enfin à lui obéir et à cesser de lui montrer la luthiste dans son cercueil, elles la lui montrèrent au milieu des flammes, dans une posture précise qu'il connaissait par ouï-dire : le corps embrasé se redressait (sous l'effet d'une mystérieuse force physique), si bien que la luthiste se retrouva assise dans le four. Au beau milieu de cette vision d'un cadavre brûlé assis, une voix mécontente et impérieuse retentit soudain : « Plus fort, plus fort, encore, encore ! » Rubens dut interrompre l'étreinte. Il pria G d'excuser sa méforme.

Il se dit alors : de tout ce que j'ai vécu, il ne m'est resté qu'une seule photo. Peut-être contient-elle ce qu'il y a de plus intime, de plus profondément caché dans ma vie érotique, son essence même. Peut-être n'ai-je fait l'amour, ces derniers temps, que pour permettre à cette photo de revivre. Et à présent cette photo est en flammes, et le beau visage paisible se crispe, rétrécit, noircit et tombe en cendres.

G devait revenir la semaine suivante et Rubens s'inquiétait par avance des images qui l'obséderaient pendant l'amour. Espérant chasser la luthiste de son esprit, il s'assit à sa table, la tête dans le creux de la main, et se remit à chercher dans sa mémoire d'autres photos susceptibles de remplacer celle de la luthiste. Il en ramena quelques-unes, et fut même agréablement surpris de les trouver belles et excitantes. Mais il savait bien, au fond de lui-même, que sa mémoire refuserait de les lui montrer quand il ferait l'amour avec G et qu'à leur place, comme dans une blague macabre, elle glisserait subrepticement l'image de la luthiste assise au milieu d'un brasier. Il avait vu juste. Cette fois encore, pendant l'amour, il dut prier G de l'excuser.

Il se dit alors que cela ne pourrait pas lui faire de mal d'interrompre, pour quelque temps, ses relations avec les femmes. Jusqu'à nouvel ordre, comme on dit. Mais semaine après semaine, cette pause se prolongea. Un jour, il finit par se rendre compte qu'il n'y aurait plus de « nouvel ordre ».

SEPTIÈME PARTIE

LA CÉLÉBRATION

1

Dans la salle de gymnastique, de grands miroirs reflètent depuis longtemps bras et jambes en mouvement ; depuis six mois, sous la pression des imagologues, les miroirs ont également envahi trois des murs de la piscine, la quatrième face étant occupée par une immense baie vitrée d'où l'on peut voir les toits de Paris. Nous étions en slip de bain, assis à une table près du bassin où haletaient les nageurs. Entre nous se dressait une bouteille de vin, que j'avais commandée pour célébrer un anniversaire.

Avenarius n'avait même pas pris le temps de me demander de quel anniversaire il s'agissait, entraîné qu'il était par une nouvelle idée : « Imagine qu'on te donne le choix entre deux possibilités. Passer une nuit d'amour avec une belle femme mondialement célèbre, une Brigitte Bardot ou une Greta Garbo, à la seule condition que personne ne le sache jamais ; ou bien te promener avec elle dans la grand-rue de ta ville natale, un bras autour de ses épaules, à la seule condition de ne jamais coucher avec elle. J'aimerais savoir le pourcentage exact de gens qui opteraient pour l'une ou l'autre possibilité. Cela exige une méthode statistique. Je me suis donc adressé à quelques bureaux de sondage, mais ils n'ont pas donné suite.

« — Je n'ai jamais très bien su dans quelle mesure il faut prendre au sérieux ce que tu fais.

— Tout ce que je fais doit être pris absolument au sérieux. »

Je poursuivis : « Je t'imagine, par exemple, en train d'exposer aux écologistes ton plan de destruction des voitures. Tu ne pouvais quand même pas croire qu'ils l'accepteraient ! »

Je marquai une pause. Avenarius gardait le silence.

« Tu pensais qu'ils allaient t'applaudir ?

— Non, dit Avenarius, je n'ai jamais pensé ça.

— Alors, pourquoi leur as-tu exposé ton projet ? Pour les démasquer ? Pour leur prouver que malgré leur gesticulation contestataire ils font partie de ce que tu appelles Diabolum ?

— Rien de plus inutile, dit Avenarius, que de vouloir prouver quelque chose aux imbéciles.

— Reste une seule explication : tu as voulu leur faire une blague. Mais dans ce cas aussi, ton comportement me semble illogique : après tout, tu n'as pas supposé que quelqu'un allait te comprendre et se mettre à rire ! »

Avenarius fit non de la tête et dit avec une certaine tristesse : « Je ne l'ai pas supposé. Diabolum se caractérise par une totale absence du sens de l'humour. Le comique, bien qu'il soit toujours là, est devenu invisible. Faire des blagues n'a donc plus de sens. » Puis il ajouta : « Ce monde prend tout au sérieux. Moi y compris, ce qui est un comble.

— J'ai plutôt l'impression que personne ne

prend rien au sérieux ! Tout le monde cherche à s'amuser, rien d'autre !

— Cela revient au même. Quand l'âne intégral sera obligé d'annoncer à la radio le déclenchement d'une guerre atomique, ou un tremblement de terre à Paris, il fera tout pour être drôle. Peut-être cherche-t-il, dès maintenant, de bons calembours pour ces occasions. Mais cela n'a rien à voir avec le sens du comique. Car ce qui est comique dans ce cas, c'est l'homme qui cherche des calembours pour annoncer un tremblement de terre. Or l'homme qui cherche des calembours pour annoncer un tremblement de terre prend ses recherches au sérieux et ne se doute pas le moins du monde qu'il est comique. L'humour ne peut exister que là où les gens discernent encore la frontière entre ce qui est important et ce qui ne l'est pas. Aujourd'hui, cette frontière est indiscernable. »

Je connais bien mon ami et souvent, pour le plaisir, j'imite sa façon de parler, je fais miennes ses idées et ses observations ; pourtant, il m'échappe. Son comportement me plaît et me fascine, mais je ne peux pas dire que je le comprenne tout à fait. Un jour, j'avais essayé de lui expliquer que l'essence d'un homme n'est saisissable que par une métaphore. Par l'éclair révélateur d'une métaphore. Depuis que je connais Avenarius, je cherche en vain la métaphore qui le saisirait et me permettrait de le comprendre.

« Si ce n'était pas pour faire une blague, pourquoi donc leur as-tu exposé ton plan ? Pourquoi ? »

Avant qu'il eût pu me répondre, une exclamation étonnée nous interrompit : « Professeur Avenarius ! Est-ce possible ? »

Depuis la porte à battants, un bel homme en tenue de bain qui pouvait avoir cinquante ou soixante ans se dirigeait vers nous. Avenarius se leva. Apparemment émus l'un et l'autre, ils se serrèrent longuement la main.

Puis Avenarius me le présenta. Je compris qu'en face de moi se tenait Paul.

2

Il s'assit à notre table ; Avenarius me désigna d'un geste ample : « Vous ne connaissez pas ses romans ? *La vie est ailleurs* ! Il faut lire ça ! Ma femme prétend que c'est excellent ! »

Dans une soudaine illumination je compris qu'Avenarius n'avait jamais lu mon roman ; quand il m'avait forcé, il y a un certain temps, à le lui apporter, c'était parce que son épouse insomniaque avait besoin de consommer au lit des kilos de livres. Cela me peina.

« Je suis venu me rafraîchir les idées dans l'eau », dit Paul. Il aperçut alors le vin et oublia l'eau. « Que buvez-vous ? » Il prit la bouteille et lut attentivement l'étiquette. Puis, il ajouta : « Je bois depuis ce matin. »

Oui, cela se voyait, et j'en fus surpris. Jamais je n'avais imaginé Paul en ivrogne. Je demandai au garçon d'apporter un troisième verre.

Nous nous mîmes à parler de choses et d'autres. Par diverses allusions à mes romans, qu'il n'avait jamais lus, Avenarius incita Paul à une remarque dont le manque de courtoisie à mon égard me laissa presque consterné : « Je ne lis pas de romans. Les Mémoires sont beaucoup plus amusants, et même instructifs. Et les biographies ! Ces derniers temps, j'ai lu des livres sur Salinger, sur Rodin, sur les amours de Franz Kafka. Et une superbe biographie d'Hemingway ! Ah, celui-là, quel imposteur. Quel menteur. Quel mégalomane, dit Paul en riant de bon cœur. Quel impuissant. Quel sadique. Quel macho. Quel érotomane. Quel misogyne.

— Si vous êtes prêt, en tant qu'avocat, à défendre des assassins, dis-je, pourquoi ne prenez-vous pas la défense des auteurs qui, à part leurs livres, ne sont coupables de rien ?

— Parce qu'ils me tapent sur les nerfs », dit Paul avec gaieté, et il versa du vin dans le verre que le garçon venait de poser devant lui.

« Ma femme adore Mahler, poursuivit-il. Elle m'a raconté que quinze jours avant qu'on ne joue pour la première fois sa *Septième symphonie*, il s'est enfermé dans une bruyante chambre d'hôtel et, toute la nuit, a retravaillé l'orchestration.

— Oui, dis-je, c'était à l'automne 1908, à Prague. L'hôtel s'appelait *L'Étoile bleue*.

— Je l'imagine souvent dans cette chambre d'hôtel, au milieu des partitions, poursuivit Paul sans se laisser interrompre, il était persuadé que son œuvre serait foutue si, dans le second mouvement, la mélodie était jouée par la clarinette et non par le hautbois.

— C'est exactement cela », dis-je, en pensant à mon roman.

Paul continua : « Je voudrais qu'on joue cette symphonie devant un public d'éminents connaisseurs ; d'abord avec les corrections des quinze derniers jours, ensuite sans elles. Je parie que personne ne saurait distinguer une version de l'autre. Comprenez-moi : il est certainement admirable que le motif joué au second mouvement par un violon soit repris au dernier mouvement par une flûte. Chaque chose est à sa place, tout est travaillé, pensé, éprouvé, rien n'est laissé au hasard ; mais cette gigantesque perfection nous dépasse, elle dépasse la capacité de notre mémoire, notre capacité de concentration, de sorte que même l'auditeur le plus fanatiquement attentif ne percevra de cette symphonie que la centième partie de ce qu'elle contient, et encore, le centième le moins important aux yeux de Mahler ! »

Cette idée, si évidemment juste, le mettait en joie, alors que j'étais de plus en plus triste : si le lecteur saute une seule phrase de mon roman, il ne pourra rien y comprendre, et pourtant, quel est le lecteur qui ne saute pas de lignes ? Ne suis-je pas moi-même le plus grand sauteur de lignes et de pages ?

Paul poursuivit : « Je ne conteste pas la perfection de toutes ces symphonies. Je conteste seulement l'importance de cette perfection. Ces archisublimes symphonies ne sont que des cathédrales de l'inutile. Elles sont inaccessibles à l'homme. Elles sont inhumaines. Depuis toujours, nous exagérons leur importance. Elles nous ont donné un sentiment d'infériorité. L'Europe a réduit l'Europe à cinquante œuvres géniales, qu'elle n'a jamais comprises. Rendez-vous bien compte de cette inégalité révoltante : des millions d'Européens qui ne représentent rien, face à cinquante noms qui représentent tout ! L'inégalité des classes est un accident mineur, comparé à cette inégalité métaphysique qui transforme les uns en grains de sable, alors qu'elle investit les autres du sens de l'être. »

La bouteille était vide. J'appelai le garçon pour en commander une autre. Il en résulta que Paul perdit le fil.

« Vous parliez des biographies, lui soufflai-je.

— Ah oui, se souvint-il.

— Vous étiez ravi de pouvoir enfin lire la correspondance intime des morts.

— Je sais, je sais », dit Paul, comme s'il voulait prévenir les objections de la partie adverse : « Croyez-moi : à mes yeux aussi, fouiller dans la correspondance intime, interroger les anciennes maîtresses, convaincre des médecins de trahir le secret médical, c'est dégueulasse. Les biographes sont de la racaille et jamais je ne pourrais m'asseoir à leur table comme je le fais avec vous. Robespierre, lui non plus, ne se serait pas assis à table avec la racaille qui pillait et avait des orgasmes collectifs en se repaissant d'exécutions. Mais il savait que rien ne se fait sans la racaille. La racaille est l'instrument de la juste haine révolutionnaire !

— Qu'y a-t-il de révolutionnaire à haïr Hemingway ? demandai-je.

— Je ne parle pas de la haine pour Hemingway ! Je parle de son *œuvre* ! Je parle de *leurs* œuvres ! Il fallait, enfin, dire à haute voix que lire *sur* Hemingway est mille fois plus amusant et édifiant que lire

492

Hemingway. Il fallait prouver que l'œuvre d'Hemingway n'est que la vie d'Hemingway camouflée, et que cette vie est aussi insignifiante que celle de n'importe lequel d'entre nous. Il fallait couper en petits morceaux la symphonie de Mahler et s'en servir comme fond sonore pour une réclame de papier hygiénique. Il fallait en finir une fois pour toutes avec la terreur des immortels. Abattre le pouvoir arrogant de toutes les *Neuvième symphonie* et de tous les *Faust* ! »

Enivré par son propre discours, il se leva, le verre à la main : « Je veux boire avec vous à la fin d'une époque ! »

3

Dans les miroirs qui se reflétaient mutuellement, Paul était vingt-sept fois multiplié et nos voisins de table regardaient avec curiosité sa main brandissant le verre. Deux hommes qui se hissaient hors de l'eau, dans le petit bassin à remous près de la piscine, s'immobilisèrent eux aussi, sans pouvoir quitter des yeux les vingt-sept mains de Paul suspendues en l'air. Je crus d'abord qu'il s'était pétrifié ainsi pour donner plus de solennité à son discours, mais j'aperçus ensuite une dame en maillot de bain qui venait d'entrer dans la salle : une femme d'une quarantaine d'années, joli visage, jambes un peu courtes mais parfaitement dessinées, derrière expressif, quoique un peu trop grand, pointé vers le sol comme une grosse flèche. C'est à cette flèche que je la reconnus.

Elle ne nous vit pas tout de suite et se dirigea vers la piscine. Mais nous la fixions si intensément que notre regard finit par capter le sien. Elle rougit. Quand une femme rougit, c'est beau ; son corps, en cet instant, ne lui appartient pas ; elle ne le maîtrise plus ; elle est à sa merci ; ah, rien n'est plus beau que le spectacle d'une femme violée par son propre corps ! Je commençais à comprendre pourquoi Avenarius avait un faible pour Laura. Je le dévisageai : son visage restait parfaitement impassible. Cette maîtrise de soi me parut le trahir plus encore que la rougeur n'avait trahi Laura.

Elle se reprit, sourit aimablement et s'approcha de notre table. Nous nous levâmes et Paul nous présenta à sa femme. Je continuai d'observer Avenarius. Savait-il que Laura était l'épouse de Paul ? Il me semblait que non. Tel que je le connaissais, il avait dû coucher avec Laura une seule fois et ne l'avait pas revue depuis. Mais je n'en étais nullement certain, et, en fin de compte, je n'étais certain de rien. Quand elle lui tendit la main, il s'inclina comme s'il la rencontrait pour la première fois. Laura prit congé (presque trop vite, me dis-je) et plongea dans la piscine.

Paul avait soudain perdu tout entrain. « Je suis heureux que vous ayez fait sa connaissance, dit-il mélancoliquement. C'est, comme on dit, la femme de ma vie. Je devrais m'en féliciter. La vie est si brève que la plupart des gens ne trouvent jamais la femme de leur vie. »

Le garçon apporta une autre bouteille, l'ouvrit devant nous, versa du vin dans nos verres, de sorte que Paul perdit de nouveau le fil.

« Vous parliez de la femme de votre vie, lui soufflai-je quand le garçon s'éloigna.

— Oui, dit-il. Nous avons un bébé de trois mois. J'ai une autre fille de mon premier mariage. Elle a quitté la maison voici un an. Sans un mot d'adieu. J'en ai souffert, car je l'aime. Elle m'a longtemps laissé sans nouvelles. Depuis deux jours, elle est revenue, parce que son ami l'a plaquée.

Après lui avoir fait un enfant, une fille. Chers amis, j'ai une petite-fille ! Il y a quatre femmes autour de moi ! » L'image de ces quatre femmes semblait le remplir d'énergie : « Voilà pourquoi je bois depuis ce matin. Je bois à nos retrouvailles ! Je bois à la santé de ma fille et de ma petite-fille ! »

En contrebas, dans la piscine, Laura nageait en compagnie de deux femmes, et Paul souriait. C'était un étrange sourire fatigué, qui m'inspirait de la compassion. Il me paraissait soudain vieilli. Sa crinière grise, puissante, s'était tout à coup transformée en coiffure de vieille dame. Comme s'il voulait surmonter son accès de faiblesse, il se leva de nouveau, le verre à la main.

Pendant ce temps, dans la piscine, les bras frappaient l'eau à grand bruit. La tête hors de l'eau, Laura nageait le crawl, maladroitement, mais avec d'autant plus de zèle, voire de rage.

Chacun de ces coups me semblait s'abattre sur la tête de Paul comme une année supplémentaire : il vieillissait à vue d'œil. Il avait soixante-dix ans, bientôt quatre-vingts, et pourtant il se dressait en brandissant son verre comme pour se protéger de cette avalanche d'années qui lui tombait sur la tête : « Je me rappelle une phrase célèbre qu'on répétait dans ma jeunesse », dit-il d'une voix soudain cassée. « *La femme est l'avenir de l'homme*. Au fait, qui a dit ça ? Je ne sais plus. Lénine ? Kennedy ? Non, un poète.

— Aragon », soufflai-je.

Avenarius dit sans aménité : « Qu'est-ce que cela

veut dire que la femme est l'avenir de l'homme ? Que les hommes vont devenir des femmes ? Je ne comprends pas cette phrase stupide !

— Ce n'est pas une phrase stupide ! C'est une phrase poétique ! dit Paul.

— La littérature va disparaître, et les stupides phrases poétiques continueront d'errer de par le monde ? » dis-je.

Paul ne me prêta aucune attention. Il venait seulement d'apercevoir son visage vingt-sept fois répété dans les miroirs : il ne pouvait le quitter des yeux. En se tournant successivement vers tous ses visages reflétés, il dit d'une voix faible et suraiguë de vieille dame : « La femme est l'avenir de l'homme. Cela veut dire que le monde, jadis créé à l'image de l'homme, va se modeler sur l'image de la femme. Plus il deviendra mécanique et métallique, technique et froid, plus il aura besoin de la chaleur que seule la femme peut donner. Si nous voulons sauver le monde, nous devons nous modeler sur la femme, nous laisser guider par la femme, nous laisser infiltrer par l'Ewigweibliche, par l'éternel féminin ! »

Comme épuisé par ces mots prophétiques, Paul avait encore pris quelques décennies de plus, c'était à présent un petit vieillard chétif de cent vingt ou cent soixante ans. Ne pouvant même plus tenir son verre, il s'écroula sur sa chaise. Puis il dit, sincère et triste : « Elle est revenue sans me prévenir. Elle déteste Laura. Et Laura déteste ma fille. La maternité les a rendues encore plus combatives. Ça recommence, le vacarme de Mahler dans une pièce, le vacarme du rock dans l'autre. Ça recommence, elles me forcent à choisir, elles m'adressent des ultimatums. Elles se sont lancées dans la lutte. Et quand des femmes luttent, elles n'arrêtent pas. » Puis il se pencha vers nous, confidentiellement : « Chers amis, ne me prenez pas au sérieux. Ce que je vais dire maintenant n'est pas vrai. » Il baissa la voix, comme s'il nous communiquait un grand secret : « C'est une chance énorme que les guerres aient été faites par les hommes. Si les femmes avaient fait la guerre, elles auraient été si conséquentes dans leur cruauté qu'il ne resterait aucun être humain sur la planète. » Et comme pour nous faire aussitôt oublier ce qu'il avait dit, il frappa du poing sur la table et haussa la voix : « Chers amis, je voudrais que la musique n'ait jamais existé ! Je voudrais que le père de Mahler, après avoir surpris son fils en train de se masturber, lui ait donné sur l'oreille une gifle si forte que le petit Gustave serait devenu sourd, et à jamais incapable de distinguer le violon du tambour. Et je voudrais enfin qu'on détourne le courant de toutes les guitares électriques et qu'on le fasse passer dans des chaises auxquelles j'attacherais personnellement les guitaristes. » Puis il ajouta d'une voix à peine audible : « Mes amis, je voudrais être encore dix fois plus saoul que je ne le suis. »

4

Il restait écroulé sur la chaise et ce spectacle était si triste qu'il nous fut impossible de le supporter. Nous nous levâmes pour lui donner des tapes dans le dos. Tout en les lui donnant, nous vîmes que sa femme était sortie de l'eau et nous contournait pour gagner la porte. Elle faisait semblant de ne pas nous voir.

Était-elle fâchée contre Paul, au point de lui refuser même un regard ? Ou bien était-elle gênée d'avoir inopinément rencontré Avenarius ? Toujours est-il que sa démarche avait quelque chose de si puissant et de si attirant que nous cessâmes de taper Paul dans le dos et que, tous les trois, nous regardâmes vers Laura.

Quand elle fut à deux pas de la porte à battants, une chose inattendue se produisit : elle tourna brusquement la tête vers notre table et lança le bras en l'air, d'un mouvement si léger, si charmant, si leste, qu'il nous sembla voir un ballon doré s'envoler de ses doigts et rester suspendu au-dessus de la porte.

Un sourire apparut aussitôt sur le visage de Paul, qui serra fort le bras d'Avenarius : « Vous avez vu ? Vous avez vu ce geste ?

— Oui », dit Avenarius, le regard fixé sur le ballon doré qui étincelait au plafond comme un souvenir de Laura.

Il m'était parfaitement clair que le geste de Laura n'était pas destiné à son ivrogne de mari. Ce n'était pas le geste machinal de l'au revoir quotidien, c'était un geste exceptionnel et riche de signification. Il ne pouvait s'adresser qu'à Avenarius.

Paul, cependant, ne se doutait de rien. Comme par miracle, les années tombèrent de son corps et il redevint un beau quinquagénaire, fier de sa crinière grisonnante. Il regarda vers la porte au-dessus de laquelle étincelait le ballon doré et dit : « Ah, Laura ! C'est bien d'elle ! ah, ce geste ! Il la résume tout entière ! » Puis il nous fit un récit ému : « La première fois qu'elle m'a salué ainsi, je l'accompagnais à la maternité. Pour avoir un enfant, elle avait dû subir deux opérations. Nous avions peur en pensant à l'accouchement. Pour m'épargner trop d'émotion, elle m'a interdit de la suivre dans la clinique. Je suis resté près de la voiture, elle s'est dirigée seule vers la porte et, parvenue sur le seuil, exactement comme elle vient de le faire, elle a tourné la tête et m'a salué de la main. De retour à la maison, je me suis senti affreusement triste sans elle, elle me manquait, si bien que pour retrouver sa présence j'ai tenté d'imiter, pour moi-même, le beau geste qui m'avait charmé. Si quelqu'un m'avait vu à ce moment-là, il aurait ri. Je me suis mis de dos près d'un grand miroir, et j'ai lancé le bras en l'air en regardant par-dessus mon épaule pour me sourire. J'ai fait cela trente ou cinquante fois peut-être, et je pensais à elle. J'étais à la fois elle qui me saluait et moi qui la regardais me saluer. Mais chose étrange, ce geste ne m'allait pas. J'étais, avec ce geste, irrémédiablement maladroit et comique. »

Il se leva et nous tourna le dos. Puis il lança le bras en l'air, tout en nous jetant un coup d'œil par-dessus son épaule. Oui, il avait raison : il était comique. Nous éclatâmes de rire. Ce qui l'encouragea à répéter ce geste plusieurs fois. Il était de plus en plus comique.

Puis, il dit : « Vous savez, ce geste ne convient pas à un homme, c'est un geste de femme. Par ce geste, la femme nous dit : viens, suis-moi, et vous ne savez pas où elle vous invite, et elle ne le sait pas non plus mais elle vous invite quand même, persuadée que cela vaut la peine de la suivre. C'est pourquoi je vous dis : ou bien la femme sera l'avenir de l'homme, ou bien c'en sera fait de l'humanité, car seule une femme peut garder en elle un espoir que rien ne justifie, et nous inviter dans un avenir douteux auquel sans les femmes nous aurions depuis longtemps cessé de croire. Toute ma vie, j'ai été prêt à suivre leur voix, même si c'est une voix folle, alors que je suis tout sauf un fou. Mais pour qui n'est pas fou, rien n'est plus beau que de se laisser conduire dans l'inconnu par une voix qui est folle ! » Il répéta alors avec solennité les mots allemands : « Das Ewigweibliche zieht uns hinan ! L'éternel féminin nous entraîne vers le haut ! »

Comme une fière oie blanche, le vers de Goethe battait des ailes sous la voûte de la piscine, tandis que reflété par les trois immenses miroirs Paul se dirigeait vers la porte à battants, au-dessus de laquelle étincelait toujours le ballon doré. Enfin, je vis Paul sincèrement heureux. Il fit quelques pas, tourna la tête vers nous et lança un bras en l'air. Il riait. Une fois encore, il se retourna; une fois encore, il nous salua. Et après une dernière et maladroite imitation de ce beau geste féminin, il disparut derrière la porte.

5

Je dis : « Il a bien parlé de ce geste. Mais je crois qu'il s'est trompé. Laura n'a invité personne à la suivre dans l'avenir, elle a seulement voulu te rappeler qu'elle est là et qu'elle t'attend. »

Avenarius se taisait et son visage restait impénétrable.

Je lui dis d'un ton de reproche : « Tu n'as pas pitié de lui ?

— Si, répondit Avenarius. Je l'aime sincèrement. Il est intelligent. Il est drôle. Il est compliqué. Il est triste. Et surtout, n'oublie pas : il m'a aidé ! » Puis il se pencha vers moi, comme s'il ne voulait pas laisser sans réponse mon reproche sous-entendu. « Je t'ai raconté mon projet de sondage : demander aux gens s'ils préfèrent coucher secrètement avec Rita Hayworth ou se montrer avec elle en public. Le résultat est, bien sûr, connu d'avance : tout le monde, jusqu'au dernier des pauvres types, prétendra vouloir coucher avec elle. Car à leurs propres yeux, aux yeux de leurs femmes ou de leurs enfants, et même aux yeux de l'employé chauve du bureau de sondage, ils veulent tous paraître hédonistes. Mais c'est leur illusion. Leur cabotinage. Aujourd'hui, il n'y a plus d'hédonistes. » Il prononça ces derniers mots avec une certaine gravité, puis ajouta en souriant : « Sauf moi. » Et il poursuivit : « Quoi

qu'ils en disent, s'ils avaient vraiment le choix, tous
ces gens-là, je t'assure, tous, préféreraient à la nuit
d'amour une promenade sur la grand-place. Car
c'est l'admiration qui leur importe et non pas la
volupté. L'apparence, et non la réalité. La réalité ne
représente plus rien pour personne. Pour personne.
Pour mon avocat, elle ne représente rien du tout. »
Puis il dit avec une sorte de tendresse : « C'est
pourquoi je peux te promettre solennellement qu'il
ne lui arrivera rien de fâcheux ; il ne subira aucun
préjudice : les cornes qu'il portera resteront invisibles. Par beau temps elles seront d'azur, elles seront
grises les jours de pluie. » Et il ajouta encore :
« Aucun mari, d'ailleurs, ne soupçonnerait un
homme qui viole les femmes, un couteau à la main,
d'être l'amant de son épouse. Ces deux images ne
vont pas ensemble.

— Un instant, dis-je. Il croit *vraiment* que tu as
voulu violer des femmes ?

— Je te l'ai dit.

— Je pensais que c'était une plaisanterie.

— Tu crois peut-être que je lui ai révélé mon
secret ? » Il ajouta : « Même si je lui avais dit la
vérité, il ne m'aurait pas cru. Et s'il avait fini par me
croire, il se serait immédiatement dessaisi de mon
cas. C'est en tant que violeur que je l'intéressais. Il
s'est pris pour moi de cet amour mystérieux que les
grands avocats vouent aux grands criminels.

— Mais quelle explication as-tu donnée ?

— Aucune. On m'a acquitté faute de preuves.

— Comment, faute de preuves ? Et le couteau !

— Je ne nie pas que cela a été dur », dit Avenarius et je compris qu'il ne me dirait rien de plus.

Je laissai passer un long silence ; puis je dis : « À aucun prix tu n'aurais avoué le coup des pneus ? »

Il fit non de la tête.

Une étrange émotion s'empara de moi : « Tu étais prêt à te faire arrêter comme violeur uniquement pour ne pas trahir le jeu... »

Et soudain, je compris Avenarius : si nous refusons d'accorder de l'importance à un monde qui se croit important, et si nous ne trouvons en ce monde aucun écho à notre rire, il ne nous reste qu'une solution : prendre le monde en bloc et en faire un objet pour notre jeu ; en faire un jouet. Avenarius joue et le jeu est la seule chose qui lui importe dans un monde sans importance. Mais ce jeu ne fera rire personne et il le sait. Quand il avait exposé ses projets aux écologistes, ce n'était pas pour les amuser. C'était pour son propre amusement.

Je lui dis : « Tu joues avec le monde comme un enfant mélancolique qui n'a pas de petit frère. »

Voilà ! Voilà la métaphore que je cherche depuis toujours pour Avenarius ! Enfin !

Avenarius souriait comme un enfant mélancolique. Puis, il dit : « Je n'ai pas de petit frère mais je t'ai, toi. »

Il se leva, je me levai aussi ; il semblait qu'après les derniers mots d'Avenarius il ne nous restât plus qu'à nous embrasser. Mais nous nous rendîmes compte que nous étions en slip, et nous prîmes peur à l'idée d'un contact intime entre nos ventres. Avec un rire gêné, nous regagnâmes les vestiaires, où la voix de femme aiguë et accompagnée de guitare criait si fort dans les haut-parleurs que l'envie de parler nous passa. Nous entrâmes dans l'ascenseur. Avenarius se dirigea vers le deuxième sous-sol, où il avait garé sa Mercedes, et je le quittai au rez-de-chaussée. Sur cinq énormes affiches accrochées dans le hall, cinq visages différents me regardaient en retroussant pareillement leurs babines. J'eus peur qu'ils ne me mordent et sortis dans la rue.

La chaussée était encombrée de voitures qui klaxonnaient sans répit. Les motos montaient sur les trottoirs et se frayaient un passage entre les piétons. Je pensai à Agnès. Deux ans, jour pour jour, que je l'avais imaginée pour la première fois ; j'attendais alors Avenarius sur une chaise longue du club. Voilà pourquoi aujourd'hui j'avais commandé une bouteille. Mon roman était fini, et j'avais voulu le fêter là où était née sa première idée.

Les voitures klaxonnaient, on entendait des cris de colère. Dans une même ambiance, autrefois, Agnès avait désiré s'acheter un brin de myosotis, une seule fleur de myosotis ; elle avait désiré le tenir devant ses yeux comme l'ultime trace, à peine visible, de la beauté.

Achevé en décembre 1988.

Mortalité d'Agnès

Pour Jacques Brault

Intitulée « Le hasard », la cinquième partie de L'immortalité *raconte une journée dans la vie d'Agnès. Celle-ci, ayant décidé de s'établir en Suisse, doit prendre la route pour Paris afin d'avertir son mari et sa fille qu'elle va désormais vivre loin d'eux. Particulièrement significative pour elle, donc, cette journée l'est aussi pour nous, puisque — nous l'apprendrons bientôt — c'est la dernière dans la vie d'Agnès, qui trouvera la mort ce soir-là lorsque sa voiture, en tentant d'éviter une jeune femme dressée au milieu de la route, sera précipitée dans un fossé. Aussi tout ce qui se produit au cours de cette journée revêt-il une importance décisive, le moindre événement, la moindre pensée prenant comme jamais valeur de signe.*

Parmi ces événements, dont chacun vaudrait par conséquent d'être médité, il en est deux qui retiennent plus particulièrement l'attention, à cause de leur beauté, certes, mais aussi de leur extrême simplicité, c'est-à-dire du caractère à la fois immédiat et comme inépuisable de la révélation qu'ils contiennent non seulement pour Agnès mais également pour nous, qui comme elle allons bientôt mourir.

Le premier de ces deux événements — qui sont moins des événements, peut-être, que l'apparition métaphorique dans la conscience d'Agnès de ce qui forme le sens même de son existence — a lieu à deux heures et demie de l'après-midi. Se trouvant toujours dans les Alpes, elle décide, au lieu de monter tout de suite dans sa voiture et de partir pour la France, d'aller se promener à pied dans la montagne. Elle le fait pour répondre à la beauté et au calme des lieux, mais aussi, plus profondément, pour s'abandonner à la nostalgie, car ces promenades, depuis toujours, sont liées pour elle au souvenir de son père et à un poème de Goethe qu'il lui avait appris jadis. Or voilà qu'au cours de cette dernière promenade, Agnès découvre (c'est-à-dire voit clairement pour la première fois, elle qui le savait inconsciemment depuis toujours) ce que c'est que cette chose anodine : un chemin.

Chemin : bande de terre sur laquelle on marche à pied. La route se distingue du chemin non seulement parce qu'on la parcourt en voiture, mais en ce qu'elle est une simple ligne reliant un point à un autre. La route n'a par elle-même aucun sens ; seuls en ont un les deux points qu'elle relie. Le chemin est un hommage à l'espace. Chaque tronçon du chemin est en lui-même doté d'un sens et nous invite à la halte. La route est une triomphale dévalorisation de l'espace, qui aujourd'hui n'est plus rien d'autre qu'une entrave aux mouvements de l'homme, une perte de temps.

Pour Agnès, le « chemin » ainsi défini et opposé à la « route » n'est pas seulement une manière de parcourir le paysage. C'est, plus largement, une manière de vivre et d'habiter le monde, mais une manière disparue, *comme son père est disparu et comme est disparue la vie insouciante et vagabonde d'autrefois. Déjà, aux yeux d'Agnès, cette disparition, cet oubli où il est tombé suffit à faire du chemin un emblème de la beauté, comme l'était, et pour la même raison, la musique traditionnelle de Bohême aux yeux de Ludvik*[1] *ou la liturgie chrétienne à ceux de l'agnostique Sabina*[2]. *Car la beauté, dans l'univers kundérien, est toujours ce qui est à l'écart, déserté et envahi de ronces.*

Comme représentation esthétique, cependant, le chemin a encore d'autres significations possibles. On pourrait y voir une sorte de modèle ou de référence qui convient particulièrement à l'art romanesque de Kundera, tel que cet art s'est manifesté et affiné dans ses œuvres antérieures et tel que L'immortalité *le fait apparaître avec une évidence plus grande que jamais. Cet art, je l'appellerais, pour faire image, l'art du « roman-chemin ».*

1. Dans *La plaisanterie*, VII-19 (traduction de Marcel Aymonin entièrement révisée par Claude Courtot et l'auteur, version définitive, Paris, Gallimard, 1985, collection Du monde entier, p. 387-388).
2. Dans *L'insoutenable légèreté de l'être*, III-7 (traduction de François Kérel, nouvelle édition revue par l'auteur, Paris, Gallimard, 1987, collection Du monde entier, p. 141-142).

Ce rapprochement est d'ailleurs suggéré par le narrateur lui-même qui, quelques chapitres plus loin, en rapportant sa conversation avec le professeur Avenarius, expose ses propres goûts (ou dégoûts) en matière de roman. « Quiconque est assez fou, dit-il, pour écrire encore des romans aujourd'hui doit, s'il veut assurer leur protection, les écrire de telle manière qu'on ne puisse pas les adapter, autrement dit qu'on ne puisse pas les raconter. » Pour cela, il faut renoncer à « la règle de l'unité d'action », à la « tension dramatique » qui, transformant chaque élément « en une simple étape menant au dénouement final », rend le roman semblable « à une rue étroite », « à une course cycliste », on ajouterait : à une autoroute narrative sur laquelle n'ont de sens que la vitesse de lecture et l'absence d'obstacles entre le début et la fin de l'histoire. C'est coutume, d'ailleurs, dans les schémas narratologiques, de réduire le roman à ce que l'on considère l'essentiel : le passage d'un « état initial » à un « état final », tout ce qui se trouve entre les deux n'étant qu'une suite de « fonctions » dont l'unique (ou principale) raison d'être est d'assurer ledit passage avec la plus grande économie de temps et de moyens.

Or c'est précisément ce que ne fait pas, ce que refuse de faire le « roman-chemin », qui au contraire se plaît à la lenteur et aux détours, multiplie les digressions, les intermèdes, les « haltes » philosophiques et ne craint ni les actions dites « adventices » ni les bifurcations dans l'épisodique, faisant en somme comme si l'auteur et le lecteur avaient du temps à perdre, ne comptaient pas leurs pas et n'adoraient rien tant que de s'arrêter à tout moment pour converser et regarder le paysage. La construction de L'immortalité *est à cet égard exemplaire, où se retrouvent, mais accentués ou « aggravés », dirait-on, certains des traits formels les plus frappants qu'on a pu voir dans les romans précédents de Kundera, à partir de* La vie est ailleurs *et surtout depuis* Le livre du rire et de l'oubli.

Le premier de ces traits serait la chute, ou mieux : le découronnement textuel du « héros », qu'il ne faut pas confondre avec la disparition du personnage, si chère au Nouveau Roman. Chez Kundera, le personnage garde tout son pouvoir et toute sa « réalité » ; Ludvik, Jaromil, Jakub ou Tamina sont parmi les figures les plus fortement individualisées du roman contemporain. Mais le personnage kundérien a ceci de particulier qu'il cesse de plus en plus, à mesure que les romans se succèdent, d'accaparer le récit à son seul profit et d'imposer son propre destin comme la logique dominante de l'action. Le roman, en d'autres mots, n'est plus conduit seulement ni même principalement par lui ; il se déroule plutôt autour de lui, ou à propos de lui, mais non sous sa gouverne directe. La narration ne consiste plus à « suivre » la vie ou l'aventure du personnage, mais à l'accompagner, à la méditer, tantôt en s'y absorbant tout entière, tantôt en s'en écartant pour la comprendre, la réinterpréter, l'oublier même et passer à autre chose.

D'où, chez Kundera, dans les derniers romans surtout, l'absence ou du moins la marginalisation de cette créature obligée du roman « moderne » : le « personnage central ». Par exemple, dans Le livre du rire et de l'oubli, *Tamina et Jan occupent certes une*

511

position philosophiquement ou thématiquement privilé-
giée. Mais ce privilège, en termes textuels, ne va pas
jusqu'à leur faire dominer le roman au point de rejeter
dans l'ombre ou de réduire au rang de personnages
« secondaires », c'est-à-dire purement accessoires, ces
autres « actants » qui font chacun l'objet de toute une
partie du roman, comme Mirek (Première partie), ou
Karel (Deuxième partie), ou l'étudiant pris de « litost »
(Cinquième partie). Dans L'immortalité, *cet effet est*
encore plus marqué peut-être. Où est, ici, le protago-
niste ? Certes, j'ai parlé tout à l'heure d'Agnès, mais
j'aurais pu tout aussi bien parler de Rubens, ou
d'Avenarius, ou du narrateur, ou de Goethe, car il n'y a
pas, parmi tous ces personnages, de « héros » véritable.
Quoique chacun possède une singularité aussi forte que
possible, à aucun d'eux il n'est donné d'éclipser les
autres et de « conduire la marche » du récit, comme on
dit. Leur relation textuelle n'est pas hiérarchique, mais
thématique ou musicale, un peu comme entre les person-
nages d'un opéra de Mozart, qui sont d'abord des voix,
des couleurs sonores, et donc des possibilités de conso-
nances et de dissonances, de modulations infinies autour
d'un thème commun.

Cette « égalité » qui caractérise les personnages du
« roman-chemin » se retrouve aussi dans ce qu'on
appelle l'action. Pas plus dans L'immortalité *que dans*
Le livre du rire et de l'oubli *ou dans* L'insoutenable
légèreté de l'être, *le récit ne peut être décrit comme la*
progression d'une intrigue centrale unique. Non seule-
ment les actions, ici, sont diverses et nombreuses, ce qui,
après tout, n'est pas si rare dans le roman, mais surtout il

n'y a pas parmi elles d'action qu'on puisse appeler « principale », à laquelle les autres — dites, là encore, « secondaires » ou « adjuvantes » — seraient subordonnées et qu'elles auraient pour fonction d'éclairer ou d'entourer. L'histoire de Bettina, Christiane et Goethe est-elle moins importante que celle de Laura, Agnès et Paul ? L'aventure de Rubens, ou celle de la jeune suicidaire, est-elle moins autonome, a-t-elle moins de signification que celles de Laura ou d'Agnès ? Et les entretiens entre Goethe et Hemingway sont-ils moins « réels » ou moins « profonds » que ceux qu'ont ensemble Kundera et son ami Avenarius ?

Au niveau purement narratif, un roman comme L'immortalité est construit en fait comme un ensemble d'histoires pratiquement indépendantes les unes des autres, dont les entrecroisements ne sauraient relever, dès lors, que de la coïncidence — tantôt « contrapuntique », tantôt « génératrice d'histoire » —, ce qui le rend bel et bien irrésumable. À un autre niveau, cependant, toutes ces histoires sont étroitement liées les unes aux autres, par leur forme autant que par leur signification. Entre elles existent des parallélismes, des contrastes et toutes sortes de résonances et d'équilibres qui les font apparaître comme les parties d'un même système, les images d'une même « réalité » ou d'un même « sens » qui, par lui-même, resterait autrement inexplorable.

Kundera, dans L'art du roman, compare ce principe de composition romanesque à celui de la musique [3].

3. Voir en particulier l' « Entretien sur l'art de la composition », quatrième partie de L'art du roman (Paris, Gallimard, 1986, p. 91-122).

On pourrait aussi le comparer à ce que Valéry disait de l'architecture, qui pour lui était d'ailleurs très proche de la musique, avec laquelle elle formait l'un des deux arts majeurs. Le monument, le temple paraît lourd, il évoque l'image même de l'unité et de la permanence. Mais c'est une abstraction que de se le représenter ainsi. Dans les faits, c'est-à-dire du point de vue de celui qui l'habite ou s'y promène, il fourmille et il bouge. « L'immobilité d'un édifice est l'exception ; le plaisir est de se déplacer jusqu'à le mouvoir et à jouir de toutes les combinaisons que donnent ses membres, qui varient : la colonne tourne, les profondeurs dérivent, des galeries glissent, mille visions s'évadent du monument, mille accords[4]. » Le monument, en d'autres mots, n'a pas de centre véritable ni d'aspect unique ; sa totalité n'est jamais donnée une fois pour toutes, mais demeure toujours fragmentaire, aperçue seulement par une succession d'angles et de vues partielles, qui toutes la révèlent et en même temps la modifient. La contemplation du monument, en somme, est celle d'une harmonie à la fois continue et changeante.

Ces mots — « continue et changeante » — sont ceux-là mêmes qu'emploie Agnès pour décrire la beauté propre au « monde des chemins ». Et il y a bel et bien une similitude entre ce monde et le monument tel que Valéry le conçoit. L'un et l'autre sont des « hommages à l'espace », l'un et l'autre appellent à la

4. Paul Valéry, *Introduction à la méthode de Léonard de Vinci* (Œuvres, édition de Jean Hytier, Paris, Gallimard, « Bibliothèque de la Pléiade », 1957, tome I, p. 1190).

flânerie entrecoupée de haltes, l'un et l'autre offrent au promeneur un spectacle toujours le même et pourtant infiniment varié.

L'un et l'autre, enfin, sont des images fidèles de cette esthétique particulière qui fait du roman kundérien, pour qui le lit, non l'univers fermé d'un personnage, ni le déroulement rectiligne d'une histoire, encore moins l'exposé systématique d'une pensée, mais une sorte de réseau semblable à celui que forment peu à peu, dans une forêt, les chemins tracés par le pas des promeneurs.

Dans les bois qu'aime Agnès, les chemins se ramifient en petits chemins, puis en sentiers ; sur les sentiers vont les forestiers. Le long des chemins il y a des bancs, d'où l'on voit le paysage, plein de moutons et de vaches qui broutent...

Dans un tel réseau, chaque sentier suit son propre cours, comme chaque histoire particulière à l'intérieur du roman. À tout moment, cependant, ce sentier en rejoint un ou plusieurs autres, tantôt ne faisant que les croiser, tantôt se confondant à eux jusqu'à ce qu'un nouveau sentier (est-ce le même ? est-ce un autre ?) se détache et bifurque dans une direction inattendue, quitte plus tard à rejoindre encore une fois le premier (est-ce le même ? est-ce un autre ?) qui, entre-temps, aura suivi sa propre voie sans se soucier de lui. Le cheminement de chaque sentier, en un mot, n'appartient qu'au hasard, et il n'y a nul moyen, pour le flâneur-lecteur, de planifier son trajet et de savoir d'avance où tel sentier va le mener. C'est le règne de la surprise et du pur plaisir de la découverte.

Ainsi en va-t-il, par exemple, du geste que fait la

sexagénaire au début de L'immortalité; *ce geste,*
bientôt, va nous conduire à Agnès, puis à Laura, et
celle-ci à Bettina von Arnim, dont les lunettes vont nous
ramener de nouveau à Agnès et Laura, et de celle-ci à
Bernard, dont l'histoire croise celle d'Avenarius, qui
elle-même croise celle de Laura, et ainsi de suite jusqu'à
la fin du roman et au moment où Paul refait lui-même le
geste de la sexagénaire... Çà et là, aux carrefours de cet
entrelacs narratif, des bancs invitent à la halte médita-
tive, sur le temps, le corps, le visage, l'immortalité...

   La lecture du roman devient ainsi comme une longue
promenade, sans terme apparent, guidée par le seul
bonheur de la marche et ravie à chaque détour de piste
par la vue différente qui s'offre au regard. Mais cette
vue toujours nouvelle, en réalité reste toujours la même,
puisqu'elle a toujours pour objet la montagne, la forêt.
Les sentiers vont au hasard, certes, mais ils parcourent
toujours le même territoire, sans l'épuiser jamais, sans en
faire définitivement le tour, si bien que leur enchevêtre-
ment en est comme la découverte sans fin, toujours autre
et toujours la même, le « territoire » à explorer étant ici
inconnaissable du dehors, c'est-à-dire autrement que par
cette exploration patiente et toujours recommencée.

   On aura reconnu là, bien sûr, le mode caractéristi-
que de la variation musicale, *que Kundera, dans* Le
livre du rire et de l'oubli, *oppose à la symphonie qui,*
progressant « d'une chose à une autre chose, toujours
plus loin [5] », a quelque chose d'épique, c'est-à-dire qui

---

5. *Le livre du rire et de l'oubli*, VI-7 (traduction de François Kérel,
nouvelle édition revue par l'auteur, Paris, Gallimard, 1985, collection
Du monde entier, p. 235).

appartient au monde de la « route ». La variation ne connaît pas cette hantise du « toujours plus loin » ; son mouvement, au contraire, serait justement celui du chemin de montagne, qui tantôt avance, tantôt recule, monte ici, redescend là et, revenant sans cesse sur lui-même, serre de toujours plus près *le lieu (la signification) qu'il parcourt.*

Donnée fondamentale de l'esthétique kundérienne, on sait que la variation joue également un rôle central dans ce qu'on pourrait appeler l'univers éthique *de* Kundera. *Ainsi, dans* Jacques et son maître, *l'existence était présentée comme le contraire d'un parcours unique, de type hégélien, qui se développerait à travers une suite d'avancées et de « progrès » la conduisant toujours plus loin, toujours plus haut, vers quelque achèvement ou vers la réalisation finale d'un « destin » conquis de haute lutte. L'image qui la représentait était plutôt celle du « manège qui tourne en rond* [6] *», c'est-à-dire une image de la répétition et du mouvement sans déplacement. Cette image ironique revient dans* L'immortalité *sous la forme du « cadran ». « Telle est bien la vie, songe Rubens : elle ne ressemble pas au roman picaresque où le héros, d'un chapitre à l'autre, est surpris par des événements toujours nouveaux », mais bien au mouvement des aiguilles sur une horloge, qui jamais n'échappent à leur axe mais toujours refont le même trajet, toujours retrouvent la même position, toujours repassent par le même sentier « continu et changeant ».*

6. *Jacques et son maître,* hommage à Denis Diderot, III-4 (Paris, Gallimard, 1981, p. 91).

Et c'est en cela que la vie « ressemble à la composition que les musiciens appellent thème avec variations ». *Vivre, en d'autres mots, n'est pas vraiment un voyage, comme le suggère la vieille métaphore, et le temps qui nous conduit à la mort n'a rien de commun avec le temps autoroutier ; ce serait plutôt, là encore, comme une promenade circulaire dans des chemins dont les méandres ne s'écartent jamais tout à fait du centre qui secrètement les noue. Ainsi, en dépit (ou à cause) de sa non-linéarité et de ses détours incessants, un roman comme* L'immortalité, *qui a beau rompre d'emblée avec les codes formels hérités du* XIXᵉ *siècle, serait le plus* réaliste *des romans, le plus proche de la vérité de notre existence.*

C'est une des grandes beautés de l'œuvre de Kundera que cette invention du « roman en forme de variation [7] », *qui est bien ce que je cherche à décrire ici sous l'appellation de « roman-chemin ». Cette invention, dont* L'immortalité *offre un nouvel exemple, réactualise en fait une des potentialités premières du roman occidental, comme on le voit par la parenté que Kundera lui-même se reconnaît avec Cervantes, Sterne ou Diderot, chez qui l'imagination romanesque possède en effet ce caractère de libre vagabondage parmi la forêt de l'existence, sans autre motif apparent que « le désir de cheminer et d'en tirer une jouissance ».*

Mais par-delà le XVIIIᵉ *siècle, par-delà même le* Don Quichotte, *comment ne pas retrouver aussi, dans*

7. *Le livre du rire et de l'oubli*, VI-8 (collection Du monde entier, p. 237).

le « *roman-chemin* » ainsi entendu, *l'esprit sinon la forme elle-même des grands ouvrages narratifs de la Renaissance : Rabelais, bien sûr, mais plus encore Boccace, Marguerite de Navarre, Bonaventure des Périers. Là non plus, le récit n'a rien d'une route rectiligne toute tendue vers son dénouement. On y trouverait préfigurée, au contraire, cette composition à la fois déliée et thématiquement très unifiée qu'offrent les romans de Kundera. Dans L'Heptaméron, par exemple, les histoires succèdent aux histoires sans lien causal apparent, leur ordre obéissant plutôt à des considérations de ton et de forme, mais pour constituer toutes ensemble un vaste débat poursuivi de séance en séance parmi les « devisants », car c'est une interrogation jamais close que celle qui veut définir la vertu des « parfaictz amans* [8] ». Or une telle interrogation, proprement inépuisable, ne saurait avoir lieu dans la vie courante, pleine de soucis et de combats. Il lui faut l'atmosphère des montagnes et des sentiers, la liberté du temps et de l'espace, en un mot le « monde des chemins ». Ainsi, c'est parce qu'un pont a été emporté par la crue et qu'il ne leur est plus possible de poursuivre leur route vers Tarbes que les amis de la reine de Navarre s'arrêtent dans les Pyrénées et, « tous les jours, depuis midy jusques à quatre heures, [...] dedans ce beau pré le long de la rivière du Gave, où les arbres sont si foeillez que le soleil ne sçauroit percer l'ombre ny eschauffer la fres-*

---

8. Marguerite de Navarre, *L'Heptaméron*, Deuxiesme journée, Dix neufviesme nouvelle (dans *Conteurs français du XVIᵉ siècle*, édition de Pierre Jourda, Paris, Gallimard, 1956, « Bibliothèque de la Pléiade », p. 846).

cheur », entreprennent de narrer « chascun quelque histoire qu'il aura veue ou bien oy dire à quelque homme digne de foy [9] ». De même, c'est hors de Florence en proie au désordre et à la laideur (comme le grand boulevard où marche Agnès au début de L'immortalité) que la petite « Brigade » du Décaméron trouve le lieu où vivre « dans l'ordre et le plaisir [10] » et s'abandonner au jeu infini de la narration : « C'était un sommet de montagnette, d'où l'on était de partout assez loin des routes. Des arbustes variés et toutes sortes d'essences tapissaient le lieu de verts feuillages plaisants à voir [11]... »

Loin des routes, en effet, est le monde du récit-méditation et de la pure félicité narrative. La relation que je perçois entre ces œuvres d'avant le roman-course et celles de Kundera me ravit d'autant plus qu'elle passe, me semble-t-il, par ces chemins alpestres où se promène Agnès, l'après-midi du jour de sa mort.

*

Le propre du sentier, à la différence de la route, est de n'avoir aucune destination précise. Mais cela ne veut pas dire qu'il ne conduise nulle part, ou en tout cas que la promenade s'y fasse en pure perte. Au contraire. Je disais tout à l'heure que le cheminement est une exploration, une découverte lente et progressive de la

9. L'Heptaméron, Prologue (p. 609).

10. Boccace, Le Décaméron, Introduction (traduction et édition de Jean Bourciez, Paris, Garnier, 1967, p. 23).

11. Le Décaméron, Introduction (p. 21) ; c'est moi qui souligne.

montagne, et le seul moyen de la connaître vraiment. En d'autres mots, que la composition déliée et « musicale » du roman en forme de variation est la seule manière de cerner peu à peu la signification problématique qui le travaille et règle en sourdine chacune de ses parties comme la forme et le rythme mêmes de leur enchaînement. Or il en est certains, parmi tous les sentiers ou bouts de sentiers dont la montagne est parcourue, qui procurent de celle-ci une vue plus vaste que les autres, certaines images qui, mieux que les autres, avec plus de netteté ou d'intensité, donnent vue sur la totalité de l'œuvre et en laissent saisir, comme dans un éclair, le sens ordinairement fuyant et trop complexe pour se concentrer en une figure simple. Telle est éminemment, me semble-t-il, la deuxième découverte que fait Agnès l'après-midi du jour de sa mort, au cours de sa promenade le long des sentiers :

Parvenue à un ruisseau, elle s'était allongée dans l'herbe. Longtemps, elle était restée étendue là, croyant sentir le courant la traverser, emportant toute souffrance et toute saleté : son moi. Étrange, inoubliable moment : elle avait oublié son moi, elle avait perdu son moi, elle en était libérée ; et là il y avait le bonheur. [...] Étendue dans l'herbe, traversée par le chant monotone du ruisseau qui entraînait son moi, la saleté de son moi, Agnès participait de cet être élémentaire qui se manifeste dans la voix du temps qui court et dans le bleu du ciel ; elle savait, désormais, qu'il n'y a rien de plus beau.

Dans cette scène, si brève et pourtant définitive, se concentre et se laisse percevoir à l'état le plus pur le thème de toutes les variations qui définissent le personnage d'Agnès, le lieu central autour duquel tournaient et se croisaient tous ses chemins, qui est aussi, je crois, l'un des lieux centraux de tout le roman. Mais par-delà le roman lui-même, l' « illumination » *d'Agnès rejoint — ou appelle — d'autres images où le même sens (sens?) à la fois se montre et se cache, et c'est pourquoi elles sont inoubliables. Ainsi en est-il, dans* La guerre et la paix, *du prince André couché sur le champ d'Austerlitz, après la bataille, et contemplant le* « haut ciel infini » *où passent les nuages :* « Rien, il n'y a rien d'autre que lui, songe-t-il. Mais il n'y a même pas cela, il n'y a rien, hormis le silence, l'apaisement [12]. » *Ainsi en est-il encore, chez Valéry, de Faust dans son jardin, au coucher du soleil, devenu* « le présent même », *se sentant enfin* « léger, délié à jamais de tout ce qui ressemble à quelque chose [...], comme un voyageur qui a fait abandon de son bagage et marche à l'aventure, sans souci de ce qu'il laisse après soi [13] ».*

Mais de façon plus immédiate, cette scène du repos d'Agnès au bord du ruisseau fait aussi partie, à l'intérieur même de l'œuvre de Kundera, d'un important réseau d'images à caractère idyllique où se retrouvent, pour n'en rappeler que quelques-unes : les dernières

12. Léon Tolstoï, *La guerre et la paix*, tome premier, troisième partie, chapitre XVI (traduction d'Élisabeth Guertik, Paris, Le Livre de poche, 1968, vol. 1, p. 346).

13. Paul Valéry, *Mon Faust*, « Lust », acte deuxième, scène cinquième (*Œuvres*, tome II, p. 321-323) ; acte premier, scène deuxième (p. 298-299).

pages de La plaisanterie, *quand Ludvik se joint au petit orchestre folklorique ; ou la sixième partie de* La vie est ailleurs, *dominée par le personnage du « quadragénaire » ; ou encore la fin de* L'insoutenable légèreté de l'être, *quand Tomas et Tereza entourent Karénine à l'agonie. Pourquoi ces images fascinent-elles à ce point ? Que signifient ces moments de grâce ? Et comment se fait-il qu'un tel dépouillement puisse contenir tant de bonheur ?*

Comme j'ai essayé de le montrer ailleurs[14]*, il semble que l'une des constantes de l'œuvre de Kundera soit l'illustration et la mise en question de ce qu'on peut appeler l'imagination idyllique, c'est-à-dire le désir (inscrit dans chaque personnage de cette œuvre comme à l'intérieur de chacun de nous) d'un monde apaisé, accordé, débarrassé de tout manque et de tout conflit et dans lequel l'être éprouve qu'il réalise pleinement sa nature. Je ne puis donc m'empêcher, lisant* L'immortalité, *d'y trouver non pas une simple reprise de cette thématique (ou de cette problématique), mais un nouvel approfondissement, une nouvelle interrogation qui non seulement en dévoile encore plus clairement la signification, mais le fait d'une manière plus radicale, je dirais, comme s'il s'agissait de pousser cette signification jusqu'à sa limite.*

Comme toujours chez Kundera, l'idylle est un « mot incompris », c'est-à-dire plein d'ambiguïté et de connotations multiples. J'ai cru pouvoir y distinguer deux

14. « L'Idylle et l'idylle : relecture de Milan Kundera », publié en postface à l'édition de poche de *L'insoutenable légèreté de l'être* (Paris, Gallimard, 1989, collection « Folio », p. 457-476).

grandes facettes, dotées dans l'œuvre de valeurs opposées. D'un côté, il y a l'Idylle positive (avec une majuscule), inspirée par l'esprit d'innocence et qui s'incarne notamment dans l'idéal communiste ; elle propose l'instauration d'un monde unanime et transparent, fondé sur le dépassement des limites ordinaires de l'existence et la fusion joyeuse des individus ; le propre de cette Idylle est de rejeter et de dévaster tout ce qui résiste à son établissement. Or c'est dans cette dévastation, justement, que se loge l'autre idylle, qui repose, elle, sur le consentement à la finitude, c'est-à-dire, très précisément, sur le renoncement à l'Idylle et la chute hors de son empire. La paix liée à cette seconde idylle est celle de la marginalité et de l'oubli. C'est une paix essentiellement privée, et qui implique donc une forme de solitude et de repli.

Dans L'immortalité, cette thématique idyllique me paraît de nouveau à l'œuvre, mais avec des différences qui méritent d'être notées. D'abord, l'utopie politique comme image ou moyen de l'Idylle n'a plus la même prégnance ; elle survit dans la conscience de Paul, à travers sa nostalgie de Mai 68, mais c'est une référence morte, pourrait-on dire, un cadavre d'Idylle. On est bel et bien ici dans le monde d'après les idéologies, dans l'au-delà de l'Histoire. L'enthousiasme révolutionnaire de Jaromil, la « Grande Marche » qui soulevait Franz (dans L'insoutenable légèreté de l'être) ont perdu l'essentiel de leur attrait ; leur « valence » idyllique confine à zéro.

L'horizon, en somme, est nettoyé. Dieu et Marx sont morts, et avec eux le désir de transformer le monde en *plus que le monde. On est entré dans l'ère lipovetskienne du repli sur soi, du droit à la différence, de la libération de l'individu. Les haut-parleurs clamant les slogans du parti et promettant un avenir radieux à la foule des travailleurs ont cédé leur voix au transistor annonçant la météo du jour et vantant le bonheur d'être bien dans sa peau. Dans le roman, Brigitte est par excellence le porte-étendard de ce nouvel âge heureux.*

Or le sens (l'un des sens) de l'aventure de Ludvik, comme de celle de Tomas et Tereza, était justement de se dégager de l'emprise du groupe et de se retirer dans une solitude semblable à celle du quadragénaire de La vie est ailleurs, « tout occupé de soi-même, de ses divertissements privés et de ses livres [15] ». Autrement dit, de rompre avec le « nous » en se repliant sur le « moi » seul, à l'écart, sans compte à rendre ni contrainte. Ainsi, il y aurait, à première vue, un lien entre l'idylle « privée » dont ces personnages étaient porteurs et le monde de Brigitte, de Bertrand et de Laura, également dominé par la disqualification du nous et la primauté absolue du moi.

Mais c'est un lien trompeur, et l'on peut dire que l'une des préoccupations essentielles de L'immortalité est précisément de révéler et d'approfondir cette ambiguïté, et de le faire par les moyens propres du roman, c'est-à-dire à travers « l'interrogation méditative [16] » de situations qui en feront voir les répercussions problémati-

---

15. *La vie est ailleurs*, VI-10 (traduction de François Kérel, nouvelle édition revue par l'auteur, Paris, Gallimard, 1988, collection Du monde entier, p. 355).

16. *L'art du roman*, II (p. 49).

ques dans l'existence même. Le piège tendu aux personnages de L'immortalité [17], c'est le piège du moi, le piège de l'idylle privée.

À cet égard, l'une des découvertes du roman serait, paradoxalement, que le moi — loin d'être le siège de la liberté et de la paix — est au contraire la porte par laquelle continue de s'exercer dans l'être — même délivré de tout projet socio-politique ou religieux — le besoin de dépassement et de plénitude. Le moi, en d'autres mots, est le nouveau visage de l'Idylle.

De celle-ci, en effet, telle qu'elle a pu s'incarner jusque naguère dans l'utopie communiste ou l'adamisme « contre-culturel » (voir le personnage d'Edwige dans Le livre du rire et de l'oubli), le culte du moi — l'orientation de l'individu vers l'unicité et le « développement » de sa propre personne — conserve les principaux traits. Le premier est le refus des limites, qui prend la forme du « désir d'immortalité », car le moi, pas plus que le rêve révolutionnaire, ne peut tolérer la finitude : son moteur est la transgression permanente de tout ce qui le limite et la destruction de tout ce qui risque d'entraver de quelque manière son existence. Or l'entrave fondamentale, constamment présente, qui est en même temps la limite la plus proche à quoi se heurte le moi, est sa propre mortalité. Comment l'accepterait-il ? Comment ne chercherait-il pas de toutes ses forces à se maintenir dans l'être au-delà de la mort ? « L'homme ne sait pas être mortel », dit Goethe à Hemingway. Le moi est cela

17. *La vie est ailleurs*, VI-2 (collection Du monde entier, p. 340) : « Le roman est-il autre chose qu'un piège tendu au héros ? »

*même, en nous, qui a besoin de passer cette ultime
frontière, et l'immortalité est son Idylle. Plus particulièrement la « petite immortalité », qui est la dégradation
moderne du sens de l'immortalité, c'est-à-dire la seule
forme que peut prendre le besoin de transcender la mort
dans un monde d'où la mémoire et la conscience de
l'histoire ont disparu. « Dans les conditions modernes,
écrit H. Arendt, il est en vérité si invraisemblable qu'un
homme aspire sérieusement à l'immortalité terrestre que
l'on a probablement raison de n'y voir que de la
vanité* [18]. »*

*Un autre trait par lequel le moi relève du projet
idyllique est la haine de toute dissidence. Le moi ne
tolère pas de ne pas être aimé, et de ne pas être le seul à
l'être. En cela, non seulement il a besoin des autres,
mais il cherche — comme la Révolution — à ne laisser
personne hors de son emprise. Affirmer le moi, c'est
ainsi, par un paradoxe purement apparent, se livrer
doublement à la foule. D'un côté, je ne suis moi que dans
le regard qu'autrui m'adresse, dans le nom qu'il me
donne et dans l'image qu'il me renvoie de moi-même ;
sans ce droit que j'accorde aux autres de la confirmer
sans cesse, mon identité s'effrite et se réduit à la
combinaison aléatoire de quelques gestes et de quelques
traits qui n'ont en eux-mêmes aucune signification et
n'appartiennent en propre à personne. Le moi, en
somme, est comme un couloir de métro où des mendiants
se disputent l'obole des passants : leur admiration et leur*

---

18. Hannah Arendt, *Condition de l'homme moderne*, chapitre II (traduction de Georges Fradier, Paris, Calmann-Lévy, collection « Agora »,
1983, p. 96).

amour. Mais d'un autre côté, c'est aussi, comme le grand boulevard où marche Agnès au début du roman, un vaste champ de bataille, car les autres sont en même temps mes ennemis, dont la présence met constamment la mienne en péril et s'oppose à son unicité ; à ce titre, ils doivent être combattus, réduits, éliminés, afin que le moi règne sans partage et sans conflit, dans la plénitude de son innocence.

Besoin de vaincre la mort, besoin de s'imposer à tous, le moi ne peut jamais être qu'un idéal en marche, toujours à réaffirmer et à construire, comme naguère la Révolution. Et c'est pourquoi la vie de Laura et de Bettina, héroïnes « jaromiliennes » du moi immortel, est une guerre sans répit, guerre à la fois de résistance et de conquête, pour préserver l'intégrité du moi et en repousser sans cesse les limites.

On est loin du désert recherché par Ludvik ou Tomas. Le « repli » sur le moi, au lieu de me faire entrer dans la tranquillité et la marginalité qui me libéreraient, au lieu de me faire quitter la scène et de me mettre à l'écart du groupe, à l'abri de ses atteintes, débouche au milieu d'une foire et m'expose à tous les regards. Par son appartenance au monde de l'Idylle, l'univers du moi moderne reste, en définitive, un univers totalitaire — et plus pernicieux que l'autre, en un sens, puisqu'il n'a plus aucune assise en dehors de lui-même, nulle nécessité « transcendante » par quoi se justifier. C'est le totalitarisme de la « fin de l'Histoire ».

Cette découverte, c'est à Agnès surtout qu'il revient d'en faire l'expérience. Elle est, dans L'immortalité, l' « *ouvreuse* » *de l'anti-Idylle, c'est-à-dire, comme* Lucie *dans* La plaisanterie *ou* Tamina *dans* Le livre du rire et de l'oubli, *celle qui s'absente, celle qui tombe hors de l'Idylle, et qui trouve dans cette absence la seule paix et la seule harmonie véritables.*

Le mouvement s'amorce dès les premières pages du roman, quand Agnès, agressée par la promiscuité et la laideur du grand boulevard, ressent d'abord une haine mêlée de répugnance, dont la délivre aussitôt le souvenir de son père, qui lui fait découvrir l'unique voie de salut : se désolidariser. « Je ne peux pas les haïr, parce que rien ne m'unit à eux ; nous n'avons rien en commun. » Le soir du même jour, à nouveau, « elle éprouva cette étrange et forte sensation qui l'envahissait de plus en plus souvent : elle n'a rien de commun avec ces créatures sur deux jambes, la tête au-dessus du cou, la bouche sur le visage », elle ne se sent plus « des leurs ».

Mais cette sensation, que faut-il en faire ? se demande bientôt Agnès. « Comment vivre dans un monde avec lequel on n'est pas d'accord ? Comment vivre avec les hommes, quand on ne fait siens ni leurs tourments ni leurs joies ? Quand on ne sait pas être des leurs ? »

À cette question (qui traverse toute l'œuvre de Kundera), la première réponse, bien sûr, c'est de rompre tout commerce avec autrui et, comme Alceste, de « chercher sur la terre un endroit écarté » où se renfermer sur soi seul en oubliant les hommes. C'est, si l'on veut, la solution romantique, celle de Chatterton ou du Jean-Jacques des Rêveries : « Puisque je ne trouve qu'en moi la consolation, l'espérance et la paix, je ne dois ni ne veux plus m'occuper que de moi [19]. »

Mais, se rend compte Agnès, « il n'existe plus de lieux détournés du monde et des hommes » ; et le pauvre Rousseau, s'il se réfugiait aujourd'hui dans son ermitage de l'île de Saint-Pierre, au milieu du lac de Bienne, aurait le téléphone et entendrait la télé de son voisin le receveur, tandis que les buissons de son jardin grouilleraient de lecteurs prêts à l'immortaliser sur vidéo. À l'âge de l' « imagologie », de la communication universelle et instantanée, toute chartreuse a disparu. Et même si par miracle il s'en trouvait encore une quelque part, à l'autre bout du monde, à quoi servirait-il de s'y réfugier pour goûter « la douceur de converser avec [son] âme », puisque l'âme elle-même n'offre plus qu'une illusion de solitude ? Même Jean-Jacques, d'ailleurs, retiré dans son île, vivait encore et plus que jamais en société, dans la foire du moi-image, du moi-regard-de-tous, du moi-combat-contre-tous. « Tout est fini pour moi sur la terre », avouait-il, mais ailleurs tout peut recommencer. « Dieu est juste ; il veut que je souffre ; et il sait que je suis innocent. [...] Laissons donc faire les hommes et la destinée ; apprenons à souffrir sans murmure ; tout doit à la fin rentrer dans l'ordre, et mon tour viendra tôt ou tard [20]. » Si solitaire que fût le promeneur, ses Rêveries étaient une armée lancée à la conquête de l'immortalité.

19. Jean-Jacques Rousseau, Les rêveries du promeneur solitaire, Première promenade (édition de Henri Roddier, Paris, Garnier-Flammarion, 1964, p. 40).
20. Ibid., Première promenade (p. 39) et Deuxième promenade (p. 54) ; c'est moi qui souligne.

Le moi, en un mot, ne peut plus être le lieu de la « non-solidarité avec le genre humain ». Il en serait même l'antithèse, si bien qu'il ne reste à Agnès qu'un seul moyen de se désolidariser véritablement, de « ne plus être des leurs » : c'est de rompre avec elle-même, d'abolir tout ce qui en elle définit le moi et ainsi la rend visible, identifiable, nommable, faisant d'elle la proie et la complice d'autrui. Tandis que Laura est la combattante du moi, Agnès en devient ainsi la déserteuse.

Cette opposition se manifeste par le sens tout à fait différent que revêtent chez chacune des deux sœurs certains traits ou certaines scènes qui les rapprochent. Ainsi, l'une et l'autre ont l'habitude de porter des lunettes noires, Laura pour ajouter de la présence à son visage, Agnès au contraire pour cacher ou estomper le sien. Ailleurs, dans deux scènes fortement érotisées, Laura et Agnès se trouvent l'une et l'autre encadrées par deux hommes qui les déshabillent. Pour Laura, cela se déroule dans le couloir du métro, quand deux clochards lui prennent la main et, tout en relevant sa jupe, la font danser parmi les passants. Pour Agnès, la scène a lieu dans une chambre d'hôtel, quand Rubens et son ami se tiennent immobiles de chaque côté d'elle et la regardent nue dans un miroir. Le parallélisme entre ces deux situations est évident. Et pourtant, tout les oppose, le lieu (public et bruyant dans un cas, intime et silencieux dans l'autre), le ton (grotesque, recueilli), et surtout l'attitude des deux femmes : Laura a les bras ouverts et sourit à la foule, Agnès les referme sur ses seins et, impassible, ne regarde rien d'autre que le miroir.

Chacune des deux sœurs possède également un geste qui la révèle mieux que toute parole. Chez Laura, ce geste, qui consiste à poser les mains sur sa poitrine et à les projeter ensuite vers l'avant, exactement comme faisait avant elle Bettina von Arnim, est l'expression concrète du « désir d'immortalité », c'est-à-dire de l'expansion de l'être, de l'agrandissement de soi vers l'infiniment plus que soi ; c'est comme si, par ce geste, Laura à la fois exhibait triomphalement son visage et balayait l'horizon devant elle de tout obstacle qui pouvait s'y trouver, comme si elle repoussait le monde du revers de la main afin d'alléger son moi et de le laisser prendre son envol. (La jeune suicidaire qui sera cause de la mort d'Agnès aura un geste semblable, « dressée au milieu de la route, [...] bras écartés comme au ballet ».) Quant à elle, Agnès, lorsqu'elle danse, accomplit aussi un mouvement d'extension des bras, mais en les faisant aussitôt se croiser devant elle et voiler ainsi son visage. Rubens y lit de la pudeur, la volonté d'échapper aux regards et de se couper de l'extérieur ; on peut y voir aussi, mais c'est sans doute la même chose, une façon pour Agnès de se refermer sur elle-même, de saisir son âme et de la retenir tout contre son corps afin qu'ainsi attachée elle ne puisse pas s'envoler. Ce geste, que l'on pourrait appeler le geste de la mortalité d'Agnès, dit le refus d'imposer son image et de franchir ses propres limites, le désir de s'effacer.

Car l'effacement est toute la quête d'Agnès, comme elle avait été celle de son père déchirant les photos de sa vie et tenant à mourir sans être vu. L'effacement du moi, l'effacement de l' « âme », l'effacement en elle de toute trace d'Idylle, de tout désir d'immortalité. Au contraire de Laura qui cultive l'unicité de son moi par la « méthode additive », Agnès pratique le rejet, la raréfaction, soustrayant sans cesse d'elle-même ce qui, sous couvert de la définir, la rend semblable à tous. « Ne plus être des leurs », se désolidariser, c'est devenir minimale : ne plus porter de nom ni de visage, ne plus avoir de gestes, ne plus se reconnaître dans sa propre image.

La « méthode » d'Agnès fait penser au Narcisse valéryen, étonné lui aussi devant le « monsieur » qui le regarde dans l'eau de la fontaine et décrétant dès lors qu'il n'a rien de commun avec lui. Ce sentiment de l'étrangeté et du caractère purement aléatoire du moi, qui distingue si fortement le narcissisme de Valéry de celui d'un Gide, par exemple [21], se manifeste également par le refus de s'identifier à quelque trait particulier que ce soit et, conséquemment, par une stratégie de l'effacement systématique : « Quand il parlait, [M. Teste] ne levait jamais un bras ni un doigt : il avait tué la marionnette [22]. »

Mais là s'arrête la ressemblance. La « méthode soustractive », chez Valéry, si elle vise à réduire le territoire du moi « accidentel », ne le fait que pour mieux laisser la place à l'autre Moi, conscience pure qui le surplombe et ne saurait accepter les déterminations étroites que le premier lui impose, puisqu'elle se sent

21. Voir à ce sujet une note de 1931 dans les *Cahiers* de Paul Valéry (édition de Judith Robinson, Paris, Gallimard, « Bibliothèque de la Pléiade », tome I, p. 128).

22. Paul Valéry, *La soirée avec Monsieur Teste* (*Œuvres*, tome II, p. 17).

« *fille directe et ressemblante de l'être sans visage, sans origine, auquel incombe et se rapporte toute la tentative du cosmos* [23]*…* ». En d'autres mots, la fuite hors du moi se fait ici par le haut ; elle est un acte de la pensée (voire son acte constitutif), qui ainsi se sépare du monde et se déclare sans limites, elle à qui sa propre disparition est l'inconcevable même. Dans l'interprétation valéryenne du mythe, c'est pour brouiller l'eau de la fontaine et retrouver par là son être immortel que Narcisse, à la fin, s'abîme dans son reflet.

L' « illumination » d'Agnès a un sens tout différent. Certes, elle se sent délivrée, lavée de « la saleté de son moi » : les soustractions successives, enfin, aboutissent à zéro. Mais sa délivrance est plus radicale encore. Avec son moi s'en va d'elle tout désir d'immortalité, tout reste de solidarité ou de haine la liant encore à ses semblables. Plus rien maintenant ne l'enchaîne, puisque plus rien ne subsiste, que « la voix du temps qui court et le bleu du ciel ». L'apaisement n'est pas de se hausser au-dessus du monde, il n'est pas de se replier sur soi. Il est, simplement, de jeter les armes et de disparaître : de consentir à être mortelle.

Non pas en se suicidant, comme le tentent Laura et la jeune femme de la route, car le suicide est encore une manière pour le moi de vouloir vaincre la mort et de se préférer au monde et à autrui. En s'abandonnant, au contraire, en se dessaisissant enfin de toute image de soi pour que ne subsiste plus que la simplicité, que la paix

23. Paul Valéry, *Note et digression* (*Œuvres*, tome I, p. 1222).

étale de l'être. Contrairement à ce que des lectures hâtives ont parfois laissé croire, Agnès en effet ne se donne pas la mort : quand survient l'accident fatal, elle se contente de reconnaître et d'accueillir sa propre mortalité.

Ainsi, sans savoir encore ce qui l'attend, Agnès sera entrée cet après-midi-là, allongée au bord du ruisseau, dans l'ultime phase de sa vie, « la plus courte et la plus secrète », semblable à celle que Goethe a connue après qu'il eut congédié Bettina. Au moment de franchir le « pont silencieux qui mène de la rive de la vie à la rive de la mort », l'être rempli de « fatigue », las de soi-même et de ses désirs, n'espère plus alors que de s'éteindre sans bruit en contemplant le feuillage des arbres à sa fenêtre. « Il est rare, songe Goethe, de parvenir jusqu'à cette extrême limite, mais celui qui l'atteint sait que là et nulle part ailleurs se trouve la véritable liberté. »

C'est pourquoi Agnès ne cherche pas comme le Narcisse valéryen à s'en prendre au ruisseau. Tout ce qu'elle veut, c'est que le ruisseau continue de couler et qu'il n'y ait plus rien d'autre que le ruisseau. À la surface de l'eau, toute image s'est enfin évanouie. Et Agnès se dit :

Ce qui est insoutenable dans la vie, ce n'est pas d'être, mais d'être *son moi*. [...]

Vivre, il n'y a là aucun bonheur. Vivre : porter de par le monde son moi douloureux.

Mais être, être est bonheur. Être : se transformer en fontaine, vasque de pierre dans laquelle l'univers descend comme une pluie tiède.

Dans la méditation kundérienne sur l'existence, cette scène apparaît comme un point-limite, au-delà duquel nous ne savons plus ce qui peut advenir.

François Ricard.

ŒUVRES DE MILAN KUNDERA

Aux Éditions Gallimard

Traduit du tchèque

LA PLAISANTERIE, roman («Folio», n° 638). Postface de François Ricard.

RISIBLES AMOURS, nouvelles («Folio», n° 1702). Postface de François Ricard.

LA VIE EST AILLEURS, roman («Folio», n° 834). Postface de François Ricard.

LA VALSE AUX ADIEUX, roman («Folio», n° 1043). Postface de François Ricard.

LE LIVRE DU RIRE ET DE L'OUBLI, roman («Folio», n° 1831).

L'INSOUTENABLE LÉGÈRETÉ DE L'ÊTRE, roman («Folio», n° 2077). Postface de François Ricard.

L'IMMORTALITÉ, roman («Folio», n° 2447). Postface de François Ricard.
Les traductions des ouvrages ci-dessus ont été entièrement revues par l'auteur et, dès lors, ont la même valeur d'authenticité que le texte tchèque.

Écrit en français

JACQUES ET SON MAÎTRE. Hommage à Denis Diderot en trois actes, théâtre («Folio», n° 3140). Préface de l'auteur et sa note sur l'histoire de la pièce. Texte de François Ricard.

L'ART DU ROMAN, essai («Folio», n° 2702).

LES TESTAMENTS TRAHIS, essai («Folio», n° 2703).

LA LENTEUR, roman («Folio», n° 2981). Postface de François Ricard.

L'IDENTITÉ, roman («Folio», n° 3327). Postface de François Ricard.

(Suite au verso)

L'IGNORANCE, *roman* («Folio», nº 4155). *Postface de François Ricard.*

LE RIDEAU, essai en sept parties, *essai* («Folio», nº 4458).

SUR L'ŒUVRE DE MILAN KUNDERA

(Derniers titres parus)

François Ricard : LE DERNIER APRÈS-MIDI D'AGNÈS, essai sur l'œuvre de Milan Kundera, *Gallimard* («Arcades», nº 74).

Kvetoslav Chvatik : LE MONDE ROMANESQUE DE MILAN KUNDERA, *Gallimard* («Arcades», nº 38).

Guy Scarpetta : L'ÂGE D'OR DU ROMAN, *Grasset*, et VARIATIONS SUR L'ÉROTISME, *Descartes & Cie.*

Impression Maury
45330 Malesherbes
le 20 avril 2007.
Dépôt légal : avril 2007.
1ᵉʳ dépôt légal dans la collection : janvier 1993.
Numéro d'imprimeur : 129339.
ISBN 978-2-07-038588-1. / Imprimé en France.